KB242385

Die Aufzeichnungen des Malte Laurids Brigge

지은이 **라이너 마리아 릴케 Rainer Maria Rilke**

20세기 초 독일어권을 대표하는 시인이자 소설가. 1875년 오스트리아-헝가리 제국령 프라하에서 태어났다. 본명은 르네 카를 빌헬름 요한 요제프 마리아. 유년기의 가정불화와 육군유년학교에서의 경험 탓에 예민하고 내향적인 성격을 지니게 되었다. 그의 어머니는 그를 "마리아의 자식"이라 불렀는데, 일찍이 첫딸을 잃어버린 그녀는 아들이 태어난 자정 무렵이 예수 탄생 시각과 같다는 이유로 아들 릴케가 성모 마리아의 은총으로 태어난 것이라 여겼다고 한다. 육군학교 중퇴 후 프라하대학에 입학해 미술사, 문학사, 철학 강의 등을 수강한 릴케는 프라하, 뮌헨, 베를린 등지에서 문학과 예술을 접하며 시적 재능을 꽃피웠다. 1897년 일생에 걸쳐 깊은 영향을 받은 연인 루 살로메를 만난 그는 그녀의 권유로 본명 '르네'를 독일식인 '라이너'로 바꾸었다.

주요 시집으로 『형상시집』(1902), 『기도시집』(1905), 『신시집』(1907), 『두이노의 비가』(1923), 『오르페우스에게 바치는 소네트』(1923)가 있고, 초기 산문집, 『로댕론』(1907), 소설 『말테의 수기』(1910) 등이 있다.

백혈병 투병 중 걸린 폐혈증으로 1926년 스위스 발몽요양원에서 생을 마쳤다.

옮긴이 **두행숙**

전북 군산 출신. 서강대학교 독어독문학과를 졸업한 후 독일 뒤셀도르프 대학교로 유학해 독일 문학으로 박사 학위를 취득했다. 그 후 서강대, 명지전문대, 한국교원대, 충북대, 중앙대 등에서 독일 문학, 독일 문화, 철학을 강의했다. 현재는 번역과 저술 활동에 전념하고 있다.

주요 번역서로 헤르만 헤세 수필집 『정원 일의 즐거움』(2001년), 『인생을 보는 지혜』(2003년), 『헤세, 내 영혼의 작은 새』(2003년), 『시간이란 무엇인가』(2005), 『젊은 베르테르의 슬픔』(2005년), 『꿈꾸는 책들의 도시』(2005년), 『멸종—사라진 것들. 종과 민족 그리고 언어』(2005년), 『하얀 마사이』(2006년), 『타이타닉의 침몰』(2007년), 『디지털 보헤미안』(2007), 『거대한 도박』(2008), 『의사결정의 함정』(2008), 『레아』(2008), 『은하수를 여행했던 천재들의 역사』(2009), 『신의 반지』(2009), 『헤겔의 미학강의』(2010), 『차라투스트라는 이렇게 말했다』(2011), 『오레스테이아』(2012), 『스마트한 생각』(2012), 『너는 내게 상처를 줄 수 없다』(2013), 『데미안』(2013), 『안티크리스트』(2016), 헤세의 시선집 『봄』, 『여름』, 『가을』, 『겨울』(2017~2018), 헤세의 『크눌프』(2022) 등 다수가 있다.

도슨트 **변지영**

작가, 임상·상담심리학 박사. 마음의 원리를 연구하고 수행하면서 책 쓰고 강의한다. 차의과학대학교 의학과에서 조절 초점이 정신건강에 미치는 영향에 관한 연구로 박사학위를 받았다. 신경과학의 최근 발견을 토대로 심리학 이론을 재해석하는 작업을 하고 있다.

옮긴 책으로 『이토록 뜻밖의 뇌과학』과 『나를 잃어버린 사람들: 뇌과학이 밝힌 인간 자아의 8가지 그림자』 등이 있고, 지은 책으로는 『순간의 빛일지라도, 우리는 무한』, 『우울함이 아니라 지루함입니다』, 『생각이 너무 많은 나에게』, 『미래의 나를 구하러 갑니다』, 『내 마음을 읽는 시간』, 『내가 좋은 날보다 싫은 날이 많았습니다』 등이 있다.

그린비 도스트 세계문학 09

말테의 수기

라이너 마리아 릴케 지음

두행숙 옮김 · 변지영 해설

그린비

일러두기

1 이 책은 Rainer Maria Rilke, *Die Aufzeichnungen des Malte Laurids Brigge* (1910)를 원본으로 번역했다.
2 본문의 각주 중 독자의 이해를 돕기 위해 옮긴이가 추가한 것은 옮긴이의 것이라는 표시를 하였다.
3 외국어 인명, 지명 등 고유명사는 2017년에 국립국어원에서 펴낸 외래어표기법을 따르되, 경우에 따라 실제 생활에서 자주 쓰이는 대로 표기했다.

차례

* 원제는 『말테 라우리츠 브리게의 수기』*Die Aufzeichnungen des Malte Laurids Brigge*이다. 이 소설은 자전적 요소를 일부 내포하고 있다.

말테의 수기

9월 11일, 툴리에 가*에서

그렇다. 사람들은 살기 위해 이 도시로 모여드는 모양이다. 그렇지만 내 생각에는 오히려 사람들은 여기서 죽어 가는 것 같다. 나는 외출했다가 돌아왔다. 내 눈에 보이는 것은 병원들뿐이었다. 나는 어떤 남자가 비틀거리다 넘어지는 것을 보았다. 곧장 사람들이 그 사람 주위에 모여들어서 빙 둘러쌌는데, 그 이후론 어떻게 되었는지 모르겠다. 다시 길을 걷다가 한 임산부를 보았는데, 그 여자는 높고 볕이 드는 담벼락을 따라 몸을 힘겹게 움직이며 가고 있었다. 그녀는 이따금 마치 벽이 여전히 거기에 있는지 확인하려는 듯 손으로 그것을 쓸어 보면서 걸어갔다. 담벼락은 여전히 길게 이어져 있었다. 나는 그것이 어떤 건물의 담벼락인지 알아보려고 품속에서 지도를 꺼내 살펴보았다. '시립산부인과병원'이었다. 그래, 그녀는 거기로 가서 해산하려는 모양이었다. 거기선 그렇게 할 수 있을 것이다. 거기서 조금 더 가니까 생 자크 거리가 나왔다. 거기에는 둥그런 지붕이 있는 커다란 건물이 우뚝 서 있었다. 지도를 살펴보니 '발 드 그라스 군인병원'이었다. 사실 이런 것을 굳이 알 필요가 없었지만 알아도 상

---

* 툴리에 가(Rue Toullier)는 프랑스 파리의 센강 좌안에 위치한 뤽상부르 공원과 팡테옹 언덕 사이에 있는, 길이가 짧고 폭이 좁은 길들 중 하나이다. 릴케가 이 소설의 주인공인 덴마크 청년 말테가 머무는 장소로 선택한 이 거리는 실제로 저자가 1902년부터 약 10개월간 체류한 곳이다.

관은 없는 일이었다. 그 좁은 거리가 곳곳에서 냄새를 풍기기 시작했다. 그것은 아이오도폼(iodoform) 냄새, 감자 튀기는 기름 냄새, 그리고 불안의 냄새로, 나는 이들 세 가지 냄새를 구별할 수 있었다. 여름이 되면 어느 도시에서나 냄새가 난다. 그런 생각을 하고 있는데 이상하게 아주 컴컴한 집이 한 채 눈에 띄었다. 지도에서는 찾을 수 없었지만 문 위에는 겨우 읽을 만한 글자로 '야간 숙박소'라고 적혀 있었다. 출입문 옆에는 숙박료가 적혀 있었다. 읽어 보니 비싸지는 않은 가격이었다.

그리고 또 무엇을 보았던가? 멈춰 서 있는 유모차 안에 타고 있는 아이. 그 아이는 살이 토실토실하고 얼굴은 약간 푸르스름했는데, 이마에 발진이 생긴 것이 뚜렷이 보였다. 분명히 다 나아서 아프지는 않을 것 같았다. 아이는 자고 있었다. 입을 벌린 채 아이오도폼과 감자튀김 냄새, 그리고 불안의 냄새를 아무렇지도 않게 호흡하고 있었다. 그런 모습을 나는 멀거니 바라보았다. 가장 중요한 것은 그렇게라도 살아 있다는 것이다. 가장 소중한 것은 어쨌든 살아가는 것이다.

창문을 열어 놓은 채로 자는 습관을 고치지 못하고 있다. 그 때문에 전차가 땡땡 종을 울리면서 내 방 안을 가로질러 질주한다. 자동차들이 내 몸을 타고 넘어서 달려간다. 어디에선가 문이 쾅 닫히고, 또 어디에선가 유리창이 덜컹 소리를 내며 떨어져 깨진 커다란 파편들이 큰 소리를 내며 웃고, 작은 파편들이 낄낄거리는 소리가 들린다. 그러다가 갑자기 집 안쪽 반대편에서 둔탁하게 쿵쿵거리는 소음이 들려온다. 누군가 계단을 오르고 있다. 계속해서, 줄곧, 그치지 않고 올라오고 있다. 그러다가 내 방 앞에 오랫동안 멈춰 서 있다. 머물러 있던 그 발소리는 사라졌다. 그러고 나서 다시 거리다. 한 젊은 여자가 비명을 지른다. "그만해요, 난 더 이상 원치 않아요." 맞은편에서 전차가 몹시 흥분해서 달려오더니 모든 것을 깔고 지나쳐 간다. 누군가 부르는 소리가 들린다. 사람들은 달려간다. 서로를 추월해서 달려간다. 개 짖는 소리가 들려온다. 개 짖는 소리에 나는 비로소 안도감이 든다. 아침이 가까워지자 심지어 닭 우는 소리까지 들린다. 그것으로 한없는 안도감을 느낀다. 그러다가 나는 갑자기 잠이 들었다.

이런 것들은 거리에서 나는 소음이다. 그러나 여기에 더 끔찍한 것이 있다. 그것은 바로 정적이다. 때때로 큰 화재가 발생하면 극도의 긴장감이 돈다. 물 펌프에서 나오던 물줄기가 멈추고, 소방관들이 올라가는 것을 멈추고, 아무도 움직이지 않는 순간이 있다는 생각이 든다. 검은 처마 장식이 소리 없이 앞쪽으로 움직이고, 그 뒤에서 불이 훨훨 타오르는 높은 벽이 고즈넉이 기울어져 소리 없이 쓰러진다. 사람들은 모두가 그 주위에 서서 어깨를 움츠리고 이마에 주름이 잡힐 정도로 눈을 치켜뜬 채 끔찍한 일격이 가해지기를 기다리고 있다. 이 도시의 정적은 이런 무언의 공포와 같은 것이다.

여기서 나는 보는 법을 배워 가고 있다. 무슨 이유인지는 알 수 없으나 모든 것이 내 마음속 깊숙이 스며들어서는 보통 때 같으면 멎던 곳에서 멎지 않는다. 내게는 내가 모르고 있던 내면이 있다. 이제는 모든 것이 그 내면으로 깊숙이 향해 가고 있다. 거기에서 무슨 일이 일어나고 있는지 나는 알지 못한다.

오늘 나는 편지를 썼다. 쓰다 보니 내가 여기에 온 지 고작 삼 주밖에 안 되었다는 사실이 떠올랐다. 다른 곳, 예를 들어 시골에서는 삼 주가 하루가 될 수 있지만 여기서는 몇 년이 된 것 같다. 이제 더 이상은 편지를 쓰고 싶지 않다. 내가 변하고 있다고 왜 꼭 누군가에게 말해야 하는 것일까? 나는 예전과 똑같지 않고, 이전과 달라졌다면 더 이상 나를 아는 사람은 분명히 없을 것이다. 그렇다면 나는 낯선 사람, 나를 모르는 사람들에게 편지를 쓸 수는 없는 것이다.

앞서 이미 말했듯이 나는 서서히 보는 법을 배워 가고 있다. 그렇다, 이제 시작하고 있다. 그렇지만 아무래도 지금은 마음대로 되어 가지는 않는다. 그래도 내게 주어진 시간을 최대한 이용해서 해 보려고 생각하고 있다.

예를 들면 나는 이 세상에 사람의 얼굴이 얼마나 많은지 의식적으로 생각해 본 적이 전혀 없었다. 이 세상에 사람의 수는 많지만, 누구나 여러 개의 얼굴을 가지고 있기 때문에 실제로 얼굴의 숫자는 더 많은 것이다. 수년 동안 하나의 얼굴을 하고 다니는 사람들도 있다. 당연히 그런 사람들의 얼굴은 낡아 빠지고, 더러워지고, 주름투성이로 일그러진다. 여행 다닐 때 끼고 다니던 장갑처럼 후줄근해지며 늘어난다. 이들은 검소하고 가난한 사람들이다. 그들은 그런 얼굴을 바꾸는 일이 없다. 심지어 때를 씻지도 않는다. 그들은 그렇게 해도 자기네들로는 충분하다고 주장하므로, 그렇지 않다고 누가 반박하며 증명할 수 있겠는가? 그러면 이제 의문이 생긴다. 그들이 여러 얼굴을 가지고 있다고 한다면 여분의 얼굴로는 무엇을 할까? 그들은 그것을 그냥 간직해 두는 것이다. 그들의 아이들이 그 얼굴을 하고 다니는 일도 있을 것이다. 그러나 그들이 키우는 개들이 그들의 얼굴을 하고 길거리를 돌아다니는 일도 일어날 수 있다. 안 될 이유가 뭔가? 얼굴은 역시 얼굴인 것이다.

이와는 다르게 엄청나게 빠르게 자신들의 얼굴을 하나씩 붙였다 뗐다 하는 사람들도 있다. 그들은 처음에는 자신의 얼굴을 영원히 유지할 거라고 믿지만 나이가 사십쯤 되면 그 얼굴은 최후의 것으로 되어 버린다. 물론 그들에게는 비극적인 일이다. 그들은 얼굴을 소중히 여길 줄을 모르기 때문에 한 주일만 지나고 나면 누더기가 되고 만다. 구멍이 생기고 여기저기 종잇장처럼 얇아지면서 이윽고 점점 밑쪽 살이 드러난다. 그러면 그것은 얼굴도 뭣도 아닌 것이 된다. 그런 얼굴을 하고서 그들은 하는 수 없이 세상을 돌아다닌다.

그러나 그때 본 여자, 그 여자는 몸뚱이를 잔뜩 웅크리고는 앞에 내민 두 손안에 얼굴을 온통 파묻고 있었다. 나는 노트르담 드 샹 거리의 한 모퉁이에서 그녀를 만난 것이다. 나는 그 여자를 보자마자 발소리를 죽이고 걷기 시작했다. 불쌍한 사람이 생각에 잠겨 있을 때 그것을 방해하는 것이 좋지 않다는 것쯤은 나도 알고 있었다. 그들이 몰두해 있던 생각이 돌연 툭 하고 중단될 수도 있기 때문이다.

거리는 완전히 텅 비어 있었다. 그 정적에 지친 듯 거리는 내 발소리에 반응하며 마치 내 발밑에서 걸음을 확 낚아채서는 이리저리 거칠게 걷는 나막신처럼 딸가닥거리는 소리를 냈다. 그때 화들짝 놀란 여자는 겁에 질려 급하게 몸을 일으켰다. 그러다 보니 그녀의 얼굴은 여전히 두 손에 감싸인 채였다. 나는 그 얼굴이 손안에 그대로 머물러 있는 것을 볼 수 있었다. 그것은 마치 속이 빈 것 같은 우묵한 형태의 얼굴이었다. 나는 그 손에 시선을 둔 채 그 손 밖으로 돌연 얼굴이 나오는 것을 보지 않으려고 무진 애를 썼다. 손안에 있는 얼굴을 보는 것도 두려웠다. 그러나 얼굴은 안 보이고 상처 입은 머리만 보이는 것은 더욱 끔찍했다.

두렵다. 일단 이런 공포감이 생기면 먼저 어떤 적당한 조처를 생각하지 않을 수가 없다. 만약 내가 이 도시에서 병을 앓게 된다면 정말 곤란할 것이다. 누군가의 도움으로 오텔 디외 시민병원으로 실려 간다면 나는 분명 죽고 말 것이다. 이 병원은 상당히 괜찮은 곳이어서 드나드는 사람들이 무척 많다. 여기서 파리 대성당 건물의 정면을 보려고 서 있지만, 광장을 횡단해 엄청난 속도로 질주해 오는 수많은 차에 치일 것 같은 위태로운 생각이 들어 마음 놓고 바라볼 수가 없을 지경이다. 끊임없이 경적을 울리면서 달리는 것들은 소형 마차들이다. 아무리 초라한 환자라도 죽어 가는 마당에 시민병원으로 무조건 달려가야겠다고 생각한다면 당당한 사강 공작의 개인 마차까지도 가던 길을 멈추게 할 수 있다. 죽으러 가는 사람들은 이상하게도 막무가내이기 마련이다. 그러니 마르틸 가에 사는 고물상 주인 르그랑의 아내라 하더라도 시테 광장을 가로질러 이곳으로 달려오려고 하면 파리 시내 전체의 교통을 차단할 수 있을 것이다. 이런 막무가내인 소형 마차에는 사람의 이목을 끄는 젖빛 유리창이 끼워져 있어서 그 유리창 안에 있는 사고당한 사람의 안타까운 상태를 짐작할 수 있다. 그것은 현관에 서서 그저 멀거니 바라보는 문지기의 상상만으로도 충분하다. 만약 좀 더 풍부한 상상력을 가진 사람이 딴 방향으로 상상해 나간다면 전개되는 장면은 끝이 없을 것이다. 얼핏 보니 무개 마차를 타고 오는 환자들도 있었다. 지붕을 연 채로 달리는 그 마차는 규정 요금을 받는다. 죽어 가는 사람이 타면 시간당 2프랑으로 계산된다.

이 유명한 시민병원은 역사가 아주 오래된 병원으로 이미 옛 클로비스 왕 시대부터 그 안의 침대에서 많은 환자가 죽어 나갔다. 오늘날에는 오백오십구 개의 침대에서 환자들이 죽어 나간다. 그러다 보니 그곳은 마치 공장 같은 형태로 변해 버렸다. 그러한 대량 생산 같은 죽음들 가운데서는 하나하나의 죽음 따윈 전혀 문제도 되지 않는다. '대량'이라는 숫자가 그렇게 만드는 것이 틀림없다. 오늘날 정중하게 잘 마무리되는 방식으로 죽는 사람이 누가 있는가? 그런 것을 생각하는 사람은 누구도 없다. 마침내 죽는 상황이 되면 죽음을 정중하게 잘 마무리할 만한 충분한 여유를 가진 부자들까지도 그것을 점차 등한시하고 냉담해진다. 자기만의 독특한 죽음을 맞이하겠다는 바람은 점점 희박해져 가고 있다. 그러니 얼마 지나면 자기만의 독특한 죽음을 맞이하려는 것도 자기만의 독특한 삶 살기와 마찬가지로 이 세상에서 점점 드물어질 것이다.

무엇이나 온통 기성품처럼 이미 준비되어 있다. 사람은 세상에 나타나서 하나의 생활을 찾아서 따른다. 사람은 다만 이미 준비된 그 기성의 생활을 몸에다 걸치면 되는 것이다. 그러다가 얼마 지나면 이윽고 이 세상을 떠나야만 한다. 원하든 원하지 않든 세상에서 쫓겨나지 않으면 안 되는 것이다. 그러니 애쓸 필요가 없다. "보시오, 여기 당신의 죽음이 있습니다." 사람은 이 세상에 찾아왔던 것과 마찬가지로 하릴없이 떠나 버리는 것이다. 사람은 자기가 걸린 병이 가져오는 죽음을 따라 죽어 가는 것일 뿐이다. (오늘날에 와서는 모든 병명이 다 알려져 있어서 온갖 치명적인 종말이 모두 질병의 결과이지 인간 자신에게서 기인한 것은 아니라는 것을 누구나 알고 있다. 그러다 보니 이를테면 아무것도 할 일이 없는 셈이다.)

병원에서는 모든 환자가 의사와 간호사에게 기꺼이 감사하면서 죽어 간다. 그곳에서는 그 시설에 맞춰서 맞이하는 죽음들만 있을 뿐이다. 그것이 차라리 환자에게는 나은 것이다.

그러나 자기 집에서 죽는다고 하면 자기 가문에 맞게 정중하게 죽는 죽음을 선택하는 것이 당연하다. 병석에 눕자마자 이미 특등급의 호화로운 장례식이 시작되고, 온갖 거창한 관습이 뒤따르게 된다. 그럴 때 그 저택 앞에는 가난한 사람들이 모여들어 그 광경을 언제까지나 싫증도 느끼지 않고 바라본다. 정작 그들 자신이 맞이하는 죽음은 말할 것 없이 초라하고 하찮은 죽음이다. 그럭저럭 처리될 수 있는 죽음을 맞으면 그것으로 만족한다. 다만 죽어 가는 사람의 몸이 좀 더 커질 수도 있다. 그럴 때 옷의 가슴 단추가 잠기지 않거나 목이 너무 끼면 난처한 상황이 된다.

이제는 아무도 사는 사람이 없는 고향집에 대해 생각을 더듬어 보면, 예전에는 달랐다고 나는 믿는다. 예전에 사람들은 과실 속에 씨가 있듯이 인간 자신의 몸속에 죽음이 깃들어 있는 것으로 알고 있었다. (혹은 그럴 거라고 예감하고 있었다.) 아이들에게는 아이의 작은 죽음이, 어른들에게는 어른의 커다란 죽음이 그들 내부에 깃들어 있었다. 여자들은 뱃속에, 남자들은 가슴속에 그 죽음을 품고 있었다. 어쨌든 모두 죽음을 간직하고 있었다. 그것이 그들에게 독특한 위엄과 조용한 자부심을 부여하고 있었다.

나의 할아버지 늙은 시종장 브리게도 죽음을 간직하고 있던 인간임에 틀림없었다. 그런데 그 죽음은 어떤 죽음이었던가. 그의 죽음은 두 달 동안이나 울부짖기를 계속하는 바람에 그의 커다란 목소리가 부속 농장 바깥까지 들렸을 정도의 죽음이었다.

그가 그런 죽음을 맞이했을 당시 오래된 그의 저택은 비좁을 정도였다. 시종장의 몸이 전보다 불어나는 느낌이어서, 그 때문에 저택에 곁채를 더 지어야 되지 않을까 하는 생각마저 들었었다. 그는 끊임없이 자기 몸뚱이를 들어서 이 방에서 저 방으로 옮기게 했다. 날은 이미 어두워져 가는데 그다음으로 옮겨 누울 방이 없으면 그는 몹시 성을 냈다. 그러다 보니 그를 둘러싼 하인들과 하녀들, 그리고 개들마저 비서를 앞세워 층계를 정신없이 오르락내리락하다가 결국은 돌아가신 어머니가 최후에 숨을 거두었던 방으로 들어갔다. 그 방은 이십삼 년 전에 어머니가 돌아가신 후로 지금껏 누구 한 사람 발 들여놓은 적이 없는 곳이었다. 그랬던 곳에 일시에 사냥개들까지 함께 들이닥친 것이었다. 방안 창문의 커튼을 걷자 여름날 오후의 이글거리는 햇빛이 공포심에 겁먹은 수줍은 가구들에 일일이 쏘이다가 보자기를 벗긴 거울에 서툴게 부딪쳐 반사했다. 들어온 사람들 무리도 서툴게 이리저리 움직였다.

호기심에 찬 하녀들은 어디서부터 손을 대야 좋을지 몰라서 안절부절못했고, 하인들은 눈을 둥그렇게 뜨고 멀거니 방안을 바라보고 있었다. 좀 더 나이 든 하인들은 방안을 이리저리 오가면서, 지금은 닫혀 있지만 예전에는 행복함을 느꼈던 그 방에 대해 들었던 온갖 옛이야기를 회상하고 있었다.

그런데 그 방안에 있는 모든 가구에서 풍기는 이상한 냄새는 사람보다 개들을 한층 자극한 것 같았다. 얼굴이 좁고 몸집이 커다란 러시아산 그레이하운드는 안락의자 뒤를 바쁘게 왔다

갔다 했다. 그러고는 느리게 몸을 흔들어 춤추는 듯한 걸음걸이로 방안을 가로질러 가기도 하고, 문장에 그려진 개처럼 버티고 서서 가는 앞발을 금색 창턱에 올려놓고 긴장한 뾰족한 얼굴로 코를 높이 들어 뜰 안 좌우를 살피기도 했다. 누런 장갑 같은 털빛의 조그마한 닥스훈트는 아무 걱정 없는 것 같은 표정으로 창가의 널따란 비단 소파에 앉아 있었다. 털이 굵고 녹록지 않아 보이는 사냥개 한 마리는 금빛 다리가 달린 테이블 모퉁이에다 등을 대고 비벼 댔다. 그 때문에 그림이 그려져 있는 그 테이블 위에 놓인 값비싼 세브르산 커피잔 세트가 달그락거렸다.

사실, 그 방 안에서 아무것도 모르고 잠들어 있던 가구나 집기들에게는 생각지도 않았던 무섭고 끔찍한 시간이었다. 누군가의 손에 의해 덤비듯 성급하고도 난폭하게 열린 책 속에서 떨어진 장미 꽃잎은 발에 밟혀 버렸다. 나약한 작은 물건들은 난폭한 손길에 곧장 부서져서 재빨리 제자리에 놓이기도 했다. 알 수 없는 여러 가지 물건이 커튼 속에 가려지거나 벽난로 안 금빛 로스트* 속에 던져지기도 했다. 시간이 지나면서 뭔가가 연달아 마루에 미끄러져 떨어졌다. 양탄자에 떨어져 둔한 소리를 내는 것도 있었고 단단한 마룻바닥에 떨어져서 요란한 소리를

* 독일어 rost는 '쇠살대, 격자틀'을 뜻한다. 즉 격자 모양으로 엮인 쇠, 두꺼운 쇠로 된 판이나 망을 가리키며 난로의 연료를 받치거나 배수구 덮개 등으로 사용된다. 영어로는 그레이트(grate).

내는 것도 있었다. 여기저기에 깨어진 물건들이 생겨났다. 요란하게 깨어지는 것도 있었고 소리 없이 깨어지는 것도 있었다. 이런 물건들은 원래 세심하게 간수되었던 것이라서 일단 떨어지면 여지없이 깨어져 버리고 말았다.

그리고 만일 누군가가 지금껏 조심스럽게 간직되어 온 이 방안의 온갖 물건을 일시에 파괴한 원인이 무엇인가 하고 물어볼 생각을 했다면—거기에 대한 대답은 이미 한 가지로 정해져 있었다. 이 모든 것의 원인은 '죽음'이었다.

울스가르에 사는 시종장 크리스도프 데틀레브 브리게의 죽음이었다. 그는 짙은 감색 제복에서 몸이 삐져나올 정도로 큰 몸뚱이로 방바닥 한가운데에 누운 채 움직이지 않았던 것이다. 아무도 더 이상 알아볼 수 없게 된 그의 크고 낯선 얼굴은 눈이 푹 꺼져 있었다. 그의 눈은 주위에서 무슨 일이 일어나는지 볼 수 없었다. 사람들은 먼저 그를 침대에다 눕혀 보려 애썼지만 그는 그것을 거부했다. 그는 자신의 병세가 커지기 시작한 초기부터 밤에 침대에 눕는 것을 싫어했다. 게다가 위층의 침대는 그의 몸에 조금 작아서 맞지 않았으므로, 그를 바닥 양탄자에 눕힐 수밖에 도리가 없었다. 아래층으로 내려가기를 그는 완강히 거부했던 것이다.

시종장은 그냥 그대로 누워 있었고, 어떻게 보면 이미 죽어 버린 것 같이 생각되었다. 날이 어두워지기 시작하자 개들은 문틈으로 연이어 한 마리씩 밖으로 나갔다. 다만 한 마리, 털이 거칠고 무뚝뚝한 인상을 주는 개만이 주인 곁을 떠나지 않고 남아 있었다. 개는 털이 덥수룩한 앞발을 크리스도프 데틀레브 브리게의 잿빛으로 변한 커다란 손 위에 올려놓고 있었다. 하인들도 하얀 벽 사이에 나 있는 복도로 거의 다 나가 버렸다. 거기는 실내보다는 아직 밝았기 때문이다. 그러나 방안에 남은 하인들은 방 한가운데에 누워 있는 커다란 시커먼 덩어리를 멀리서 몰래 훔쳐보곤 했다. 그리고 그것이 부패한 시체를 덮고 있는 커다란 옷이라면 좋겠다는 은근한 공상을 제멋대로 하고 있었다.

그러나 그는 아직 죽은 것이 아니었다. 소리 내어 부르짖고 있었다. 그런데 그 소리는 약 두 달 전까지만 해도 누구도 듣지 못하던 음성이었다. 이미 그것은 시종장의 음성이 아니었다. 목소리의 주인공인 크리스도프 데틀레브의 음성도 아니었다. 그것은 이미 크리스도프 데틀레브 브리게의 '죽음'이었다.

크리스도프 데틀레브의 죽음은 이미 며칠 전부터 울스가르에 존재하고 있으면서 아무나 붙들고 말을 하고 가차 없이 명령을 내렸다. 자신을 들고 나가 달라고 명령했고, 푸른 방으로 내려가고 싶다고 요구했다. 작은 살롱으로 데려가 달라고 명령하는가 하면, 큰 홀로 데려가 달라고 울부짖었다. 개들을 데려오라고 명령하고, 사람들에게 웃으라고 명령하고, 이야기를 해 달라고 하고, 놀이를 해 보라고 명령하고, 모두 조용히 하라고 요구했다. 그 모든 요구를 그는 한꺼번에 말하곤 했다. 친구들을 만나고 싶다고 요구하는가 하면, 부인들이나 이미 세상을 떠난 사람들을 보고 싶다고 말하기도 했다. 자신이 어서 빨리 죽어 버리고 싶다고도 했다. 그는 가차 없이 명령을 했다. 명령을 하면서 울부짖곤 했다.

그러다가 밤이 깊어 당번이 아닌 하인들이 피로에 지쳐 겨우 잠이 들려고 할 무렵이면 크리스도프 데틀레브의 죽음은 어김없이 커다란 목소리로 부르짖었다. 소리치고 신음하고 부르짖는 소리가 언제까지나 집요하게 계속되다 보니, 처음에는 덩달아 같이 짖던 개들도 함께 짖기를 멈추고 반응하지 않았다. 개들은 가느다란 긴 다리를 세운 채 떨면서 무언가에 겁을 집어먹고 있었다. 그러다가 광막한 은빛의 덴마크의 여름밤 공기를 흔들면서 그가 부르짖는 소리가 퍼져 나가면, 그 소리를 들은 마을 사람들은 마치 폭풍이 부는 밤처럼 잠자리에서 일어나 옷을 입고 말없이 불 켜진 등불 주위에 모여들어 그 소리가 멎기만을 기다렸다. 그리고 해산이 가까워진 여자들은 깊숙이 떨어진 방 안에 숨어서 침대에 칸막이를 단단히 치고 잠자리에 들었다. 그러나 그 부르짖는 소리는 이 임산부들에게 자기들의 태내에서 부르짖는 것처럼 들렸다. 그들은 자기네들도 일어나 나가게 해 달라고 울면서 애원했다. 그리고 하얗고 헐렁한 잠옷 바람에 눈물로 얼룩진 얼굴을 하고 다른 사람들 틈에 와서 앉았다. 이런 밤에 새끼를 낳은 암소들은 어쩔 줄 몰라 불안해하면서 잔뜩 겁을 먹었다. 어떤 암소 한 마리는 태내에서 죽은 새끼가 아무리 해도 나오지 않아서 결국 그것을 끄집어내느라 내장까지 온통 잘려 나와 버렸다. 이렇게 누구나, 해야 할 일을 그냥 되는 대로 했다. 건초를 집 안에 들여놓는 것을 잊기도 했는데, 그 이유는 낮부터 왠지 모르게 밤이 오는 것이 불안해서 견딜 수 없었기 때문이었다. 밤마다 잠을 제대로 못 자고 깨어 있거나 자다가 놀라 깨는 일이 계속되면서 사람들은 피로에 지쳐 정신이 없었다. 그래서 그들은 일요일에 평화로운 하얀 예배당에 모이면 모두가 이제는 울스가르 마을에 영감님이 없었으면 좋겠다고 기도를 드렸다. 시종장 영주가 무서웠기 때문이다. 마을 사람들이 비밀리에 생각하고 기도하고 한 것을 목사는 숨김없이 제단에서 큰 소리의 설교로 내뱉었다. 목사 자신도 밤에 더 이상 제대로 잘 수가 없어서 대체 신이 어떤 마음을 갖고 있는지 이해할 수가 없었던 것이다. 교회의 종도 같은 소리를 지르고 있었다. 종은 밤새도록 부르짖는 무서운 경쟁자 때문에 견딜 수 없었다. 종이 아무리 엄청난 쇳소리를 내면서 울려 퍼져도 경쟁자의 부르짖음에는 당할 도리가 없었다. 사실, 모든 사람이 그렇게 생각하고 말했다. 마을의 젊은이 한 사람은 시종장이 사는 성으로 침입해 그를 비료용 세발갈퀴로 찔러 죽이는 꿈도 꾸었다. 젊은이가 그 꿈 이야기를 하자 그 이야기를 끝까지 듣고 있던 마을 사람들은 모두가 성을 내고 흥분하면서 그런 짓은 그냥 둘 수 없다고 불끈했다. 그러나 속으로는 그 젊은이가 과연 그런 짓을 저지를 수 있을까 하는 눈초리로 쳐다보았다. 몇 주 전까지만 해도 시종장을 경외하고 그의 병을 동정하던 인근 마을 사람들 모두가 그렇게 생각하고 그것을 입에 담아 이야기하는 것이었다. 그러나 사람들이 아무리 입으로 이야기를 해 봤자 그것만으로는 아무런 변화가 없었다. 그리고 이 기간 동안 크리스도프 데틀레브 브리게는 실제로 지금까지의 크리스도프와는 비교도 되지 않는 엄한 영감님이었다. 그는 마치 국왕과도 같았다. 나중까지도 영원히 폭군이라고 불릴 만한 존재와 조금도 다름없었다.

이 죽음은 수종병에 걸린 사람이 겪을 수 있는 죽음이 아니었다. 그것은 시종장이 일생 동안 몸 안에 간직하고 스스로 키워온 포악한 지배자의 죽음이었다. 평생 키워 온 자만, 의지, 지배욕 같은 모든 것이, 그가 은퇴한 시기에는 행사할 수 없었으나 이제 죽음에 이르자 그 속으로 들어온 것이다. 지금 울스가르에 군림하면서 작심하고 덤비는 죽음 속으로 그런 것들이 파고든 것이다. 만약 누군가가 시종장 브리게에게 이러한 죽음이 아닌 전혀 다른 죽음을 요구했다면 그는 이 사람을 어떻게 바라보았을까. 그는 힘겨운 죽음을 맞이했던 것이다.

그리고 내가 직접 본 사람들이나 풍문에 들은 사람들을 생각해 보면, 그들의 죽음도 모두 이 노인의 것과 같은 것이었다. 그들은 누구나 다 자기만의 죽음을 가지고 있었다. 남자들은 자신들의 갑옷 속 깊이 죽음을 간직하고 있었다. 그들은 마치 감옥에 갇힌 사람들처럼 보였다. 부인들은 늙어 가면서 몸뚱이까지 작아졌지만 커다란 침상에 누워서 마치 연극 무대인 것처럼, 온 가족과 하인과 개들까지 불러 놓고 위엄을 보이면서 주인답게 숨을 거두었다. 아이들도, 심지어 철없는 어린아이까지 평범한 아이의 죽음으로 죽어 가는 것이 아니었다. 그 아이들도 마음을 사리고, 이미 성장해 온 만큼의 자기와 앞으로 성장했을 때의 자기를 합한 것 같은 죽음을 맞아 죽어 갔다.

그런데 임신한 몸으로 주춤 서 있는 부인의 모습에는 어찌도 그리 슬픈 아름다움이 서려 있는가. 그 여자가 무의식중에 작은 손을 대고 있는 부푼 뱃속에는 아이와 죽음, 이 두 개의 배아가 함께 들어 있을 것이다. 그 여자의 맑은 얼굴에 풍요로운 짙은 미소가 드리워지는 것은 때때로 이 두 개의 배아가 자라는 것을 어렴풋이 느낀 데서 나타나는 미소가 아닐까.

나는 두려움과 싸우기 위해 뭔가를 해 보려 했다. 밤을 꼬박 지새우고 앉아서 펜을 움직여 글을 썼다. 그리고 지금은 마치 울스가르의 넓은 벌판을 지나 멀리 걸어온 뒤처럼 몹시 피곤하다. 그러나 모든 것은 이미 다 사라져 없어졌고, 그 예전의 큰 저택에 다른 사람들이 살고 있으리라고는 아무래도 생각할 수 없다. 지금도 위층 하얀 벽의 다락방에는 하녀들이 자고 있을는지 모른다. 밤부터 아침이 될 때까지 코를 골며 깊은 잠에 빠져 있을 것 같은 생각이 든다.

그러나 지금 나는 옆에 아무도 없는 홀몸이고 아무것도 가진 것이 없다. 트렁크 한 개와 책을 넣은 상자를 들고 사실은 아무런 호기심도 없이 세상을 돌아다녔다. 이것은 대체 무슨 생활인가. 집도 없고, 유산으로 받은 것도 없으며, 곁에 두고 지낼 개 한 마리도 없다. 약간의 추억이라도 남아 있다면 좋으련만.

그러나 그런 추억을 가지고 있은들 무슨 소용인가. 어린 시절의 추억을 그려 봐도 그것은 이미 땅속에 묻힌 것과 같다. 그런 모든 것에 대한 추억으로 다가가기 위해서 사람은 먼저 나이를 먹지 않으면 안 되는지도 모른다. 나는 나이가 드는 것은 좋은 일이라고 생각한다.

오늘은 맑게 갠 가을 아침을 맞이했다. 나는 튈르리 공원으로 들어가 산책을 했다. 동쪽 편에 있는 것들은 모두 햇빛을 받아 눈부신 광채를 내고 있었다. 그러나 빛을 받고 있는 것들은 안개로 인해 맑은 잿빛 커튼을 세운 것 같았다. 아직 빛이 완전히 퍼지지 않은 공원 여기저기에는 동상들이 잿빛 안개 속에서 엷은 빛을 받고 있었다. 기다랗게 이어져 있는 화원들에 제각각 피어난 꽃들은 마치 놀라서 소리를 지르고 있는 것 같았다. 그때 샹젤리제 쪽에서 길모퉁이를 돌아 키가 크고 몸이 수척한 남자 한 명이 걸어왔다. 그는 지팡이를 들고 있었는데, 그것을 옆구리 밑으로 끼지 않고 앞쪽으로 가볍게 내밀어 들고 있었으며, 이따금 그것이 마치 전령관의 지팡이인 양 저럭저럭 힘차게 소리를 내면서 걸었다. 그 남자는 아마 마음에 즐거운 일이 있어 숨길 수가 없는 듯 다른 것들에는 눈도 주지 않고 태양과 나무들을 향해 미소를 지었다. 그의 걸음걸이는 어린아이처럼 조금 수줍어 보였으나, 마치 지난날의 걸음걸이에 대한 추억에 온통 잠긴 듯 이상하리만큼 경쾌한 느낌을 주었다.

저렇게 조그마한 달이 어떻게 온갖 변화를 가져오는 것일까. 어떤 날에는 주위의 모든 것이 달빛을 받아 투명하게 빛나고, 선명한 공기 속에서 가볍게, 있는 듯 없는 듯하면서도 분명하게 보인다. 아주 가까이에 있는 것이 마치 멀리 있는 듯한 분위기를 띠고, 보이기만 하지 결코 눈앞에 가까이 다가오지는 않는다. 그리고 먼 것과의 기묘한 관계를 맺고 있는 것들, 즉 강이나 다리, 기다랗게 뻗은 길들이나 광장들, 이런 모든 것이 그 뒤에 멀리 펼쳐진 곳으로 사라지는 것처럼 보인다. 그런 것들은 마치 비단 위에 그린 풍경처럼 깊고 그윽한 분위기를 지닌다. 그런 때에는 센강의 퐁뇌프 다리 위를 멈추지 않고 달려 지나가는 것이 푸른 빛을 띤 마차인지 아니면 흔들리는 무슨 불그레한 그림자인지 말할 수 없다. 아니면 그것들은 일련의 밝은 회색을 띤 집들을 둘러싼 방화벽에 붙은 광고에 불과한 것인지도 모른다. 모든 것이 단순해져서 마네가 그린 초상화의 얼굴처럼 몇 개의 정확한 선명한 선으로 압축되어 있다. 그래서 무엇 하나 덜 하지도 더 하지도 않다. 강변의 가두책방이 문을 열었다. 거기에 진열되는 말끔한 책들이나 손때 묻어 누런 책들, 옅은 자색을 띤 전집들, 대형 화첩의 푸른빛. 그것들이 모두 제자리에 놓이고, 각자의 가치를 지니고 정리되어 부족한 것 없이 하나의 완성을 이룬다.

창 아래를 내려다보니 그곳에도 여러 가지 것이 한데 어울리고 있다. 한 여자가 작은 손수레를 밀며 가고 있는데, 그 위에는 손풍금이 하나 올려져 있다. 그 뒤쪽에는 약간 기울어지게 아이를 넣은 바구니가 얹혀 있다. 바구니 속 어린아이는 발을 바닥에 꽉 디딘 채 모자 속에서 만족한 듯이 웃으면서 그대로 앉아 있지 않으려고 하는 것 같다. 때때로 여자가 그 풍금을 돌린다. 그러면 그 작은 아이는 곧 바구니 속에서 발을 타닥타닥 치면서 다시 곧바로 서려고 든다. 또 근처에는 푸른빛의 나들이옷을 입은 어린 소녀가 춤을 추면서 창문들을 향해 탬버린을 끊임없이 두드리고 있었다.

이제 나는 사물을 보는 법을 배우기 시작했으므로 뭔가 내가 할 일을 착수하지 않으면 안 된다는 생각이 든다. 나는 스물여덟 살이다. 그런데도 그동안 거의 아무 일도 일어나지 않은 것이나 마찬가지이다. 돌이켜 보면 나는 이탈리아의 화가 카르파지오에 대해서 작은 논문을 썼는데 너무 지나친 것이었다. 또 '결혼'이라는 제목의 희곡을 시험 삼아 써 보았으나 그릇된 생각을 애매한 수단으로 증명하려고 한 데 지나지 않았다. 시도 몇 편 썼다. 그러나 나이 어려서 시를 쓴다는 것은 참으로 무의미한 일이다. 시는 오랫동안 끈기 있게 기다리면서 의미와 달콤한 정수를 모으지 않으면 안 된다. 가능하면 오랫동안, 어쩌면 일생을 두고 기다리고 기다리다 보면 마지막에 가서는 아마 정말로 훌륭한 몇 줄의 시가 쓰일 것이다. 시는 사람들이 생각하는 것처럼 감정이 아니기 때문이다. (만약 시가 감정이라면 나는 젊어서 넘치도록 썼을 것이다.) 시는 진정으로 경험인 것이다. 한 줄의 시를 쓰기 위해서는 수많은 도시, 허다한 사람들, 무수한 사물을 모두 눈여겨보지 않으면 안 된다. 동물들에 대해서 알아야 하고, 새들이 하늘을 어떻게 나는지도 느껴야 한다. 또한 작은 꽃들이 아침에 어떤 몸짓으로 피어나는지도 알아야 한다. 또 낯선 지역의 길들을 걸어갔던 일을 돌이켜 회상해 봐야 하고, 기대하지 않았던 뜻밖의 해후와 멀리서 다가오고 있던 이별에 대해서도 회상해야 한다 — 그리고 의미를 잘 알 수 없었던 어린 시절의 추억, 기쁨을 가져다주었는데도 그것을 잘 몰라서 (딴 아이였다면 그것을 기뻐했을 텐데) 마음을 아프게 해드렸던 부모님에 대해서도 회상해 봐야 한다.

또 있다. 온갖 심각한 변화를 보이면서 이상한 발작을 하던 어린 시절의 병들, 고요한 방에서 침묵하며 지낸 하루, 바닷가에서 맞이한 아침, 아니 바다 그 자체에 대한 회상, 이쪽 바다와 저쪽 바다, 하늘의 반짝이는 온갖 별들과 함께 떠올라 존재 없이 사라진 나그네의 밤들 — 그런 것들을 생각해 내기 시작하면 끝이 없다. 하룻밤 하룻밤이 조금도 전날 밤과 같지 않았던 사랑을 하며 보낸 밤들, 분만 중인 여자의 울부짖는 소리, 하얀 옷 속에서 가벼워진 몸으로 푹 잠이 든 산후의 여자에 대한 회상. 그것만이 아니라 죽어 가는 사람들의 곁에도 함께 있어 보았어야 한다. 열린 창이 덜컹덜컹 소리를 내는 방에서 죽어 가는 사람의 곁에 앉아 그 죽음을 경험하지 않으면 안 된다. 그러나 이러한 추억을 가지는 것만으로는 아직 아무것도 되지 않는다. 그 추억들이 우리의 몸속에 들어와 피가 되고, 눈이 되고, 표정이 되고, 이름을 알 수 없는 것이 되어 이미 우리 자신과 구별할 수가 없게 될 때, 비로소 우연히 어느 기이한 순간에 그 추억의 한복판에서, 그것들 속에서 불쑥 한 편 시의 최초의 말이 솟아나는 것이다.

그러나 내 시는 모두가 그렇게 생겨난 것이 아니었다. 결국 그것들은 시가 아니었다 — 희곡을 쓸 때에도 나는 얼마나 잘못을 범했던가. 서로가 힘들게 고뇌하고 있는 두 사람의 운명을 묘사하기 위해서 제3의 인물의 등장을 필요로 했던 나는 역시 모방자요 어릿광대가 아니었던가? 얼마나 쉽게 나는 함정에 빠지곤 했던가. 그러나 나는 모든 인생 가운데 있는, 그리고 모든 문학 가운데 나타나는 이 제3의 인물, 하지만 사실은 결코 존재한 일이 없는 이 제3의 인물의 환영이 무의미한 것이라는 것, 이 제3의 인물이야말로 부정하지 않으면 안 된다는 것을 알아야만 했던 것이다. 그것은 언제나 가장 깊은 비밀 속에 있으면서 인간의 관심을 딴 데로 돌리려는 자연의 핑계이다. 진정으로 벌어지는 드라마의 진행을 가리는 병풍에 지나지 않는 것이다. 진지하게 벌어지는 갈등의 소리 없는 침묵의 입구에서 떠들어 대는 소음에 불과한 것이다. 사실 지금까지 모든 작가에게는 중요한 두 사람의 핵심 인물에 대해서만 이야기하는 것이 어려웠던 것이라는 생각이 든다. 제3의 인물이라는 것은 사실은 전혀 비현실적인 존재이므로 도리어 다루기 쉬웠던 것이고, 그런 것쯤은 어떠한 작가라도 해냈던 것이다. 그들이 쓴 희곡에는 처음부터 이미 이런 제3의 인물을 등장시키고 싶어 하는 초조함을 읽을 수 있었다. 이미 작가 자신이 기다리고 있기가 어려웠던지, 제3의 인물이 나타나면 그때 가서야 이야기가 진행되는 것이었다.

그러나 만약 제3의 인물의 등장이 늦어진다든지 하면 얼마나 지루한가. 그가 나타나지 않으면 그야말로 아무 일도 일어나지 않고, 모든 것이 멈추고 정체된 채 그의 등장을 기다리기만 하는 것이다. 만약 이런 정체로 계속 멈춰 서 있다면 대체 어찌 될 것인가. 희곡작가 여러분, 그리고 인생을 알고 있는 관객 여러분, 만약 어떤 결혼의 열쇠 구멍이든지 들어맞는 복제 열쇠처럼 인기 있는 연애쟁이이거나 또는 이런 외람된 청년이 사라지고 없다면 대체 연극은 어찌 될 것인가. 가령 제3의 인물이 악마에게 붙잡혀 가기라도 한다면 어떻게 될까. 그렇게 되면 돌연 사람들은 극장 안이 예술적으로 공허해진 것에 놀랄 것이다. 그 안은 마치 위험한 틈새들이 생겨난 것처럼 폐색되어 버리고, 관람석 주위에는 불안한 장내에 잡동사니들만 난무할 것이다. 그렇게 되면 희곡작가들은 교외의 별장 지대에서 즐기며 마음 놓고 있을 수만은 없을 것이다. 그들을 대신해 모든 스파이가 동원되어 아무리 먼 세계의 구석을 뒤져서라도 유일무이한 것, 즉 사건의 진행 그 자체를 찾아내려 할 것이다.

그럴 때 세상 사람들 사이에 섞여 사는 것은 저 제3의 인물이 아니라 놀랄 만큼 묘사할 이야기가 많은 두 사람뿐이어야 한다. 그리고 비록 그 두 사람이 고통을 느끼고 행동하면서 어찌해야 할 바를 모르더라도, 그들에 대해서는 아직 아무것도 이야기된 적이 없어야 한다.

이런 말을 쓰고 있자니 우스운 일이다. 나는 여기 내 작은 방에 앉아 있다. 나 브리게는 이미 스물여덟 살이 되었지만 아직 누구에게도 알려지지 않은 상태이다. 여기 혼자 앉아 있는 나는 완전히 무명의 존재이다. 그런데 이 아무것도 아닌 존재가 무엇을 사고해 보려고 시작하고 있다. 낡은 집의 오 층 하숙방에서, 파리의 잿빛 오후의 하늘 아래서 생각을 이어 가고 있다.

나는 생각해 본다. 과연 누구도 진실한 것, 중요한 것을 아직도 보거나 인식하지 못하고 표현하지도 못했다는 것이 가능한 일일까. 인간은 과거 수천 년 동안 보고 생각하고 기록해 왔는데, 그 수천 년의 시간이 마치 버터 빵 한 개와 사과 한 개를 먹는 소학교 학생의 점심시간처럼 공허하게 사라져 버리는 것이 가능한 일일까.

그렇다. 자칫하면 그런 일이 있을지도 모른다.

발명을 하고, 진보해 왔고, 문화와 종교, 그리고 성현의 지혜를 유산으로 가졌음에도 불구하고 인간이 언제나 인생의 표면에만 머물며 살아왔다는 것이 있을 수 있는 일인가. 게다가 이 인생의 표면조차도 믿기지 않을 정도로 지리멸렬한 소재로 덮어 씌워져 마치 겉으로는 여름휴가 때 즐겨 앉는 살롱의 의자가 그런 것처럼 본질을 감춰 버리는 일이 있을 수 있는가.

그렇다. 그런 일이 있을지도 모른다.

세계의 모든 역사가 잘못 이해되는 것이 있을 수 있는 일인가. 과거 어느 시대에는 자기네 민중에 대해서만 이야기했기 때문에, 즉 그들에게 둘러싸인 중요한 한 사람에 대해 기록했어야 했는데도 그가 낯설고 이미 죽어 버렸다는 이유만으로 그 대신 수많은 사람의 상호 교류에 대해서만 기록했다고 해서 그 과거가 오류가 될 수 있을까.

그렇다. 그런 일도 있을 수 있다.

사람들이 세상에 태어나기 이전에 일어난 일들을 만회하지 않으면 안 된다는 생각이 과연 가능할 것인가. 사람들 모두에게 그들은 모두 전생에서 태어난 것이니 그 전생을 알고 있을 것이므로 다른 사람의 말에 미혹돼서는 안 된다고 일일이 설명을 하며 상기시키는 일이 가능할 것인가.

그렇다. 그런 일도 있을 것이다.

그리고 이 모든 사람이 일찍이 경험한 적이 없는 과거를 아주 정확하게 안다고 할 수가 있을 것인가. 오히려 모든 현실은 그들에게는 무의미한 것이고, 그들의 현실 생활은 어떤 것과도 연결됨이 없이 텅 빈 방 안의 시계처럼 다만 경과해 버리는 일이 있을 수 있을까?

그렇다. 그런 일도 있을 수 있을 것이다.

현재 살아 있는 소녀들에 대해서 아무것도 모른다는 것이 있을 수 있는 일인가? '여자들'이라고 부르고, '아이들', '소년들'이라고 말하면서도 이런 말들이 더 이상 복수의 의미를 갖지 않고 다만 수많은 단수를 뜻하는 것을 모르는 (아무리 교육을 받았다 해도 모르는) 일이 있을 수 있는가?

그렇다. 그런 일도 있을 수 있을 것이다.

'신'이라고 말하면서 그것이 뭔가 공동의 것인 양 생각하는 사람들이 있다니 이것이 있을 수 있는 일인가? — 두 명의 초등학생이 있다고 가정하자. 한 학생이 나이프를 한 개 산다. 그리고 다른 학생도 같은 날 아주 똑같은 것으로 하나 산다. 그리고 한 주가 지난 후에 두 사람은 서로 자기가 산 나이프를 보여 준다. 그때 그 두 개의 칼은 서로 약간만 비슷하게 보일 뿐이다. 서로 다른 사람의 손에 들어가서 그것들은 서로 다르게 변한 것이다.

(그것에 대해 한 아이의 어머니는 "너희들 손에 들어가면 모든 것이 곧 남아나는 게 없다"라고 말한다.) 그러니 사람들이 신을 자기들 것으로 만들고는 조금도 이용하지 않고 그냥 장식으로 두는 것이 가능한 일인가?

그렇다. 그런 일도 있을 수 있다.

그러나 만일 이런 일들이 모두 다 있을 수 있다고 한다면, 아니 어디 그럴 가능성이라도 있다면 — 이 세계에는 필연코 무슨 일인가 일어나지 않으면 안 된다. 가장 가까이에서 이런 불안한 생각을 가진 인간이라면, 그가 누구더라도 먼저 소홀히 했던 일을 다시 시작하지 않으면 안 된다. 비록 그가 가장 적임자가 아니고 다만 한 사람의 인간에 불과하다고 하더라도 말이다. 결국 그 외에 또 다른 적당한 사람은 없는 것이다. 나는 아직 나이도 젊고 중요한 인간도 아니며, 그저 한 사람의 이방인에 지나지 않는다. 그러나 나 브리게는 파리의 하숙집 오 층 방에 앉아서 밤이나 낮이나 글을 쓰지 않으면 안 되는 것이다. 그렇다. 글을 써야만 한다. 그것이 최후의 일이 될 것이다.

그 당시 나는 겨우 열두 살이나 열세 살 정도였을 것이다. 아버지는 나를 우르네클로스터로 데리고 갔다. 어떤 사정으로 아버지가 그곳에 사는 자신의 장인어른을 찾아가게 되었는지 나는 알 수 없었다. 내 어머니가 돌아가신 후 그 두 사람은 여러 해 동안 만날 일이 없었다. 그리고 내 아버지는 그 브라에 백작이 만년에 들어 은둔하고 있던, 그 오래된 성에 한 번도 와 본 적이 없었다. 나도 그 기이한 저택을 나중에 다시 보지 못했다. 외할아버지가 세상을 떠난 후 그것이 딴 사람의 손으로 넘어가 버렸기 때문이다. 어릴 적 간직된 기억을 더듬어 보면 그 성은 일반 저택이라고는 할 수 없었다. 그것은 내 머릿속에서 온통 분산되어 있었다—여기에 방이 하나, 저기에 방이 하나, 또 저기에 복도가 하나 있는 식이었다. 그런데 그 복도는 두 방을 연결시키는 것이 아니라 복도만 혼자 덩그러니 떨어져 있었다. 이런 식으로 모든 것이 내 머릿속에서는 분산되어 있었다—방들이 있고, 아주 복잡하게 뻗어 있는 계단이 있고, 또 나선형으로 만들어진 다른 작은 계단들이 있었다. 그 어두컴컴한 계단들을 사람들은 마치 피가 혈관 속을 흘러가는 것처럼 걸어 다녔다. 탑이 있는 방이 있었고, 높은 곳에 걸려 있는 것 같은 베란다가 있었다. 작은 문을 밀고 바깥으로 나가면 뜻하지 않게 발코니가 나타나기도 했다—그 모든 것이 여전히 내 머릿속에 남아 있다. 그것은 결코 내 마음속에서 사라지지 않을 것이다. 그 저택의 모습은 마치 한없이 높은 곳에서 곧바로 내 마음속으로 떨어져 그 깊숙한 밑바닥에서 산산이 부서진 것 같은 느낌이 든다.

아직도 내 마음속에 온전한 기억으로 남아 있는 것은 매일 저녁 일곱 시 만찬 시간에 사람들이 모였던 홀이었던 것으로 생각된다. 나는 그 홀을 낮에는 본 적이 없었다. 거기에 창문이 있었는지 없었는지, 있었다면 어느 쪽으로 향해 있어 무엇이 보였는지도 기억나지 않는다. 가족들이 그 홀 안으로 들어가면 언제나 묵직한 촛대에 촛불이 켜져 있었고, 몇 분만 지나도 사람들은 시간을 잊어버려서 바깥에서 보았던 일들을 모두 다 잊었다.

내 추측에 천장이 높고 둥글었던 것 같은 그 홀은 다른 어떤 것보다 강한 인상을 주었다. 홀의 어두침침한 천장과 한 번도 빛을 제대로 받지 못한 구석들은 사람들의 머릿속에 있는 모든 영상을 다 빨아들여 버리는 것 같았다. 그렇다고 대신 무슨 색다른 영상을 던져 주는 것도 아니었다. 사람들은 그냥 해체된 것처럼 막연히 거기 앉아 있었다. 의지나 생각 없이, 욕구도 저항할 힘도 잃은 채 사람들은 마치 텅 빈 것처럼 그곳에 앉아 있었다. 내 기억에 이런 무의미한 상태가 처음에는 역겨워서 나는 일종의 뱃멀미 같은 메스꺼움을 느꼈다. 나는 다리를 뻗어 맞은편에 앉아 있는 아버지의 무릎에 발을 의지하고서야 겨우 그 불편함을 견딜 수 있었다.

나중에야 내 머릿속에 떠오른 것인데, 우리의 부자 관계는 어느 정도 냉담한 것이어서 나의 그런 이상한 행동에 대해 설명하기는 어렵지만, 아버지는 그런 아들의 행동을 이해하고 있었거나 아니면 적어도 그대로 묵인해 주고 있었던 것 같았다. 어쨌든 나로 하여금 그 긴 식사 시간을 잘 견디게 해 준 것은 그 미미한 접촉의 힘이었다. 그리고 경련을 일으킬 것처럼 겁을 먹고 참은 몇 주일이 지나자 나는 아이들 특유의 무한한 순응 능력으로 그 불유쾌한 만찬 모임에 적응했다. 그래서 별다른 노력 없이도 두 시간 넘게 식탁에 앉아 있는 것에 익숙해졌다. 게다가 나는 식사하는 사람들을 자세히 관찰하기 시작했으므로, 심지어는 그 시간이 빠르게 지나가는 것처럼 생각되었다.

내 외할아버지는 이 사람들을 모두 가족이라고 불렀다. 딴 사람들도 역시 그 말을 쓰기는 했지만 그것은 너무나 억지스러운 말이었다. 왜냐하면 여기 앉아 있는 네 사람은 먼 혈족 관계가 있다고는 하지만 결코 한 가족에 속하는 사람들은 아니었기 때문이다. 바로 내 옆에 앉은 백부는 나이가 많았는데, 햇볕에 그을린 듯한 단단한 얼굴에 검은 반점이 있었다. 듣기로는 무슨 화약 폭발로 말미암아 생긴 상처라고 했다. 그는 언제나 투덜거리고 불만이 있는 것 같은 사람으로, 소령으로 군대를 전역한 뒤에 지금은 성 안의 나는 모르는 어느 방에서 연금술 같은 실험에 몰두하고 있었다. 하인들의 말을 들어 보면, 그는 형무소와 연락을 취하고 있어서 거기에서 일 년에 한두 차례 그에게 시체들을 보내 준다고 했다. 그는 그 시체들을 받아다가 밤낮으로 방에 틀어박혀서 그것들을 절단해, 시체가 썩지 않도록 비밀스러운 방식으로 처리하고 있다는 것이었다.

그 백부의 맞은편에는 마틸데 브라에 양의 자리가 있었다. 그 여자는 나이를 알 수 없는 여자였는데 내 어머니의 먼 친척이었다. 그 여자에 대해서는 자칭 놀데 남작이라고 하는 오스트리아의 심령론 연구가와 아주 활발하게 편지 왕래를 하고 있다는 것만 알려져 있었다. 그녀는 그 심령 연구가에게 완전히 마음이 쏠려 있어서 먼저 그의 승낙이 없이는, 아니 그에게서 축복이라 할 만한 것을 얻지 못하는 한은 아무리 사소한 일에도 손을 대지 않았다. 그 당시 그녀는 몹시 뚱뚱했는데, 살집이 풍성해서 마치 그녀의 헐렁헐렁한 밝은색 옷 속에 몸을 그냥 아무렇게나 쑤셔 넣은 것 같은 모습이었다. 그녀의 동작은 아주 피곤해 보이고 분명치 않았으며 눈에는 언제나 눈물 같은 것이 고여 있었다. 그런데도 이 여자의 모습 어딘가에 부드럽고 호리호리했던 내 어머니를 생각나게 하는 데가 있었다. 자세히 관찰하면 할수록 그녀의 얼굴에 드러나는 섬세하고 부드러운 표정 속에서 나는 어머니가 돌아가신 후에 더 이상 기억할 수 없었던 인상을 발견할 수가 있었다. 그 여자, 마틸데 브라에 양과 날마다 얼굴을 마주하면서부터 나는 돌아가신 어머니의 모습이 어떠했는지를 다시 알 수 있었다. 사실 그때 비로소 나는 어머니의 얼굴을 처음으로 알게 되었던 것 같다. 이때 나는 그 여자의 얼굴에서 수백 개의 나뉜 조각들을 모아서 돌아가신 내 어머니의 얼굴을 맞춰 놓았고, 그때부터 그 모습은 어디를 가나 나와 함께하게 되었다. 나중에 가서 나는 그 마틸데 브라에 양의 얼굴에 정말로 내 어머니의 모습을 확실하게 정해 주는 모든 개개 요소가 있다는 것을 알았다. 다만 낯선 하나의 얼굴이 그 사이로 숨어들었기에 모든 것이 산산이 흩어지고 감춰져서 서로 연결되지 못하고 있었던 것이다.

그 여자의 옆자리에는 외사촌 누이의 어린 아들이 앉아 있었다. 그 애는 나와 같은 또래였으나 나보다 몸이 작고 더 약해 보였다. 주름 잡힌 옷깃 사이 그의 가늘고 혈색 없는 목덜미가 긴 턱 밑으로 사라지는 것처럼 숨어 있었다. 그의 입술은 가늘었고 거의 입을 굳게 다물고 있었다. 그는 콧방울을 가늘게 떨었고 그의 예쁘장한 다갈색 눈은 한쪽만 움직였다. 그 눈은 이따금 조용하고 슬프게 내 쪽을 바라보았는데, 움직이지 않는 다른 쪽 눈은 마치 팔아넘겨져서 이제 더 이상 쓸 수가 없다는 듯이 언제나 방안의 같은 구석만 바라보고 있었다.

식탁의 상석에는 외할아버지의 커다란 안락의자가 놓여 있었다. 의자에는 할아버지가 걸터앉을 때 의자를 밑으로 밀어 넣어 주는 역할을 하는 하인이 붙어 서 있었다. 그 하인은 다른 일은 하지 않고 그 일만 했다. 외할아버지는 그 의자에 연로한 작은 몸을 얹었었다. 귀가 먹은 그 늙은 주인을 어떤 사람들은 '각하'나 '궁내 대신'이라고 부르고, 또 어떤 사람들은 '장군님'이라는 칭호로 부르기도 했다. 외할아버지가 그런 직위들을 갖고 있었던 것은 사실이었으나 관직에 있던 시절은 이미 먼 옛날이어서 그 칭호들은 이제 거의 무의미한 것이었다. 내가 보기에, 어느 순간에는 매우 예리한 사람으로 보이는가 하면 또 곧 처음처럼 막막한 모습으로 돌아가는 외할아버지와 같은 사람에게는 도대체 특정한 호칭이 맞지 않을 것 같았다. 비록 그분은 내게 다정했지만 나는 아무리 해도 내 입으로 그를 '할아버지'라고 부를 결심은 서지 않았다. 할아버지는 나를 곁으로 불러서 내 이름을 놀리는 듯한 이상한 악센트로 부르곤 했다. 그러나 모든 가족이 백작을 외경과 두려움이 섞인 태도로 대하고 있었다. 다만 그 작은 에리크만이 친근감을 가지고 그 연로한 성의 주인을 대하고 있었다. 그 아이의 움직이는 한쪽 눈이 때때로 노인과 합의한 듯이 한 재빠른 눈짓을 해 보이면, 그것에 대해 외할아버지 쪽에서도 똑같은 민첩한 속도로 대응하는 것이었다.

그리고 때로 여름날 긴 오후가 이어질 때, 이 두 사람은 깊숙한 회랑의 끝에서 자태를 나타내어 둘이 손을 잡고 어둑서니 같은 오래된 초상화들이 걸려 있는 곳을 따라 거니는 모습이 목격되곤 했다. 겉보기에는 말을 한마디도 하지 않는 것 같았지만 아마도 그들은 다른 방식으로 서로 소통하고 있는 것 같았다. 나는 거의 온종일 정원에 있거나 아니면 바깥으로 나가 너도밤나무 숲이나 삼림이 우거진 곳에 가 있었다. 다행히도 우르네클로스터에는 내 뒤를 따라오는 개가 몇 마리 있었다. 또 곳곳에 소작인이 사는 집이나 관리인 농장이 있었다. 나는 거기에 들러 우유와 빵과 과일을 얻을 수 있었다.

나는 아무런 구애 없이 내 자유를 즐겼다고 생각한다. 그리하여 나중에 적어도 두어 주일 동안은 만찬의 식탁에서 사람들과 만날 때 느끼는 불안도 덜 수 있었다. 나는 거의 아무하고도 말을 하지 않았다. 혼자 있는 것이 좋았기 때문이다. 다만 개들하고는 이따금 짧은 대화를 하곤 했는데, 개들과는 아주 소통이 잘 되었다. 하여튼 말수가 적은 것은 우리 일가의 습벽이었다. 내 그런 습벽도 아버지한테서 온 것이었다. 그러니 만찬 때 식탁에서 거의 아무런 이야기가 오가지 않는 것을 나는 별로 기이하게 생각하지 않았다.

우리가 이 성에 도착했을 때 처음 며칠 동안은 마틸데 브라에 혼자만 말을 많이 했다. 그녀는 아버지에게 외국의 도시들에서 만난 옛 지인들의 소식을 묻기도 하고, 오랜 옛날의 추억을 기억해 내기도 하고, 이미 작고한 친구들에 대해서도 이야기했다.

또 어떤 청년에 관한 이야기를 끄집어낼 때는 스스로 감정이 복받쳐 눈물을 흘리기도 했다. 그 청년은 그녀를 사랑하고 있었지만, 그녀 쪽에서 상대방의 희망 없는 열렬한 애정에 응답하려 하지 않았다고 암시하며 말하는 것이었다.

아버지는 가만히 점잖게 말을 듣고 있다가 때때로 고개를 끄덕이며 필요한 것만 대답했다. 식탁 상석에 앉은 외할아버지, 즉 노 백작은 아래로 처진 입술에 끊임없이 미소를 띠어 보였다. 노인의 얼굴은 보통 때보다 커 보여서 마치 가면 같은 것을 붙인 것 같았다. 때로는 노인 자신도 말을 건넸는데, 딱히 누구를 향해서 하는 것도 아니었다. 비록 몹시 작은 음성이었으나 홀 안 전체에 다 잘 들렸다. 그 음성은 똑같은 속도로 하염없이 흘러가는 시계가 시각을 새기는 것 같았다. 그의 음성 주위를 둘러싼 정적은 특수하게 공허한 공명을 지니고 있어서 하나하나의 음절이 발음되면 곧 똑같은 음절을 만들면서 울리는 듯한 느낌을 주었다.

브라에 백작은 아버지에게 그의 아내, 즉 돌아가신 내 어머니에 대해 말을 하는 것을 특별한 예의로 여기고 있는 듯했다. 할아버지는 어머니를 시빌레 백작 영애라고 불렀고, 무슨 이야기를 할 때마다 늘 어머니에 대해 묻는 듯한 여운을 남겼다. 그럴 때면 사실 왠지 알 수는 없으나 어느 순간에든 홀 안에 있는 우리에게 다가올 순백색 옷을 입은 젊은 처녀의 이야기를 하고 있는 것처럼 생각되었다. 또 나는 할아버지가 좀 전과 같은 어조로 "우리의 사랑스러운 안나 소피"라고 말하는 것을 들었다.

어느 날 나는 외할아버지에게 그가 특히 좋아하는 것 같은 이 소녀가 누구냐고 물었다. 할아버지는 그녀가 대재상이었던 콘라드 레벤트로우의 딸이라고 말했다. 예전에 그 여자는 프리드리히 4세와 귀천상혼(貴賤相婚)하여 배우자가 되었는데, 사후 로스길데 교회에 매장된 지 거의 150년 가까이 된다는 것이었다. 시대의 순서 같은 것은 할아버지에게 있어서는 전혀 무의미한 일이었다. 죽음 같은 것은 극히 작은 사건에 지나지 않는 것으로, 그것을 그는 전적으로 무시해 버렸다. 한번 그의 기억 속에 들어온 사람들은 언제나 실재하고 있는 것 같았다. 그러니 그들이 죽었다 해도 털끝만치도 달라지는 것은 전혀 없었다. 외할아버지가 돌아가신 뒤 몇 년이 지난 후에 사람들은 그 노인이 똑같은 고집으로 미래도 현재의 일인 것처럼 느끼고 있었다는 이야기를 했다. 한번은 외할아버지가 어떤 젊은 부인에게 그 부인의 아들들 이야기를 했었다고 한다. 특히 그 아들 중 한 명이 한 여행에 대해서 자세한 이야기를 했는데, 사실인즉 그 젊은 부인은 첫 임신을 한 지 겨우 석 달밖에 안 되었던 상황으로, 끊임없이 이야기하는 외할아버지 옆에 앉아서 놀람과 무서움으로 거의 정신을 잃을 지경이었다고 한다.

그러나 나는 이 만찬의 식탁에서 웃기 시작했다. 나는 커다란 소리를 내며 웃었는데, 아무리 해도 웃음을 참을 수가 없었다. 어느 날 저녁때였다. 웬일인지 여느 때와 달리 마틸데 브라에 양이 모습을 나타내지 않았다. 그런데도 거의 눈이 멀다시피 한 늙은 하인은 그 여자가 앉을 좌석으로 다가가더니 여느 때처럼 태연히 접시를 앞으로 내미는 것이었다. 그리고 잠깐 동안 그대로 기다리고 있다가 이윽고 접시가 잘 건네졌다는 듯이 만족한 듯 위엄을 갖추고 다음 좌석으로 걸음을 옮겼다. 나는 이 광경을 자세히 바라보고 있었다. 보고 있는 동안에는 조금도 우스운 생각이 없었다. 그러나 조금 뒤에, 음식을 조금 입으로 넣으려 할 때 너무 갑작스럽게 웃음이 터져 나는 바람에 나는 목이 메어서 커다란 소리를 내질렀다. 그런데 이런 상황이 나한테는 매우 기분 나빠서 어떻게든 참아 보려고 애썼지만 웃음이 갑자기 터져 나곤 해서 정말 어쩔 도리가 없었다.

내 아버지는 내 이런 행동을 숨기고 싶어서 부드럽게 잠긴 목소리로 이렇게 물었다.

"마틸데 양은 어디 아픈가요?"

그러자 외할아버지는 언제나 그렇듯 미소를 지으면서 한마디 대답을 했는데, 나는 계속해서 웃느라 제대로 주의하지 못했지만 대략 다음과 같은 말이었다.

"아니야, 단지 크리스티네와 마주치고 싶지 않아서 그런 거라네."

나는 이 말이 준 영향 때문이라는 생각은 하지 않았지만, 그때 내 옆에 앉아 있던 얼굴이 그은 소령이 일어나더니 입속으로 중얼거리듯 미안하다는 말을 내뱉고는 백작을 향해 인사를 한 후 홀에서 나갔다. 그런데 보니까 그는 나가다가 성주의 등 뒤에서 한 번 몸을 돌려 작은 에리크에게 손짓을 하더니, 돌연 너무나 놀랍게도 내게도 눈짓을 하는 것이었다. 마치 자신을 따라 밖으로 나오라고 요구하는 것 같았다. 나는 너무 놀라서 나오려던 웃음이 딱 멈춰 버렸다. 그렇지만 나는 그 소령에게 더 이상 눈길을 주지 않았다. 나는 소령이 마음에 들지 않았다. 살짝 보니까 작은 에리크 쪽에서도 그를 모르는 체하는 것 같았다.

식사는 여느 때처럼 계속해서 진행되었다. 그리고 후식 시간이 막 다가왔을 때, 나는 홀의 배경에 있는 어둑어둑한 곳에서 무엇이 움직이고 있는 것 같아서 그쪽으로 시선을 빼앗겼다. 그곳에는 내 생각에 언제나 닫아 두고 있는 문이 하나 있었다. 무슨 가운데 층으로 통하는 문이라는 소리를 들은 적이 있었다. 그 문이 스르르 열렸다. 호기심과 놀람이 섞인 새로운 감정으로 그쪽을 자세히 바라보니 어둑어둑한 문의 입구에서 밝은 옷을 입은 한 부인이 나타나 우리 쪽으로 천천히 걸어오는 것이었다. 그때 내가 어떤 움직임을 보였는지, 혹은 어떤 소리를 냈는지는 모르겠다. 의자가 거꾸러지는 커다란 소리가 났으므로 나는 그 기이한 모습의 부인에게서 눈을 돌려 아버지 쪽을 바라보았다. 아버지는 의자에서 벌떡 몸을 일으켜 창백해진 얼굴로, 늘어뜨린 손에 주먹을 불끈 쥔 채 부인을 향해 다가갔다. 그러나 그 부인은 이런 광경에 전혀 아랑곳하지 않고 한 걸음 한 걸음 우리 쪽으로 다가왔다. 그 여자가 백작이 앉은 자리에 가까워지자 노인은 벌떡 일어서서 아버지의 팔을 식탁으로 잡아당기더니 그것을 꽉 붙들었다. 그러나 정체를 알 수 없는 그 부인은 이런 일에는 무관심한 채 누구의 방해도 받지 않고 홀의 한복판을 지나 천천히 걸어갔다. 한 걸음 한 걸음 더 할 수 없는 정적 속을 조용히 지나서 건너편 벽의 문 쪽으로 사라졌다. 어디선가 유리잔 하나가 드르륵하며 떨리는 소리가 들릴 뿐이었다.

그 순간 부인이 나간 문 쪽으로 가서 깊이 허리를 숙이면서 문을 닫은 사람이 작은 에리크였음을 나는 알았다.

그 식탁에 앉은 채 그대로 있었던 사람은 나 혼자뿐이었다. 나는 의자에 너무 힘겹게 앉아 있었으므로 혼자서는 결코 다시 일어날 수 없을 것 같은 생각이 들었다. 잠시 주위를 바라보고 있었지만 내가 무엇을 보고 있었는지는 모르겠다. 그러다 아버지 생각이 나서 그쪽을 보니 외할아버지가 여전히 아버지의 팔을 붙들고 있었다. 아버지의 얼굴은 성난 것처럼 붉게 충혈되어 있었다. 그러나 외할아버지는 매의 발톱처럼 하얀 손가락으로 아버지의 팔을 꽉 붙들고 있었다. 그때 나는 외할아버지가 한 음절씩 끊듯이 무슨 말인가 하는 것을 들었지만 그 말의 의미를 이해할 수는 없었다. 그런데도 그 말은 내 귓속 깊이 박혔다. 왜냐하면 그보다 앞서 이 년 전쯤의 어느 날, 내 오래된 기억 속에 있던 말을 기억해 냈기 때문이다. 외할아버지는 이렇게 말했다.

"자네는 성격이 급하네, 브리게 시종장. 그리고 예의도 없네. 딴 사람들이 하는 일을 왜 그냥 내버려두지 않는가?"

"저 사람은 누굽니까?"라고 그사이 아버지가 소리쳤다.

"여기에 머물 권리를 가지고 있는 사람이지. 낯선 사람이 아니라 크리스티네 브라에 양이라네."

그러자 다시 그 기이한 정적이 잠시 계속되었다. 그때 유리잔이 다시 떨리기 시작했다. 아버지는 붙잡힌 팔을 뿌리치더니 홀 밖으로 황급히 걸어 나갔다.

나는 밤새 아버지가 그의 방에서 왔다 갔다 하는 발걸음 소리를 들었다. 그사이에 나도 더 이상 잠을 이룰 수가 없었기 때문이었다. 그러다가 갑자기 동이 틀 무렵에 나는 가수면 상태에서 놀라 소리치며 깨어났다. 내 침대 가에 하얀 옷을 입은 어떤 사람이 앉아 있는 것을 발견한 나는 심장까지 마비되는 것 같았다. 나는 절망하다가 마침내 용기를 내어 머리를 이불 속으로 파묻어 버렸다. 나는 불안해서 어쩔 줄 몰라 하며 울기 시작했다. 울고 있던 내 눈두덩이 갑자기 서늘해지더니 눈앞이 밝아졌다. 나는 아무것도 보지 않으려고 눈물이 서린 눈을 꾹 눌렀다. 그러자 아주 가까이에서 내게 말을 거는 소리가 따뜻하고 정답게 얼굴을 스쳤다. 나는 그 목소리를 알아보았다. 마틸데 브라에 양의 목소리였다. 곧바로 마음이 가라앉았다. 이미 진정이 되었지만 나는 그냥 그대로 있으면서 위로를 받았다. 어쩐지 그런 위로를 받을 이유가 충분히 있다고 생각했다.

"이모" 하고 부르고 나서 나는 그녀의 눈물 젖은 얼굴에서 내 어머니의 모습을 찾으려고 애썼다.

"이모, 그 여자는 누구였어요?"

내 물음에 "으응, 그 여자는" 하고 마틸데 브라에는 한숨을 내쉬며 대답했다. 그런 모습이 내게는 우스꽝스럽게 느껴졌다.

"불행한 여자란다, 얘야. 불행한 여자야."

그날 아침, 나는 어느 방 안에서 하녀 몇 명이 짐을 싸느라 분주한 것을 보았다. 나는 우리가 그곳을 떠나 돌아가는 것이라고 생각했다. 그리고 이제 우리가 떠나는 것이 당연한 것이라고 여겼다. 아마도 그것은 내 아버지의 의도인 것 같기도 했다. 하지만 그런 일이 있었는데도, 그날 저녁 이후로 무엇이 아버지를 계속해서 우르네클로스터에 머물러 있게 했는지 나는 결코 알아내지 못했다. 어쨌든 우리는 떠나지 않았던 것이다. 그 후로도 우리는 그곳에 8주인가 9주 동안 체류했다. 우리는 그 집에 일어나는 여러 가지로 기이한 일들을 참으며 지냈다. 그리고 크리스티네 브라에가 세 번이나 더 모습을 나타낸 것도 보았다.

그 당시 나는 그 여자의 신상에 대한 것은 전혀 모르고 있었다. 그 여자는 아주 오래전에 두 번째 아이인 사내아이를 낳다가 죽었다고 했다. 그때 태어난 아이도 성장해서 불안하고 잔혹한 운명에 처하게 된 것 같았다—그러나 그 여자가 이미 죽은 여자라는 것을 아버지가 알고 있었다는 사실을 나는 모르고 있었다. 격한 성질을 가진 아버지는 무엇이나 철저하고 명료하게 일을 처리하려는 성격이었으므로, 자제하면서 이 기이한 일을 캐묻지 않고 참아 내려고 애를 썼던 것일까? 나는 아버지가 자기 자신과 싸우면서 마침내 스스로 억제하는 것을 보았다.

우리가 크리스티네 브라에를 마지막으로 본 때였다. 이때는 마틸데 브라에 양도 식탁에 나와 앉아 있었으나 여느 때와는 태도가 좀 달랐다. 우리가 처음 온 뒤에 며칠 동안 그랬던 것처럼 그 여자는 아무 관련성도 없는 말을 끊임없이 내뱉었고, 몇 번이나 말이 모호하게 헝클어지곤 했다. 그러면서 그녀는 몸은 자꾸 불안해지는지 끊임없이 머리카락과 옷을 만지작거렸다. 그러다가 갑자기 큰 소리로 고통스러운 듯 비명을 지르며 벌떡 일어나더니 모습을 감추어 버렸다.

바로 이 순간 의도치 않게 내 시선은 어느 문이 있는 곳에 가서 꽂혔다. 그리고 실제로 크리스티네 브라에가 문으로 들어서는 일이 일어났다. 내 옆에 앉아 있던 소령은 그 순간 격렬하고 짧게 몸을 떨었다. 그 떨림이 내 몸에까지 옮겨 와 느껴졌다. 그러나 그 남자는 더 이상 자리에서 일어날 힘이 없는 것처럼 보였다. 그을고 반점이 있는 그의 나이 든 얼굴이 홀 안에 있는 사람들을 하나씩 번갈아 가며 바라보았다. 그의 쩍 벌어진 입속에, 벌레 먹은 이 뒤로 말려 올라간 혀가 보였다. 그리고 갑자기 그 얼굴이 보이지 않게 되었다고 생각한 순간, 소령의 하얀 머리가 식탁 위로 푹 수그러졌다. 그의 팔들은 마치 끊어진 것처럼 하나는 식탁 아래로, 하나는 그 위로 축 늘어졌다. 주름 잡히고 반점이 있는 손 하나가 그 사이로 나와서 가늘게 떨고 있었다.

그러자 이때 크리스티네 브라에는 한 걸음 한 걸음 마치 병자처럼 느릿하게, 형언할 수 없이 고요한 정적 속을 지나가고 있었다. 그 정적 속에서 마치 늙은 개의 신음 같은 부르짖는 외마디 소리가 들려왔다. 그때 수선화가 한 묶음 꽂혀 있던 커다란 은제 백조 모양의 화병 왼쪽으로 노인의 커다란 가면 같은 얼굴이 기분 나쁜 미소를 띠며 나타났다. 외할아버지는 들고 있던 포도주 컵을 아버지 쪽을 향해 들어 올렸다. 그리고 나는, 크리스티네 브라에가 막 아버지의 의자 뒤로 돌아 지나갈 때, 아버지가 그의 유리잔을 잡아 뭔가 아주 무거운 물건을 드는 것처럼 식탁에서 겨우 조금 들어 올리는 것을 보았다.

우리는 당장 그날 밤에 그곳을 떠났다.

비블리오테크 내셔널*에서

나는 여기 앉아서 한 사람의 시인을 읽고 있다. 홀 안에는 많은 사람이 있지만, 그들의 기척은 조금도 느껴지지 않는다. 그들은 책 속에 파묻혀 있다. 때때로 그들은 그들이 펼친 책의 페이지 속에서 움직인다. 마치 잠을 자고 있는 사람이 두 가지 꿈 사이에서 몸을 뒤척이는 것 같다. 아, 그렇지만 독서를 하는 사람들 사이에 앉아 있는 것은 얼마나 즐거운 일인가. 왜 사람들은 언제나 이렇게 있지를 못하는 것일까? 누구의 곁으로 가서 가만히 건드려도 그는 그것을 모른다. 그는 아무것도 느끼지 못한다. 또 의자에서 일어설 때 옆 사람과 조금 부딪혀서 미안하다고 말해도 그는 다만 말이 들리는 쪽을 향해 고개를 끄덕일 뿐이다. 그는 얼굴을 이쪽으로 돌려도 눈은 나를 보지 않는다. 그의 머리카락은 마치 자고 있는 사람의 머리카락 같다. 그런 모습을 보면 즐겁다.

나는 여기 앉아서 한 사람의 시인을 갖고 있다. 이 무슨 운명이란 말인가. 지금 이 홀 안에서 책을 보고 있는 사람이 아마 삼백여 명은 될 것이다. 그러나 그들이 제각각 한 사람의 시인을

* Bibliothèque nationale, 즉 프랑스 국립도서관.

가진다는 것은 불가능한 일이다. (그들이 무엇을 가지고 있는지는 아무도 모르겠지만) 어쨌든 삼백 명의 시인은 없기 때문이다. 그러나 보라, 이 무슨 운명인가. 나는, 여기서 책을 보고 있는 사람들 가운데서 어쩌면 가장 가난한 인간이 틀림없을 나는, 그리고 외국인인 나는 한 사람의 시인을 가지고 있다! 비록 가난하기는 하지만 말이다.

날마다 입고 있는 내 옷은 조금씩 해지기 시작했고, 내가 신고 있는 구두는 여기저기 말썽이 생기고 있지만, 옷깃은 더러워지지 않았다. 와이셔츠도 깨끗하다. 이런 모습으로 어디 마음에 드는 다과점으로, 그것도 어디 화려한 큰 거리에 있는 곳으로 들어가 과자 접시에 거리낌 없이 손을 내밀어 조금 집어 먹을 수 있을 것이다. 거기서는 내 몸에서 눈에 띄는 것을 발견해서 나를 꾸짖으면서 밖으로 쫓아내는 사람은 아무도 없을 것이다. 왜냐하면 나는 좋은 가문 출신이라서 날마다 네다섯 번은 손을 씻으니까 말이다. 손톱에 때가 끼지 않았고, 글을 쓰는 손가락에도 잉크가 묻어 있지 않다. 그리고 특히 손가락 마디들은 더할 나위 없이 깨끗하다. 가난한 사람들이 그런 데까지 신경을 써 가며 씻지 않는 것은 누구나 알고 있는 사실이다. 이러한 신체의 부분적인 청결에서 사람들은 어떤 일정한 결론을 끌어낼 수 있다.

실제로 사람들은 그런 식으로 결론을 이끌어 낸다. 특히 실무와 관련된 일일 때 사람들은 그렇게 한다. 그러나 예를 들어 생미셸 대로나 라신느 가 같은 데에 가면, 그런 결론 따위에 속지 않고 손가락 관절이 어쩌든 간에 그런 데는 눈도 주지 않는 사람들이 몇몇 있다. 그런 사람들은 나를 한 번 보면 곧 알아본다. 그들은 내가 사실은 그들과 같은 부류의 사람이며 지금은 연극을 조금 해 보이고 있는 거라고 생각할 것이다. 사육제 때처럼 가장을 하고 있는 거라 여길지도 모른다.

그러므로 그들은 내 기분을 망칠 일은 하지 않는다. 그들은 조금 히죽 웃고 눈을 깜박여 보일 뿐이다. 옆에 있는 사람들은 아무도 그것을 보지 못한다. 여하튼 그들은 나를 신사처럼 취급해 준다. 가까이에 누군가 있으면 그들은 이상할 정도로 내게 머리를 숙여 보이기도 한다.

마치 내가 털외투를 입고 있고 자가용 마차가 내 뒤에 따라오고 있기나 한 것처럼 말이다. 그럴 때 나는 그들에게 두 푼 정도 돈을 주기도 하는데, 그것을 거절당하지는 않을까 해서 손을 가볍게 떤다. 그러나 그들은 그대로 받는다. 그때 만약 그들이 약간 빈정거린다든가 눈을 깜빡여 보이는 일만 없다고 하면 아무 문제 없이 넘어간다. 대체 그들은 어떤 인간일까? 그들은 나한테서 무엇을 원하는 것일까? 나를 은근히 기다리고 있는 것일까? 그들은 어떻게 내 정체를 알아채는 것일까?

사실, 내 수염은 약간 제대로 다듬지 않은 것처럼 보인다. 그것은 언제나 내 머릿속에 젖어 든 그들의 병자 같은, 늙어 빠져 퇴색된 수염과 조금은 비슷한 데가 있다는 느낌을 되살린다. 그러나 수염을 좀 더부룩하게 달고 다닌다고 해서 뭐가 어떻다는 것인가. 많은 사람이 바쁠 때면 대개 그렇게 한다. 그렇게 더부룩한 수염을 달고 다닌다고 해서 곧바로 그들을 천한 자로 간주

할 사람은 없을 것이다. 내가 보기에 그런 사람들은 거지라기보다는 천한 자들임이 분명하다. 그들은 본래 거지는 아니다. 그것은 확실하게 구별해야 한다. 그들은 운명이 뱉어 놓은 인간이라는 존재의 폐기물이요, 내버려진 껍데기라고 해야 좋을 것이다. 운명의 타액에 젖어서 그들은 담벼락이나 가로등이나 광고기둥 같은 데에 붙어 있거나, 아니면 시꺼먼 더러운 흔적을 뒤에 남기면서 폐수처럼 천천히 거리로 흘러나오는 것이다.

침실용 야간탁자에서 뺀 서랍 하나에 단추와 바늘 몇 개를 담아 가지고 어디 움막 같은 데서 기어 나와 그것을 들고 돌아다니는 저 노파는 도대체 나한테서 무엇을 원했던 것일까? 무슨 까닭으로 노파는 늘 나와 나란히 걸으면서 나를 힐끔힐끔 관찰한 것일까? 눈물이 비질거리는 눈으로 내 정체를 알아내려고 애쓰는 것처럼 보였는데, 그 눈은 충혈된 눈꺼풀에 병자가 뱉어 놓은 시퍼런 가래침이 붙어 있는 것 같았다.

그리고 그 당시 왜 그 키 작은 노파는 어느 쇼윈도 앞에서 한참 동안 나와 나란히 서 있었던 것일까. 그 여자는 내게 한 자루의 낡고 기다란 연필을 내보였다. 아주 느릿느릿, 꽉 쥔 앙상한 손가락 사이에서 꺼내 보여 주었다. 나는 쇼윈도 안에 진열해 놓은 물건을 보고 있어서 일부러 아무것도 눈치채지 못한 척하고 있었다. 그러나 그 여자는 내가 그 연필을 본 것을 알고 있었다. 그 여자는 내가 멀거니 서서, 속으로는 대체 저 여자가 무슨 수작을 하는 것일까라는 생각을 하고 있다는 것을 알았다.

하지만 연필 자체로 뭔가를 하려는 것은 아니라는 것을 나는 곧 알았다. 그것은 일종의 수작이라고 느껴졌다. 자기들끼리 보내는 신호, 그것은 천한 자들끼리 알고 있는 신호였다. 그 여자는 이런 데 멍하니 서 있지 말고 어디론가 가서 뭐든 하라고 암시를 주는 것 같았다. 그런데 묘하게도 나는 이런 암시에는 일종의 통하는 약속이 들어 있으며, 이러한 광경은 본래 내가 예상하지 않으면 안 되었던 것이라고 하는 느낌에서 언제까지나 벗어날 수 없었다.

그 후 두 주일이 지났다. 그러나, 그 일이 있은 후부터 거의 매일 나는 그러한 우연한 만남을 비껴갈 수 없었다. 어둑어둑해질 때만이 아니고, 대낮의 혼잡한 거리에서도 돌연 왜소한 사내나 노파가 눈앞에서 나타나서 내게 고개를 끄덕거리며 뭔가를 슬쩍 보이고는 마치 필요한 일은 다했다는 듯이 다시 사라지는 일이 벌어지곤 했다. 이러다가는 어느 땐가 그들이 내 하숙집까지 찾아올 수도 있을 것 같았다. 그들은 이미 내가 어디 살고 있는지 알고 있는 게 틀림없었다. 그들은 하숙집 관리인에게 저지당하지 않게 이미 손을 썼을 것이다.

그러나 여기 도서관에 와 앉아 있으면 나는 그런 사람들에게서 안전하다. 이 도서관의 홀 안으로 들어오는 데는 특별열람권이 필요하다. 이 열람권을 나는 가지고 있지만 그들은 소지하지 않았다. 나는 약간 사람을 꺼리는 태도로 길을 걸어간다. 그러다가 이윽고 어떤 유리문 앞에 다다르면, 자기 집에 돌아온 것처럼 그 문을 열고 들어가 그다음 입구에서 내 열람권을 보인다. (그것은 길가에서 그자들이 뭔가를 내게 보일 때의 손짓과 조금도 다르지 않지만, 차이가 있다면 내 생각이 곧 상대방에게 통하고 이해된다는 점일 것이다.) 그러고 나면 나는 이 책들 속에 안심하고 숨는다. 나는 마치 죽은 사람처럼 그들로부터 완전히 격리되어, 여기 앉아서 한 사람의 시인을 읽고 있는 것이다.

그대들은 시인이라는 것, 그것이 무엇인지 알지 못할 것이다 — 시인 베를렌이라고 말해도 아무것도 아닌 듯, 아무런 추억도 없을 것이다. 아니, 모를 것이다. 그대들이 알고 있는 사람들 가운데서 베를렌을 구별해 내지 못할 것이다. 구별해 내는 일을 그대들은 아예 하지 않는다는 것을 나는 알고 있다. 그러나 지금 내가 읽고 있는 것은 베를렌은 아니다. 파리에 살고 있지 않은 전혀 다른 시인이다. 산속에 고요한 거처를 갖고 있는 사람이다.

내 시인은 순수하게 맑은 대기 속에서 울리는 종소리와 같다. 자신의 집 창가에서, 그리고 또 사랑스러우면서도 고독한 넓은 벌판을 생각나게 하는 책장의 유리문 앞에서 시를 전해 주는 행복한 시인. 바로 그와 같은 시인이 나는 되고 싶다. 그 시인은 소녀들에 대해 아주 많은 것을 알고 있기 때문이다. 나 역시 소녀들에 대해 많은 알고 싶다. 그는 백 년 전에 살았던 소녀들에 대해서도 알고 있다. 그 소녀들이 이미 죽어 버린 후인 것은 상관없다. 그는 무엇이나 충분히 알고 있으니까. 중요한 것은 바로 그것이다.

그는 소녀들의 이름을 소리 내어 읽는다. 고풍스러운 장식이 많은 문자로 가늘고 길게 쓰인 이 부드러운 이름들, 그 소녀들의 옛 친구들이 어른이 되어 개명한 이름들을 외운다. 그러한 이름들에는 어딘가 살짝 운명이 깃들어 있어서 약간의 환멸과 죽음이 풍겨 나온다. 그 시인의 마호가니 책상 서랍 안에는 옛날의 소녀들이 쓴 빛바랜 편지들과 그들이 쓴 일기장에서 떨어져 나온 종이가 몇 장 들어 있을지도 모른다. 거기에는 사람들의 생일과 여름날의 소풍 같은 일들이 쓰여 있을 수도 있다. 혹은 그의 침실 안 뒤쪽 구석에는 몸집이 불룩한 서랍장이 있고, 그 서랍 속에는 옛날 그 소녀들의 봄철 옷들이 소중하게 보관되어 있을지도 모른다.

부활절 때 비로소 처음 입어 본 순백색의 옷도 있을 것이고, 원래는 여름에 입는 점들이 새겨진 망사 천으로 된 옷들도 있을지 모른다. 소녀들은 여름을 기다리기 어려웠을 것이다. 아, 조상이 살았던 집의 조용한 방에 앉아서 아주 조용히 놓여 있는 물건들에 둘러싸여 창밖의 경쾌하고 푸릇푸릇한 정원에 날아드는 새들의 소리에 귀를 기울이고, 멀리 마을의 탑시계가 울리는 것을 듣는 것은 얼마나 행복한 인간의 운명이겠는가. 가만히 방에 앉아서 오후의 따사로운 햇살을 바라보고 옛날 소녀들의 일을 잘 알고 있다는 것, 그리고 시인이 된다는 것 말이다.

그리고 만약 나도 이 세계의 어딘가에 살 수 있게 된다면, 이 세계의 어딘가에 누구도 돌보지 않는, 문 닫힌 전원의 집 안에서 살게 된다면, 나도 그런 시인이 될 수 있을 거라고 생각해 본다. 나는 그런 집에서 방 한 개만 쓰면 된다. (지붕 밑의 밝은 방이면 좋다.) 나는 그런 방 안에서 내 낡아빠진 물건들과 가족사진들, 그리고 책과 함께 살 것이다. 거기에다 안락의자 하나와 화초와 개들, 자갈이 깔린 길을 걸을 때 들고 다닐 든든한 단장도 하나 있으면 좋을 것이다. 그밖에는 아무것도 필요 없다. 다만 누르스름해진 상아색 가죽 표지에 오래된 꽃문양이 하나 새겨진 노트 한 권만 있으면 된다. 나는 그 속에 글을 쓸 것이다.

많은 글을 썼더라면 좋았을걸. 내겐 온갖 시상과 많은 것에 대한 추억이 있었으니까. 그러나 내 생활은 그와 반대였다. 왜 그랬는지는 신만이 알고 있을 것이다. 내 낡은 가구들은 어느 헛간 속에 던져져서 썩어 가고 있다. 나는 그것들이 별로 필요하지 않다. 더구나 나 자신은, 맙소사, 어디에도 나 자신을 거둘 지붕조차 없다. 사정없이 내리는 빗물이 내 눈 속으로 젖어 든다.

이따금 센 강변 거리의 조그마한 상점들 앞을 지나다닌다. 골동품 상점, 고서적을 파는 책방 혹은 동판화를 파는 상점의 쇼윈도에는 상품들이 쌓여 있다. 누구도 들어가는 사람이 없다. 얼핏 보기에는 장사를 하고 있는 것 같지 않다. 그러나 상점 안을 들여다보면 누구인지 앉아서 책을 보고 있는데 그는 아무 근심이 없어 보인다. 내일의 근심도 없을뿐더러 굳이 성공하려고 마음을 쓰지도 않는다. 그 앞에는 개가 한 마리 앉아 있는데 한가로운 모습이다. 그런가 하면 고양이 한 마리가 진열되어 있는 책들 옆을 따라 걷고 있는 모양이 그곳의 정적을 한층 더 고요하게 만든다. 고양이는 지나가면서 등으로 책들의 저자 이름을 지워 버리는지도 모른다.

아, 이런 생활도 괜찮을 것 같다. 이따금 나는 그처럼 쇼윈도에 책이 가득한 상점을 온통 사들여서 개를 한 마리 데리고 그 상점 안에 앉아서 한 이십 년쯤 살아 보고 싶다는 소망을 한다.

드디어 다음과 같이 크게 소리를 내 본다.

"아무 일도 없어."

다시 한번 "아무 일도 없어"라고 말한다. 이렇게 하면 조금 마음이 나아지는가.

난로에서 또다시 연기가 나서 바깥으로 피해야 했지만 사실 그런 것은 그다지 불행한 일이 아니다. 몸에 힘이 없고 감기에 걸린 느낌이지만 그런 건 아무것도 아니다. 온종일 거리를 헤매기는 했어도 그것도 결국 자업자득인 것이다. 나는 루브르 박물관으로 가서 앉아 있을 수도 있었다. 아니, 거기로 가지 않은 편이 더 나았을 것이다. 거기에는 몸을 녹이고 싶어 하는 사람들이 들어오기도 한다. 그들은 벨벳을 씌운 벤치에 앉아 벗어 놓은 커다란 장화 같은 그들의 발을 그곳의 스팀 로스트 위에 나란히 올려놓고 있다. 그들은 아주 겸손한 사람들이어서 검정 제복 위에 훈장을 많이 단 감시인이 그것을 묵인해 주는 것만으로도 고마워한다.

그러나 내가 거기 들어가면 그들은 얼굴을 찡그린다. 얼굴을 찡그리고 고개를 약간 끄덕거린다. 그런 다음 내가 그림 앞을 왔다 갔다 하면 그들은 줄곧 나를 주시한다. 눈으로 따라오면서 그 잔뜩 집중한 시선을 결코 내게서 떼려고 하지 않는다.

그러니 루브르로 가지 않는 것은 역시 잘한 일이었다. 나는 늘 헤매며 돌아다녔다. 얼마나 많은 도시를, 도시의 이런저런 구역을, 공동묘지와 다리, 그리고 통로를 돌아다녔는지 모른다. 어디선가 나는 채소 수레를 앞으로 밀고 가는 사내를 보았다.

그는 "슈플뢰,* 슈플뢰(양배추요, 양배추)"라고 소리를 지르고 있었는데, 말끝의 '뢰' 발음이 이상하게도 슬프게 들렸다. 그 사내 옆에는 몸이 둔하고 못생긴 여자가 함께 걸어가면서 때때로 그 사내를 쥐어박았다. 여자가 쥐어박으면 사내는 소리를 질렀다. 이따금 그가 자진해서 소리를 외칠 때도 있었으나 헛수고였다. 그러다가 사내는 곧 다시 연신 소리를 외쳐댔다. 물건을 사 줄 만한 집 문 앞에 이르렀기 때문이다. 이 사내가 장님이었다는 것을 내가 말했던가? 아니, 아직 말하지 않은 것 같다. 그는 장님이었다. 장님인 사내가 커다란 목소리로 외치고 있었다. 그러나 장님이 부르짖고 있었다고만 말하면 틀린다. 그러면 그가 밀고 가던 수레 이야기는 빼놓는 것이 될 테니까 말이다. 그 사내가 수레를 밀고 가면서 "슈플뢰, 슈플뢰"라고 부르짖는 것을 나는 마치 듣지 못했던 것처럼 말하는 것이 되니까. 하지만 그것이 중요하다고 해도 그 장면 전체가 나와 무슨 상관이 있는가. 나는 커다란 목소리로 외치며 거리를 걸어가는 한 늙은 장님을 보았다. 나는 보았던 것이다.

---

* chou-fleur.

그리고 그런 집들이 있다고 한다면, 사람들은 그 말을 믿어 줄까? 아니, 사람들은 내가 틀렸다고 말할 것이다. 그러나 이번에는 사실이다. 나는 아무것도 숨기지 않는다. 물론 보태지도 않는다. 내가 어디서 그런 집을 얻을 것인가? 내가 가난하다는 것을 사람들은 알고 있는데, 집이라니? 그러나 정확하게 말하자면 없는 것이나 마찬가지인 집들이었다. 위로부터 아래까지 무너진 집들이었다. 구태여 말을 하자면 그 옆에 서 있던 것은 다른 집들, 높은 이웃집들이었다.

그 집들은 옆에 서 있던 벽들이 다 무너져서 쓰러질 것처럼 위태로워 보였다. 타르를 칠한 높은 기둥 구조만이 토사가 쌓인 바닥과 칠이 벗겨진 외벽 사이에 기울어져 서 있었다. 내가 가리키려던 것이 이 외벽이었다는 것을 이미 말했는지 모르겠다. 그것은 일찍이 그곳에 있었던 집(그렇게 추측할 수밖에 없었다)의 외측 벽은 아니고, 그보다 앞서 있던 벽들 중 마지막으로 남아 있는 것이었다.

그 집의 내부가 들여다보였다. 여기저기 층들 사이에 방들을 가르고 있는 벽들이 보였고, 그 벽들에는 아직도 벽지가 붙어 있었다. 그리고 곳곳에 바닥이나 천장의 잔재들도 남아 있었다. 방을 막은 벽들 곁에는 외벽을 끼고 더러워진 하얀 공간이 보였고, 그 사이로 역겹기 그지없고 버러지가 꿈틀거리는 것처럼 드러난 변소의 녹슨 배관이 뻗어 있었다.

등화용의 가스관이 지나간 곳에는 천장의 한쪽 구석에 잿빛의 먼지투성이 자국만 남아 있고, 곳곳에 가스관이 제자리도 아닌 데서 갑자기 커브를 돌아 페인트칠한 벽을 지나가다가 아무렇게나 뜯어낸 새까만 구멍 속으로 사라지기도 했다. 그러나 가장 잊기 어려운 인상을 주는 것은 역시 벽 자체였다. 이러한 방들에서 영위되었던 끈끈한 생활이 벽에 젖어 들어 아무리 두들겨 부수어도 그것이 그냥 남아 있는 것 같았다. 그것은 몇 개 안 남은 못들에 필사적으로 지탱하고 있는 것 같았다. 한 조각 남아 있는 마루의 형태에도 아직 생활이 붙어 있었다. 아직도 실내의 형태가 남아 있는 구석구석의 잔재에도 생활이 스며 있었다. 페인트칠을 한 것들이 한 해 두 해 지나면서 서서히 퇴색한 것을 볼 수 있었다. 푸른색은 흐린 녹색으로, 녹색은 회색으로, 누런색은 색이 날아가 흰색으로 변해 있었다. 거울이나 그림들, 그리고 가구들이 서 있던 좀 더 깨끗한 장소들도 마찬가지였다. 그런 곳에는 그것들이 놓여 있던 자리의 윤곽이 몇 번이나 바뀐 자국이 남아 있었고, 가구가 놓여서 감춰져 있다가 이제 드러난 곳 역시 거미줄과 먼지로 더러워져 있었다.

벽지가 떨어져 나간 벽들, 습기에 들떠서 불룩해진 벽지 아래의 가장자리, 산산이 찢긴 누더기 조각들이 흔들거렸다. 그리고 꽤 오래전에 생겨난 것 같은 얼룩에서 역겨운 냄새가 풍겨 나왔다. 그리고 무너진 담의 잔재들로 둘러싸여 있던, 일찍이 푸른색이나 녹색, 노란색이었던 벽에도 그러한 생활의 숨결 같은 것이 남아 있었다. 생활이 집요하게 배어 있는 굼뜨고 숨 막힐 듯한 이 공기는 바람이 아무리 불어도 쉽게 사라지려 하지 않았다. 거기에는 한낮의 생활에서 뿜어져 나온 냄새와 질환, 날숨,

몇 해 동안이나 묵은 연기가 한데 얼크러져 있었다. 겨드랑이에서 배어 나와 옷을 축축하게 만드는 땀의 냄새, 입에서 새어 나온 침 냄새, 더러운 발에서 나오는 고린내가 섞여 있었다. 오줌의 역겨운 냄새, 그을음내, 상한 감자 냄새, 오래된 기름이 내는 역한 냄새도 풍겨 나왔다. 아무도 돌봐 주지 않는 젖먹이에게서 나는 달짝지근한 냄새, 학교에 다니는 아이들에게서 나는 불안에 찌든 냄새, 성숙해진 사내아이들의 침대에서 나는 후덥지근한 냄새도 풍겼다.

발아래로는 거리의 땅 밑에서 끊임없이 증발해 떠오르는 악취가 났고, 머리 위에서는 도시의 하늘에 정체되어 있던 더러운 것들이 비에 녹아서 떨어지고 있었다. 온건해진 미풍이 곳곳에 널려 있는 집마다 불었지만, 거기서 더 나아가지 못하고 정체되어 있었다. 그 밖에도 원래 어디서 왔는지 알 수 없는 많은 것들이 그곳에 있었다.

외벽이란 외벽은 최후의 한 겹만 남기고 모두 무너져 버렸다고 나는 이미 말했다. 지금 나는 계속해서 이 외벽에 대해 말하고 있는데, 사람들은 내가 꽤 오랫동안 그 앞에 머물러서 있었을 거라고들 말할 것이다. 그러나 맹세코 나는 그 퇴락한 벽을 보자마자 거기에서 달려 도망치기 시작했다. 그것을 알아보자마자 공포를 느꼈다. 나는 여기에서 그 모든 것을 알아본다. 그것들이 당장 내 안으로 들어오는 이유이다. 그것들은 내 안으로 들어와 자리를 잡는다.

이 모든 것들을 보고 나니 몹시 피곤했다. 기진맥진해졌다고 할 수 있었다. 그런 데다가 그 사내가 또 나를 기다리고 있었던 것도 큰일이었다. 달걀 두 개를 사 먹으려고 조그마한 간이식당으로 들어갔더니 거기에서 그가 기다리고 있었다. 나는 배가 고팠다. 온종일 아무것도 먹지 못했던 것이다. 그러나 지금도 역시 나는 아무것도 먹을 수가 없다. 달걀이 다 익기를 기다리지도 못하고 나는 그 자리에서 다시 밖으로 뛰쳐나왔다. 거리에는 사람들이 붐비고 있었는데 그 엄청난 인파가 모두 내 쪽으로 밀려왔다. 오늘은 사육제 날인 데다 벌써 저녁이었던 것이다. 사람들은 내내 거리를 이리저리 오가며 서로 어깨와 어깨를 비벼 대고 있었다. 그들의 얼굴은 상점들에서 비쳐 나오는 불빛에 물들어 있었고, 그들의 입에서는 터진 상처에서 흐르는 고름처럼 웃음이 흘러나왔다. 내가 참지 못하고 그들을 뚫고 앞으로 나아가려고 애를 쓰면 쓸수록 사람들은 한층 더 웃으며 서로 더욱 밀착하며 파고들었다. 어떤 여자가 두르고 있던 숄이 어쩌다가 내 몸에 걸렸는데, 나도 모르게 그것을 끌고 걸어가자 사람들은 나를 붙들고 웃었다. 나도 웃어야 한다고 생각했으나 어쩐지 웃을 수가 없었다. 누가 색종이 조각 한 줌을 내 눈에다 던졌다. 채찍에 맞은 것처럼 아팠다. 거리 모퉁이에는 사람들이 마치 쐐기에 박힌 것처럼 덩어리로 뭉쳐져서는 서로를 밀치고 있었다. 그러다 보니 그들은 꼼짝달싹 못 했고, 조금도 앞으로 움직여 나갈 수가 없었다. 그들은 마치 짝을 이룬 것처럼 서서 이리저리 밀거나 당기고 있었다.

찻길 끝에 서 있던 나는 그렇게 멈춰서 떠들고 있는 사람들 사이로 좁은 틈새가 보이자 그 사이로 미친 듯이 달렸다. 그러나 실제로는 움직이는 군중 속에서 그대로 멈춰 선 채 움직이지 못하고 있는 느낌이었다. 위를 올려다보면 한편에는 계속해서 똑같은 집들이 보였고, 다른 편에는 가설 소극장들이 보였다. 물론 어쩌면 움직이는 것은 아무것도 없었고 그냥 내가 현기증이 나서, 나와 군중 사이에 있는 모든 것이 소용돌이치는 것처럼 여겨졌는지 모른다. 그러나 나는 그것을 충분히 헤아릴 겨를이 없었다. 땀에 흠뻑 젖었고, 마비되는 것 같은 통증을 느꼈다. 마치 내 핏속에 무슨 커다란 덩어리 같은 것이 섞여서 그것이 혈관을 확대하면서 흐르는 것 같았다. 거기다 공기마저 희박해져서 나는 폐에서 이미 뱉어 놓은 숨을 다시 들이쉬는 느낌이었다.

그러나 그것도 이제 지나간 일이다. 어쨌든 그곳을 벗어난 것이다. 이제 나는 내 방 안 등불 앞에 앉아 있다. 몸이 좀 으스스하다. 난로에 불을 지필 엄두를 내지 못하고 있기 때문이다. 또다시 방안에 연기가 가득 차서 밖으로 나가게 되면 어쩌겠는가? 나는 앉아서 생각해 본다 — 만약 내가 이렇게 가난하지 않았다면 다른 방을 빌렸을 수도 있었을 것이다. 가구도 딸리지 않은 이토록 남루한 방, 이전 세입자의 온갖 생활의 잔재가 남아 있는 방에 살지 않았을 것이다. 처음 여기에 왔을 때는 나는 이 소파의 등에 머리를 기대는 것이 너무 힘들었다. 푸른색 소파 덮개에는 온갖 사람이 머리를 대서 기름때에 더러워진 움푹 팬 데가 있었다. 나는 오랫동안 주의를 기울여서 내 머리통 밑에다 손수건을 깔곤 했다.

그러나 이제는 너무나 피곤해서 그런 데엔 관심조차 없다. 다른 모든 사람처럼 나도 거기에 머리통을 던져 버린다. 그냥 그대로 사용해도 괜찮을 거라고, 그 약간 파인 데가 내 머리통에 착 들어맞는다고까지 생각했다. 그러나 만약 내가 가난하지 않다면 무엇보다 먼저 좋은 난로를 하나 샀을 것이다. 산에서 가져온 단단한 진짜 장작을 때는 그런 난로 말이다. 이따위 조악한 조개탄 같은 건 집어치울 것이다. 거기에서 나는 연기는 호흡을 괴롭게 하고 머리를 어지럽힌다. 그리고 시끄러운 소리를 내지 않고 청소를 하고, 내게 필요한 정도의 난롯불을 피워 줄 사람이 하나 필요할 것이다. 난로 앞에 십오 분가량 무릎을 꿇고서 불을 피우고 있으면, 머리통 가까이에서 나오는 열기에 이마가 달아오르고 눈이 뜨겁도록 불꽃이 작렬한다. 그러면 그날 하루 쓸 힘을 다 쓰게 돼서 몸이 축 늘어져 버린다.

그러다가 거리로 나오면 물론 몸이 조금 가벼워진다.

그러나 사람들이 붐비면 이따금 나는 차를 타고 그 사람들 틈을 지나 달려 보고 싶어진다. 식사도 매일같이 뒤발 같은 고급 레스토랑에 가서 하고 싶다. 더 이상 간이식당에는 기어들어 가고 싶지 않다…. 뒤발 레스토랑 같은 곳에 과연 그 사내도 올까? 아니, 그런 데서 그자가 나를 기다릴 수는 없을 것이다. 죽어 가는 사람을 거기로 들여놓지는 않을 테니까. 죽어 가는 사람이라고? 나는 이제 내 방에 들어와 앉아 있다. 내가 겪은 것을 조용히 더듬어 생각해 보려고 노력한다. 무슨 일이나 애매하게 그냥 두지 않는 것은 좋은 일이다.

나는 간이식당에 들어갔을 때, 처음에는 내가 종종 가서 앉는 식탁에 누군가 다른 사람이 자리를 잡고 있다는 것을 안 정도였다. 나는 주인이 음식을 준비하는 곳을 향해 인사하고 주문을 한 다음 그 사내의 옆자리에 가서 걸터앉았다. 그때 그자가 별로 움직이지도 않았으나 나는 그의 존재를 의식했다. 움직이지 않는 그의 모습에서 오히려 나는 그 정지 상태의 의미를 알아차렸다. 나와 그 사이에는 일맥상통하는 데가 있던 것인지 그가 너무 놀라서 화석처럼 굳어진 것을 나는 알아챘다. 놀라움이 그를 마비시켜 버렸다. 그의 내부에서 일어난 무언가에 그는 놀란 것 같았다.

어쩌면 그의 몸속 어디에서 혈관이 터졌을지도 몰랐다. 아니면 그가 오래전부터 두려워했던 독소가 지금 막 그의 심장으로 흘러 들어왔을 수도 있었다. 혹은 커다란 궤양 같은 것이, 마치 그가 보는 세계의 모습을 일변시킨 태양처럼 그의 뇌 속에 생긴 것일지도 몰랐다. 나는 정신을 똑바로 차리고 그를 제대로 바라보려고 무진 애를 썼다. 그 모든 것이 내 부질없는 환상에 지나지 않기를 바랐던 까닭이다. 그러나 결국 나는 자리에서 벌떡 일어나 바깥으로 휙 나와 버렸다. 내가 잘못 본 것이 아니었다.

그는 두툼한 검은색 겨울 외투를 입고 거기 앉아 있었다. 우울하고 긴장한 듯한 그의 얼굴은 모직 목도리 속 깊숙이 숨어 있었다. 입은 무거운 압력에 눌려 닫히기라도 한 듯 굳게 다물려 있었으나 그의 눈은 앞이 보였던 것인지 아닌지 말할 수 없었다. 콧등에 걸친 쇠 장식 박힌 안경 렌즈가 살짝 떨렸다. 콧마

루는 벌어져 있었고, 움푹 팬 관자놀이 위쪽의 긴 머리카락은 마치 뜨거운 열기에 시든 것처럼 말라 있었다. 누르스름하고 기다란 귀 뒤쪽에는 커다란 그림자가 드리워져 있었다. 사실 그는 지금 자신이 사람들에게서 분리되어 있을 뿐만 아니라, 거의 모든 것에서 분리되어 있다는 것을 알고 있었다. 이제 조금만 지나면 모든 것이 그 의미를 상실해 버릴 것이다. 모름지기 이 식탁도, 커피잔도, 그가 쥐고 앉아 있는 의자도, 모든 일상적인 것이나 가까이 있는 물건까지도 뭔가 이해할 수 없는, 낯설고, 다루기 힘든 것으로 변해 버릴 것이다.

그렇게 그는 꼼짝하지 않고 앉아서 그러한 일이 벌어질 때까지 기다리고 있었다. 더 이상 어떤 저항도 하지 않은 채.

그러나 나는 여전히 저항하고 있다. 비록 마음이 이미 무너져 더 이상 살 수 없다는 것을 알고, 나를 괴롭히는 사람들이 나를 놓아주더라도 말이다.

나는 스스로에게 아무 일도 일어나지 않았다고 말한다. 그러나 내가 저 사내를 어느 정도 이해할 수 있었던 것은 사실, 모든 것으로부터 나를 멀리하고 차단하는 어떤 것이 내 내부에서 이미 일어나기 시작하고 있었기에 가능했던 것이다. 죽어 가는 사람은 더 이상 사람을 알아보지 못한다는 말을 누군가에게서 들을 때마다 나는 얼마나 무서웠는지 모른다.

그럴 때면 나는, 베개에서 힘겹게 머리통을 들어 뭔가 눈에 익은 것, 이전에 보았던 어떤 것을 찾으려고 하지만 아무것도 거기 없다는 것을 안, 외로운 얼굴을 상상했다. 내 공포가 그리

큰 것이 아니라면 나는 방침을 바꿔서, 모든 것을 달리 보면 살아가는 것이 불가능하지는 않다고 내 마음을 위로할 것이다. 그러나 나는 무섭다. 이와 같은 변화가 형언할 수 없이 두렵다. 내게 좋게 보이는 이 세계에 대해 나는 아직도 전혀 익숙해질 수 없는 것이다. 만약 다른 세계에서 산다면 어떻게 될까? 나는 내가 안심할 수 있는 세계의 '의미' 속에서 살고 싶었다. 만약 무엇이 꼭 변화하지 않으면 안 된다고 한다면, 그때 가서는 적어도 어느 정도 유사한 세계 속에서 모름지기 현재 있는 그대로 사는 개들 속에 섞여 살고 싶다.

이 모든 것에 대해 쓰고 이야기할 수 있는 것은 잠시 동안이다. 어느 때 가서는 내 손이 내게서 멀어져서, 무엇을 쓰라고 명령하면 내가 생각지도 않았던 것을 쓰는 날이 올지도 모른다. 다른 식으로 해석하는 시대가 열리고, 이야기와 이야기가 잘 연결되지 않고, 하나하나의 의미가 모두 구름처럼 흩어지고 물처럼 흘러가 버릴 것이다. 이런 공포에 사로잡혀 있는데도 나는 나 자신이 결국은 뭔가 위대한 것 앞에 서 있는 인간과 같다는 생각이 든다. 글 쓰는 일을 시작하기 이전부터 때때로 그와 비슷한 생각을 했던 것으로 기억한다.

그러나 이번에는 나에 대한 글이 쓰일 것이다. 내가 느끼는 인상은 변화할 것이다. 아, 다만 뭔가 작은 것이 빠져 있을 뿐, 나는 모든 것을 이해하고 시인할 수 있을지 모른다. 단 한 걸음만 내디디면 내 깊은 괴로움은 행복으로 바뀔 것이다. 그러나

이 한 걸음을 아무리 해도 내디딜 수가 없다. 나는 땅 밑으로 떨어져서 더 이상 일어날 수 없다. 산산이 부스러져 버렸기 때문이다. 그래도 나는 여전히, 어떤 도움이 다가올 것이라고 믿고 있었다.

밤마다 기원한 것을 스스로 쓴 글들이 여기 내 앞에 놓여 있다. 나는 책 속에서 그것들을 찾아내어 베껴 썼다. 그것들을 아주 가까이에 두고 싶었고, 마치 내 자신의 글인 듯 내 손에서 쓰인 것으로 두고 싶었기 때문이다. 지금 나는 그것을 다시 한번 더 써보려고 한다. 여기 내 책상 앞에 웅크리고 앉아서 그것을 쓰려고 한다. 쓰는 것은 읽기보다 시간은 더 걸리겠지만, 그렇게 하면 문자 하나하나는 쓰이는 시간만큼 천천히 사라지는 여운을 갖게 될 것이다.

“모든 사람에게 불만이 있고 나 자신에게는 더욱 불만이 있지만, 나는 밤의 고요함과 고독 속에서 나 자신을 구원하고 나에 대해 약간의 자부심을 갖고 싶습니다. 내가 사랑했던 이들의 영혼, 내가 노래한 이들의 영혼이여, 나를 강하게 해 주고, 지지해 주고, 세상의 거짓과 악한 기운이 내게서 멀어지게 해 주소서. 그리고 당신, 내 신이시여! 원컨대 은총을 베푸시어 내가 가장 못난 인간이 아니며, 나 자신이 내가 경멸하는 이들보다 그리 열등하지 않다는 것을 증명할 아름다운 시 몇 줄을 쓰게 해 주소서."*

"그들은 본래 미련한 자의 자식이요, 비천한 자의 자식으로서 옛 터전에서 쫓겨난 자들이니라. 이제는 내가 그들의 노래가 되고 그들의 조롱거리가 되었다…

그들이 나와 대적해서 멸망의 길을 쌓으며…

그들이 내게 달려들기 주저하지 아니 하니, 그 무리가 굴레를 벗었음이라…

이제 내 마음이 내 속에 녹으니, 환란의 날이 나를 잡음이라.

밤이 되면 뼈가 쑤시니 몸에 아픔이 쉬지 않는구나.

하나님의 큰 능력으로 옷이 추레하여 옷깃처럼 내 몸에 붙었구나…

마음이 어지러워 쉬지 못하니, 환난의 날이 내게 임했구나…

내 수금은 비탄의 소리가 되고, 내 피리는 애도의 소리가 되었구나."†

의사는 내 말을 이해하지 못했다. 전혀 알아듣지 못했다. 사실, 제대로 설명하기도 쉽지 않았다. 그는 시험 삼아서 전기를 한번 사용해 보겠다고 했다. 그럴싸해서 나는 예약증을 받았다.

---

* 옮긴이 — 보들레르(Charles Baudelaire, 1821~1867)의 산문시 「새벽 한 시에」(À une heure du matin)에서 인용한 글.

† 옮긴이 — 『구약성서』의 「욥기」 30장 구절의 일부.

나는 오후 한 시까지 살페트리에르 병원으로 가야 했다. 나는 거기로 갔다. 한참을 걸어 몇 개의 병동을 지나고 여러 개의 뜰을 통과해야 했다. 뜰 안 여기저기에 하얀 모자를 쓴 여자들이 마치 죄수 같은 모습으로 잎이 진 나무 아래에 서 있는 것이 보였다. 드디어 나는 길고 어둠침침한 복도 같은 곳에 이르렀다.

그 복도의 한쪽에는 흐릿한 푸른빛 유리를 끼운 창문이 네 개 있었는데, 창문과 창문 사이는 검게 칠해진 꽤 넓은 격벽으로 되어 있었다. 안으로 이어져 있는 벽 앞에는 나무 벤치가 하나 있었는데, 거기에는 나를 아는 몇 사람이 앉아서 기다리고 있었다. 모두 거기에 와 있었다. 그런데 어두침침한 복도에 익숙해지자 나는, 서로 어깨를 대고 일렬로 기다랗게 앉아 있는 그들 가운데 다른 부류의 사람도 몇 명 있다는 것을 알았다. 직공, 하녀, 짐마차꾼 같은 하층 계급 사람이었다.

복도 저 안쪽 좁은 곳에 놓인 특별한 의자에는 뚱뚱한 여자 두 사람이 퍼져 앉아 이야기를 나누고 있었다. 추측하건대 여자 수위들이었을 것이다. 나는 시계를 보았다. 한 시 오 분 전이었다. 이제 오 분, 늦어도 십 분만 지나면 내 차례였다. 그 정도라면 나쁘지 않았다. 복도에는 사람들의 옷 냄새와 입김 냄새 탓에 역하고 무거운 공기가 떠돌았다. 어디선지는 모르나 문틈으로 외부의 차가운 냉기가 세차게 새어 들어왔다. 나는 그곳에서 이리저리 서성거렸다. 일부러 이런 사람들이 있는 때에, 이렇게 사람이 만원인 복잡한 일반 진료 시간에 나를 여기로 오라고 한 걸까 하는 생각이 문득 머리에 스쳤다. 그것은 이를테면 내가 패배자들 가운데 한 사람이라는 최초의 공식적 증명인 셈이었다. 의사는 나를 그런 사람으로 보았던 것인가? 그러나 나는 상당히 괜찮은 차림새로 의사를 찾아가 면담했다. 버젓한 명함까지 안으로 들여보냈다. 그런데도 의사는 나를 하찮은 인물로 알았던 것이 틀림없다. 혹시 내가 스스로 나 자신을 그런 사람으로 드러냈는지 모른다.

그것이 사실이 된 셈이라 해도 별로 괴로워할 일은 아니었다. 사람들은 그저 말없이 앉아서 나 따위는 전혀 신경도 쓰지 않고 있었다. 어떤 사람은 통증이 있는지 그 통증을 견뎌 내려는 듯 한쪽 발을 조금씩 흔들고 있었다. 몇몇 사내는 머리를 두 손바닥 가운데 파묻고 있었고, 다른 몇몇은 무겁게 수그러진 얼굴을 하고 자고 있었다.

목이 벌겋게 부은 뚱뚱한 사내 한 명은 몸을 앞으로 숙인 채 복도 바닥만 바라보고 있었는데, 간혹 적당하다고 생각되는 바닥 위 어느 한 지점에다 침을 뱉곤 했다.

구석 쪽에서는 어린아이가 하나 훌쩍거리고 있었다. 그 애는 울면서, 마르고 기다란 자기 다리를 벤치 위에 올려 손으로 잡더니, 헤어지려는 사람을 끌어안는 것처럼 제 몸쪽으로 끌어당기며 꽉 눌렀다. 키가 작고 창백한 한 여자는 검은색 조화로 장식한 둥근 모자를 비스듬히 머리에 쓰고 앉아 있었다. 그녀는 빈약한 입술 언저리에 일그러진 미소를 띠고 있었고, 허물 있는 눈꺼풀에서는 줄곧 눈물이 흐르고 있었다. 그 여자에게서 조금 떨어진 곳에는 부드러운 둥근 얼굴에 눈이 몹시 튀어나온 한 아가씨가 앉아 있었는데, 그 눈에는 아무런 표정도 없었고, 벌어진 입속에는 침이 고인 허연 잇몸과 썩은 이가 보였다. 또한 나는 여러 형태로 붕대를 감고 있는 이들을 보았다. 머리 전체를 칭칭 둘러 감고 한쪽 눈만 남겨 놓아서 사람의 눈이 아닌 것처럼 보이는 붕대, 온통 둘러싸서 도통 무엇인지 알 수 없게 된 붕대, 감싸기는 했지만 밑에 있는 것이 드러난 붕대, 다 풀려서 더러운 침대 위에 놓인 것처럼 된 붕대 속 손은 손인지 뭔지 형태조차 알 수 없었다. 그리고 온통 붕대로 휘감겨서 마치 사람 하나 정도의 굵기로 열에서 삐져 나와 있는 다리도 있었다.

나는 왔다 갔다 서성거리면서 마음을 가라앉히려고 애썼다. 계속해서 맞은편에 있는 벽을 응시하려고 했다. 그 벽에는 몇 개의 외짝 문이 있었는데, 벽이 천장까지 닿지 않아서 복도가 옆에 있는 방들과 완전히 막히지 않은 것을 알았다. 시계를 보았다. 이미 나는 한 시간 동안이나 서성이고 있었다. 잠시 후 의사들이 왔다. 처음에는 젊은 사람 몇 명이었는데 모두 무관심한 얼굴로 지나갔다. 마지막으로 내가 지난번에 찾아갔던 의사가 왔다. 밝은색 장갑과 윤택 있는 모자를 착용하고, 멋진 외투를 입고 있었다.

그는 나를 보자 모자를 약간 들어 올리면서 의미 없는 미소를 지었다. 이제 곧 이름이 불릴 것이라는 희망이 들었다. 그러나 또다시 한 시간이 흘렀다. 그 한 시간, 내가 무엇을 하면서 그 시간을 보냈는지는 기억이 나지 않는다. 어쨌든 한 시간이 지나갔다. 얼룩진 앞치마를 두른, 간호인 같은 늙은 남자가 와서 내 어깨를 건드렸다. 나는 옆방으로 안내됐다. 의사와 젊은 청년들이 탁자 주위에 앉아서 나를 바라보았다. 내게 의자가 주어졌다. 나는 먼저 내 용태부터 설명해야만 했다. 하지만 "좀 간단하게 해 주시오"라는 주의를 받았다. 한가하게 설명을 들을 시간이 없다는 것이었다. 묘한 느낌이 들었다. 청년들은 계속해서 앉은 채로, 그들이 습득한 우월감 넘치는 전문가 같은 호기심으로 나를 바라보고 있었다. 내가 아는 그 의사는 검은 뾰족 수염을 쓰다듬으면서 의미 없는 미소를 지었다.

나는 울음이 터질 것만 같았지만, 간신히 프랑스어로 다음과 같이 말하고 있었다.

"선생님, 저는 이미 이야기해 드릴 수 있는 것은 다 드렸습니다. 만일 여기 계시는 분들에게도 그것을 알릴 필요가 있다고 여기신다면 저의 진료가 끝난 후에 선생님께서 간단하게 설명해 주실 수 있겠지요. 저는 이야기를 잘 못 하니까요."

의사는 정중하게 미소를 지으면서 몸을 일으켰다. 조수들과 함께 창가로 가더니 손을 수평으로 저어 대면서 뭐라고 몇 마디 하는 것이었다.

삼 분가량 지나자 젊은 청년들 가운데에서 근시안에다 조금 산만해 보이는 한 명이 테이블로 돌아와서는 나를 엄격한 시선으로 바라보려고 애쓰면서 말했다.

"잠은 잘 잡니까?"

"아니요, 잘 못 잡니다."

그 말을 듣자 그는 다시 창가 쪽 사람들에게 후다닥 돌아갔다. 거기서 그들은 또 잠시 동안 무슨 말을 주고받더니, 이윽고 의사가 내 쪽으로 몸을 돌려 다시 부를 테니 그때까지 기다리라고 통보하는 것이었다. 나는 그에게 내가 분명히 한 시에 진료 예약이 되어 있었던 것을 상기시켰다. 그는 또 미소를 지으면서 자그마한 흰 손을 두세 번 빠르게 내 휘둘렀다. 몹시 바쁘다는 의미 같아 보였다. 나는 하는 수 없이 다시 복도로 나왔다. 공기는 아까보다 더 견디기 힘들었다. 죽을 것 같은 피로를 느꼈으나 나는 또다시 서성거렸다. 결국 눅눅하고 찌든 것 같은 냄새에 현기증을 느꼈다. 입구의 문 곁으로 가 서서는 그 문을 조금 열어 놓았다. 바깥은 아직 오후이고 태양이 계속 내리쬐고 있어서 말할 수 없이 기분이 나아졌다. 그러나 그렇게 내다본 지 채 일 분도 되지 않아 뒤에서 나를 부르는 소리가 들렸다. 두어 걸음 떨어진 곳의 작은 책상 앞에 앉아 있던 여자 하나가 "쉬잇" 소리를 내며 내게 뭐라고 말을 걸어왔다. 누구의 승낙으로 문을 열었느냐는 것이었다. 나는 복도의 공기를 참을 수 없어서라고 답했다. 하지만 그것은 내 사정이고 문은 닫혀 있어야 한다고 했다. 그러면 창문을 여는 것은 괜찮으냐고 내가 물었다. 안 됩니다. 그것도 금지되어 있다고 했다. 결국 나는 또다시 왔다 갔다 서성거리기로 결심했다. 그렇게 하는 것만이 내게 일종의 최면 작용이 되고 아무에게도 피해를 주지 않기 때문이었다. 그러나 작은 책상 앞에 앉은 여자에게는 이것도 마음에 들지 않았던 것 같다.

"앉을 자리가 없습니까?"

"없습니다."

"하지만 그렇게 왔다 갔다 하면 방해가 되니, 자리를 찾아봐요. 어디 하나쯤 있을 거예요."

그 여자 말이 맞았다. 찾아보니까 실제로 눈이 불쑥 튀어나온 아가씨 옆에 빈자리가 있었다. 그러나 거기에 앉아 있노라니 이러한 상태는 반드시 뭔가 끔찍한 일이 일어날 징조일 것 같은 느낌이 들었다. 왼쪽에는 잇몸이 썩은 아가씨가 있었고, 오른쪽에 무엇이 있었는지는 잠시 후에 알게 되었다. 그것은 사람이라기보다는 얼굴과 커다랗고 묵직한 손이 붙어 있는, 움직이지 않는 기분 나쁜 덩어리였다. 보이는 얼굴 옆모습은 살아 있는 표정도 없고 과거에 대한 기억도 남아 있지 않은 모습이었고, 입고 있는 옷은 마치 관 속에 넣을 시체에 입힌 수의처럼 끔찍해 보였다. 가느다란 검은색 넥타이도 산 사람이 매는 방식이 아닌 듯 옷깃 둘레에 느슨하게 걸쳐 있었다. 겉저고리 역시 의지가 없는 몸뚱이에 딴 사람 손으로 씌워진 것이라는 것을 알 수 있었다. 손도 누군가가 바지 위에 지금 놓인 상태 그대로 올려놓은 것 같았다. 심지어 머리카락은 마치 시체를 염습하는 여자들의 손으로 만진 듯 박제동물의 털처럼 뻣뻣하게 빗겨져 있었다. 나는 이 모든 것을 주의해서 바라보았다. 그러자 이 자리야말로 나를 위해 지정된 자리라는 생각이 떠올랐다. 드디어 내 인생에서 내가 머물게 될 바로 그 장소에 온 것이라는 생각이 들었던 것이다. 그렇다. 운명이라는 것은 실로 기묘한 행로를 간다.

돌연, 아주 가까운 곳에서 어린아이가 겁에 질려 저항하며 악

악대는 소리가 연달아 들렸다. 그러다가 그 소리는 마침내 숨죽인 낮은 울음소리로 변해서 이어졌다.

대체 어디서 나는 소리일까 하고 살펴보고 있는데, 또다시 짓눌린 듯한 작은 울부짖음이 들렸다. 그리고 누군가 그 아이를 향해 뭐라고 묻는 것 같은 소리, 반쯤 소리를 죽여 명령하는 소리도 들렸다. 그러더니 무슨 기계인지는 알 수 없으나 아주 무심하고 냉혹하게 드르르르 돌아가는 소리가 들렸다. 그제야 나는 벽이 천장과 떨어져 있다는 것이 생각났다. 소리는 문 안쪽에서 나는 것이 분명했다. 그 안에서 치료가 진행되고 있는 것 같았다.

실제로 이따금 얼룩진 앞치마를 두른 간호사가 나타나서 손짓을 했다. 그러나 나는 그 사내가 내게 손짓하는 것이라고는 더는 생각하지 않았다. 그래도, 나를 찾는 것이었을까? 역시 아니었다. 두 명의 남자가 보행의자를 밀고 왔다. 그리고 내 옆에 있던 고깃덩어리 같은 것을 들어서 옮겼다. 이때 비로소 나는 그것이 반신불수의 노인이라는 것을 알았다. 그 노인의 또 다른 면, 인생을 살면서 쓰다가 낡아빠진 면이 엿보였다. 그것은 슬픔에 젖은, 흐릿하게 뜨고 있는 한쪽 눈이었다. 노인이 실려 가자 옆자리가 넓어졌다. 나는 멍하니 앉아서 이번에는 그들이 천치 같은 젊은 여자를 어떻게 다룰지, 저 여자도 울부짖을까 하는 생각을 했다. 벽 뒤의 기계들은 공장의 기계처럼 경쾌한 소리를 내며 드르륵거렸다. 마음을 불안하게 하는 소리는 전혀 아니었다.

그러나 갑자기 주위가 고요해지더니, 그 고요함 속에서 우월감과 자부심 넘치는 목소리가 들려왔다. 내가 아는 소리 같았다.

"웃어 보시오!"

침묵.

"웃어 봐요, 웃어, 웃으라고요."

얼떨결에 나는 웃음이 났다. 어째서 저 방에 있는 남자가 웃지 않으려 하는지 알 수 없었다. 기계가 돌아가기 시작하더니 곧 다시 멈췄다. 이야기를 나누는 소리가 들렸다. 그러더니 예의 그 힘이 넘치는 소리가 명령하는 것이었다.

"avant이라는 말을 해 보시오."

그러고는 한 자씩 끊어서 a-v-a-n-t라고 했다. 그러나 또 침묵.

"전혀 못 듣는 모양이군. 어디 다시 한번 더…"라고 하자 불분명하게 뭐라고 중얼거리는 소리가 났다.

그 순간, 나는 몇십 년 만에 처음으로 그때의 일이 생각났다. 어렸을 때 몸에 열이 나서 누워 있던 적이 있었는데, 그때 내게 처음으로 깊은 공포감을 심어 준 것은 뭔지 알 수 없는, 굉장히 큰 어떤 물체였다. 사람들이 내 침대 주위에 모두 모여들어 나의 맥박을 재기도 하고, 무엇 때문에 무서워하느냐고 묻기도 할 때, 나는 한결같이 "저 커다란 것"이라고 말했다. 사람들이 의사를 데려왔고, 그가 내게 말을 걸자 나는 다른 것은 다 괜찮지만 "저 커다란 물건"은 내쫓아 달라고 사정했다. 그러나 의사는 다른 사람들과 마찬가지로 그것을 내쫓을 수 없었다.

그 당시 나는 아이였기 때문에 말을 들어 주기 쉬웠을 텐데도 결국은 그 물체를 쫓아낼 수 없었다. 그런데 지금 안에서 혀가 돌지 않는 소리를 내는 것을 듣고 있자니, 새삼스럽게 그 '커다란 물체'가 다시 내 앞에 나타난 것이다. 나중에 가서 언제인지 모르게 그것은 사라지고, 몸에 열이 나서 앓고 있는 밤에도 결코 다시 나타나는 일이 없었다. 그러던 것이 조금도 열이 나지 않는 지금 다시 나를 찾아온 것이다.

내 몸속에서 그것은 종기처럼 혹은 내 또 다른 머리통같이 무럭무럭 솟아올라서는 너무나 커서 원래 내 것이 전혀 아닌데도 내 몸뚱이의 일부가 되었다. 그것은 살아 있을 때는 내 손이나 팔이었을는지 모르지만, 지금은 커다란 죽은 짐승의 몸뚱이처럼 나타나 있었다. 그리고 내 몸속의 피는 마치 동일한 하나의 육체를 순환하는 것처럼 내 몸속을 흐름과 동시에 그 물체 속을 흘렀다. 그 '커다란 것'에 피를 보내기 위해서 심장은 몹시 긴장하고 있는데, 피가 거의 모자랄 것 같았다. 피는 그 커다란 것 안으로 제대로 흘러들어 가지 못하고 병에 걸린 것처럼 악화하여 돌아 나왔다. 그러나 그 커다란 것은 점점 부풀어 오르더니 내 얼굴 앞에서 뜨스한 자줏빛 종양처럼 커져서 입가에까지 다가왔다. 내 눈가에도 이미 그 '커다란 것'의 가장자리의 그림자가 어려 있었다.

어떻게 해서 그 병원의 수많은 뜰을 지나 빠져나왔는지 기억할 수 없다. 때는 저녁이었다. 나는 낯선 지역을 헤매면서 걸었다. 담벼락이 끝없이 이어지는 길들을 따라 같은 방향으로 계속 걸어가다가, 끝이 없을 것 같아 다시 되돌아 걸어서 어떤 광장에 이르렀다. 거기서 또 도로를 따라서 걸었는데, 한 번도 보지 못한 길이 몇 개나 연이어 나왔다. 때때로 불빛이 지나치게 밝은 전차가 레일을 지치는 시끄러운 소리를 내지르면서 지나갔다. 전차에 붙은 방향판에는 내가 모르는 거리의 이름들이 적혀 있었다. 나는 내가 도시의 어느 지역을 걷고 있는지, 이곳 어디쯤에 내 거처가 있는지, 더 걷지 않으려면 어찌해야 좋을지 알 수가 없었다.

그리고 지금은 매번 이상하게 나를 찾아오는 병이 도졌다. 사람들이 내 병을 그다지 대수롭지 않게 여기는 것이 확실하다. 다른 사람의 병을 이상하게 과장해서 평가하는 것과 똑같다. 내 병은 별다른 일정한 증상이 없었다. 이 병에 걸린 사람의 성질에 따라 그것이 증상으로 나타나는 것 같다. 그것은 마치 몽유병처럼 개개의 환자로부터 먼 옛날에 사라졌다고 생각되는 큰 위험을 다시 확실하게 그 환자 앞 가까이로 불러오는 것 같다.

학창 시절에 단단한 어린애의 손으로 부끄러운 장난을 했던 남자들이 훗날 성인이 되어서 그 일을 떠올리면 어린애 때 사라졌던 병이 찾아오곤 한다. 혹은 무척 오래전에 사라졌던 버릇이 다시 나타나기도 한다. 이를테면 주저하면서 다른 데로 머리를 돌리던 습벽 같은 것. 그런 것에는, 바다 밑에 가라앉아 있던 것에 해초가 주렁주렁 딸려 나오듯, 옛날에 그것과 함께했던 분명치 않은 옛 추억들이 혼란스럽게 잔뜩 따라 올라오는 것이다.

한 번도 경험한 적 없는 삶이 떠 올라와 실제로 있었던 사실과 뒤섞여서, 자신이 알고 있다고 믿었던 과거를 어딘가로 밀어버리는 때도 있다. 왜냐하면 지금 비로소 떠오르는 것에는 정양을 하고 난 뒤와 같은 새로운 힘이 깃들지만, 과거의 것에는 잦은 회상으로 인한 피로가 누적되어 있기 때문이다.

나는 오 층 방의 내 침대에 누워 있다. 아무 일도 일어나지 않는 내 하루는 바늘 없는 시계의 문자판과 같다. 오랫동안 잃어버린 줄 알았던 물건이 어느 날 아침 처음 있던 그 자리에 불쑥 놓여 있는 것과 같다. 망가지지도 않았고 괜찮다. 오히려 누군지 모르는 사람이 소중하게 간직하고 있었던 것처럼, 잃어버렸을 때보다 더 새것처럼 보인다.

그렇게 아이일 적에 잃어버렸던 것이 내 침대의 담요 위에 놓여 있다. 마치 새것 같다. 그리고 사라졌던 온갖 불안도 되돌아왔다.

이불깃에서 삐져나온 작은 실밥이 강철 바늘처럼 단단하고 뾰족한 것은 아닐까 하는 불안. 잠옷 단추가 혹시 내 머리보다 큰 것은 아닐까, 크고도 무거운 것은 아닐까 하는 불안. 침대에서 떨어진 빵 조각이 바닥에서 유리처럼 산산조각 나는 것은 아닐까 하는 불안.

그렇게 되면 무엇이든지 산산이, 영원히 깨어져 버리지 않을까 하는, 가슴을 짓누르는 불안. 열어 본 편지에 쓰인 한 줄도 누구에게 보여서는 안 되는 금기여서, 그것을 방 안 어디에다 감추어도 안심이 안 되는, 말할 수 없이 소중한 것에 대한 불안. 잠들었는데도 난로 앞에 널려 있는 석탄 덩어리를 나도 모르게 삼켜 버리지 않을까 하는 불안. 내 머릿속에서 어떤 숫자가 점점 커지기 시작해서 더 이상 내 안에 그것이 있을 공간이 없게 되지 않을까 하는 불안.

내가 지금 누워 있는 침대가 화강암, 잿빛 화강암 덩어리일 거라는 불안. 내가 큰 소리로 부르짖으면 이것을 들은 사람들이 문 앞으로 달려와 문을 부수고 밀려들어 오지 않을까 하는 불안. 나도 모르게 나 자신을 털어놓아서, 폭로될까 두려워하던 것을 모두 다 말해 버리지 않을까 하는 불안. 또 아무리 말을 하려고 해도 모든 게 말로는 할 수 없는 것들이라서 한마디도 입을 떼지 못하게 되지 않을까 하는 불안—그 밖의 또 다른 불안… 여러 가지 불안….

나는 어린 시절이 되돌아오기를 간절히 기도했고, 그 시절은 다시 돌아왔다. 그리고 그 시절이 옛날처럼 여전히 힘겹게 느껴지고, 나이를 먹는 것이 아무 소용이 없다는 것을 깨달았다.

어제는 몸의 열이 조금 내렸다. 그리고 오늘 아침은 봄날처럼 시작되었다. 마치 그림 속에 그려진 봄 같았다. 나는 국립도서관으로 가서 오랫동안 읽지 않았던 내 시인을 찾아볼 생각이다. 그러고 나서 나중에 한가하게 공원으로 산책을 나갈 수 있을 것이다. 어쩌면 물이 넘실거리는 연못에는 바람이 살랑살랑 불고, 어린아이들은 벌써 거기에 와서 그들이 가져온 빨간 배들을 띄우며 바라보고 있을지도 모른다.

오늘 있었던 일은 내가 기대했던 것은 아니었다. 나는 아주 자연스럽고 간단한 일처럼 원기 있게 집을 나섰다. 그러나 역시 뭔가 일이 벌어졌고, 그것은 나를 마치 휴지 조각처럼 마구 구겨서 사정없이 내팽개쳐 버렸다. 뭔가 전에 없던 끔찍한 일이 벌어진 것이다.

생 미셸 거리는 사람의 왕래가 없고 넓어서 그곳의 약간 경사진 길을 가벼운 기분으로 걸어갈 수 있었다. 길 위에 늘어선 집들의 창문들이 찌릉 소리를 내면서 열리면 거기에서 반사되는 빛이 하얀 새처럼 도로 위를 날았다. 연분홍색 바퀴를 단 마차 한 대가 지나가고 있었다. 그리고 멀리 아래쪽에서 뭔가 선명한 담녹색 물건을 메고 가는 사람이 보였다. 번쩍거리도록 장식된 마차를 끄는 말들이 물을 조금 뿌려서 깨끗하게 청소가 되어 있는 차도 위를 달리고 있었다. 바람이 불었다. 새로이 부는 온화한 바람이었다. 무슨 냄새와 외치는 소리, 종소리 등, 온갖 것이 그 바람을 따라 함께 일어났다.

나는 카페들이 자리한 곳 앞을 지나갔다. 저녁이면 그 카페들에서는 빨간 옷을 입은 사이비 집시들이 나와서 악기를 연주한다. 열린 창문들에서는 간밤에 묵은 탁한 공기가 부끄러운 듯이 슬금슬금 흘러나왔다. 머리를 반질반질하게 빗은 종업원 두 명이 출입구 앞을 청소하고 있었다. 종업한 한 명은 몸을 굽히고서 노란 모래를 한 줌씩 테이블 밑에다 뿌렸다. 그때 지나가던 사람이 그 종업원과 툭하고 부딪치더니 도로 저쪽을 가리켰다.

종업원은 얼굴을 붉히면서 잠시 그쪽을 날카롭게 주시하다가 갑자기 웃었다. 수염 없는 그의 뺨에 웃음이 넘쳐흐르듯이 퍼졌다. 그는 다른 종업원에게 눈짓을 하고 나서도 여전히 웃는 얼굴을 몇 차례 좌우로 돌렸다. 여러 사람에게 알리고도 싶고 자기도 거기서 눈을 떼고 싶지 않아서였다. 이제 다른 사람들도 모두 그곳으로 몰려와 서서 거리 아래쪽을 보거나 거기에 무엇이 있는지 찾으면서 웃었다. 무엇이 우스운지를 아직 발견하지 못해 짜증을 내는 사람도 있었다.

나는 마음이 조금 불안해지는 것을 느꼈다. 왠지 모르게 길 건너편으로 급히 옮겨 가지 않을 수 없었다. 나는 좀 더 빠르게 걸음을 옮기면서 내 앞을 걸어가는 몇몇 행인을 무의식중에 주시했다. 그들에게서는 별다르게 눈에 띄는 것이 없었다. 그러나 그 가운데 한 사람, 푸른 앞치마를 두르고 한쪽 어깨에 손잡이가 달린 빈 바구니를 맨 심부름꾼 같은 사내가 누군가를 말없이 전송하고 있는 것이 보였다. 전송이 끝났는지 그는 그 자리에서 카페들이 있는 쪽으로 몸을 돌리더니, 건너편에서 웃고 있는 동료들에게 누구나 하는 것처럼 이마 언저리에 손을 올려 흔들어 보였다. 그러더니 그는 검은 눈동자를 번득이며 만족한 듯 몸을 흔들면서 내 쪽으로 걸어왔다.

나는 내 시야에 어딘가 이상하고 눈에 띄는 한 인물이 불쑥 나타나지나 않을까 기대했다. 그러나 내 앞으로 걸어가는 사람은 키 크고 몸이 수척한 남자 한 명뿐, 다른 사람은 없었다. 검은색 외투를 걸친 그 남자는 짧고 연한 금발 머리 위에 부드러운 검정 모자를 쓰고 있었다. 이 남자가 입고 있는 옷이나 태도에서 무슨 우스꽝스러운 모습은 전혀 찾을 수 없다는 것을 확인하자, 나는 그에게서 눈을 돌려 길 건너편을 살피려고 했다. 바로 그때, 그가 뭔가에 걸려 걸음을 비틀거렸다.

나는 바로 그의 뒤를 따라가고 있었으므로 주의하면서 그가 있는 곳까지 걸어갔다. 그러나 거기에 별다른 것은 없었다. 전혀 없었다. 나와 남자는 계속해서 걸어갔다. 두 사람 사이의 간격은 변하지 않고 그대로 유지되었다. 이윽고 교차로에 이르렀을 때, 내 앞에 가던 그 남자는 길이가 다른 두 다리로 보도의 턱을 펄쩍 뛰어넘어 걸어갔다. 아이들이 길을 가다가 기분이 좋으면 종종 팔짝 뛰거나 솟구쳐 오르면서 가는 걸음과 흡사했다.

건너편 보도에 이르렀을 때 그는 그냥 보폭을 길게 해서 보도의 턱을 훌쩍 뛰어넘었다. 그러나 보도 위에 올라서자 한쪽 다리를 약간 당기더니 다른 쪽 발로 훌쩍 뛰었다. 그러고는 계속해서 같은 걸음걸이로 길을 걸어갔다. 이런 갑작스러운 동작은 비틀거리면서 가는 것처럼 보일 수 있었다. 그냥 길 위에 사소한 물건이 떨어져 있기 때문이라고 생각할 수도 있었다. 아마 과실의 씨앗이라든가, 미끄러운 과일 껍질 같은 것이 있다고 말이다. 그리고 묘한 것은, 그 자신도 뭔가 장애물이 있었다고 믿는 것 같아 보였다. 사람들이 길을 가다가 보통 그러듯이 그 남자도 가면서 매번 반은 화가 난 눈초리로, 반은 비난에 찬 눈초리로 그 불쾌한 지면을 살피는 것이었다.

아까처럼 또다시 보도 저쪽에서 뭔가 내게 경고하며 길 건너편으로 오라는 소리가 들렸지만, 나는 그 소리에 따르지 않고, 남자의 뒤를 따라가면서 그의 걸음걸이에 온통 주의를 집중하고 있었다. 솔직히 말해서, 스무 걸음쯤 걸어가는 동안 그에게서 아까처럼 뛰어넘는 동작이 나타나지 않자 묘하게도 나는 안심이 되었다. 그러나 내가 눈을 들자, 그의 표정에 뭔가 다른 불쾌함이 나타나 있는 것이 보였다. 그의 외투 깃이 삐죽 솟아 있었다. 그는 한 손으로 그것을 다시 처음의 모양으로 되돌리려다가 이어 두 손을 다 쓰면서 몹시 애를 썼는데 제대로 되지 않았다.

그 광경을 보고 있어도 나는 불안하지는 않았다. 그러나 바로 그 직후, 이 남자의 그 분주한 손놀림이 실제로는 두 가지 동작을 하고 있는 것을 보고 너무나 놀랐다. 하나는 눈에 띄지 않게 재빨리 옷깃을 위로 젖히려는 동작이었고, 다른 하나는 옷깃을 전처럼 다시 접으려고 계속해서 몹시 힘들이는 동작이었다.

그 광경을 유심히 바라보던 내 머릿속이 혼란해졌다. 그 때문에 이 분쯤 지난 후에야 나는 목까지 추켜올려진 남자의 외투 깃과 신경질적으로 움직이는 손동작 뒤의 목에 조금 전 두 다리로 껑충껑충 뛸 때와 비슷한 경련이 나타나고 있는 것을 알아차렸다. 이 순간부터 나는 그에게서 눈을 뗄 수 없었다. 나는 이 경련이 남자의 몸 안을 빙빙 돌아다니다가 여기저기서 몸 밖으로 튀어나오려 한다는 것을 알았다. 그제야 나는 남자가 사람들이 볼까 봐 피하는 심정을 이해할 수 있었고, 나 자신도 지나가는 사람들이 그것을 눈치채지나 않을까 조심하며 살폈다.

갑자기 그의 다리가 움찔하면서 살짝 뛰어오르는 동작을 보였을 때 나는 등골이 오싹해지는 것을 느꼈다. 하지만 그것을 본 사람은 없었다. 그러나 만약 누가 눈치를 채는 경우에는 나 역시 다리를 약간 절룩거리는 시늉을 해 보일 생각을 했다. 그러면 호기심을 가진 사람들은 길에 보이지 않는 무슨 작은 장애물이 있어서 우연히 우리 두 사람이 그것을 밟은 거라고 생각하게 될 것이다.

그러나 내가 그런 식으로 도울 방법을 생각하고 있는 동안, 그는 나름대로 탁월한 새로운 해결책을 찾아냈다. 내가 말하는 것을 잊었지만 그는 손에 지팡이를 들고 있었다. 손잡이가 약간 휘어진 진한 색의 흔한 지팡이였다. 방법을 찾으려고 불안해하던 남자에게 떠오른 생각은, 먼저 한쪽 손으로 (다른 한 손은 또 어디에 쓸지는 알 수 없지만) 이 지팡이를 등 뒤로 돌려 척추에 대고서 그것을 엇걸어 꽉 누른 다음, 둥근 손잡이 끝을 옷깃 안으로 밀어 넣어 목뼈와 첫 번째 척추 사이에서 버팀목처럼 단단히 지탱하려는 것 같았다.

이것은 별로 남의 눈에 띄지 않았고 기껏해야 약간 거만하게 보이는 방법이었다. 마침 전례 없이 화창한 봄 날씨여서 그런 자세로 걸어가도 별로 이상해 보이지 않았다. 주위에 그것을 눈치채고 돌아볼 생각을 하는 사람은 아무도 없었다. 그는 계속 걸어갔다. 아무 일 없이 아주 잘 걸어갔다. 그다음 교차로에 이르자 그는 역시 잔걸음으로 두 번 훌쩍 뛰었다. 억누른 작은 뜀질로 전혀 대단치 않은 것이었다. 처음 뜀질은 사실 눈에 띌 만했지만 능숙하게 움직여서 (마침 도로 위에 호스 딸린 펌프가 하나 놓여 있었다.) 걱정할 것이 없었다.

그 후로 그 남자는 여전히 잘 걸어갔다. 이따금 다른 손도 지팡이를 잡고 그것으로 더 꽉 몸을 눌렀다. 그렇게 해서 곧 다시 위험을 피할 수 있었다. 그런데도 내 불안은 점점 커졌다. 그가 걸어가면서 겉으로는 아무렇지도 않은 듯이 보이려고 애쓰고 있는 동안에, 사실은 끔찍한 경련이 그의 몸속에서 누적되어 가는 것을 나는 알았다. 그 경련이 계속 누적되어 갈수록 내 마음속에서도 불안이 커져 갔다. 몸속에서 경련이 발작하기 시작하면 그가 두 손으로 지팡이를 꽉 붙드는 것이 내 눈에 보였다.

그때 그 두 손의 움직임이 너무나 단호해서 나는 그의 의지가 크다고 믿고 그것에 희망을 걸었다. 하지만 이럴 때 대체 의지라는 것이 무언가. 그도 힘이 다 빠지는 순간이 올 것이다. 그 순간은 멀지 않을 것이다. 심장이 쿵쿵 뛰면서도 남자의 뒤를 따라가고 있던 나는 내 몸속의 힘을 조금이나마 끌어모았다. 마치 잔돈을 모아 그의 두 손을 바라보면서, 만약 필요하다면 이것을 받아 주지 않겠냐고 간청하듯이 그것을 제공하고 싶은 심정이었다. 나는 그가 내 뜻을 받아 주리라고 믿었다. 그러나 더 이상은 도울 힘이 없으니 어쩔 도리가 있겠는가.

생 미셸 광장에 이르자 차량도 많고 이리저리 급히 움직이는 사람들도 많아졌다. 우리는 종종 두 대의 마차 사이에 끼이곤 했다. 그럴 때 그는 한숨 돌리고는 잠시 그 흐름에 몸을 맡기고 쉬려는 듯, 약간씩 다리로 껑충거리고 고개도 끄덕였다. 어쩌면 그것은 남자의 몸속에 갇혀 있는 경련이 어떡하든 그를 제압하려고 하는 간계인지도 몰랐다.

그러나 남자의 의지는 몸의 두 군데서 꺾였다. 그가 굴복하자 병이 침투한 근육들에 서서히 자극이 오면서 그곳에 두 박자의 경련이 일어났다. 그러나 지팡이는 여전히 그의 등 뒤에 버팀목으로 있었고 두 손은 몹시 화가 나 있는 것처럼 보였다. 바라보니 앞에 다리가 있었고 우리는 계속 걸어갔다. 걸음을 계속했다. 그러다가 그의 걸음걸이에 뭔가 불확실한 것이 나타나더니 그는 두어 걸음 더 가다가 걸음을 멈췄다. 그냥 멈춰 섰다.

그의 왼쪽 손이 가만히 지팡이에서 벗어나더니 느리게 위쪽으로 올라가다가 허공에서 부들부들 떠는 것이 보였다. 그는 모자를 조금 뒤로 젖히고는 손으로 이마를 쓸었다. 남자는 머리를 조금 돌렸다. 그의 시선은 하늘과 집들, 그리고 개울 위에서 흔들렸으나 아무것도 보이지 않았다. 그의 몸은 피로에 지쳤는지 무너졌다. 그는 지팡이를 던지고 공중을 날려는 것처럼 팔을 활짝 벌렸다. 그러자 마치 자연의 힘에 충만된 듯 그의 몸은 앞으로 구부러졌다 뒤로 젖혀지는가 하면, 숙였다가 춤을 추듯이 군중 속으로 내던져졌다. 수많은 사람이 그 주위로 모여들었다. 남자의 모습은 더 이상 내게 보이지 않았다.

이제 또 어디로 간들 무슨 의미가 있겠는가. 내 머릿속은 텅 빈 것 같았다. 아무것도 쓰여 있지 않는 종잇장처럼, 나는 거리의 집들을 스쳐 지나 다시 큰길로 따라서 나아갔다.

편지의 초안.

어쩔 도리 없이 이별한 뒤에는 남는 것이 아무것도 없는 게 사실이지만, 나는 그대에게 편지를 쓰려고 합니다. 시도해 봅니다. 팡테옹에 가서 그 성녀의 그림을 보았기에 그렇게 해야만 한다고 생각합니다. 고독한 성녀와 집의 지붕과 문, 그 안에서 살

포시 광륜을 던지고 있는 등불, 그 너머 달빛 아래에 잠들어 있는 도시와 개울, 먼 지평선이 그려져 있습니다. 성녀는 잠든 도시를 지켜보고 있고, 그 앞에서 나는 눈물을 흘렸습니다. 그 모든 것들이 뜻밖에도 한꺼번에 다 거기에 나타나 있었기 때문입니다. 그 그림 앞에서 나는 울었습니다. 어찌해야 좋을지 몰랐습니다.

나는 파리에 와 있습니다. 이 얘기를 들으면 사람들은 기뻐하고, 대다수 사람은 나를 부러워하기도 합니다. 그렇습니다. 여기는 대도시이니까요. 크고 기이한 유혹들로 가득 찬 곳입니다. 나로 말하자면, 그런 유혹들에 어느 정도 굴복되어 있다고 시인하지 않을 수 없군요. 할 수 있는 다른 말이 없습니다. 나는 이런 유혹들에 굴복되어 있고, 그것은 내 성격이든, 아니면 세계관이든, 아무튼 내 생활에 어느 정도의 변화를 가져왔습니다.

이런 영향으로 내 마음속에는 모든 일에 대해 완전히 다른 사고방식이 형성되었습니다. 그것은 지금까지의 어떤 것보다도 더 나와 주위 사람들을 가로막는 일종의 차이 같은 것입니다. 세계가 변한 것이지요. 새로운 의미들로 가득 찬 새로운 생활입니다. 그러나 모든 것이 새롭다 보니 지금으로서는 조금 힘든 편입니다. 나는 새로운 환경 속에서 처음부터 다시 시작하는 새내기입니다.

바다를 한번 보는 일이라면 가능하지 않을까요?

그래요, 그냥 생각해 보고 있습니다. 어쩌면 그대가 여기에 와 줄 수 있지 않나 상상해 보았습니다. 혹시 그대가 아는 의사가 있다고 말해 주지 않을까 해서요. 나는 그것을 알아보는 것을 잊고 있었지요. 어쨌든 이제 내게는 더 이상 의사가 필요 없어졌습니다.

그대는 보들레르가 쓴 「시체」라는 기이한 시를 기억하고 있나요? 지금 와서야 나는 그것을 이해할 수 있을 것 같군요. 마지막 한 절을 제외하면 그의 시는 옳았습니다. 그런 일에 부딪혔을 때 그는 대체 어떻게 했어야 했을까요? 이 두렵고 오직 혐오스러운 것만 보이는 곳에서, 모든 존재하는 것들 속에서 가치를 지닌 존재를 보는 것이 그에게 주어진 사명이었던 것이지요. 그것은 선택할 수도, 거부할 수도 없었던 것입니다.

그대는 플로베르가 『성 줄리앙의 전설』을 쓴 것이 우연이라고 여기는지요? 가장 결정적인 것은 다음과 같은 것이라고 나는 생각합니다. 나병 환자의 곁에 누워서, 사랑의 밤을 보내는 것처럼 따뜻한 마음으로 그 환자를 품어 주는 것 — 그런 행위는 필연코 좋은 결과를 가져다주는 것이지요.

내가 여기에서 환멸로 시달리고 있다고는 생각하지 말아 주십시오. 오히려 정반대입니다. 이따금 나는 기대하고 있던 모든 것을, 비록 화가 나더라도 현실적인 것을 위해서라면 포기할 각오가 되어 있는 스스로에게 놀라곤 합니다. 아, 이런 것을 그대와 조금이나마 나눌 수 있다면. 하지만, 그렇게 한다고 해서 무슨 소용이 될까요. 아니, 그것은 오직 혼자가 되는 대가를 치러야 하는 것입니다.

공기의 분자 하나하나에는 끔찍한 것이 깃들어 있다. 숨을 쉴 때마다 그것은 투명한 공기와 함께 들이마셔진다. 그것은 몸속에서 침전되고 굳어 장기들 사이에서 날카로운 기하학적 형태를 취하게 된다. 형장에서, 고문실과 정신병원과 수술실에서, 늦은 가을의 다리 밑 같은 데서 생겨나는 고통과 전율. 이 모든 것은 끈질기게 변하지 않는 것에서 생겨나는 것이다. 그 모든 것은 스스로를 고집하고, 존재하는 온갖 것을 질투하면서 스스로의 끔찍한 현실에 매달려 떨어지지 않는다.

인간은 그런 것들을 대개는 잊고 싶어 한다. 잠을 자면 그러한 끔찍한 것들은 머릿속에서 조용히 깎여 나간다. 그러나 꿈은 잠을 밀어내고, 그것들의 상을 더 뚜렷하게 그려 놓는다. 그러면 사람들은 잠에서 깨어나 가쁜 숨을 쉬면서, 어둠 속에서 한 자루의 촛불을 켜 놓고 마음을 안정시키는 설탕물 같은 것을 들이켠다.

그러나 아, 어디에 이런 안심할 수 있는 것이 있을까. 조금만 몸을 돌리면 시선은 곧 잘 아는 것, 친숙한 것으로 향하고, 안정을 주는 윤곽이 공포의 윤곽보다 더 분명하게 드러난다.

방안을 텅 비게 만드는 것 같은 불빛을 조심해야 한다. 혹시 일어나 앉아 있을 때, 그 뒤에 어떤 그림자가 마치 네 주인인 것처럼 나타날지 모르니 돌아봐서는 안 된다. 차라리 어둠 속에 그냥 머물러 있고, 너의 가없는 마음이 구별할 수 없는 모든 것에 대해 무거운 마음으로 있는 편이 더 나을지도 모른다.

이제 너는 마음을 가다듬고, 네 손 안에서 사라지는 네 모습을 본다. 가끔은 서툰 움직임으로 네 얼굴을 더듬어 본다. 네 안에는 공간이 거의 없다. 따라서 네 안의 그 좁은 공간에는 아주 큰 것이 머물 수 없다는 것, 그 때문에 그 들어 보지 못한 이상한 것도 네 안에 자리 잡으려면 그 상황에 맞게 좁혀질 수밖에 없다는 사실이 너를 가까스로 안심시킨다.

그러나 밖으로 나가면, 밖에서는 그 거대한 것을 가늠할 수 없다. 그리고 그것이 밖에서 자라나면 그것은 너의 내부까지도 가득 채운다. 그것은 일부 네가 통제할 수 있는 혈관이나 반응이 적은 기관들의 점액질 속에 채워지는 것이 아니라, 모세혈관을 채우고 몸의 가장 바깥쪽까지 빨려 올라간다. 그리고 무수히 가지를 친 네 몸의 말단까지 솟아오르고, 거기에서 너를 압도하고, 마지막 피난처로 도망친 네 호흡보다 더 높이 치솟는다. 아, 그러면 이제는 어디로, 어디로 가야 한단 말인가?

네 심장은 너를 네 바깥으로 밀어낸다. 그러곤 네 뒤를 따라 나온다. 그러면 너는 네 안에서 거의 끌려 나와 더 이상 안으로 되돌아갈 수 없다. 마치 발에 밟힌 딱정벌레처럼 네 안에서 네가 빠져나와 버리면, 거기 조금 남은 껍데기나 적응력은 아무런 의미가 없게 된다.

오, 사물들이 보이지 않는 밤이여. 오, 칙칙한 창문이여. 오, 조심스럽게 잠긴 문이여. 예로부터 전해 내려오고 인정되었지만, 결코 완전히 이해되지는 않은 것들이여. 오, 계단에 흐르는 정적이여. 인접해 있는 방들의 정적, 높은 천장 위에서 흐르는 정적. 아, 어머니, 어린 시절에 이 모든 정적을 막아 주신 분은 오직 당신이었습니다. 그것을 언제나 당신의 몸에 받아들이면서 말씀하시곤 했지요. "무서워 마라, 나란다." 내가 공포에 사로잡혀 벌벌 떠는 것을 막아 주기 위해 밤새 당신 자신이 그 정적이 되어 줄 용기가 있던 분이었지요.

어머니 당신이 불을 켜면, 곧 당신이 시끄러운 소리가 되어 주었습니다. 어머니는 등불을 들고 이렇게 말했지요. "나란다, 무서워 마라." 그러면서 당신은 등불을 천천히 내려놓았습니다. 그러면 의심할 여지 없이 바로 어머니 당신이야말로 익숙해진 다정한 물건들 주위를 비춰 주는 불빛이었습니다. 다른 어떤 숨은 뜻이 없이 그냥 선량하고, 단순하고, 단호하게 비춰 주는 불빛이었습니다.

그리고 어디 벽 속에서 불안한 소리가 나거나 마룻바닥 밟는 발소리가 나면, 당신은 그냥 미소를 지었습니다. 혹시 당신이 저 희미하게 들리는 소리와 함께하는 어떤 비밀을 간직하고 있는 것은 아닐까, 혹시 그것과 무슨 결탁을 한 것이 아닐까 살피면서 불안해하는 얼굴을 향해 밝고 투명하게 계속해서 미소 지어 보였습니다. 이 세상의 권능 가운데 당신과 같은 힘을 가진 것이 또 어디 있겠습니까?

보세요, 왕들이 누워서 빤히 바라보고 있어도, 이야기꾼은 그들의 주의를 딴 데로 돌릴 수 없습니다. 그들이 사랑하는 여인들의 포근한 가슴에 안겨 있어도 공포가 그들을 덮쳐 그들을 떨리고 무기력하게 만듭니다. 그러나 당신이 나타나 그 무시무시한 것을 당신의 등 뒤로 막고 완전히 가려 버립니다. 여기저기 열 수 있는 커튼과는 다릅니다. 아니, 당신은 도움을 요청하는 부름에 응해서는 그것을 뛰어넘어 달려옵니다. 당신은 마치 올 수 있는 다른 모든 것들을 뒤로 밀어내고 가장 먼저 달려 온 것처럼 오십니다. 그러고 나면 무서운 것은 모두 사라지고 오직 달려오는 어머니 당신의 영원한 길, 당신의 비약하는 사랑만이 있을 뿐입니다.

내가 날마다 앞을 지나다니는 석고상 상점의 주인은 상점 문 옆에 두 개의 마스크를 걸어 놓았다. 하나는 시체 영안실에서 본떠 만든, 물에서 익사한 여자의 얼굴이었다. 미인인 데다가 미소까지 짓고 있었다. 그 미소는 마치 스스로 의식하고 있는 듯 꾸며진 미소였다. 그리고 그 마스크 아래에는 뭔가 알고 있는 듯한 표정의 얼굴*이 있었다. 단단하게 조여 당긴 감각들로 이루어진 탄탄한 매듭. 지속적으로 발산하려는 음악이 스스로를 붙들어 가차 없이 압축시킨 것 같은 얼굴. 그의 내부에서 일어나는 울림만을 듣게 하려고 신이 일부러 귀를 막아 놓은 사람의 얼굴. 혼탁하고 쓸모없는 잡음에 현혹되지 않게 하려고 그랬을 것이다. 그의 내면에서 일어나는 소리는 명료하고 지속적이었을 것이었기에, 그의 감각만으로 세계를 만들어 주기 위해서였을 것이다, 조용히, 음향이 창조되기 전까지는 미완의 상태로

* 옮긴이 — 독일 작곡가 베토벤의 데드마스크.

기다리고 있는 세계를.

세계의 완성자여, 마치 땅 위에 내려서 강으로 흘러가는 비처럼 무관심한 듯, 우연인 듯 흘러내리고—보이지 않게, 자연의 법칙을 기꺼워하면서, 지상의 온갖 것으로부터 다시 떠오르고 퍼져 나가 하늘을 형성하는 것처럼, 우리의 지상에 가라앉은 것들은 당신으로부터 솟아올라 와 전 세계를 음악으로 둘러싸고 있습니다.

당신의 음악, 그것은 우리를 위해서가 아니라 세계를 위해서 존재했으면 좋았을 것입니다. 테바이스 사막*에 그대를 위한 피아노를 가져다 놓았어야 했는데. 그러면 천사가 나타나 그대를 이끌고 왕들과 창녀들, 그리고 은둔자들이 머물고 있는 황량한 산맥을 지나서 외로이 놓여 있는 그 악기 앞으로 데려갔을 텐데. 그러면 천사는 하늘 높이 솟아올라 떠나갔을 것입니다. 당신의 음악이 시작되는 것이 불안한 듯이.

그러면 그때, 당신은 거침없이 당신의 음악을 발산했을 것입니다. 폭포처럼 쏟아져 나오는 전대미문의, 오직 우주만이 견뎌낼 수 있는 음악을 우주에 돌려주었을 것입니다. 사막의 베두인족들은 미신적인 공포를 느끼며 지평선 너머로 쫓겨 달아났을 것입니다. 그러나 사막을 오가는 상인들은 당신의 음악이 폭풍인 줄 알고 그 음향이 퍼지는 가장자리에 엎드렸을 것입니다.

* 옮긴이—상이집트의 남부지방에 위치해 있다.

밤이 되어 한 마리씩 다가오는 사자들만이 당신을 멀찍이 둘러싸고, 세차게 움직이는 자신들의 혈관 속 피에 스스로 놀라 두려움을 느꼈을 것입니다.

이제 누가 당신을 탐욕에 찬 귀들로부터 빼내서 돌아오게 해 줄까요? 누가 관계하고도 수태하지 못하는, 제대로 듣는 귀를 갖지 못한 값싼 인간들을 콘서트홀에서 내쫓아 줄까요? 거기엔 정액이 뿌려지고, 그들은 매춘부처럼 누워서 그걸 가지고 장난을 치지요. 수태하지 않고 즐기기만 하는 동안에, 그들 사이로 정액은 떨어질 것입니다. 마치 '오난의 정액'*과도 같이.

그러나 동침한 적이 없는 처녀처럼 순결한 귀를 가진 사람이 당신의 음악 곁에 눕는다면, 거장이시여, 그 사람은 황홀하여 죽거나 아니면 무한한 것을 잉태하고, 그 잉태한 뇌는 해산을 하다가 그만 터져 버릴 것입니다.

나는 그 일을 과소평가하지 않는다. 거기에는 용기가 필요하다는 것을 알고 있다. 그러나 그들의 뒤를 따라갈 대단한 용기를 지닌 누군가가 있다고 잠시 가정해 보자. 그런 다음에 그는 그들이 나중에 어디로 기어들어 가는지, 그리고 하루의 나머지

---

* 옮긴이 — 『구약성서』의 「창세기」 38장 8~9절에 보면, 남녀가 성관계를 할 때 사정은 오직 수태를 위해서만 해야 하는데, 그렇지 않고 오난처럼 쾌락을 위한 목적으로 질외사정을 하면 신의 저주를 받는 것으로 묘사되고 있다.

긴 시간에는 무슨 일을 시작하고 밤에는 잠을 자는지 확실하게 (누가 그것을 다시 잊거나 혼동하겠는가?) 알아보는 것이다.

특히 그들이 잠을 자는지는 반드시 확인해 봐야 한다. 그러나 용기만으로는 아무래도 잘 되지 않을 것 같다. 보통 사람의 뒤를 따라가 보는 것이라면 극히 쉬운 일일지 모르나, 그들의 출몰은 아주 독특하기 때문이다. 거기 있겠지, 하고 생각하면 그들은 어느 사이에 보이지 않는다. 납으로 만든 병정 인형처럼 저기 놓아두었는가 하면 알지 못하는 사이에 치워져 없어진 것이다. 그들을 발견할 수 있는 곳은 조금 외지기는 하지만 각별히 비밀스러운 장소는 아니다. 덤불이 조금 뒤로 물러나 있고 길이 잔디밭을 둘러싸며 약간 구부러진 곳, 거기에 그들은 서 있다. 그들 주위는 꽤 넓은 투명한 공간이어서 그들이 마치 유리 돔 아래에 서 있는 것처럼 보인다.

너는 그들을 생각에 잠겨 산책하는 사람들로 여길지도 모른다. 이 남자들은 몸도 왜소하고 모든 면에서 눈에 띄지 않는 사람들이다. 그러나 그렇게 본다면 너는 틀렸다. 그들이 왼손을 낡은 외투의 엇비슷이 달린 호주머니 속에 넣고 뭔가를 뒤지는 모습을 보라. 그들은 작은 물건을 찾아 꺼내서는 서툰 솜씨로 눈에 띄게 허공으로 치켜든다. 그러면 일 분도 지나기 전에 두서너 마리의 새들이 호기심에 차서 팔짝팔짝 뛰면서 다가간다.

그 남자가 아주 세심하게 움직이지 않고 있으면 새들이 안심하고 더 가까이 다가오지 않을 이유가 없다. 이윽고 한 마리가 펄쩍 뛰어, 먹다 남은 달콤한 빵 한 조각을 아무런 의도도 없이 체념한 듯한 손가락으로 내밀어 주는 그 남자의 손 위쪽에서 잠시 동안 신경질적으로 빙빙 돈다.

이제 점점 더 많은 사람이 그 남자의 주위에, 적당한 거리를 두고 모여든다. 그럴수록 그 남자는 그들과 상관없는 척한다. 그는 마치 타들어 가는 촛대처럼 거기 서 있고, 남은 심지처럼 빛을 발하고 있어서 매우 따뜻하며, 결코 몸을 움직이지 않는다. 그리고 그것이 자신들을 유혹하고 끌어들인다는 것을 작고 멍청한 많은 새들은 판단하지 못한다. 만약 거기에 구경하는 사람들이 없고 그 남자 혼자만 오랫동안 그대로 서 있다면, 갑자기 천사라도 날아와서 참새들처럼 힘이 다 빠진 그의 손에서 달콤한 낡은 빵조각을 받아먹을 거라고 생각된다.

하지만 언제나 그렇듯 천사를 방해하는 것은 사람들이다. 그들에게는 그 남자가 보여 준 것만 좋은 구경거리이지, 그들은 그가 뭔가 다른 것을 기대하고 있지는 않을 거라 여긴다. 집안의 뒤뜰에 박혀 있는 뱃머리 장식 인형처럼 땅에 약간 비스듬히 꽂혀 있는, 비에 젖은 낡은 인형 같은 인간들이 다른 무엇을 기대할 수 있겠는가. 그들의 이러한 태도는 그들이 한때는 삶의 최전선, 즉 아주 격동이 치는 곳에 서 있었다는 사실에서 비롯된 것일까? 한때는 화려했기 때문에 지금은 많이 퇴색된 것일까? 그들에게 한번 물어봐야 할까?

그러나 이따금 새에게 모이를 주는 여자를 보면, 그 여자에게는 절대 아무것도 묻지 말아야 한다. 그런 여자들의 뒤를 따라가 보면 심지어 그들은 길을 가면서도 모이를 주는데, 그것을 그냥 아주 쉬운 일인 것처럼 한다. 그러나 여자에게 다가가 물어봐도 소용없다. 그들은 자기가 왜 그런 일을 하는지 모르고 하고 있는 것이다.

그들은 핸드백 안에 많은 빵을 넣고 있다가, 조금 씹어서 침이 묻은 커다란 빵조각들을 돌연 그들의 얇은 숄 안에서 내민다. 자기의 침이 조금씩 세상에 퍼지고, 작은 새들이 빵에 묻은 그 침 맛을 느끼면서 날아다니는 것이 여자들에게는 좋은 모양이다. 물론 새들은 금세 그 맛을 잊고 말겠지만.

당신의 책을 읽으며 앉아 있었습니다, 완고한 작가여.* 당신의 책을 전체적으로 읽지 않고 부분적으로 떼어 읽고 만족해하는 다른 사람들처럼 나도 그렇게 당신의 책들을 이해하려고 했습니다. 왜냐하면 그 당시만 해도 나는 아직 명성이라는 것, 거기에 쌓아 올린 것을 군중이 끼어들어 그 밑돌을 빼 버려서는 뭔가 되어 가고 있던 것을 공개적으로 파괴한다는 것을 아직 잘 몰랐기 때문입니다.

어딘가에 있을 젊은이여, 만약 그대의 내면에서 뭔가 싹트고 있다면, 아무도 그대를 모른다는 것을 이용하라. 만약 그대를 하찮게 여기는 자들이 그대에게 대적하고, 그대와 어울렸던 자

* 옮긴이 — 노르웨이 출신으로 19세기 세계 최고의 극작가로 평가된 헨리크 입센(Henrik Ibsen, 1828~1906)을 가리킨다.

들이 그대를 완전히 버리고 그대가 간직한 멋진 생각 때문에 그대를 말살하려고 한다면, 오히려 그대는 이 명백한 위험에 맞서 자신을 더욱 강하게 결속시킬 것이다. 훗날 그대가 얻을 명성에 교묘하게 적대하고 그대를 산산이 흩뿌려서 무해한 존재로 만들려는 것에 맞서기 위해서.

아무에게도 그대에 대해 평가해 달라고 부탁하지 마라. 심지어 경멸하는 방식으로라도 그대를 평가하게 해서는 안 된다. 그리고 시간이 흘러 그대의 이름이 사람들 사이에 널리 알려지게 되면, 그들의 입에서 나오는 모든 말을 그 이상으로 심각하게 받아들이지 마라. 생각해 보라. 만약 그 이름이 나빠졌다면 버리도록 해라. 어떤 것이든 신이 밤에 그대를 부르시도록 다른 이름을 가져라. 그리고 그 이름을 모든 사람에게서 숨겨라.

고독한 이여, 홀로 떨어져 있는 자여, 사람들이 당신의 명성 뒤를 얼마나 좇았던가. 그들은 지금까지 오랫동안 온 힘을 다해 당신과 대적하더니, 이제는 당신을 자기들과 같은 부류로 대하고 있습니다. 그러나 그들은 당신이 한 말을 어둠의 우리 속으로 끌고 가 가뒀다가 광장으로 끌고 와, 안전한 거리에서 자극하며 당신의 그 모든 끔찍한 맹수들을 골립니다.

당신의 작품을 처음 읽었을 때, 그것들은 내게서 터져 나와 나를 사막으로 몰아넣고 덮쳤습니다. 절망에 빠진 것들 말입니다. 가는 길의 궤도가 모든 지도에서 잘못 표시되어 있던 당신도 마지막에는 절망에 빠졌지요. 당신이 가는 길을 절망적으로 과장한 이 도약은 하늘을 가로질러 단 한 번 우리를 향해 다가

왔다가 깜짝 놀라 멀어져 갔습니다. 한 여자가 머물러 있든 떠나든, 한 남자가 현기증이나 광기에 시달리든, 죽은 사람이 살아 있고 산 사람이 죽은 것처럼 보이든, 그것이 당신한테 무슨 상관이 있었겠습니까?

이 모든 것이 당신에게는 너무 당연한 것이었지요. 당신은 마치 대합실을 지나가듯 그것들을 스쳐 지나가면서 멈추지 않았습니다. 하지만 당신은 거기 머물러 있었습니다. 우리 삶의 사건들이 들끓다 가라앉아 색깔이 바뀌는 그 내부에 몸을 굽힌 채 머물러 있었습니다. 그 누가 발 들여놓은 것보다 더 깊은 곳에 당신은 있었습니다. 당신 앞에 문이 갑자기 열리자, 거기에 불꽃 속 플라스크들이 나타났습니다. 아무도 그곳으로 데려간 적 없지요, 불신하는 자여. 당신은 거기에 앉아서 여러 가지 변해가는 과정들을 구별하고 분석했습니다.

그리고, 그리거나 말하는 것이 아니라, 오직 보여 주는 것만 타고 난 당신은, 거기 유리 플라스크를 통해서 보았던 작은 것들을 곧 당신 혼자서 확대하여 수천의 사람, 아니 모든 사람 앞에 보여 주려는 터무니없는 결심을 했던 것입니다.

그렇게 해서 당신의 연극은 태어났습니다. 수 세기 동안 거의 공간이 없을 정도로 작은 물방울처럼 압축된 삶이 다른 예술에 의해 발견되고 서서히 개인들의 눈에도 띄게 되어 그들도 보겠다고 점점 모여들어, 마침내 그들 앞에 전개되는 장면의 비유를 통해 대단한 소문의 진상을 확인하려고 요구하는 것을 당신은 기다릴 수 없었습니다.

이것을 당신은 마냥 기다릴 수 없었습니다. 당신은 거기에 있으면서, 거의 측정할 수 없는 일을 해야 했습니다. 즉, 겨우 0.5도 정도 상승한 감정, 거의 아무런 중량도 없지만 당신은 아주 가까이에서 읽어 냈던 미세한 의지의 각도, 한 방울의 그리움 속에 섞인 약간의 혼탁함, 그리고 원자처럼 작은 신뢰 속에서 변화하는 색의 공허함, 이런 것들을 당신은 확인하고 기록해야 했습니다. 왜냐하면 그러한 과정들 속에서 이제 우리의 삶은 우리 내면으로 너무나 깊이 파고들어 와서 거의 추정조차 할 수 없게 되었기 때문이었습니다.

항상 보여 주는 쪽에 재능을 지녔던 당신, 시대를 초월한 비극작가였던 당신은, 이 모세혈관의 움직임 같은 현상들을 단숨에 가장 설득력 있는 움직임으로, 가장 확실하게 보이는 것으로 전환하지 않으면 안 되었지요. 그러자 당신의 작품은 어느 것과도 비교할 수 없는 폭력성을 띠기 시작했습니다. 당신의 작품은 점점 더 성급하고 점점 더 절박하게, 내면에서 본 것들을 대체할 것을 가시의 세계 속에서 찾으려 했습니다. 그래서 토끼나 지붕 밑 다락방, 사람들이 왔다 갔다 하는 홀이 등장했고, 옆방에서 유리잔이 덜걱거리는 소리, 창밖에서 일어난 화재, 태양이 등장한 것입니다. 교회와 교회를 닮은 바위 계곡도 있었지요.

하지만 그것만으로는 충분하지 않았습니다. 결국에는 탑이 등장하고 온갖 산이 등장해야 했습니다. 그리고 전경을 파묻어 버리는 눈사태도 등장했는데, 그것은 눈에 보이는 것들을 잔뜩 벌려 놓은 무대를 뒤덮어 버렸습니다. 더 이상은 당신도 할 수 없었지요. 당신이 억지로 휘어서 하나로 만들려고 했던 것의 양 끝이 휙 갈라져 버린 것입니다. 당신의 광적인 힘은 재기발랄한 지휘봉에서 솟아났지만, 당신의 작품은 없는 것이나 마찬가지가 되어 버렸습니다.

그러니 당신이 늘 완고했던 것처럼, 인생의 막바지에도 완고하게 창가를 떠나고 싶어 하지 않았던 심정을 누가 이해하겠습니까. 당신은 바깥을 지나가는 사람들을 보고 싶어 했습니다. 언젠가 새로 결심만 하면 그 통행인들을 시작으로 해서 뭔가를 만들어 낼 수 있을 거라는 생각이 떠올랐기 때문이었지요.

그즈음 나는 여자에 대해서는 아무 말도 할 수 없을 거라는 생각이 처음 떠올랐다. 막상 사람들이 여자에 대해 이야기할 때는 오히려 여자를 제외한 채, 주변 환경, 위치, 대상들, 이런 모든 다른 것을 세밀하게 명명하고 설명한다는 것을 알았다. 그러다가 어느 지점에 이르면 그런 설명은 멈춰 버린다. 결코 뚜렷하게 묘사되지 않았던 그 여자의 윤곽은 부드럽고 조심스럽게 끝나 버린다. 그럴 때면 나는 "대체 그 여자는 어떤 사람이지요?"라고 물었다. "금발이란다. 너하고 좀 비슷하지." 그들은 말하면서 그들이 알고 있는 온갖 다른 것을 나열했지만, 그때부터 그 여자의 모습은 또다시 아주 모호해졌고 나는 더 이상 아무런 상상도 할 수 없었다.

사실, 나는 내가 듣고 싶어서 계속 묻는 이야기를 어머니가 들려줄 때만 여자에 대해 확실하게 알 수 있었다 — 어머니는 개가 나오는 대목을 이야기할 때면 매번 눈을 감았다. 완전히 눈을 감은 채 사방에 투명하게 빛나는 자신의 얼굴을 두 손으로 받쳐 감쌌고 손끝은 그녀의 차가운 관자놀이에 닿았다.

"내가 정말 그걸 봤단다, 말테야"라고 어머니는 말했다. "정말 두 눈으로 봤어."

이 이야기를 어머니에게서 들은 것은 어머니가 돌아가시기 몇 년 전이었다. 그 당시 어머니는 더 이상 누구도 만나고 싶어 하지 않았다. 심지어 여행을 갈 때도 항상 작고 굵은 은제 체를 가지고 다니면서 모든 음료를 걸러 마시곤 했다. 당시 어머니는 비스킷이나 빵을 제외하고는 결코 고형 음식을 먹지 않았고, 혼자 있을 때는 아이들이 부스러기를 먹듯이 음식을 잘게 부수어 먹었다.

그 무렵 어머니는 바늘을 몹시 두려워했다. 다른 사람들에겐 변명 비슷하게 "더 이상 아무것도 소화가 안 돼요. 하지만 여러분은 걱정하지 않으셔도 됩니다. 나는 잘 지내고 있어요"라고만 말했다. 하지만 그녀는 갑자기 나를 향해 (나도 이제 물정을 알 만한 나이가 되어 있었다.) 힘들게 미소를 지으며 이렇게 말했다.

"말테야, 바늘이 정말 많단다. 어디에나 바늘이 있지. 그것들이 얼마나 쉽게 튀어나올지 생각만 해도…." 어머니로서는 농담으로 하는 말이라고 여겼겠지만, 부주의로 인해 언제 어디서 바늘이 떨어질지 모른다는 생각에 두려워서 몸을 떨었다.

하지만 어머니가 누이 잉게보르그에 관해 말할 때면, 그녀에게 아무 일도 일어나지 않았다. 그녀는 두려움 없이 큰 소리로 말했고, 잉게보르그의 웃음을 기억하면서 웃었다. 그럴 때면 잉게보르그가 살았을 때 얼마나 아름다웠는지 알 수 있었다. "그 애는 우리 모두를 행복하게 했단다." 어머니가 말했다. "말테야, 네 아버지도 말 그대로 행복했었지. 하지만 그 애가 조금 아픈 것처럼 보였는데 곧 죽을 것이라는 말을 들었을 때, 우리는 모두 그 사실을 숨기면서 지냈단다. 그런데 언젠가, 그 애가 침대에 일어나 앉아서 마치 자기 목소리가 어떤지 들어 보려는 사람처럼 혼자 중얼거리더구나.

'그렇게 너무 억지 쓸 필요 없어요. 우리 모두 그걸 알고 있잖아요. 그러니 모두 안심하라고 하고 싶어요. 되는대로 그냥 두는 게 좋아요. 나는 더 이상 살고 싶지 않아요'라고 말이다. 상상해 보렴. 우리 모두를 즐겁게 해 주던 그 애가 '더 이상 살고 싶지 않아요'라고 말하더구나. 말테야, 언젠가 네가 어른이 되면 이런 것을 이해할 수 있을까? 생각해 봐라, 나중에 가서 기억이 난다면, 이런 일들을 이해할 수 있는 사람이 있다면 참 좋을 거야."

어머니는 혼자 있을 때면 언제나 '이런 일들'만을 생각하고 있었다. 그리고 돌아가시기 몇 년 동안은 대개 늘 혼자 있었다.

"나는 절대로 그것을 이해하지 못할 것 같구나, 말테야." 어머니는 가끔 그녀 특유의 과감한 미소를 지으며 말하곤 했는데, 그 미소를 누구에게도 보이고 싶어 하지 않았다. 그저 미소 짓는 것만으로 목적을 달성한 듯한 미소였다. "하지만 아무도 그것을 알아내려 하지 않는 게 이상하구나. 만약 내가 남자라면, 그래, 만약 내가 남자라면, 나는 그것의 순서를 짚어서 처음부터 다시 생각해 볼 거야. 어쨌든 시작이 있어야 하니까 말이다. 만약 그것을 이해할 수 있다면 결국 뭔가 되겠지. 아, 말테야, 우리는 살다가 죽게 되는데, 내가 보기에 모든 사람은 정신없이 바쁘게 살고 있어서, 우리가 죽어 가도 아무도 주의를 기울이지 않는 것 같구나. 마치 별똥별이 하나 치익 하고 떨어지는 것처럼 그것을 보는 사람도, 뭔가를 바라는 사람도 없어. 무언가를 바라는 것을 잊지 말아라, 말테야. 바라는 것을 포기해서는 안 돼. 나는 꼭 성취된다고는 믿지 않아도 오랫동안 간직할 수 있는 소원이 있단다. 평생을 간직하면서도 성취될 거라고는 전혀 기대하지 않는 그런 소원 말이다."

어머니는 잉게보르그가 쓰던 작은 책상을 위층 자기 방에 가져다 두게 했다. 나는 자유롭게 그 방에 드나들 수 있었으므로 종종 어머니가 그 앞에 앉아 있는 것을 볼 수 있었다. 내 발걸음 소리는 양탄자 속에 완전히 묻혀서 들리지 않았지만, 그녀는 내 인기척을 느끼고 한쪽 손을 반대쪽 어깨 너머로 내미는 것이었다. 이 손은 전혀 무게가 느껴지지 않아서, 거기에 입을 맞추면 그것은 밤에 내가 잠들기 전에 키스하도록 내 앞에 내미는 상아 십자가와 거의 비슷하게 느껴졌다. 어머니는 상판을 들어 올린 채, 낮은 책상 앞에 마치 악기를 연주하듯 앉아 있었다.

"이 안에는 햇빛이 많이 들어오는구나." 어머니가 말했다. 실제로 책상 안쪽은 이상할 정도로 밝았다. 고풍스러운 노란색 니스 칠이 되어 있었고, 그 위에 빨강, 파랑, 빨강, 파랑 배합으로 꽃들이 그려져 있었다. 그리고 세 송이의 꽃이 그려진 곳 중간에는 보라색 꽃이 하나 있어서 그것이 나머지 두 개를 갈라놓았다. 이 꽃들의 색상과 수평으로 좁게 뻗은 덩굴의 녹색은 배경이 실제로는 선명하지 않았는데도 빛나는 데 반해 그 자체로는 어두워 보였다. 그 때문에 그 색채들은 본래는 서로 연관성이 있지만, 그것이 드러나지 않게 묘하게 억제되어 있었다.

어머니는 비어 있는 작은 서랍들을 꺼냈다.

"아, 장미로구나." 그녀는 그렇게 말하며 아직 완전히 사라지지 않은 칙칙한 향기 속으로 몸을 조금 내밀었다. 그녀는 아무도 생각 못 한, 어딘가 숨겨진 스프링을 눌러야만 열리는 비밀 서랍 속에서 뭔가 불쑥 발견될지 모른다는 생각을 늘 품고 있었다.

"갑자기 이게 앞으로 튀어나오는구나, 보렴." 어머니는 진지하고 불안한 투로 말하면서 서둘러 모든 서랍을 다 열어 보았다. 서랍에는 실제로 무슨 종이들이 남아 있었지만, 그녀는 그것을 읽지 않고 조심스럽게 접어 그 안에 넣고 닫았다.

"나는 그것을 읽어도 이해할 수 없을 거다, 말테야. 분명 내게는 너무 어려울 거야." 그녀는 모든 게 자기에게는 너무 복잡하다고 믿고 있었다.

"인생에는 초보자를 위한 수업이란 없단다. 네게 요구되는 것은 언제나 가장 어려운 것뿐이야."

나는 어머니가 이렇게 된 것은 어머니 여동생의 죽음 때문일 거라고 확신했다. 어머니의 여동생 올레고르드 스킬 백작 부인은 무도회를 앞두고 촛불을 켜 놓은 거울 앞에서 머리의 꽃장식을 바꾸려다가 화재가 나서 불에 타 죽었다. 하지만 근래에 와서는 잉게보르그가 어머니에게 가장 이해하기 힘든 대상이 된 것 같았다.

이제 나는, 어머니에게 이야기해 달라고 졸랐을 때 그녀가 들려준 이야기를 다음과 같이 그대로 적어 보고 싶다.

"그때는 한여름이었고, 잉게보르그의 장례식이 끝난 다음의 목요일이었단다. 차 마시는 테라스 자리에서 거대한 느릅나무 사이로 가족 묘지의 합각머리 지붕이 보였어. 차 마시는 테이블은 전에 한 사람이 더 앉았던 흔적이 없도록 차려져 있었어. 우리는 모두 꽤 넓게 퍼져 앉아 있었지. 모두가 책이나 작업 바구니 같은 것들을 가져왔기 때문에 우리가 앉은 자리는 약간 비좁았단다. 아벨로네(어머니의 막내 여동생)가 차를 부어 나눠 주었고, 모두가 분주하게 찻잔을 이리저리 움직이고 있었지. 할아버지만 안락의자에 앉아 집 쪽을 바라보고 있었단다.

그때가 우편물이 도착할 시간이었어. 여느 때 같으면 잉게보르그가 식사 준비를 위해 그 안에 좀 더 오래 머물러 있는 바람에 우편물을 가져오곤 했지. 그러나 잉게보르그가 병이 나 있던 몇 주 동안, 우리는 그녀가 오리라는 기대를 하지 않고 있었단다. 그녀가 올 수 없다는 것을 알고 있었기 때문이지. 그런데 말테야, 그날 오후, 더 이상 올 수 없다고 생각했던 그녀가 오지 않았겠니. 어쩌면 우리 잘못이었는지도 모르지. 아마 우리가 그녀를 불렀을 수도 있어. 왜냐하면 내가 그 자리에 앉아서 실제로 무엇이 달라졌는지 생각하려고 애썼던 것이 기억나기 때문이야. 갑자기 나는 무슨 말을 해야 할지 알 수 없었단다. 그것을 까맣게 잊어버리고 말았어.

고개를 들어 보니 다른 사람들이 모두 집 쪽을 바라보고 있었어. 특별히 눈에 띄는 식이 아니라 매우 차분하고 습관적으로 기대에 찬 모습이었지. 그러자 나도 모르게(지금 그것을 생각하면 등골이 오싹해지는구나, 말테야) — 오, 신이시여, 저를 보호하소서 — "그 애는 어디 있지"라고 말하려고 했단다. 그러자 늘 그랬듯이 카발리에가 테이블 밑에서 튀어나와 그 앨 향해 달려가는 거였어. 내가 봤단다, 말테야, 내가 봤어. 그 애가 올 턱이 없는데도 개는 그 앨 맞으러 달려간 거였어. 그 애가 개를 찾아온 거였어. 우린 개가 그 애를 향해 달려가고 있다는 걸 알아챘지. 개는 마치 뭔가 물어보고 싶은 듯 두 번이나 우릴 돌아보더니 언제나 그랬듯이 그 애를 향해 달려갔어. 언제나처럼 말이다, 말테야, 그러곤 그 애 앞에 도달했어. 개는 아무것도 없는 그 주변을 뛰어다니기 시작하더니 곧장 그 애에게 다가가서 그 앨 핥았어. 우리는 개가 기뻐서 징징거리는 소리를 들었고, 빠른 속도로 여러 번 공중으로 뛰어오르는 모습을 봤는데, 뛰어오르면서 우리에게 그 애의 모습을 숨기는 것처럼 보였단다.

그런데 갑자기 울부짖는 소리가 나더니, 공중으로 뛰어올랐던 기세에 개가 거꾸로 넘어져 나가떨어졌단다. 그러고는 이상하게도 납작 엎드려 꼼짝하지 않더구나. 그때 집 반대편에서 하인이 편지를 가지고 왔단다. 그가 잠시 주춤하는 것이 우리 쪽으로 접근하는 게 곤란한 모양이었어. 그러자 네 아버지가 그에게 거기 그냥 서 있으라고 손짓했지. 말테야, 네 아버지는 동물을 좋아하지 않았단다. 그래도 그는 개에게 천천히 다가가 그 위로 몸을 숙였단다. 그가 하인에게 짧게 뭐라고 한마디 하자, 하인이 카발리에를 일으켜 세우려고 달려가는 것이 보였어. 그러나 네 아버지는 개를 직접 안고 집 안으로 들어갔단다. 마치 어디로 가야 할지 정확히 알고 있는 것처럼."

어느 날, 이 이야기를 듣다가 날이 거의 어두워졌을 때, 나는 어머니에게 막 '손'에 관해 이야기하려고 했다. 이때라면 나는 그 이야기를 할 수 있을 것 같았다. 숨을 들이켜며 이야기를 막 시작하려고 했는데, 그 순간 사람들 곁으로 쉽게 다가가지 못한 하인의 마음을 잘 이해할 수 있을 것 같았다. 그리고 주위가 어두운데도 불구하고, 내가 보았던 것을 말했을 때 어머니의 얼굴이 어떨지 두려웠다. 나는 아무것도 아닌 척하려고 잠깐 다시 숨을 깊이 들이쉬었다. 그로부터 몇 년 후, 우르네클로스터에 있는 성의 회랑에서 그 이상한 밤을 보낸 뒤, 나는 작은 에리크에게 내 속마음을 털어놓을까 하고 며칠 동안 마음을 졸인 적 있었다.

하지만 그는 밤에 나하고 한 번 대화를 나눈 후론 나를 완전히 외면하고 피했다. 에리크는 나를 경멸하는 것 같았다. 바로 그 때문에 나는 그에게 '손'에 대해 이야기하고 싶었던 것이다. 그에게 내가 실제로 경험한 것을 이해시킬 수 있다면 그의 마음을 바꿀 수 있을 거라 생각했다. (그리고 왠지 모르게 나는 그것을 간절히 바랐다.) 그러나 에리크는 아주 교묘하게 나를 회피하곤

해서 그런 일은 일어나지 않았다. 그리고 우리는 바로 그 성을 떠났다. 그래서 묘하게도 나는 어린 시절에 일어났던 일을 (결국 나 자신에게만) 처음으로 이야기하는 것이다.

그 당시 내가 얼마나 작은 아이였는지는 책상 위에 손을 뻗어 그림을 편하게 그리려면 안락의자에 올라가 무릎을 꿇고 앉아 있어야 했던 것을 보면 알 수 있다. 내 기억이 맞는다면 그때는 시내 아파트로 이사한 후의 어느 겨울 저녁이었다. 책상은 창문들 사이에 놓여 있었고, 방 안에는 등불이 내 그림 종이들과 가정교사의 책을 비추는 것 하나밖에 없었다. 가정교사는 내 옆 조금 뒤쪽에 앉아서 책을 읽고 있었다. 책을 읽고 있을 때면 그녀는 마치 어디 멀리 가 있는 느낌이었다. 그녀가 책에 몰두하고 있었는지는 모르겠다. 몇 시간 동안이나 계속해서 책을 읽을 때도 그녀는 책의 페이지를 거의 넘기지 않았다. 나는 그녀가 마치 그 책 속에서 단어를, 그녀에게 필요하지만 책 속에는 없는 단어들을 줄곧 찾는 것 같은 느낌을 받았다. 그림을 그리면서 나는 그걸 느꼈다. 그리고 나는 별다른 생각 없이 그냥 천천히 그림을 그렸고, 그리다가 다음에 어떤 것을 그려야 할지 막막하면 머리를 약간 오른쪽으로 기울이고서 내가 그린 것들을 바라보았다.

그러면 무엇을 더 그려야 할지 곧 생각이 떠오르곤 했다. 말을 탄 장교들이 전투에 나가거나 전투 한가운데에 있는 장면 같은 것을 그리는 게 훨씬 쉬웠다. 그럴 때는 그림 위의 모든 것을 뒤덮는 연기만 그리면 되었으니까. 물론 어머니는 늘 내가 그린 것이 섬들이라고 주장했다. 큰 나무와 성과 계단이 있고, 가장자리에 물에 반사되는 꽃이 있는 섬이라는 것이었다. 하지만 나는 그것을 어머니가 자기 나름대로 상상해서 지어낸 거라고 생각했다. 아니면 나중에 내가 실제로 그런 그림을 그린 적이 있었는지도 모른다.

그날 저녁 내가 기사를 한 명 그리고 있었던 것은 확실하다. 기묘하게 치장한 말을 탄 아주 늠름한 기사의 모습이었다. 너무 화려해서 색연필을 자주 바꿔 그려야 했지만 계속해서 내 손에 잡히는 연필은 빨간색이었다. 이번에도 나는 다시 빨간색이 필요했다.

하지만 그때 그 빨간 연필이 (아직은 내 눈에 보였는데) 햇빛에 반짝이는 종이 위로 굴러 가장자리로 가더니 내가 붙잡기도 전에 나를 지나쳐 아래로 굴러떨어졌다. 나는 그것이 꼭 필요했으므로 몹시 짜증이 나면서도 그것을 쫓아가야 했다. 나는 의자에서 내려오려고 서툴렀지만 온갖 애를 썼다. 내 다리가 너무 길게 느껴져서 빼낼 수가 없었다. 너무 오랫동안 무릎을 꿇은 자세로 있었기 때문에 사지가 마비돼서 어떤 게 내 다리이고 어떤 게 의자인지조차 알 수 없었다. 그처럼 혼란스러운 상태에서 나는 마침내 바닥으로 내려가 책상 밑에서 벽까지 쭉 뻗어 있는 양탄자 위에 섰다. 그런데 또 다른 어려움이 생겼다. 눈은 책상 위의 밝기에 적응해 있었고 흰 종이에 그리던 색들에 완전히 열중해 있다 보니 책상 밑에서는 아무것도 안 보였다. 눈앞이 온통 새까매서 혹시라도 뭔가에 부딪힐까 봐 겁이 났다.

그래서 나는 느낌 가는 대로 무릎을 꿇고 왼손을 짚은 채 다른 손으로 긴 털이 난 서늘한 양탄자 위를 쓸어 나갔다. 양탄자의 감촉은 아주 부드러웠지만 연필은 손에 만져지지 않았다. 시간이 많이 걸릴 것 같아 가정교사더러 등불을 좀 비춰 달라고 부탁하려고 했었다. 그런데 무의식중에 곁눈질을 하자 눈 주위의 어둠이 점차 밝아지는 것을 느꼈다. 뒤쪽에 있는 벽도 보였다. 벽의 모서리가 밝은 윤곽선을 띠고 있었다. 나는 책상 다리를 보고 방향을 잡았고, 활짝 편 내 손은 자유롭게 움직였다. 그것은 마치 수생동물처럼 바닥을 더듬으며 살피고 있었다. 그 손을 내가 호기심 어린 눈으로 바라보았던 것을 기억한다.

내 손은 지금껏 내가 가르치지 않은 일을 할 수 있는 것 같았다. 그것은 독자적으로 바닥을 훑어 내려가면서 전에는 내가 본 적 없는 움직임을 보였다. 나는 손이 앞으로 나아가면 그대로 따라갔다. 나는 흥미가 생겼고 어떤 일이 일어나더라도 놀라지 않을 작정이었다. 그런데 그때, 벽에서 갑자기 다른 손이 나타났다. 나는 소스라치게 놀랐다. 이전에 본 적 없는, 내 손보다 크고 유난히 얇은 손이었다. 그 손은 반대쪽에서 내 손과 비슷한 방식으로 더듬어 왔으므로, 각자 뻗은 두 손은 서로를 향해 무작정 움직였다. 내 호기심은 제대로 살아나기도 전에 끝났고 갑자기 공포감이 들었다. 그 손 중 하나가 내 손인데 나는 그것이 빼낼 수 없는 사태로 끌려들어 간다고 느꼈다. 나는 할 수 있는 한 내 손의 움직임을 멈추고 천천히 뒤로 잡아당기면서 계속 움직이고 있는 다른 손에서 눈을 떼지 않았다. 그 손은 포기하지 않고 계속 움직이는 것 같았다. 어떻게 일어섰는지 모르지만 나는 다시 의자에 올라가 몸을 푹 숙인 채 앉아 있었다. 이빨은 딱딱 부딪히고, 얼굴에는 핏기가 거의 사라지고, 눈빛마저 완전히 사라진 것 같았다.

나는 '선생님'이라고 말하고 싶었지만, 말이 안 나왔다. 그런데 그때 가정교사가 갑자기 놀란 표정으로 읽던 책을 내려놓고 의자 옆에 무릎을 꿇더니 내 이름을 불렀다. 그녀가 내 몸을 흔들었다고 생각된다. 하지만 나는 분명히 의식이 있었다. 나는 몇 번 침을 삼켰다. 왜냐하면 이제 그것을 자세히 이야기하고 싶었기 때문이다.

그러나 어떻게 말해야 할까? 나는 어떡하든 정신을 가다듬으려고 했지만, 누구에게 그것을 이해하도록 제대로 설명할 수 없었다. 이 사건을 표현할 말이 있을지 모르나 나는 너무 어려서 아무 말도 떠오르지 않았다. 그러나 돌연 나는 그 말이 내 나이의 한계를 넘어서 갑자기 눈앞에 떠오를지 모른다는 두려움에 사로잡혔고, 결국 그 말을 하게 되면 너무나 무서울 것 같았다. 조금 전에 책상 밑에서 일어난 일을 처음부터 다시 되풀이해 보는 것, 조금 다르게 바꿔서 처음부터 다시 경험해 보고 그것을 내 입으로 다시 한번 말하는 것, 하지만 나는 그렇게 할 힘이 없었다.

물론, 지금 와서 그 당시 내 삶 속에 뭔가가 들어와서 내가 언제나 혼자서 살아가게 되리라는 것을 이미 느꼈다고 주장한다면 그것은 내 상상일 뿐이다. 나는 잠을 이루지 못한 채 작은 격자 침대에 누워서 삶이란 이런 것이라고 막연히 추측하는 나 자신을 본다. 인생이란 한 사람만을 위한 특별한 것들로 가득 차 있고, 그것은 말로는 표현할 수 없는 것이라는 상상 말이다. 확실한 것은 내 안에서 슬프고 무거운 자존심이 조금씩 솟아났다는 것이다. 내게는 내면 깊이 생각에 잠겨 조용히 걸어 다니는 모습이 떠올랐고, 어른들에게 크게 공감이 갔다. 나는 그들을 존중했으며 그들에게 존경심을 표현해야겠다고 마음먹었다. 나는 다음 기회에 가정교사에게 그것을 말해야겠다고 생각했다.

하지만 그 후에 그 병들 중 하나가 나를 덮쳤다. 그것은 내가 앞서 이야기한 것이 처음 겪는 경험이 아니라는 걸 증명해 주었다. 고열이 내 몸 안에 이리저리 파고들면서 내 안에서 내가 알지 못했던 경험들, 환영들, 사실들을 끌어냈다. 나는 병상에 누워 나 자신에 압도당한 채, 이것들을 하나하나 깔끔하게 내 안에 다시 쌓으라는 명령을 받을 순간을 기다리고 있었다. 나는 그 일에 조금씩 착수했다. 그러나 그것들은 내 손 아래서 점점 부풀어 올라 저항하기도 했다. 그것들이 너무나 많아서 어쩔 바를 몰랐던 나는 몹시 화가 났다. 나는 그 모든 것을 내 안에 쌓아서 눌러 놓았다. 그런 다음 그것들을 다시 살피지 않았다. 나는 비명을 질렀다. 입을 반쯤 벌린 채 계속 울부짖었다. 그러다가 정신을 차리고 보니까, 여러 사람이 오랫동안 내 침대 주위에 서서 내 손을 붙잡고 있었다. 촛불도 켜져 있어서 그것에 비친 커다란 그림자가 사람들 뒤에서 움직이고 있었다. 아버지는 내게 무슨 일인지 말하라고 명령했다. 친절하고 차분한 말투였지만 그래도 명령조였다. 내가 대답하지 않자, 그는 초조해했다.

어머니는 한 번도 밤에 내게 와 준 적 없었다. 아니, 한 번 온 적 있었다. 그때 나는 계속해서 비명을 지르고 있었는데, 가정교사가 왔고, 가정부 시베르센과 마부 게오르그도 왔다. 그러나 도움이 안 되자 그들은 마침내 내 부모님을 데리러 마차를 보냈다. 당시 부모님은 큰 무도회를 연 왕세자의 저택에 가 계셨던 것 같다. 마차가 갑자기 뜰 안으로 들어오는 소리를 들은 나는 비명 지르던 것을 멈추고 조용히 자리에서 일어나 앉아 문 쪽을 바라보았다. 그러자 다른 방에서 약간 바스락거리는 소리가 나더니 커다란 궁정 야회복을 입은 어머니가 들어왔다. 어머니는 그 옷에 전혀 신경 쓰지 않고, 입고 있던 하얀 모피코트를 뒤로 떨어뜨리고 달리다시피 와서는 살이 드러난 팔로 나를 안았다. 그때 그녀의 머리카락과 깔끔하게 화장한 작은 얼굴, 귀에 드리운 차가운 보석과 어깨에 걸친 꽃향기 나는 비단옷에 내 몸이 닿자 나는 전례 없는 놀라움과 기쁨을 느꼈다. 우리는 그렇게 한참을 안은 채 나직이 울면서 서로에게 키스를 했다. 마침내 옆에서 아버지의 인기척을 느꼈는데, 아버지는 다가와 우리를 떼 놓았다.

"애가 열이 높아요." 어머니가 겁먹은 듯 말하는 것이 들렸다. 그러자 아버지는 내 손을 잡고 맥을 짚었다. 그는 푸른 물빛의 넓은 천에 코끼리가 그려진 띠를 두르고 훈장을 단 수렵관 제복을 입고 있었다.

"우리를 부르러 오다니, 말도 안 되는 짓이야." 아버지는 방을 나가면서 나를 보지 않고 말했다. 그들은 심각한 상황이 아니라면 다시 돌아가겠다고 약속했던 것이다. 사실 그것은 심각한 일이 아니었다. 나는 침대 이불 위에서 어머니가 떨어뜨리고 간 무도회 초청 카드와 전에 한 번도 본 적 없던 하얀 동백꽃을 발견했다. 그것을 눈에 대자 너무나 서늘했다.

하지만 병에 걸려 누워 있는 날의 오후는 한층 더 길고 지루하게 느껴졌다. 고통스러운 밤을 보낸 후에는 늘 아침에 잠이 들었다. 깨어나 아직 이른 시간인가 하면 이미 오후였다. 계속해서 오후였고 그 오후는 멈추지 않고 지속되었다. 말끔히 청소한 침대에 누워 있으면 몸의 관절이 조금 자라는 것 같은 느낌도 났지만, 무엇인가를 상상해 보려 해도 너무 피곤해서 할 수 없었다. 사과주스 맛이 입에 오랫동안 남아 있었는데, 그때 할 수 있는 일이란, 무슨 생각을 하는 대신 무의식적으로 그것을 꺼내 놓고 상쾌한 신맛이 그냥 기분 좋게 몸속을 순환하게 하는 것이었다. 나중에 온몸에 힘이 돌아왔을 때는 쿠션을 등 뒤에 세워 놓고 기대앉아서는 병정놀이를 할 수 있었다. 그러나 그 인형들은 기울어진 침대 옆 탁자 위로 쉽게 쓰러졌고, 그러면 줄 전체가 한꺼번에 쓰러졌다. 하지만 그 놀이를 다시 시작하고 싶어도 아직은 기력이 닿지 않았다. 장난감을 갖고 노는 것이 갑자기 귀찮아진 나는 그것들을 몽땅 빨리 치워 달라고 했다. 아무것도 없는 이불 위에 두 손을 펴고 그것을 조금 멀리서 바라보는 것이 위안이 되었다.

어머니는 이따금 와서 반 시간 정도 동화를 읽어 주었는데(진짜 오랫동안 잘 읽어 주는 사람은 가정부 시베르센이었다), 동화를 읽어 주는 것은 한낱 구실이었다. 우리는 동화를 좋아하지 않는다는 데 동의하고 있었다. 그러나 기이한 일에 대해서 우리는 전혀 딴 개념을 갖고 있었다. 우리는 자연적으로 일어나는 모든 현상을 항상 가장 기이한 일이라고 생각하고 있었다. 하늘을 나는 것도 그다지 신기한 일로 여기지 않았고, 요정들의 등장도 별로 우리의 마음을 끌지 않았다. 우리는 뭔가 형태가 다른 것으로 바뀌는 변신도 그냥 외형만 그렇게 변하는 거라고 여겼다. 그런데도 우리 두 사람은 일부러 바쁜 척 보이려고 동화책을 조금 더 읽었다. 누군가 방으로 들어올 때마다 우리가 무엇을 하고 있는지 설명해야 하는 게 귀찮아서였다. 특히 아버지에게는 우리가 방금 보는 바와 같은 일을 하고 있다고 분명하게 말해 주었다.

방해받지 않을 거라는 확신이 들고 밖이 어두워진 때에야 우리는 추억에 잠겨 이야기를 나눌 수 있었다. 우리 두 사람 모두에게는 아주 먼 옛날 일처럼 느껴지는 추억이었으므로 우리는 미소를 지어 가면서 그 이야기를 했다. 그때 이후로 우리 둘 다 자라서 변한 것처럼 느껴졌기 때문이었다. 어머니는 예전에 내가 남자아이가 아닌 어린 소녀였으면 좋겠다고 바랐던 적이 있다는 것을 기억해 냈다. 나는 어쩐지 그럴 거라고 짐작해서 오후가 되면 가끔 어머니 방의 문을 두드리곤 했다. 그녀가 "거기 누구냐?"라고 물으면, 나는 기꺼이 "소피예요"라고 대답했고, 내 작은 목소리는 너무나 부드러워서 목이 간지러워지는 것이었다. 그리고 어머니의 방에 들어가면 (다른 때도 나는 어린 계집애 옷 같은 것을 입고 있었지만, 일부러 소매를 걷어 올린 채였다.) 나는 그냥 소피가 되었다. 계집애가 하는 집안일을 하고, 어머니가 머리카락을 땋아 주어야 했던 어머니의 작은 소피였다. 짓궂은 말테가 돌아와 '말테'와 '소피'를 혼동하지 않도록 어머니는 일부러 그렇게 했다. 어머니와 소피는 둘 다 말테가 그 자리에 없는 것을 기뻐했고, 그들의 대화는 (소피는 여전히 높은 목소리로 말했다.) 주로 말테의 나쁜 습관을 나열하고 그에 대해 불만을 토로하는 것이었다. "아, 그래, 말테는 정말" 하고 어머니는 한숨을 쉬며 말했다. 그리고 소피는 마치 남자아이들 전체를 알고 있는 것처럼 보통 남자아이들의 난폭한 장난에 대해 많은 것을 알고 있었다.

"소피는 그 후 어찌 되었는지 알고 싶구나" 하고 어머니는 옛 추억들을 떠올리다가 갑자기 말했다. 물론, 말테는 뭐라고 대답해야 할지 몰랐다. 그러나 어머니가 "'소피'는 죽어 버린 것으로 삼자"라고 말하면 말테는 완강히 그 말에 반대했고, 확실히 죽었다고 증명할 수 없는 한은 죽었다는 생각은 하지 말라고 어머니에게 간청했다.

지금 와서 그때의 일을 돌이켜 보면, 내가 이런 열병의 괴로운 세계에서 현 세계로 되돌아와 있는 것이 놀랍다. 아는 사람들 사이에 존재하고 있다는 느낌으로 안도하고 이해를 받으면서 사람들과 함께 지내는 공동체의 삶 속으로 들어올 수 있었다는 것이 말이다. 뭔가를 기대한 적도 있지만, 그것은 이루어질 수도 있고 그렇지 않을 수도 있었다. 제삼의 선택은 생각할 수 없었다. 슬픈 일도 있었고, 기쁜 일도 있었고, 사소한 일도 많았다. 하지만 누군가에게 기쁨이 주어지면 그것은 말 그대로 기쁨이었다. 그럴 때 나는 그에 맞도록 행동해야 했다. 기본적으로 모든 일이 아주 단순했고, 일단 그것이 뭔지 알아내면 그 일은 자연스럽게 일어났다. 모든 것이 자연히 이렇게 약속된 범위 안에 들어맞게 일어났다. 여름철이면 긴 정규학교 수업 시간이 있었고, 프랑스어로 본 것을 보고해야 했던 산책 시간이 있었다. 손님이 왔다고 불려 들어가면, 슬픈 얼굴이 망측하다고 핀잔을 주고 언제나 슬픈 얼굴을 하고 있는 무슨 새와 같다고 놀리던 방문객들. 또 얼굴도 모르는데도 내 생일파티에 와서 나를 당황하게 만드는 아이들, 내 얼굴에 생채기를 내고, 방금 받은 선물을 부수고, 장난감 상자들과 서랍에서 꺼낸 모든 것을 내동댕이쳐 쌓아 놓은 후에 갑자기 떠나는 난폭하고 건방진 아이들. 하지만 늘 그렇듯이 혼자서 놀고 있었어도, 나는 뜻밖에 이 획일적인 무해한 세상을 뛰어넘어 전혀 예상할 수 없는 상황 속으로 빠져들어 갈 수 있었다.

가정교사는 가끔 무척 심한 편두통을 앓았는데, 그런 날이면 집 안에서 나를 찾기가 쉽지 않았다. 아버지는 나를 찾으려다가 보이지 않으면 마부를 정원으로 보내 찾게 했지만, 거기서도 나를 찾을 수 없었다. 나는 위층 손님들 방 중 하나에 들어가서는 마부가 달려 나와 그가 긴 가로수 길 어귀까지 나가 거기에서 나를 부르는 것을 볼 수 있었다. 이 손님방들은 울스가르 저택의 합각머리 장식 밑에 나란히 위치해 있었다. 그 당시에는 방문객이 거의 오지 않아서 그곳은 거의 항상 비어 있었다. 손님방들 옆에는 커다란 구석방이 하나 있었는데, 그곳은 내게 아주 매력적으로 보였다. 사실 그 안엔 낡은 흉상 하나 외에는 아무것도 없었다. 그 흉상은 주엘* 제독의 흉상 같았다. 벽은 사방이 짙은 회색 붙박이장으로 둘러싸여 있었고, 창문조차도 붙박이장들 위에만 나 있었다. 그 붙박이장들 위에는 하얀 칠을 한 벽 공간이 보였다. 나는 붙박이장의 문 중 하나에 열쇠가 꽂혀 있는 것을 발견했는데 그 열쇠 하나로 다른 문들도 모두 잠글 수 있었다. 나는 곧 그 문들을 모두 열고 안을 살펴보았다. 18세기풍의 궁정 시종장이 입는 연미복이 있었는데 은실로 짰기 때문에 옷감이 매우 차갑게 느껴졌다. 연미복과 함께 입는 아름답게 수놓은 조끼도 있었다. 단네브로그 훈장†과 코끼리 훈장을 단 제복은 더없이 호화롭고 정교했으며 안감도 놀랍도록 부드러워서 처음에는 여성복이라고 생각했다. 그리고 진짜 연회복들이 있었는데, 안감이 떨어져서 마치 인형극에 나오는 인형들처럼 뻣뻣하게 축 늘어져 매달려 있었다. 너무 커서 유행에서 벗어났기 때문에 머리만 떼어서 다른 용도로 사용한 인형들 같은 모양

* 옮긴이 — 덴마크의 해군 제독이자 영웅이었던 Niels Juel(1629~1697)을 말한다.

† 옮긴이 — 단네브로그 훈장(Dannebrogorden)은 덴마크 국기의 하얀 십자가 문양을 변형시킨 문양을 넣은 훈장이다.

이었다. 그 옆 붙박이장들의 문을 열자 안은 어두운색이었고 거기에는 목깃이 높은 제복들이 꽂혀 있었다. 그것들은 다른 옷들보다 훨씬 더 많이 입었던 것처럼 보여서 보존하지 않았더라면 좋았을 것 같았다.

내가 이 모든 것들을 꺼내 빛이 드는 밝은 곳에 널어놓았어도 이상할 것은 없었다. 나는 이것저것을 한 가지씩 몸에 대 보거나 입어 보았다. 몸에 딱 맞는 정장 하나를 발견하자 급히 입고는 호기심과 설레는 마음으로 옆의 손님들 방으로 달려가서는 창문 설주에 걸어 놓은 거울 앞에 서 보았다. 크기가 서로 다른 녹색 유리 조각들을 하나하나 이어서 만든 거울이었다. 아, 거울 속의 모습을 보고 있으니 몹시 떨렸다. 내가 바로 이 옷의 주인처럼 되어 있다니 얼마나 매력적인가. 어둠 속에서 무슨 모양이 느리게 비치면서 다가왔다. 앞으로 걸어가는 내 걸음보다 더 느렸다. 거울은 그 형상이 다가오는 것을 아직 믿지 못하는 듯했다. 졸고 있는 듯 흐리멍덩한 거울은 그 앞에 다가오는 것을 곧바로 비춰 내기를 꺼리는 것 같았다. 하지만 결국 비출 수밖에 없었다. 그리고 그 거울에 비춰진 것은 매우 놀랍고 이상하며 상상했던 것과는 전혀 다른, 갑작스럽게 독립된 한 사람의 모습이었다. 그 모습을 언뜻 살펴본 다음 순간, 나는 이상한 나 자신의 모습에 뭔가 아이러니가 느껴져 모든 비밀의 즐거움이 사라지는 것을 깨달았다. 그러나 나는 거울을 향해 말을 걸고, 인사를 하고, 눈짓을 해 보이고, 멀어져 가면서 계속 뒤돌아보다가 작심하고 흥분해 되돌아오면서 원하는 만큼 마음껏 공상을 즐길 수 있었다.

그 당시 나는 특정한 의상으로부터 얼마나 직접적인 영향을 받을 수 있는지 알게 되었다. 그런 옷 중 하나를 몸에 걸치는 순간 그 옷이 나를 지배한다는 것을 인정해야 했다. 그것은 내 움직임, 얼굴 표정, 심지어 내 생각까지도 어떻게 하라고 지시하는 것 같았다. 소맷부리가 내려와 덮인 내 손은 여느 때의 내 손이 아니라 마치 배우의 손처럼 움직였다. 과장되게 들릴지 몰라도 내 생각에 그 손은 저절로 연기에 취해 있는 것 같았다. 하지만 그런 과장된 움직임은 나 자신이 소외감을 느낄 정도로 심하지는 않았다. 오히려 반대로, 내가 여러 다양한 모습으로 변할수록 나 자신에 대해 더 자신감을 갖게 되었다. 나는 점점 더 대담해졌다. 생각도 점점 늘어났다. 내가 그런 연기를 잘하고 있는 것은 의심할 여지 없었다. 그렇게 자신감이 급속히 커져 갔지만, 나는 그 속에 유혹이 감춰져 있는 것을 모르고 있었다. 불행하게도 나는 열 수 없을 거라고 생각했던 마지막 붙박이장의 문을 열게 되었다. 거기에는 특정한 의상들 대신에 빛바랜 가면무도회 의상들이 꽤 많이 들어 있었다. 그 가면들을 보자 환상적인 모호함이 내 뺨을 흥분시켰다. 거기에 어떤 가면 의상들이 있었는지 일일이 다 열거할 수는 없다.

내가 기억하기로 '바우타'*가 있었고, 그 밖에도 여러 색깔의

* 옮긴이 — Bautta는 이탈리아의 베네치아풍의 가면을 가리킨다.

'도미노',* 그리고 금장식 동전을 꿰매어 달아서 잘랑잘랑 소리가 나는 여성용 치마도 있었다. 피에로 복장은 좀 바보스러워 보였다. 주름진 터키 바지, '페르시아'풍의 모자들. 그것들 사이로 작은 좀약 주머니들이 미끄러져 떨어졌다. 멋없고 무표정한 보석들로 장식된 왕관도 있었다. 나는 이 모든 것이 별로 마음에 들지 않았다. 그것들은 너무나 비현실적이었고 닳아서 초라하게 매달려 있었다. 밝은 데로 끌어내니 모두 맥없이 축 늘어졌다. 하지만 그중에는 나를 황홀하게 만든 것들도 있었다. 그것은 품이 넓은 외투, 숄, 스카프, 베일, 부드럽고 멋진 천들, 너무 미끄러워서 거의 손에 잡히지 않는 사용 안 한 커다란 천들이었다. 너무 가벼워서 바람처럼 스쳐 미끄러지거나 무거워서 축 늘어지는 천도 있었다. 나는 그것들에서 비로소 진정으로 자유롭고 무한한 변화의 가능성을 보았다. 어떤 옷을 입느냐에 따라 팔려 가는 노예가 되든가, 혹은 잔 다르크가 되든가, 늙은 왕이 되든가, 아니면 마술사가 되든가, 무엇이든 될 수 있을 것 같았다. 특히 가면들도 있어서 더 그랬다. 수염을 붙인 것도 있었고, 굵직한 눈썹을 붙여서 위협적이거나 놀란 표정을 한 커다란 얼굴들이 있었다. 이전에 가면을 본 적은 없었지만, 가면이 필요하다는 것을 바로 이해할 수 있었다. 우리 집에 가면을 쓴 것 같은

---

* 옮긴이 — Domino는 베네치아에서 카니발 기간 동안 착용한 일종의 카니발 의상이다.

개가 한 마리 있다는 사실이 떠올라 웃음이 났다. 그 개의 따스한 눈이 항상 그 털 많은 얼굴 안쪽에서 바깥을 내다보는 모습을 상상했다. 이런저런 가면들을 써 보면서 계속 웃던 나는 내가 실제로 무엇을 상상하고 있었는지 완전히 잊어버렸다. 거울 앞에 서서 비로소 내가 어떤 모습인지 알게 되는 것은 새롭고 신나는 일이었다. 내가 쓴 가면에서는 이상하게 둔탁한 냄새가 났는데 그것은 얼굴에 찰싹 붙어 있었지만, 나는 그것을 통해 쉽게 볼 수 있었다. 가면이 내 얼굴에 제대로 자리 잡힌 다음에 나는 여러 가지 천을 집어서는 터번처럼 내 머리에 감았다. 아래쪽이 거대한 노란색 망토와 연결된 넓은 가면의 가장자리 위쪽과 옆면이 거의 다 천으로 덮였다. 마침내 더 이상 변장할 만한 물건이 없게 되자 나는 그만하면 충분히 변장했다고 생각했다. 커다란 지팡이를 하나 집어 든 나는 팔을 한껏 앞으로 내밀면서 지팡이를 짚고 걸어 보았다. 힘이 조금 들었지만 나는 일부러 위엄 있는 척 자세를 취하면서 손님들 방 안에 있는 거울 쪽으로 걸어갔다.

모든 것이 기대 이상으로 정말 멋있었다. 거울은 즉각 내 모습을 비췄다. 아주 그럴듯했다. 몸을 많이 움직여 보일 필요도 없었다. 가만히 서 있어도 거울에 비친 모습은 완벽했다. 하지만 내가 진짜로 어떤 자태로 보이는지 알고 싶었던 나는 조금 돌아서서 두 팔을 들어 올렸다. 무슨 맹세나 하는 것처럼 아주 거창한 태도를 지어 보였는데, 그거야말로 아주 잘한 행동 같은 느낌이 들었다. 그러나, 바로 이 근엄한 순간에 변장으로 가려진 내 옆에서 우지끈하는 소리가 들려왔다. 소스라치게 놀란 나는 거울 속에 비쳐 있던 형상을 놓쳤다. 맙소사! 깨지기 쉬운 물건들이 놓여 있던 작고 둥근 테이블을 넘어뜨린 것을 깨닫고 나는 기분이 언짢아졌다. 거추장스러운 몸을 될 수 있는 대로 억지로 숙여서 보니, 가장 우려했던 일이 벌어져 있었다. 모든 게 다 깨어져 산산조각 난 것 같았다. 녹색과 보라색으로 빚은 장식용 앵무새 도자기들은 각각 최악의 상태로 박살 나 있었다. 사탕이 들어 있던 깡통 뚜껑은 멀리 튀어 날아가 반쪽만 보였고, 나머지 반쪽은 어디로 사라졌는지 보이지 않았다. 쏟아져 나와 굴러다니는 사탕들은 흐물흐물한 벌레들 같았다. 하지만 최악의 상태는 수천 개의 작은 조각으로 깨진 병이었다. 거기에서 오래 묵은 향수의 잔여물이 쏟아져 나와 깨끗한 마룻바닥에 보기 흉한 얼룩들을 남겼다. 나는 갖고 있던 천으로 재빨리 그것을 닦아 냈지만, 그것은 오히려 더 검게 지저분해지고 말았다. 나는 몹시 초조해졌다. 이 난장판이 된 것들을 제대로 치워 줄 어떤 물건이 있을까 일어나 찾아보았지만 아무것도 발견하지 못했다. 게다가 어느 사이 몸에 치장한 것들 때문에 앞이 잘 보이지도 않고 제대로 움직일 수도 없었다. 어쩌다 이런 상태가 되었는지 이해가 안 되자 마음속에서 화가 치솟았다. 몸에 걸친 것들을 모두 벗으려고 잡아당겼지만, 그것들은 오히려 점점 더 몸을 조여 왔다. 망토의 끈이 나를 질식시킬 것 같았고, 머리에 쓴 물건은 그 위에 뭐가 더 많이 얹혀 있는 것처럼 나를 짓눌렀다. 더구나 바닥에 쏟아진 액체에서 나는 오래된 향수 냄새 때문에 방 안 공기마저 탁해져 숨이 막힐 것 같았다.

나는 몸이 화끈거리고 화가 치밀어 거울 앞으로 달려가 가면을 통해 내 손이 어떻게 움직이는지 보려고 애썼다. 하지만 거울은 기회를 엿보고 있었고 이제 복수할 시간이 찾아왔다고 여기는 것 같았다. 나는 점점 더 불안해져서 어떻게든 내가 변장하려고 몸에 걸친 것들을 벗으려 애썼다. 그러나 거울은 어찌된 셈인지 나로 하여금 억지로 얼굴을 쳐들어 거울 속을 들여다보게 하고는, 내가 이해할 수 없는 괴상한 영상을 연출하는 것이었다. 아니, 그것은 거대하고 낯설고 끔찍한, 내가 이해할 수 없는데도 내 의지와는 반대로 나를 빨아들이는 듯한 현실이었다. 이제 그것은 더욱 심해졌고 나는 거울이 되었다. 내 앞에 있는 미지의 존재를 응시하면서 그와 단둘이 있는 것이 괴이하게 느껴졌다. 그런데 이런 생각을 한 순간 최악의 일이 벌어졌다. 내가 온 정신을 잃고 그대로 쓰러져 버린 것이었다. 그때 한순간 나는 나 자신에 대한 형언할 수 없는, 고통스럽고 헛된 그리움에 사로잡혔지만, 그다음에는 오직 그 미지의 존재만이 남았다. 그밖에는 아무것도 존재하지 않았다.

나는 그곳을 피해서 달아났다. 그러나 달려 나가는 것은 내가 아니라 그였다. 그는 저도 모르게 뛰어가다가 여기저기서 물건들에 부딪혔다. 집이 어딘지도 몰랐고 어디로 가야 하는지도 몰랐다. 그는 계단을 뛰어 내려가다가 굴러서 복도에 있던 사람과 부딪쳤다. 그 사람이 비명을 지르면서 빠져나오려고 애쓰자 문이 열리고 여러 사람이 나왔다. 아, 아는 사람들의 얼굴을 보자 나는 안심이 되었다. 가정부 시베르센이었다. 마음씨 좋은 시베르센과 하녀, 그리고 집사도 있었다. 이제 그들은 나를 도울 결심을 해야 했다. 그런데 그들은 뛰어들어 나를 구하기는커녕 한없이 매정해 보였다. 그들은 거기 서서 그냥 웃고 있었다. 세상에, 거기 서서 웃을 수 있다니. 나는 울었지만 가면을 쓰고 있었기 때문에 눈물이 흐르다가 막혔다. 눈물은 얼굴 안쪽으로 흘러내리다 금세 말라붙었고, 다시 흘러내리다 말라붙었다. 결국 나는 전에 누구도 꿇은 적이 없던 것 같은 동작으로 그들 앞에 무릎을 꿇었다. 그 상태로 손을 들어 그들에게 간청했다. “이것 좀 빨리 떼어 줘. 그리고 어디든 내 눈에 안 띄는 곳에 갖다 둬.” 하지만 그들은 그 말을 듣지 않았다. 나는 목이 싸해져서 더 이상 목소리가 나오지 않았다.

가정부 시베르센은 그때 내가 어떻게 쓰러졌는지 그 과정과, 그들이 이것도 내 변장의 일부라고 생각하면서 계속 웃었다는 이야기를 말년까지 하곤 했다. 그들은 내 장난에 이미 익숙해져 있었다. 하지만 그 당시 나는 그냥 그 자리에 쓰러진 채 아무런 대답도 하지 않았다. 그러자 마침내 그들은 내가 온갖 천을 몸에 걸치고 의식을 잃은 채 나무토막처럼 쓰러진 것을 알고는 몹시 놀랐다.

세월은 예측할 수 없이 빠르게 흐르고 추억은 바뀌어, 어느덧 목사인 예스페르센 박사가 초대를 받고 와서 설교할 시간이 되어 있었다. 그가 오자 모두에게 힘든 긴 아침 식사 시간이 되었다. 그 목사는 신앙 두터운 이웃 사람들에게는 익숙해져 있었지만, 우리 집에 오면 전혀 그렇지 않았다. 그는 말하자면 물고기가 육지로 끌려 나와 몸을 뒤척이는 것 같은 모습이었다. 몸에 밴 아가미식 호흡 탓에 숨 쉬는 것이 힘들어서인지 식사 때 그의 입에서는 거품이 나오기도 했다. 전체적인 분위기는 좀 위태로워 보이기까지 했다. 정확히 말하면 이렇다 할 대화 주제가 전혀 없었다. 마치 남은 재고품을 정리하려고 헐값에 팔아 버리는 식이나 다름없는 대화가 이어졌다. 예스페르센 박사는 우리 집에서는 사사로운 시민 같은 대우를 받았다. 하지만 사실 그는 전혀 그런 사람이 아니었다. 그는 인간의 영혼을 다루는 직무를 맡고 있음을 자처했다. 그에게 영혼은 그가 대표하는 일종의 공공기관이었고, 그는 한순간도 그 직무에서 떠나지 않았다. 심지어 그는, 라바터*가 어느 기회에 표현한 말을 빌리자면, "자녀를 낳음으로써 구원받은 그의 겸손하고 충실한 리베카"였던 그의 아내와 잠자리를 가질 때도 그 직무를 충실히 지켰다.

말이 나온 김에 내 아버지에 대해 이야기하자면, 아버지는 신에 대해서 완벽하게 옳고 흠잡을 데 없는 경의를 갖추고 있었다. 그가 교회에서 서서 기다리고 경배를 할 때면 마치 정성으로 신을 섬기는 수렵관처럼 보였다. 반면에 어머니는 누군가가 신에게 정중한 태도를 취하는 것만으로도 마음이 편치 않은 분

---

* 옮긴이 — Johann K. Lavater(1741~1801). 스위스의 신학자이자 작가였다.

이었다. 만약 어머니가 분명하고 세심한 관습을 가진 종교에 귀의했더라면, 몇 시간 동안이나 무릎을 꿇고 몸을 신전에 내던져 엎드리고 가슴과 어깨 주위에 큰 십자가를 올바르게 긋는 일이 그녀에게는 큰 행복이었을 것이다. 사실 어머니는 내게 기도하는 법을 가르쳐 주지는 않았지만, 내가 하고 싶은 대로 무릎을 꿇고 가끔 몸을 구부리거나 손을 앞에 똑바로 모으는 것이 그녀에게 위안이 되었다. 거의 언제나 혼자 있으면서 조용히 자란 나는 일찍부터 종교적 체험을 했고, 그것은 훨씬 훗날 절망의 시간에 신을 찾는 계기가 되었다. 그러나 그럴 때 너무나 격렬하게 신과 나 자신을 연결시키려다 보니, 신의 모습은 거의 형성되자마자 깨져 버리곤 했다. 그 후에 나는 모든 것을 다시 시작해야만 했다. 처음에는 이따금 어머니의 존재가 필요하다고 느꼈지만, 신에 관한 문제는 혼자서 겪는 것이 나았다. 그리고 그때 어머니는 이미 세상을 떠난 지 오래였다.

어머니는 예스페르센 박사 앞에서 별로 어려워하지 않았다. 박사와 대화를 나누다 보면, 그는 아주 신이 나서 자기가 하는 말에 열중하고 취해 있었다. 어머니는 듣고 있다가 "이제 됐어요"라고 말하고는, 그가 거기에 있는데도 마치 이미 가 버린 것처럼, 돌연 그의 존재를 잊곤 했다. 그리고 가끔 그 목사에 대해 "그 사람은 어쩌면 그렇게 분주히 사람들을 찾아다니고, 찾아다녀도 하필 사람들이 죽을 때만 찾아가는지 모르겠다"라고 말하기도 했다.

실제로 어머니의 임종 때도 그가 찾아왔지만, 어머니는 그를 볼 수 없었다. 그녀의 감각은 이미 하나씩 쇠해 갔는데 먼저 시각이 안 좋아졌다. 그때는 가을이었다. 원래는 도시로 이사할 예정이었지만 어머니가 병이 들고 말았다. 아니, 어머니는 천천히 절망적으로 몸 전체가 죽어 가고 있었다. 의사들이 왔다. 어느 날은 그들이 한꺼번에 모이는 바람에 집 안이 가득 찼다. 몇 시간 동안 집이 온통 내각 고문과 그 보좌관들의 소유인 것처럼 되어 버렸다. 그리고 우리는 더는 별다른 할 말이 없는 것처럼 느꼈다. 그들은 모두 곧 관심을 잃고 그저 예의상 행동하는 식으로, 한 명씩 와서 유유히 시가를 피우고 나눠 주는 포도주를 한 잔씩 받아 마셨다. 그 사이에 어머니는 세상을 떠났다.

우리는 이제 한 사람만 더 오기를 기다렸다. 다름 아닌 어머니의 유일한 남자 형제 크리스티안 브라에 백작이었다. 언젠가 이야기한 기억이 있지만, 그는 꽤 오랫동안 터키의 관청에서 근무했다. 그는 그곳에서 상당히 능력 있는 인물로 알려져 있었다. 어느 날 아침 그는 기이해 보이는 하인을 대동하고 왔는데, 나는 그가 아버지보다 키가 크고 나이도 더 많아 보여서 깜짝 놀랐다. 두 신사는 곧 몇 마디를 나눴는데, 내 생각에 어머니 이야기 같았다. 잠시 동안 침묵이 흘렀다. 그러자 아버지가 말했다. "그녀의 모습이 매우 흉측하게 변했어요." 나는 이 말이 무슨 뜻인지 이해하지 못했지만 그것을 듣자 몸이 오싹해졌다. 나는 아버지 역시 그런 말을 하기까지 굳은 결심을 해야 했으리라는 인상을 받았다. 하지만 그가 이 말을 했을 때 가장 큰 타격을 받은 것은 아마 그의 자존심이었을 것이다.

그로부터 몇 년이 지난 후에야 나는 다시 크리스티안 백작에 대한 소식을 들었다. 우르네클로스터에 갔을 때였는데, 그때 마틸데 브라에가 즐겨 그의 이야기를 들려주었다. 그러나 나는 그녀가 외삼촌의 삶에 관한 개개의 일화들을 그녀가 임의로 지어낸 거라고 확신한다. 삼촌의 삶은 늘 소문으로 대중들 사이에서 돌다가 결국 가족에게까지 전해졌다. 그런 소문을 삼촌은 결코 반박한 적이 없었다. 그래서 소문은 거의 무한정으로 해석되고 퍼져 나갔다. 우르네클로스터의 성채는 이제 그의 소유가 되었다. 하지만 그가 그곳에 살고 있는지는 아무도 모른다. 아마 그는 늘 그랬듯이 지금도 여행을 떠나 있을 것이다. 혹시 그가 죽었다는 소식이 먼 세상 어딘가에서 이미 전해졌을지도 모른다. 그가 데려왔던 그 이상한 하인이 그 소식을 엉터리 영어나 아니면 모르는 언어를 써서 알렸을 수도 있다. 그리고 이 하인 역시 어느 날 혼자 남겨져서 아무런 흔적도 없이 사라져 버릴지 모른다. 아니, 어쩌면 두 사람 모두 이미 오래전에 사라졌고 현재는 어딘가에 실종된 선박의 승객 명단에만 자신들의 원래 이름이 아닌 이름으로 등록되어 있을지도 모른다.

아무튼, 그 당시 마차가 우르네클로스터로 들어오면, 나는 항상 백작이 돌아오는 것으로 생각하고 그를 볼 거라는 기대로 심장이 뛰곤 했다. 마틸데 브라에 양의 주장에 의하면, 그는 늘 그런 식으로, 즉 전혀 그가 올 가능성이 없다고 생각될 때 갑자기 왔고, 그것이 그의 특이한 점이라는 것이었다. 그는 결코 오지 않았지만 몇 주 동안을 두고 나는 늘 그에 관한 상상에 사로잡혀 있었다. 마치 나와 백작 두 사람은 서로 끊을 수 없는 관계를 맺은 사이라는 생각이 들어서 그에 관해 뭔가라도 사실을 알고 싶었다.

그러나 얼마 지나지 않아 내 관심은 바뀌었다. 앞에서 이야기한 것과 같은 일이 일어난 결과 내 관심은 크리스티네 브라에 쪽으로만 쏠리게 되었다. 하지만 이상하게도 나는 그 여자의 생애가 어땠는지 알아보려는 노력은 전혀 하지 않았다. 그 대신 혹시 그녀의 초상화가 화랑에 걸려 있지 않을까 궁금해했다. 그리고 그것을 알아내고 싶은 욕망이 줄곧 내 머릿속을 떠나지 않아 나는 여러 날 밤잠을 못 이루고 뒤척였다. 그러다 어느 날 밤, 예기치 않게 나는 침대에서 일어나 무서워 떨고 있는 듯 흔들리는 촛불을 들고 위층으로 올라갔다.

무섭다는 생각은 조금도 들지 않았다. 아무 생각도 하지 않고 그냥 걸어갔다. 커다란 문들은 내 앞에서 쉽게 열렸고, 내가 지나가는 방들은 조용히 그 자리에 있었다. 그리고 마침내 어떤 깊이 같은 것이 나를 덮치는 듯한 느낌이 오자 나는 화랑에 들어왔다는 것을 깨달았다. 오른쪽 어둠 속에 창문들이 나 있는 것이 느껴졌다. 그렇다면 그림들은 왼쪽에 걸려 있을 것이다. 나는 들고 있던 촛불을 한껏 높이 치켜올렸다. 과연 초상화들이 걸려 있었다.

처음에는 여성들의 초상화만 볼 생각이었다. 그러다가 나는 울스가르에 걸려 있는 그림들과 비슷한 여성들의 초상화가 몇 개 걸려 있는 것을 알아보았다. 밑에서 촛불로 그 그림들을 비추자, 그것들은 마치 촛불이 있는 곳으로 움직이며 다가오고 싶어 하는 것 같았다. 그래서 매정하지 않게 최소한 그 앞에서 조금 기다려 줘야 할 것 같았다. 그러면서 자세히 보니까, 넓고 약간 부푼 뺨 근처의 머리를 얼굴 양쪽으로 멋지게 땋아서 늘어뜨린 크리스티안 4세*의 초상화가 있었다. 아마 그의 왕비들도 있었을 텐데, 내가 아는 사람은 왕과 귀천상혼을 한 키르스티네 뭉크뿐이었다. 그런데 돌연 키르스티네 뭉크의 모친인 엘렌 마르스빈 부인의 초상화가 과부 복장에 큰 모자챙과 진주 목걸이를 하고 의심스러운 눈빛으로 나를 바라보는 것이었다. 크리스티안 왕이 새로 얻은 다른 부인들에게서 낳은 자녀들도 있었다. 가장 화려했던 시절에 백마를 타고 있는 '비할 바 없이 아름다운 미모를 지녔다'라고 하는 엘레오노레의 초상화도 있었다. 아마도 그녀에게 불행이 닥치기 이전의 그림인 듯했다. 길덴뢰베 가문 사람들도 있었다. 스페인의 여성들한테서 얼굴에 화장을 한다는 말을 듣곤 했던 혈색 좋은 한스 울릭과 결코 이 세상에서 잊히지 않을 울릭 크리스티안도 보였다. 울펠드 집안사람

* 옮긴이 — Christian 4세(1577~1648). 덴마크의 국왕이자 노르웨이의 국왕으로 재임 시에 덴마크의 개혁을 통해 경제를 발전시키고, 국력을 향상했다. 그러나 재임 후기에는 삼십년전쟁에 개입하는 등, 여러 차례 국제전을 치르고 스웨덴과의 전쟁에서 패배해 발트해에서의 세력을 상실했다.

은 거의 다 있었다. 한쪽 눈을 검게 칠한 사람은 아마도 헨리크 홀크일 가능성이 컸다. 그는 서른세 살에 제국의 백작이자 야전 사령관이 되었는데, 그렇게 된 경위는 이랬다. 그는 힐레보그 크라프세라는 처녀를 찾아가던 길에 자신의 신부 대신 단지 칼한 자루를 받은 꿈을 꾸었다. 그는 그것이 마음에 걸려 되돌아와서 모험적인 삶에 뛰어들었지만, 얼마 안 가서 전염병으로 짧은 생애를 끝냈다는 소문이 있다. 이 사람들은 나도 알고 있었다. 또 나이메헌 의회에 모인 대사들의 그림은 울스가르에도 걸려 있었는데, 그것들은 모두 동시에 그린 것처럼 어딘지 모르게 서로 비슷해 보였다. 그 인물들은 모두 육감적인 입매 위에 짧게 다듬은 수염을 달고 있었다. 두말할 것 없이 나는 울리히 공작, 오토 브라에, 클라우스 다, 그리고 그 가문의 마지막 인물이었던 스텐 로젠스파레도 알아보았다. 나는 울스가르의 홀에서 그들 모두의 초상화를 본 적이 있었고, 오래된 서류철에서 그들을 묘사한 동판화 조각품을 발견한 적도 있었기 때문이다.

하지만 거기에는 내가 본 적이 없는 사람들도 많이 있었다. 여성은 몇 명 없지만 아이들이 있었다. 내 팔은 이미 한참 전부터 힘이 빠져 피로해서 떨고 있었지만 나는 그 아이들이 누군지 보려고 계속 촛불을 위로 치켜올렸다. 손바닥에 새를 올려놓고 있지만 마치 그것을 잊고 있는 듯 보이는 어린 소녀들을 그린 그림이 있었다. 작은 개가 그들의 발밑에 함께 앉아 있는가 하면, 공이 발치에 놓여 있기도 하고, 옆 테이블에는 과일과 꽃이 놓여 있었다. 그리고 그림 뒤쪽 기둥에는 임시로 걸어 놓은 듯한 그루베나 빌레, 로젠크란츠 가문의 작은 문장들이 있었다. 하여튼 그 아이들 주변에 많은 것을 모아 놓고 있었다. 그러나 사실 그 아이들은 그냥 옷을 입은 채 서서 기다리고 있는 모습이었다. 그것을 보다가 나는 여성들과 크리스티네 브라에 양이 다시 생각났다. 내가 과연 그녀의 초상화를 찾을 수 있을지 고민되었다.

나는 서둘러 맞은편 끝까지 달려갔다가 다시 돌아오면서 찾을 생각으로 움직이다가 뭔가에 부딪히고 말았다. 내가 너무 갑자기 돌아서자 누가 흠칫 뒤로 물러나면서 "불을 조심해"라고 속삭였다. 보니까 작은 에리크였다.

"너구나?" 나는 숨을 가쁘게 쉬면서 말했다. 그를 본 게 좋은 일인지 나쁜 일인지 알 수 없었다. 그는 그저 웃을 뿐이었다. 나는 이제 무엇을 해야 할지 몰랐다. 내가 들고 있는 촛불이 깜빡거려서 그의 표정이 어떤지 자세히 살필 수 없었다. 그가 여기에 온 것이 물론 좋은 일은 아닐 것 같았다. 그가 가까이 다가와서 말했다.

"그 여자의 초상화는 여기에 없어. 우리는 위층에서도 계속 찾고 있어."

그는 반쯤 긴장한 목소리로 말하고, 잘 보이는 한쪽 눈을 움직이면서 위층 어딘가를 가리켰다. 나는 그가 위층 다락방을 가리킨다는 것을 알아챘다. 그러나 갑자기 이상한 생각이 들어서 "우리라니?" 하고 그에게 물었다. "그럼, 그 여자도 위층에 있다는 말이니?"

"그래." 그는 고개를 끄덕이고는 내 옆에 가까이 다가와 섰다.

"그 여자도 함께 찾고 있는 거니?"

"응, 같이 찾고 있었어."

"누군가가 그 그림을 치운 모양이구나?"

"그런 것 같아." 그는 화난 목소리로 말했다. 하지만 나는 그 여자가 도대체 그 초상화를 찾아서 뭘 하려는지 정확히 이해할 수 없었다.

"그 여자는 자기 초상화가 보고 싶은 거지." 에리크가 가까이서 속삭였다.

"아, 그렇구나." 나는 이해한 듯이 대꾸했다. 그리고 들고 있던 촛불을 불어서 꺼 버렸다. 그가 눈썹을 치켜들고 불빛 속으로 몸을 내미는 순간 주위가 깜깜해졌다. 나도 모르게 뒤로 물러섰다.

"무슨 장난이야?" 나는 억지로 목소리를 억누르며 소리쳤다. 그러자 목이 잠겼다. 그는 내게 달려들어 팔을 붙잡더니 킥킥거리며 웃었다.

"뭐 하는 짓이야?" 나는 그에게 소리 지르며 그를 내 몸에서 떨어뜨리려고 했지만, 그는 꼼짝하지 않은 채 힘을 주었다. 나는 그가 내 목을 팔로 휘감는 것을 막을 수 없었다.

"말해 줄까? 그가 쉿쉿 소리를 내면서 말하자 침이 몇 방울 내 귀에 튀었다.

"그래, 말해, 말해 줘, 빨리."

나는 내가 무슨 말을 하고 있는지 몰랐다. 그는 나를 완전히 꽉 껴안은 채 몸을 꼿꼿이 폈다.

"내가 오늘 밤 그 여자에게 거울을 갖다주었어." 그는 다시 낄낄거리며 말했다.

"거울이라니?"

"그래, 그림이 없으니까."

"아냐, 아냐." 나는 외쳤다.

그가 갑자기 나를 창문 쪽으로 더 끌어당겨 내 겨드랑이를 너무나 세게 꽉 누르는 바람에 나는 비명을 질렀다.

"그 여자는 거기에 없어." 그가 내 귀에 입을 대고 속삭이며 말했다.

나는 얼떨결에 그를 내게서 떠밀어 냈다. 그의 몸에 뭔가 부딪히는 소리가 났다. 뭔지 모르는 물건이 부서진 것이 아닌가 하는 생각이 들었다.

"가, 가라고." 그렇게 말하면서 나도 웃음이 나는 것을 참을 수 없었다. "거기 없다니. 왜 없는 거야?"

"너는 바보구나." 그는 화를 내면서 대답하고는 속삭이는 것을 멈췄다. 이번에는 무슨 새로운 장난을 치려는 것처럼 그의 목소리가 돌연 바뀌었다.

"만약 저 안에 있다면" 하고 그는 어른처럼 단호한 말투로 말했다. "여기에는 없는 거지. 그리고 만약 여기에 있다면 저 안에는 있을 리 없잖아."

"그야 그렇지." 나는 아무 생각 없이 재빨리 대답했다. 혹시 그가 이대로 나를 혼자 두고 가 버리지 않을까 두려웠다. 그래서 심지어 그의 옆으로 바짝 다가갔다.

"우리 친구가 되지 않을래?" 하고 나는 제안했다. 그는 그 말을 듣더니 "아무래도 좋아"라고 좀 건방지게 대꾸했다.

나는 그와 친구 사이가 되고 싶었지만 그를 꼭 껴안아 줄 용기는 나지 않았다.

"에리크." 나는 다정하게 한마디 하고서 그의 몸 어딘가를 살짝 건드리는 데 그치고 말았다. 나는 갑자기 매우 피곤해졌다. 주위를 둘러보았다. 내가 어떻게 여기에 왔는지, 어째서 무서운 생각이 안 들었는지 이해할 수 없었다. 창문이 어디에 있는지, 그림들이 어디에 있는지조차 확실히 알 수 없게 되어 버렸다. 그래서 우리가 걸어가기 시작했을 때 그는 나를 부축해야 했다.

"너한테 뭐라고 야단칠 사람은 없어." 그는 침착하게 말하고는 다시 낄낄거렸다.

에리크, 사랑하는 에리크, 어쩌면 너는 내 유일한 친구였는지도 모른다. 나는 한 번도 친구를 가져 본 적이 없었다. 네가 우정을 소중히 여기지 않은 것은 안타까운 일이었다. 나는 너에게 많은 것을 이야기해 주고 싶었다. 어쩌면 우리는 서로 사이좋게 지낼 수 있었을지도 모르지만, 그거야 알 수 없는 일이었지. 내 기억에 네 초상화가 그즈음에 그려졌다. 할아버지께서 사람을 불러 너를 그리게 하셨지. 매일 아침에 한 시간씩. 나는 그 화가의 얼굴이 어떻게 생겼는지 기억나지 않는다. 마틸데 브라에는 종일 그 화가의 이름을 반복해서 부르곤 했는데 그 이름마저도 잊어버렸다.

그 화가도 내가 너를 바라보듯이 너를 보았을까? 너는 그 당시 엷은 자주색 벨벳 옷을 입고 있었다. 마틸데 브라에는 그 옷을 몹시 마음에 들어 했었지. 하지만 지금 와서 그것은 중요하지 않다. 나는 그 화가가 너를 제대로 보았었는지 알고 싶을 뿐이다. 그는 전문 화가였을 것이다. 하지만 그가 네 초상화를 완성하기 전에 네가 죽을 거라고는 생각하지 않았을 것이다. 그는 이런 문제를 풋내기 화가처럼 감상적으로 보지 않았을 것이다. 그는 그냥 화가로서 작업했을 뿐이다. 네 다갈색 양쪽 눈이 서로 완전히 다른 것이 오히려 그를 매료시켰을 것이다. 그는 전혀 움직일 수 없는 네 한쪽 눈 때문에 곤란해하지는 않았을 것이다. 그는 네 손이 약간 기대고 있던 옆 테이블에 아무런 지저분한 것들을 올려놓지 않을 만큼 배려심이 있었다. 그 밖에 필요한 요소를 다 받아들이고 적용시켜서 한 장의 그림이 완성되었다. 바로 네 초상화였다. 그것은 우르네클로스터의 화랑에 걸린 마지막 그림이 되었다.

(지금 그곳에 가면 모든 초상화를 볼 수 있고, 또 한 소년의 초상화도 보인다. 그런데 그는 누구일까. 바로 브라에이다. 검은 바탕에 은색 줄무늬와 공작 깃털이 그려진 것이 보이는가? 그의 이름도 거기에 있다. 에리크 브라에. 처형당한 에리크 브라에*라는 인물이 아

* 옮긴이 — Erik Brahe(1722~1756)라는 실존 인물이 있었다. 그는 스웨덴 백작으로

닐까? 물론 그 사실은 누구나 알지만 그 인물과는 분명 아무 상관이 없을 것이다. 초상화에 그려진 소년이 언제 죽었다고 밝히지는 않았지만 소년으로 죽은 것이 틀림없다. 그림을 보면 알 수 있지 않은가?)

집에 손님이 와서 에리크가 불려 갈 때마다 마틸데 브라에 양은 항상 에리크가 내 외할머니인 돌아가신 브라에 백작 부인과 얼마나 닮았는지 믿기지 않을 정도라고 입버릇처럼 말하곤 했다. 외할머니는 당당한 여성이었다고 전해진다. 나는 그녀를 몰랐다. 반면에 아버지의 어머니, 즉 울스가르의 실제 안주인이었던 친할머니는 아주 잘 기억한다. 그분은 수렵관인 아버지의 아내로 집안에 들어온 어머니가 마음에 들지 않았던지 언제나 집안의 실권을 잡고 놓지 않았다. 어머니가 들어온 이후로 할머니는 겉으로는 언제나 한발 물러서 있는 것처럼 행동했고 사소한 일은 일일이 하인들을 시켜 어머니에게 보냈지만, 정작 중요한 일은 아무에게도 알리지 않고 자신이 임의대로 침착하게 결정하고 처리했다. 어머니도 달리 그러기를 원하지는 않았을 거라고 나는 생각한다. 그녀는 큰 집안을 다스리기에는 적당하지 않았고, 중요한 일과 중요하지 않은 일을 구분하는 능력이 전혀 없었다. 누가 어머니에게 무슨 말을 하면, 지금 막 들은 그 말

모반 혐의를 받아 처형되었다.

이 모든 것인 양 머릿속에 꽉 들어차서 그 밖의 다른 것들은 다 잊어버렸다. 그녀는 시어머니에 대해 한 번도 불평한 적이 없었다. 그렇다고 해서 다른 누구에게 불평할 수 있는 사람이 있었는가 하면 그렇지도 않았다. 아버지는 효심이 지극한 아들이었고 할아버지는 거의 말이 없는 분이었으니까.

내 기억으로 친할머니인 마가레테 브리게 여사는 키가 크고 언제나 접근하기 어려운 노인이었다. 나는 그녀가 할아버지인 시종장보다 훨씬 나이가 많았을 거라고 생각한다. 할머니는 우리와 함께 살면서 주위의 다른 사람은 고려하지 않고 자기 마음먹은 대로 생활하고 있었다. 그녀는 우리 중 누구에게도 의지하려 하지 않았다. 늘 그녀의 이야기 상대로 함께 있는 사람이 있었는데, 그 사람은 나이 든 옥세 백작의 영애였다. 할머니는 그 영애에게는 한없이 자비심을 보였는데 이런 태도는 예외였다. 선행을 베푸는 것이 할머니의 평소 기질은 아니었기 때문이다. 그녀는 아이들을 좋아하지 않았고, 개나 고양이 같은 동물들도 그녀에게 가까이 가는 것도 허락되지 않았다. 그녀가 좋아하는 다른 것이 있었는지는 모르겠다. 할머니는 처녀 시절에 잘생긴 펠릭스 리히노프스키 후작과 약혼한 적이 있었다고 하는데, 그는 프랑크푸르트에서 아주 잔인하게 죽음을 맞고 말았다. 사실 할머니가 세상을 떠난 후, 그 후작의 초상화가 하나 나온 적 있었다. 내 기억이 맞는다면 그 초상화는 그의 가족에게 반환되었을 것이다. 지금 와서 돌이켜 보면, 아마 할머니는 해가 갈수록 이 울스가르의 생활에 점점 동화되어 폐쇄적인 시골 생활 속에 갇히면서 다른 일면의 더 화려한 삶, 즉 그녀의 성격에 더 잘 맞는 생활을 놓치고 있었는지도 모른다. 그분이 그 때문에 슬퍼했는지 어땠는지는 말하기 어렵다. 어쩌면 할머니는 화려한 생활이 돌아오지 않아 자신의 재능과 능력으로 살아갈 기회를 놓쳤기 때문에 오히려 그런 화려한 생활을 경멸하게 된 것일 수도 있다. 그래서 할머니는 이 모든 것을 마음속에 깊이 받아들이고 그 위에다 화려한 광택이 나는 외피를 하나씩 씌워 갔지만, 맨 위에 씌워지는 외피는 늘 새로우면서도 차갑게 보였던 것이다. 그러나 때때로 그분은 자신이 충분히 남들의 주목을 받지 못하는 것에 어린애처럼 초조해하며 참지 못하고 마음속을 드러내 보이기도 했다. 예를 들면, 내가 그곳에서 지내던 시절에 식탁에서 식사를 하고 있을 때 할머니는 주위의 모든 사람의 관심을 끌기 위해서 갑자기 숨이 막혀 쓰러지는 듯한 행동을 보였다. 사람들이 놀라 긴장한 가운데 그분은 적어도 잠시 동안은 자신의 존재를 모두의 커다란 관심사로 만든 것이었다.

그러나 내 추측으로, 이렇게 너무 빈번히 일어나는 우연한 일들을 심각하게 여기는 사람은 아버지 혼자뿐이었다. 아버지는 정중하게 할머니에게 몸을 굽혀 그분을 바라보았다. 그는 마음속으로 그분에게 자신의 호흡기관을 내주어 그것을 전적으로 할머니가 사용할 수 있게 해 주고 싶어 하는 것 같았다. 할아버지인 시종장도 식사하던 손을 멈췄지만, 그냥 포도주 한 모금을 들이켜 목을 축일 뿐 아무런 특별한 말도 하지 않았다.

그러나 딱 한 번 할아버지가 자기 아내를 향해 자기주장을 편 적이 있었다. 그것은 오래전 일이다. 그런데 그 이야기는 당시에 악의적으로 비밀리에 사방으로 퍼졌지만, 아직 그 소문을 듣지 못한 사람도 가끔 있었다고 한다. 어쨌든, 어느 땐가 부주의로 인해 식탁보에 포도주가 쏟아져 얼룩이 묻자 할머니가 몹시 화를 낸 적이 있었다. 평소에 그런 얼룩이 생기면 어떤 경우라도 그분이 알아차리고 아주 엄하게 꾸짖곤 했다. 그런데 어느 날, 상당히 명망 있는 손님을 몇 명 초대한 자리에서도 이런 일이 일어났던 모양이다. 그냥 별것 아닌 얼룩이 몇 개 묻었을 뿐이었는데, 할머니는 그것을 과장해서 꾸짖으며 조롱하는 투로 화를 냈다. 그때 할아버지는 살짝 눈을 깜빡여 보이기도 하고 농담도 하면서 그녀를 무마시키려 노력했지만, 할머니는 고집을 꺾지 않고 여전히 비난을 그치지 않았다. 그러다가 할머니는 화를 내던 도중에 돌연 입을 닫아 버리고 말았다. 전에 없었던 전혀 예상치 못한 일이 일어났던 것이다. 할아버지인 시종장은 방금 하인이 식탁에서 돌리고 있던 붉은 포도주를 자기에게도 달라고 말하고는 조심스럽게 자기 술잔에 술을 채우기 시작했다. 그러고는 포도주가 아슬아슬하게 잔에 가득 찬 뒤에도 붓는 것을 멈추지 않았다. 주위가 조용히 숨을 죽인 가운데 그는 천천히 조심스럽게 계속 부었다. 그때, 결국 그것을 보고 참을 수 없었던 어머니가 큰 소리로 웃기 시작했다. 이렇게 해서 그 사건은 여러 사람의 웃음이 터진 후에 정리되는 것으로 끝났다. 그러자 모두가 안도감을 느끼면서 분위기가 화기애애하게 변했고, 시종장은 고개를 들어 하인에게 포도주병을 건넸다.

나중에 할머니한테서 또 다른 이상한 버릇이 나타났다. 그분은 집안에서 누군가가 병을 앓고 있는 것을 몹시 싫어했다. 어느 날 요리하는 하녀가 다쳤는데, 우연히 그녀의 손에 붕대가 감겨 있는 것을 본 할머니는 집 안에서 아이오도폼 냄새가 난다고 불평했다. 사람들은 그런 것 때문에 그 하녀를 해고할 수는 없다고 할머니를 설득하는 데 애를 먹어야 했다. 아무튼 할머니는 병이라는 말만 들어도 견디지를 못했다. 만약 누군가가 조심하지 못하고 그분에게 조금이라도 기분이 안 좋다고 말하면, 그것은 그분에게 개인적인 모욕이나 다름없었다. 할머니는 그런 일을 오랫동안 속에 담아 두는 것이었다.

그해 가을, 어머니가 돌아가시자 할머니는 소피 옥세 양과 둘이서 자기 방에 틀어박혀 우리와의 모든 접촉을 끊었다. 자기 아들이 들어오는 것조차 받아 주지 않았다. 사실 어머니의 죽음은 시기적으로 적절하지 않은 때 찾아온 것이었다. 방안은 춥고 난로에는 불이 제대로 지펴지지 않아 연기가 났으며 쥐들이 집 안으로 들어왔다. 그것들이 어디에서나 설쳐 대서 안전한 곳이 없었다. 하지만 그게 전부가 아니었다. 마가레테 브리게 여사는 어머니의 죽음에 심사가 뒤틀린 것이었다. 그분이 입 밖에 내기 꺼려했던 일이 버젓이 집안의 주요 사안이 되어 있었으니, 그것은 언제 죽을지 아직은 정해지지 않았지만 죽을 계획을 세웠던 자신보다 젊은 며느리인 어머니가 먼저 세상을 떠난 일이었다. 할머니는 종종 자신이 죽음을 피할 수 없다는 사실에 대해 생각했다. 하지만 서두르고 싶지는 않았다. 물론 그분은 자신이 원할 때 죽고 싶었다. 다만, 다른 사람들이 죽고 싶어 그렇게 안달이라면 자신이 죽은 뒤에 가서 다 원하는 대로 조용히 죽으면 되지 않겠는가 하는 식이었다.

할머니는 어머니가 돌아가신 것이 우리 탓이라면서 우리를 결코 용서하지 않았다. 그러다가 그분은 그 이듬해 겨울에 급격히 노쇠해졌다. 걸을 때는 여전히 키가 컸지만, 안락의자에 앉으면 몸이 작아 보이고 청력은 더 나빠졌다. 누가 그 앞에 몇 시간 동안이고 앉아서 할머니를 응시해도 그분은 그것을 눈치채지 못했다. 할머니는 마음 한구석 어딘가에 빠져 있는 것 같았다. 그러다가 드물게 잠깐 감각이 돌아오는 때도 있었지만, 그것도 더 이상 그분의 정신이 깃들어 있지 않은 공허한 한순간에 불과했다. 그리고 할머니는 짧은 외투를 바로 잡아 입혀 주는 백작의 영애에게 무슨 말인가를 하고는 마치 자기 옷에 물이 쏟아진 듯 아니면 우리가 깨끗하지 못하다고 느껴서인지 방금 씻은 커다란 손으로 옷매무시를 가다듬는 것이었다.

할머니는 봄이 가까워지던 어느 날 밤에 시내에서 세상을 떠났다. 방문이 열려 있었지만 소피 옥세는 아무런 소리도 듣지 못했다. 할머니는 아침이 되어서야 발견되었는데, 그때 그분의 몸은 유리처럼 차가워져 있었다. 그 뒤를 이어 시종장에게 끔찍한 중병이 시작되었다. 할아버지는 마치 할머니의 죽음을 기다리고 있었던 게 아닌가 생각되었다. 그런 다음에 아무런 미련도 없이 자신의 죽음을 맞기를 바랐던 것 같았다.

내가 처음으로 아벨로네를 주목한 것은 어머니가 돌아가신 이듬해였다. 아벨로네는 항상 우리의 곁에 있었다. 그것이 그녀에게는 대단히 불리하게 작용했다. 나는 아벨로네에게 동정심을 느낄 수 없었다. 언젠가 어떤 기회에 나는 확고하게 그런 느낌을 가지게 되었고, 그 후로는 내가 왜 그런 느낌을 가지게 되었는지 진지하게 생각해 본 적도 없었다. 그때까지만 해도 아벨로네가 어떤 사람인지 의문을 가져 보는 것이 내게는 터무니없이 쓸데없는 일로 여겨졌던 것이다. 아벨로네는 늘 우리 주변에 있었고 사람들은 그냥 그녀를 심하게 부렸다. 그런데 갑자기 나는 스스로에게 물었다. 아벨로네는 왜 여기에 있는 걸까? 그곳에 머물고 있던 우리는 모두 특정한 목적을 갖고 거기에 있었다. 이를테면 옥세 백작 영애처럼 항상 분명한 이용 목적이 있는 것은 아니었지만 그래도 찾아보면 무슨 이유 같은 것이 있었다. 그러나 아벨로네는 왜 거기에 머물고 있었을까? 한동안은 그녀도 좀 쉬게 해 줘야 한다는 이야기가 있었지만 그것도 곧 잊히고 말았다. 아벨로네를 쉬게 해 주는 사람은 아무도 없었다. 그녀가 쉬고 있다는 느낌은 전혀 들지 않았다.

그런데 아벨로네에게는 좋은 점이 하나 있었다. 그녀는 노래를 잘했다. 그녀가 노래를 부르던 때도 있었던 것이다. 그녀의 내면에는 강하고 흔들리지 않는 음악이 있었다. 만약 천사가 남성이라고 한다면 그녀의 목소리에는 남성적인 면이 담겨 있다고 말할 수도 있었다. 빛나는, 천상의 숭고한 남성적인 음악이었다. 나는 어렸을 때부터 음악을 상당히 불신하는 마음이 있었다. (그것은 음악이 나를 나 자신으로부터 더 높이 끌어올려 주기보다는, 오히려 나를 본래의 자리로 되돌려 주지 않고 더 깊은 어딘가, 완전히 미완성된 곳으로 끌어내린다는 것을 깨달았기 때문이다.) 그러나 그 여자의 노래는 참고 들을 수 있었다. 그 노래를 듣다 보면 거기에 맞춰 사람의 마음이 점점 고조되면서 잠시 동안 이곳이 마냥 천국일 거라는 생각이 들 때도 있었다. 나는 아벨로네가 내게 또 다른 천국의 문을 열어 주리라고는 전혀 생각지 못했었다.

처음에 우리 두 사람의 관계는 그녀가 내게 어머니의 소녀 시절에 대한 이야기를 들려주는 것으로 시작되었다. 그녀는 어머니가 얼마나 젊고 씩씩했는지를 내게 확신시켜 주고 싶어 했다. 그 당시 춤에서든 승마에서든 어머니와 경쟁이 될 만한 사람이 없었다고 그녀는 자신 있게 말했다.

"언니는 아주 대담하고 지칠 줄 모르는 사람이었는데 갑자기 결혼을 하고 말았지."

아벨로네는 오랜 세월이 지났지만 지금도 그때 일이 여전히 놀랍다는 듯이 말했다.

"너무나 예상치 못하게 일어난 일이라서 그것을 이해할 수 있는 사람은 아무도 없었단다."

나는 아벨로네가 왜 결혼을 하지 않았는지 궁금해졌다. 내가 보기에 그녀는 비교적 나이가 많아 보였고, 그래서 앞으로도 결혼할 수 있을 것이라는 생각은 들지 않았다.

"결혼할 사람이 없었으니까"라고 그녀는 간단히 대답했는데,

그때 그녀의 모습이 매우 아름다워 보이는 것이었다.

'아벨로네는 아름다운 여자일까?' 나는 놀라서 속으로 스스로 이렇게 물었다.

그 후 나는 집을 떠나 귀족 학교에 입학했고, 지겹고 끔찍한 시간이 시작되었다. 하지만 소뢰의 학교에서 나는 다른 아이들의 장난에 끼지 않고 혼자 창가에 가 서서 나무들을 바라보았다. 그런 때와 밤에 잠자리에 누워 있을 때 아벨로네가 아름답다는 확신이 내 마음속에서 커져 갔다. 그래서 나는 그녀에게 긴 편지 짧은 편지 할 것 없이 온갖 편지를 쓰기 시작했다. 많은 비밀 편지를 썼는데, 그것들은 울스가르에 대해 쓴 것이고 내가 얼마나 불행한지 하는 내용이 담겨 있었다고 기억한다. 하지만 지금 생각해 보면, 그건 일종의 '러브 레터'였을 것이다. 마침내 전혀 올 것 같지 않았던 방학이 주어졌고, 우리는 마치 다른 사람들이 보지 않게 비밀리에 만나자고 약속이라도 한 것 같았다.

사실 우리 사이에 약속은 전혀 없었지만, 마차가 정원으로 들어서자 나는 문득 내리지 않을 수 없었다. 그곳을 지나가는 낯선 사람처럼 그냥 마차를 계속 타고 가는 것이 싫었기 때문이다. 그때는 이미 한여름이었다. 나는 정원에 난 길들 중 어느 한 곳으로 걸어 들어가 금잔화 꽃들이 쏟아지듯 피어 있는 곳을 향해서 갔다, 그곳에 아벨로네가 있었다. 아름다웠다. 아름다운 아벨로네.

나를 바라보던 당신이 모습이 어떠했는지 나는 절대 잊지 않고 싶습니다. 당신이 얼굴을 뒤로 젖히고 있는 동안, 마치 뭔가 불확실한 것이 당신의 시선을 붙잡고 있는 것처럼 그렇게 움직이던 당신이었지요.

아, 기후가 조금은 바뀌지 않았을까요? 우리 두 사람에게서 풍기는 따스함 때문에 울스가르 주변이 좀 더 온화해지지 않았을까요? 십이월까지 공원에서 장미꽃들이 계속해서 아름답게 피지 않을까요?

나는 당신에 대해 아무 말도 하고 싶지 않습니다, 아벨로네. 우리가 서로를 속였기 때문이 아닙니다. 그때 당신은 사랑했던 사람을 결코 잊지 못했기 때문입니다. 당신은 사랑받는 여자가 아니라 누군가를 '사랑하는 여자'였고, 나는 모든 여자를 사랑했습니다. 하지만 그 이유 때문이 아니라, 당신에 대해 말하는 것은 뭔가 좋지 않은 짓이기 때문입니다.

여기에 양탄자가 있습니다. 벽에 거는 양탄자*입니다, 아벨로네. 나는 당신이 여기 있다고 상상해 봅니다. '양탄자'가 여섯 장 걸려 있습니다. 천천히 지나가며 보기로 합시다. 하지만 먼저 한 걸음 물러나서 모든 장면을 한꺼번에 살펴보세요. 참으로 고

* 옮긴이 — 이것은 〈귀부인과 일각수〉(La Dame à la licorne)라는 제목의, 양모와 실크로 짜인 6개가 한 세트인 태피스트리를 가리킨다. 이 세트는 프랑스 파리의 클뤼니 박물관(Musée de Cluny)에 전시되어 있다. 제작 연도와 장소는 불분명하나 15세기 말경 만들어진 것으로 추정된다.

요해 보입니다. 그렇지 않은가요? 다양성은 별로 없습니다. 붉은색 배경에 타원형의 파란색 섬이 떠 있는데, 그 섬에는 꽃들이 피어 있고 각자 뭔가에 몰두하는 동물들이 있습니다. 오직 저쪽에 있는 마지막 양탄자에는 마치 섬이 가벼워진 듯 조금 솟아 있는 것처럼 보입니다. 섬마다 사람이 한 명씩 있는데, 다양한 의상을 입은 여성이지만 항상 똑같은 모습을 하고 있습니다. 때로는 그 여성 옆에 시녀인 듯 몸이 작은 여자가 한 명 있습니다. 그리고 그 자리에는 항상 문장을 달고 그 섬에서 벌어지는 행위에 참여하는 동물들이 있습니다. 왼쪽에는 사자가 있고, 오른쪽에는 연한 색의 일각수가 있습니다. 그 동물들은 똑같은 깃발을 머리 위에 높이 들고 있습니다. 붉은 바탕 위에 푸른 띠 모양으로 세 개의 은빛 달이 떠오르고 있습니다. 보이나요? 첫 번째 양탄자부터 살펴볼까요?

양탄자 위의 여성은 매에게 먹이를 주고 있습니다. 그 여성이 입고 있는 정장은 얼마나 아름다운지 모릅니다. 새가 옷소매로 장식된 여성의 손 위에 놓여 움직이고 있습니다. 그녀는 그 새를 지켜보다가 하인이 가져온 그릇에 손을 넣어 새에게 뭔가를 주고 있습니다. 그녀의 오른쪽 옷자락 밑에는 털이 비단처럼 부드러운 작은 강아지 한 마리가 쭈그리고 있는데, 위를 바라보며 여성이 자기를 기억해 주기를 바라고 있는 듯한 모습입니다. 그리고 당신도 봤나요? 그 섬의 뒤쪽에는 낮은 장미 울타리가 처져 있어요. 문장의 동물들은 당당하게 일어서고, 문장은 그것들을 또다시 망토 모양으로 둘러싸고 있습니다. 문장은 예쁜 핀으로 고정되어 있고 거기에 바람이 불고 있습니다.

일부러 발걸음 소리를 낮추어 그다음 양탄자로 옮겨 가 보면, 그 여성이 무언가에 열중하고 있다는 것을 곧 알아차리게 됩니다. 그 여성은 화환, 즉 작고 둥근 꽃들을 묶어서 왕관을 만들고 있습니다. 그녀는 생각에 잠긴 채 시녀가 납작한 쟁반에 담아 건넨 카네이션의 색깔을 고릅니다. 뒤쪽 벤치에는 장미꽃으로 가득 찬, 아직 손대지 않은 바구니가 하나 놓여 있는데, 원숭이가 그것을 발견한 듯 그 옆에 서 있습니다. 이번에는 카네이션으로 왕관을 짤 차례이겠지요. 사자는 그런 일에 무관심한 표정입니다. 그러나 오른쪽의 일각수는 여성이 하는 일을 이해하고 있는 듯합니다.

이런 고요함 속으로 음악이 흘러 들어와야 하지 않을까요? 이미 그녀는 절제된 자태로 거기에 있지 않나요? 그녀는 장식을 단 무거운 옷을 차분하게 차려입고 몸단장을 하고, 천천히 휴대용 오르간 앞으로 걸어가 연주하고 있습니다. 파이프로 분리된 반대편에서는 시녀가 송풍 페달을 움직이고 있습니다. 그녀는 지금까지보다 더 아름다워 보입니다. 묘하게 두 가닥으로 땋은 머리카락을 앞으로 묶어 머리 장식 위에 모아 놓았고, 그 끝은 투구에 묶어 단 짧은 깃털처럼 묶은 머리 위로 솟아 있습니다. 음악이 마음에 맞지 않는 듯 사자는 기분이 상해 마지못해 울부짖음을 억누르고 있습니다. 하지만 일각수는 마치 파도에 움직이는 듯 아름다운 자태를 보이고 있습니다.

이번에는 섬이 넓어졌고 천막이 세워졌습니다. 푸른 다마스크 직물로 만들고 금색 테두리를 두른 것입니다. 동물들은 천막을 끌어당기려는 자세를 보이고, 공주처럼 위풍당당한 옷차림을 한 그 여성이 소탈하게 그 앞으로 나갑니다. 그 여성의 아름다움 자체와 비교하면 그녀를 장식한 진주들은 오히려 빛을 잃는 것 같습니다. 시녀가 작은 상자를 열자 그녀는 목걸이를 꺼냅니다. 항상 잠가 두었던 무겁고 아름다운 보석입니다. 작은 강아지는 그녀 옆의 준비된 자리에 앉아 몸을 펴고 그녀를 바라보고 있습니다. 그리고 천막 위의 가장자리에 적힌 문구를 눈여겨보셨나요? 거기에는 '내 유일한 소망을 위하여'라는 글귀가 적혀 있습니다.

이번에는 무슨 일이 일어난 것일까요? 작은 토끼가 왜 저 아래에서 깡충거리고 있을까요? 왜 토끼의 깡충거림을 바로 알아차리게 해 놓았을까요? 화면의 모든 것이 너무 편파적으로 되어 있어요. 사자는 그냥 아무 일도 없이 멍하니 앉아 있습니다. 그녀가 직접 깃발을 손에 들고 있습니다. 아니면 그것에 몸을 의지하고 있는 것일까요? 다른 한 손으로는 일각수의 뿔을 잡고 있습니다. 그 여성은 누군가의 죽음을 슬퍼하고 있는 것 같은데, 누가 이처럼 위축됨이 없이 꼿꼿이 서서 애도할 수 있을까요? 그리고 무언 속에 여기저기 축 늘어져 칙칙한 이 진한 녹색 빛의 벨벳 옷보다 더 깊은 인상을 주는 상복이 또 있을까요?

그리고 맨 나중의 양탄자에서는 파티가 열리고 있는 것 같습니다. 그러나 초대받은 사람은 아무도 없습니다. 여기서는 누구 다른 사람을 기다리는 것은 무의미해 보입니다. 그밖에는 모든 게 다 갖춰져 있습니다. 영원히 그런 상태로 머물러 있습니다. 사자는 거의 위협적으로 주위를 둘러보면서 아무도 다가오지 못하게 막고 있습니다. 지금까지 그 여성은 피곤한 모습을 보인 적이 없습니다. 그런데 지금 그녀는 피곤한 것일까요? 아니면 뭔가 무거운 것을 붙잡고 있기 때문에 그냥 몸이 조금 처진 것일까요? 그것은 성체현시대일지도 모르지요. 하지만 그녀가 다른 팔을 일각수 쪽으로 굽히자, 일각수는 기뻐하며 일어나 그녀의 무릎 위에 올라타 몸을 기댑니다. 그녀는 거울을 들고 있습니다. 당신은 보이시나요? 그녀가 일각수에게 자신의 모습을 보여 주고 있습니다.

아벨로네, 나는 당신이 여기에 와 있다고 상상을 해 봅니다. 이해하겠어요, 아벨로네? 당신은 분명히 이해할 거라고 나는 생각합니다.

〈귀부인과 일각수〉 양탄자는 더 이상 오래된 부사크 성에 보관되어 있지 않고 옮겨 갔다. 모든 것이 유서 깊은 가문에서 떠나가는 시대가 되었다. 그런 가문들은 더는 아무것도 보관할 수 없다. 안전보다 위험이 더 확실해진 것이다. 델레 비스테* 가문

* 옮긴이 — 과거 Le Viste 가문의 영주가 〈귀부인과 일각수〉 양탄자 세트를 만들도록 주문한 것으로 알려져 있다. 이 가문의 영주였던 장 4세는 프랑스 왕 샤를 7세를 섬기고 있었다.

출신으로 네 옆을 걸어가는 사람 중에 그런 것을 자신의 핏속에 간직하고 있는 사람은 아무도 없다. 그들은 모두 사라지고 현대에는 남아 있지 않다. 이제 당신의 이름을 부르는 사람은 아무도 없습니다, 피에르 도뷔송*이여, 고대 가문의 위대한 대장이여, 짐작하건대 아마 당신의 뜻에 따라 모든 것을 찬미하면서도 아무것도 누설하지 않는 이 그림들이 짜였을 것입니다. (아, 일찍이 시인들이 여성에 대해 얼마나 다르게 썼던가. 그들은 자기들 생각을 문자를 써서 표현했지만 우리는 그 쓰인 것 이상으로 알아서는 안 되었다.) 이제 우연히 이 양탄자를 접하게 된 사람들 틈에 끼게 된 우리는, 이런 작품에 초대받은 적이 없었던 것에 충격을 받는다. 그러나 때로는 이런 것에 신경 쓰지 않고 그냥 지나가는 사람들도 있다. 비록 그런 사람들이 많지는 않지만 말이다. 젊은 사람들은 거의 발을 멈추지 않는다. 이런저런 특별한 이유로 이런 것들을 한 번이라도 본 적이 있는 전문직에 속한 사람이 아니라면 거의 안 보고 그냥 지나치는 것이다.

그러나 가끔 젊은 처녀들이 이 양탄자 앞에 와서 발걸음을 멈추는 경우도 있다. 왜냐하면 더 이상 그런 것들을 보관하지 않

* 옮긴이 — 터키 황제 무함마드 2세의 아들이던 지짐 왕자가 형과의 권력 다툼에서 패배한 후 로도스의 대장 피에르 도뷔송(Pierre d'Aubusson)의 집에 피난했는데, 이 터키 왕자의 요청으로 그 양탄자 세트를 만들었다는 전설이 있다. 릴케는 이 불확실한 전설을 여기서 언급하고 있는데, 사실은 프랑스의 Le Viste 가문 영주의 주문으로 만들어진 것으로 확인되었다.

는 가문 출신의 처녀들이 박물관에 많이 와서 구경하기 때문이다. 처녀들은 이 양탄자 앞에 서서 잠시나마 자신을 잊고 바라본다. 그들은 고풍스럽고 완전히 설명되지 않는 몸짓을 포함한 이런 조용하고 느린 생활이 일찍이 존재했던 것을 느낀다. 그리고 그것을 한때는 자신들의 생활로 여겼었다는 것을 희미하게 기억한다. 그런 기억을 떠올리고 나면, 그들은 가지고 온 수첩을 재빨리 꺼내서 꽃이든 만족해하는 작은 동물이든 상관없이 스케치하기 시작한다. 무엇을 그리든 상관없으니 그려 보라고 누가 앞서 그들에게 말하기라도 한 듯이 마구 그려 간다. 그리고 무엇을 그리든 그건 별로 중요하지 않다. 단지 그리는 것이 중요하다. 그러기 위해서 그들은 어느 날 집을 과감하게 떠나왔기 때문이다. 그들은 대개 좋은 가문 출신이다. 하지만 스케치하는 동안 팔을 들었다 내렸다 하는 것을 보면, 그들의 옷 뒤쪽 단추가 잠겨 있지 않은 것을 볼 수 있다. 완전히 잠겨 있지 않고 한두 개 풀어져 있다. 잠그려 해도 손이 닿지 않는 단추들이 있다. 이런 옷들을 만들 당시에는 아마 그 처녀들이 갑자기 혼자 외출하는 것은 고려하지 않았을 것이다. 집안에 언제나 그런 단추를 채워 줄 사람이 있었던 것이다. 그러나 이런 대도시에 오면 그런 일을 해 줄 사람이 누가 있겠는가. 옆에 여자 친구라도 한 명 있어야 할 것이다. 하지만 친구도 비슷한 상황에 처해 있어서 혼자서는 할 수 없다 보면 결국은 서로 번갈아 가면서 옷의 단추를 채워 줘야 한다. 이런 일은 우스운 일이기도 하거니와 우리가 생각하고 싶지 않은 가족까지 생각해 내야 하는 상황을 만든다.

이들은 그림을 그리면서 이따금 그냥 집에 남아 있는 것이 낫지 않았을까 하는 생각을 하기도 할 것이다. 그냥 다른 사람들과 보조를 맞춰 진심으로 경건한 신앙심을 갖고 그냥 있었더라면 하고 말이다. 그러나 무리하게 다른 사람들과 같은 길을 가려고 하는 것은 무의미한 것이 되었다. 그 길은 더 좁아진 것 같다. 가족이 다 함께 신을 향해 가는 것은 더 이상 불가능해졌다. 그러다 보니 신을 제외하고, 필요한 경우 공유할 수 있는 여러 가지 물건만 남았다. 하지만 그런 물건들을 공평하게 나눈다 해도 각 개인에게 돌아가는 것이 너무나 적어서 보람 없는 일이 되었다. 그리고 그런 것을 나누다가 부정행위를 하면 또 싸움이 일어난다. 아니, 그러니까 역시 여기서 그림을 그리고 있는 것이 더 나을 것이다. 조금씩 시간이 지나다 보면 역시 그림도 눈에 띄게 비슷해져 간다. 점차 그 작화 기술을 습득해서 실력이 나아지면 미술은 역시 바람직한 일이 된다.

여기서 그림을 그리고 있는 젊은 처녀들은 그들이 하려고 마음먹은 일에 지나치게 열중해서 고개를 들 시간도 없다. 하지만 그들은 그림을 그리고 있는 가운데 자신들의 내면에 있는 변하지 않는 삶, 이 양탄자의 화면에 나타난 것처럼 끝없이 비밀스럽게 그들 앞에 펼쳐져 있을 삶을 스스로 억압하고 있다는 사실을 깨닫지 못한다. 그들은 그런 삶이 있다는 것을 믿으려 하지 않는다. 현대에 와서는 많은 것이 변하고 있으므로 그들도 스스로 변하고 싶어 한다. 그들은 자신만의 인생을 포기하고, 그들이 없는 자리에서 남자들이 그들에 대해 이야기하는 식으로 자신에 대해 생각하곤 한다. 이 여자들은 이것이야말로 자신들이 발전해 가는 거라고 생각한다. 그들은 사람이 쾌락을 추구하며 살고 그다음에는 또 다른 쾌락을 추구하고, 그다음에 훨씬 더 많은 쾌락을 추구하며 사는 것이 당연하다고 확신한다. 어리석은 방법으로 인생에서 패배하고 싶지 않다면 바로 이렇게 살아야 한다고 생각한다. 그들은 이미 주위를 살펴보면서 그런 삶을 찾기 시작했다. 그들은 언제나 그러한 삶을 찾아내는 데 힘을 기울이고 있었다.

그렇게 된 것은 여자들이 지쳤기 때문이라고 생각한다. 여자들은 몇 세기 동안을 오직 사랑하면서 살아왔고, 언제나 두 사람분의 대화를 혼자서 해 왔다. 남자들은 그저 여자들이 한 말을 서툴게 입으로 따라 했을 뿐이다. 그렇게 하면서 남자들은 무관심과 부주의, 그리고 질투심으로 태만해져 여자들이 교육받는 것을 어렵게 만들었다. 그럼에도 불구하고 여자들은 밤낮으로 이것을 참아 내야 했으므로, 사랑과 슬픔 또한 더 커졌다. 끝없는 마음의 괴로움에 눌렸던 여자들 중에서 마침내 굳건히

---

* 옮긴이 — Gaspara Stampa(1523~1554)는 이탈리아 베네치아 출신 여성으로, 콜라토 백작을 사랑해서 편지와 시들을 써서 보냈으나 사랑을 이루지 못했다. 『말테의 수기』에서 마리안나 알코포라다, 베티나 폰 아르님, 우리스 라베 등과 함께 릴케가 찬미하는 여성들 가운데 한 명이다.

사랑을 하는 여성들이 나왔다. 그들은 남자를 찾다가 남자를 극복했다. 남자들을 불러도 되돌아오지 않으면 결국 그 남자들을 넘어서서 성장한 것이다. 가스파라 스탐파*나 포르투갈 여인†처럼, 괴로움을 참고 견디다가 결국은 얼음처럼 차갑고 당당한 모습으로 변모하여 더 이상 그것을 멈출 수 없게 된 여인들도 있었다. 우리가 이런저런 것을 아는 이유는, 마치 기적처럼 살아남아 있는 편지들이나, 고발이나 탄식의 시가 쓰인 책들이나, 우는 듯한 표정으로 관객을 바라보는 화랑의 초상화들이 있기 때문이다. 화가들은 그 자세한 진실을 알지 못하고 그냥 그렸을 것이다. 하지만 그 밖에도 그런 사람들은 훨씬 더 많이 있었던 것이다. 간직했던 편지를 불태운 사람들과 더 이상 편지를 쓸 힘이 없었던 사람들, 늙었지만 내면에 진정한 사랑의 힘을 감추고 있던 강인한 여성들, 그리고 몸은 볼품없이 변하고 삶에 시달려 강해져서 남편과 닮게 되었지만 마음속만은 전혀 달랐던 여성들이 있었다. 그들의 사랑은 어둠 속에서 키워졌다. 아이를 계속 낳은 뒤 더 이상 낳고 싶지 않았지만 여덟 번째 아이를 낳고 마침내 세상을 떠나게 된 여성은 사랑에 기뻐하는 소녀 같은

---

† 옮긴이 — 여기서는 마리안나 알코포라다(Mariana Alcoforada)라는 포르투갈 수녀를 가리키고 있는 것으로 해석된다. 그녀는 사랑했으나 자신을 버리고 고국으로 떠난 프랑스인 장교에게 보낸 편지에서 사랑을 잃고 절망한 수녀의 고통을 담은 감정을 절실하게 표현했다.

몸짓과 명랑함이 사라지지 않고 남아 있었다. 그리고 술 취한 사람들과 난폭한 사람들을 떠나지 않고 함께 머물렀던 여성들은 마음속에서 그런 사람들과 멀리 떨어져 자기만의 세계에 머물 방법을 찾았다. 그래서 그 여성들이 다른 사람들 사이에 모습을 드러낼 때면, 그들은 오히려 그런 자신들을 감추지 못하고 마치 언제나 축복받은 사람들과 함께 지내는 것처럼 빛이 났다. 그런 여성들이 과연 몇 명이나 되고 또 어떤 사람들이었는지 말할 수 있는 사람이 누가 있을까. 그 여성들은 마치 자신들에 대해 이해할 수 있는 말들을 미리 근절시켜 버린 것 같았다.

그러나 지금에 와서는 많은 것이 변하고 있으니 우리도 변해야 하지 않을까? 우리가 조금씩 자신을 발전시켜 사랑을 할 때 우리가 담당할 몫을 조금씩 분담해서 맡을 순 없을까? 우리는 모든 노고에서 벗어났다. 그 때문에 그런 것에 대해 주의도 기울이지 않고 기분 풀이로 삼았다. 그것은 마치 때때로 어린이의 장난감 서랍 속에 떨어져 있던 멋진 레이스 조각을 아이들이 보고 갖고 놀며 기뻐하다가, 더 이상 재미를 잃으면 결국 찢고 망가뜨려 허접한 쓰레기 조각들 사이로 내던져 버리는 것과 같았다. 우리는 모든 호사가처럼 쉽사리 쾌락에 취해 타락했고 일인자라는 명칭의 악취에 둘러싸여 있다. 그러나 우리가 누려 왔던 그러한 성공을 내던지고 우리에게 언제나 바쳐졌던 '사랑'을 제대로 하기 위해서 그 일을 처음부터 배우기 시작하면 어떨까? 이제 상황이 바뀌고 있으므로 우리가 스스로 초보자가 되어 보는 것은 어떨까?

아, 지금 와서 보면, 나는 어머니가 작은 레이스 조각들을 하나씩 펼 때 어떻게 했었는지 알고 있다. 어머니는 잉게보르그가 쓰던 책상의 서랍 하나를 자신의 레이스를 넣어 두는 그릇으로 사용했다.

"한번 보자꾸나, 말테야." 그분은 작은 노란색 페인트로 칠한 서랍에 들어 있던 것들을 모두 마치 선물로 받기라도 한 듯이 행복해하며 말했다. 하지만 그녀는 너무 기뻐 떨리다 보니 얇은 레이스 조각을 제대로 펼칠 수가 없었다. 그래서 매번 내가 그 일을 해 주어야 했는데, 나 역시 레이스가 풀려나오기 시작하면 흥분되었다. 그것들은 나무 막대에 감겨 있었는데 막대는 레이스에 감춰져서 보이지 않았다. 우리는 그것들을 천천히 펼치고 그때마다 레이스 무늬가 나타나는 것을 보았다. 그리고 한 가지 무늬가 끝날 때마다 깜짝 놀라곤 했다. 무늬들은 언제나 갑자기 끝나 버렸기 때문이다

처음에 보인 것은 이탈리아식으로 가장자리를 뜬 레이스였다. 한 올씩 뽑아낸 실로 짠 질긴 천의 레이스로 무늬를 계속 반복해서 떠 나갔는데, 마치 농부의 정원을 보는 것처럼 선명했다. 그러다가 갑자기 우리의 시야에 전부 베네치아식인 세공 레이스가 들어왔다. 레이스의 창살 무늬 때문에 그것은 마치 어디 수도원이나 감옥인 것처럼 보였다.

그러나 우리의 눈은 다시 자유로워져서 점점 더 기교적으로

만들어진 정원을 보는 것 같았다. 마치 온실 안처럼 그것은 더 촘촘해지고 눈이 따스해졌다. 우리가 알지 못했던 웅장한 식물들이 커다란 잎을 벌리고 있는가 하면, 덩굴손 무늬들은 현기증이 날 정도로 서로 얽혀 있었다.

푸앵 달랑송 레이스의 활짝 핀 커다란 꽃들이 꽃가루를 날려 모든 것을 흐리게 만들기도 했다. 피곤하고 혼란스러웠던 우리는 갑자기 발랑시엔 레이스의 긴 골목길로 들어섰다. 때는 겨울 새벽이고 서리가 내렸다. 뱅슈 레이스의 눈 덮인 덤불숲을 헤치고 나아갔고, 아무도 가 본 적이 없는 곳에 이르렀다. 나뭇가지들이 너무나도 이상하게 아래로 드리워져 있던 것으로 봐 그 아래에 무덤이 있을지도 몰랐지만 우리는 일부러 서로에게 그것을 말하지 않았다. 추위가 점점 더 세게 우리에게 몰아쳤고, 마침내 작고 아주 섬세하게 짠 레이스가 나왔을 때 어머니는 "아, 이제 우리 눈에 성에가 끼었구나"라고 말했다. 그러면 정말로 우리는 추운 곳에서 나온 것 같았다. 몸속이 후끈 달아오르는 것 같은 느낌이 들었기 때문이다.

우리는 레이스들을 처음 모양으로 다시 말아 올리면서 둘 다 한숨을 쉬었다. 오래 걸리는 작업이었지만 다른 사람에게 맡기고 싶지는 않았다.

"우리가 이런 것들을 직접 만들어야 했다면 어땠을까 생각해 보렴." 말하면서 어머니는 진심으로 두려워하는 듯한 표정을 지었다. 나로서는 그런 일을 하는 것은 상상할 수 없었다. 나는 늘 이런 실을 잣기 때문에 사람들이 죽이지 않고 그냥 놔두는 작은 벌레들 생각이 문득 떠올랐다. 아니다. 그런 실을 짜는 사람은 물론 여자들이었다.

"이런 것을 짠 사람들은 천국에 갔을 거예요." 나는 놀라워하면서 말했다. 나는 오랫동안 천국에 대해 물은 적이 없다는 사실을 깨달았다. 어머니는 후우 하고 한숨을 내쉬었다. 레이스들은 다시 감겼다.

잠시 후, 나는 이미 잊고 있었는데 어머니가 매우 느리게 말했다.

"천국으로? 나는 그 사람들이 모두 거기에 가 있다고 생각한단다. 네가 그렇게 본다면. 그것은 영원한 행복일 수도 있겠지. 하지만 그곳에 대해서는 아는 것이 너무 적구나."

우리 집에 이따금 손님이 오면 슐린 집안사람들이 쇠락했다는 소문에 관한 이야기가 나왔다. 크고 오래된 그 가문의 성채는 몇 년 전 화재로 타 버렸기 때문에, 이제 그들은 좌우에 딸린 두 개의 좁은 행랑채에 옮겨 가서 살고 있었다. 그러나 그들은 손님을 맞이하는 게 원래 오랜 관습이어서 갑자기 그 일을 멈출 수도 없었다. 누군가가 예상치 못하게 우리 집에 왔다면 그는 아마도 이미 슐린 집을 방문했다가 온 것이었을 것이다. 그리고 누군가가 머물러 있다가 갑자기 시계를 보고 놀라서 급히 떠난다면, 그는 그 리스타게르의 슐린 집에 약속이 있어서 가는 것이 틀림없었다.

어머니는 더 이상 어디에도 외출하지 않았지만 슐린 집안사람들은 그런 것을 이해하지 못했다. 하는 수 없이 한 번은 찾아가 보지 않을 수 없었다. 그때는 십이월이었고 이른 눈이 내리고 있었다. 썰매는 오후 세 시에 오는 것으로 주문했고 나도 함께 타고 가기로 되어 있었다. 그러나 그간 우리 집에서는 시간에 맞춰 나간 적이 없었다. 마차가 도착했다고 재촉하는 것을 좋아하지 않았던 어머니는 보통 너무 일찍 아래층으로 내려왔다. 그러나 밑에 아무도 없으면 어머니는 늘 오래전에 했어야 할 일을 떠올리고 다시 위층으로 올라가 어딘가를 찾아보거나 정리하기 시작했다. 아무리 기다려도 어머니는 좀처럼 나타나지 않았다. 마침내 모두가 아래층에 서서 그녀가 오기를 기다렸다. 그리고 마침내 어머니가 와서 마차에 자리를 잡고 출발하려고 짐을 챙기면, 또 깜빡 뭔가를 잊어버렸다고 하는 것이었고, 그러면 가정부 시베르센을 데려와야 했다. 왜냐하면 그녀만이 어머니가 찾는 것이 어디 있는지 알고 있었기 때문이다. 하지만 우리는 시베르센이 돌아오기도 전에 돌연 마차를 몰고 떠났다.

이날은 바깥이 전혀 밝지 않았다. 나무들은 안개에 싸인 채 무엇을 해야 할지 모르는 듯이 그 자리에 서 있었다, 이런 눈 속으로 마차를 몰고 달리는 것은 어딘지 무모한 일 같은 면이 있었다. 이따금 눈이 다시 조용히 내리기 시작하면서 모든 것을 가렸고, 마지막 남은 것까지 다 지워 버려서 우리는 마치 빈 백지 속으로 들어가는 것 같았다. 방울 소리가 울렸는데 지나가면서 실제로 방울이 어디에 있는지는 보이지 않았다. 마지막 방울 소리가 멈추는 순간이 있었다. 그러다가 그 소리는 다시 하나씩 모여들어 가득 찬 곳에서 크게 울렸다가 다시 흩어지곤 했다. 왼쪽에 교회 탑이 있다고 생각한 것은 상상의 산물일 수도 있었다. 그러나 갑자기 공원의 윤곽이 거의 우리의 머리 바로 위에 높이 나타났고, 우리는 어느덧 긴 길을 따라 달리고 있었다. 방울 소리가 완전히 멈추지는 않았다. 마치 오른쪽과 왼쪽 나무에 방울들이 매달려 있는 것 같았다. 우리는 방향을 바꿔 달리면서 무언가를 피하고 또 오른편에 있는 무언가를 지나친 다음 한복판에서 멈췄다.

마부 게오르그는 이미 이곳에 그 집이 없다는 사실을 완전히 잊고 있었다. 그러나 그 순간 우리 모두에게는 그 집이 거기에 있었다. 우리는 오래된 테라스로 이어지는 층계를 올라갔는데, 테라스가 너무 어두워서 기이한 느낌이 들었다. 그때 갑자기 우리의 왼편 뒤쪽에서 문이 열리더니 누군가가 "여깁니다!"라고 소리치면서 희미한 등불을 들어 흔들었다. 아버지는 웃으면서 "우리는 유령처럼 여기를 배회하고 있었구나"라고 말하고는 우리가 층계를 다시 내려가도록 도와주었다.

"원래는 여기에 집이 있었어요"라고 어머니가 말했다. 친절하게 웃으며 달려 나온 웨라 슐린에게 그녀는 별로 다정하게 인사를 건네지 않았다. 이제 우리는 재빨리 안으로 들어가지 않으면 안 되었다. 집에 대해서는 더 이상 무슨 할 말이 없었다. 좁은 대기실에서 외투를 벗었고, 그런 다음 등불이 켜진 방 안의 한가운데로 들어가 온기와 마주하게 되었다.

이들 슐린 집안은 독립적인 여성들이 사는 대단한 가문이었다. 아들이 있었는지는 모르겠다. 내가 기억하기로는 자매가 세 명이었다. 가장 맏이인 여자는 나폴리의 어느 후작과 결혼했으나 여러 번 소송을 거친 뒤 점차 헤어지게 되었다. 그다음 자매는 조이라고 했다. 조이에 대해서는 그녀는 모르는 것이 하나도 없는 여자라고 했다. 맨 마지막에는 마음이 따뜻한 웨라가 있었다. 사실 그녀에게 무슨 일이 일어났었는지는 아무도 몰랐다. 슐린 백작 부인은 실제로는 나리슈킨 가문에서 시집온 여자인데, 이 집안의 네 번째 자매나 다름없었고 어떤 면에서는 가장 어수룩했다. 그녀는 아는 것이 아무것도 없어서 자녀들에게서 늘 배워야 했다. 그리고 선량한 슐린 백작은 마치 자신이 이 모든 여자와 결혼이라도 한 것처럼 느끼는지 마음대로 오가면서 그들에게 키스를 하곤 했다.

백작은 우리에게 손을 내밀고 큰 소리로 웃으며 따뜻하게 우리를 맞이해 주었다. 나는 네 명의 여자들 사이로 이끌려 갔다. 그들은 내 몸을 만지기도 하고 여러 가지를 묻기도 했다. 그러나 나는 이 일이 끝나면 어떡하든 여기서 빠져나가 집을 둘러봐야겠다고 마음먹었다. 이미 다 타 버린 집이지만 오늘은 그 자리에서 있을 거라는 확신이 들었다. 빠져나가는 일은 그리 어렵지 않았다. 사람들의 옷 사이로 개처럼 기어서 빠져나갈 공간이 있었다. 대기실로 나오니 문은 반쯤 열려 있었지만 바깥의 출입문은 잠겨 있었다. 거기에는 열쇠 장치와 사슬, 걸쇠가 여러 개 달려 있었는데 나는 서두르다 보니 그것들을 제대로 다룰 수 없었다. 갑자기 큰 소리가 나면서 그 문이 열렸다. 밖으로 나가기도 전에 나는 그 문에 밀려서 뒷걸음질 쳤다.

"잠깐, 여기서 몰래 도망치려는 거니." 웨라 슐린이 재미있다는 듯이 말했다. 그녀는 내게 몸을 숙여 보였지만 나는 이 친절한 여자에게 아무것도 밝히지 않겠다고 결심했다. 내가 아무 말도 없자, 그녀도 더 이상 말하지 않았고 어떤 생리적인 욕구 때문에 내가 문 앞으로 온 거라고 생각하는 것 같았다. 그녀는 내 손을 잡더니 반은 다정한 태도로, 반은 거만한 태도로 걸어가면서 나를 어디론가 데려가려고 했다. 이런 이상스러운 친밀함을 보이는 그녀의 오해는 내게 말할 수 없이 큰 상처를 주었다. 나는 몸을 빼내고는 화난 표정으로 그녀를 쳐다보며 "집을 보고 싶어요"라고 의젓하게 말했다. 그녀는 내 말을 이해하지 못했다.

"저 밖에 층계 위의 큰 집 말이에요."

"이런 철부지야." 그녀는 내 뒤를 쫓아오며 말했다. "거기에는 이제 집이 없어."

그러나 나는 있다고 고집했다.

"언제 낮에 밝으면 가 보자." 그녀가 양보하는 듯 제안했다.

"지금은 거기 들어가 돌아다닐 수 없어. 거기에는 위험한 구멍도 있고, 바로 뒤에는 아빠가 물고기를 키우던 연못이 있단다. 그 연못은 얼지 않게 해 놓아서 거기에 빠지면 죽을 거야. 그러면 물고기가 되는 거지."

그렇게 말하고 나서 그 여자는 나를 밀다시피 앞세워 밝은 방으로 돌아왔다. 사람들은 모두 그곳에 모여 앉아 이야기를 나누고 있었다. 나는 그들을 하나하나 살펴보았다.

'저 사람들은 집이 거기 없을 때만 그리로 갈 거야.' 나는 그렇게 생각하면서 그들을 경멸했다.

'만약 엄마와 내가 여기에 살고 있다면, 그 집은 언제나 여기 있을 텐데.'

모두가 동시에 이야기를 나누고 있었지만 어머니는 멍하니 있는 것처럼 보였다. 분명히 어머니도 타 버린 그 집에 대해 생각하고 있는 것 같았다.

조이는 내 옆에 앉아서 이런저런 것을 물어보았다. 그녀의 얼굴은 단정했다. 그 얼굴에는 마치 부단히 뭔가를 깨닫고 있어서 때때로 새로운 통찰력의 빛이 서리는 것처럼 보였다. 아버지는 약간 오른쪽으로 몸을 기울인 채 앉아서 후작에게 시집갔던 그 집 딸의 웃음소리를 듣고 있었고, 늙린 백작은 그의 아내와 어머니 사이에 서서 뭔가 이야기하고 있었다. 하지만 백작 부인이 그의 말을 중간에서 가로채는 것이 보였다.

"아니, 여보, 그것은 당신이 상상하고 있는 거지." 백작은 상냥하게 말했지만, 갑자기 두 여인 위로 얼굴을 내밀면서 불안해하는 표정을 지었다. 그러나 백작 부인의 그 상상력이라는 것은 누가 막을 수 있는 게 아니었다. 그녀는 방해받고 싶어 하지 않는 사람처럼 긴장한 얼굴이었다. 그녀는 반지를 낀 부드러운 손으로 여러 사람의 말을 막는 듯한 움직임을 잠깐 보였다. 누군가가 "쉬잇" 하고 말하자 갑자기 주위는 아주 조용해졌다.

사람들의 등 뒤로 오래된 집에서 쓰던 커다란 물건들이 갑자기 가까이 밀려드는 것 같았다. 선조 대대로 써오던 무거운 은제

품들은 마치 확대경으로 비친 것처럼 불룩하게 튀어나온 모습으로 빛나고 있었다. 아버지가 놀라서 주위를 둘러보았다.

"엄마가 냄새를 맡고 있어요"라고 아버지의 뒤에서 웨라 슐린이 말했다.

"조용히 있어야 해요. 엄마는 귀로 냄새를 맡고 있어요."

그러면서 그녀 자신도 눈썹을 치켜올리고 서서 주의 깊게 코로만 냄새를 맡고 있었다.

이런 것을 보면 슐린 집안사람들은 한 번 화재를 당한 후로 조금 특이한 반응을 보였다. 좁고 더운 방 안에서는 늘 무슨 냄새가 났고, 그때마다 사람들은 그것이 뭔지 탐색한 후에 모두 각자 의견을 말하곤 했다. 조이는 난로 근처에서 그게 무엇인지 찾아보기 시작했고, 백작은 이리저리 돌아다니다가 구석에 이를 때마다 조금 서서 기다리며 탐색하곤 했다.

"여기에는 없군요"라고 그가 말했다. 백작 부인도 일어났지만 어디를 찾아봐야 할지 몰랐다. 아버지는 마치 뒤에서 냄새를 맡기라도 한 듯 천천히 돌아섰다. 후작 부인이었던 딸은 갑자기 역겨운 냄새가 나는 듯 손수건을 들어 코를 막고 한 사람씩 쳐다보며 그 냄새가 사라졌는지 물으며 확인했다.

"여기예요, 여기" 웨라는 때때로 냄새를 맡은 듯이 소리쳤다. 그 말을 할 때마다 주위에는 기이하게 침묵이 흘렀다. 나로 말하면 역시 함께 부지런히 냄새를 맡았다. 그러다가 나는 갑자기 (방 안의 열기 때문인지 아니면 밝은 불빛 때문인지는 몰라도) 태어나 처음으로 유령에 대한 공포 같은 것을 느꼈다. 조금 전까지만 해도 웃고 떠들던 어른들이 지금은 몸을 구부린 채 보이지 않는 뭔가를 찾으려고 온통 마음을 빼앗기고 있었다. 그들은 자신들이 보지 못한 뭔가가 있다고 인정하고 있는 셈이었다. 그리고 보이지 않는 그것이 여기 있는 모든 어른보다 강하다고 생각하자 나는 무서워졌다.

내 두려움은 점점 더 커졌다. 나는 어른들이 찾던 것이 뜻밖에 내 몸에서 발진처럼 갑자기 튀어나올 것 같은 느낌이 들었다. 그러면 그것을 본 그들은 손가락으로 나를 지목할 것이다. 나는 마음이 급해져서 어머니를 바라보았다. 어머니는 이상하게 똑바로 앉아서 마치 나를 기다리고 있는 것 같았다. 나는 어머니에게 다가갔는데, 그녀가 속으로 떨고 있는 것을 느낀 순간 그 집이 다시 사라지고 없다는 것을 깨달았다.

"말테는 겁쟁이구나." 어딘가에서 누가 웃는 소리가 들렸다. 그것은 웨라의 목소리였다. 하지만 우리는 서로 꼭 붙잡은 채 놓지 않고 함께 무서움을 견뎌 냈다. 어머니와 나는 그 집이 완전히 사라질 때까지 그렇게 함께 있었다.

그러나 내가 이해할 수 없는 기이한 것들을 가득 경험하는 날은 바로 생일날이었다. 세상은 아무런 차별 없이 평등한 것을 좋아한다는 것은 이미 알려진 사실이지만, 이날만큼은 의심할 여지 없이 기뻐할 권리가 생겼다. 이러한 권리에 대한 느낌은 아마도 사람이 어린 시절에, 즉 마음만 먹으면 모든 것을 움켜쥐고 얻을 수 있을 때, 그리고 붙잡은 것을 엄청난 상상력을 발

휘해 원색적인 욕망으로 높일 때 생겨났을 것이다.

그러나 돌연 이상한 생일이 찾아온다. 이러한 권리에 대한 의식이 아주 다져진 상태에서 오히려 주위의 다른 사람들은 불확실해지는 것이 보인다. 나는 예전처럼 고운 옷을 차려입고 또 모든 선물을 받아들이고 싶은데, 내가 깨어나자마자 밖에서 누군가가 축하 케이크가 아직 준비가 안 되었다고 소리친다. 또 옆방에서 선물 테이블을 정리하는 중에 뭔가가 깨어지는 소리가 들린다. 아니면 누군가 들어와서 방문을 미리 열어 두면 아직 봐서는 안 될 것들을 모조리 보게 된다. 이것은 무슨 외과수술을 받을 때 겪는 순간과도 같다. 짧지만 고통스러운 수술을 받고 있는 것 같은데, 그 일을 하는 손은 숙련되고 확실해서 바로 끝난다. 그리고 그것이 끝나자마자 나는 더 이상 자신에 대해 생각하지 않는다. 생일을 잘 보내면서 어른들이 하는 일을 잘 관찰하고, 그들이 저지를지 모를 실수를 예측하고, 그들이 생일파티를 잘 치러 줄 수 있다는 상상에 힘을 실어 주는 것이 중요하다. 그러나 어른들은 그렇게 쉬운 상대가 아니다. 그들은 믿을 수 없을 정도로 서투르고 거의 멍청하기까지 한 것이 드러났다. 그들은 무슨 선물 소포들을 가지고 들어오는데, 알고 보면 그것은 다른 사람들에게 온 소포이다. 이쪽에서 그것을 받으려고 달려가다가 내게 온 것이 아닌 것을 알게 되면, 마치 특정한 것을 향해 달려간 것이 아니라 그냥 방 안을 돌아다니며 운동하는 것처럼 행동해야 한다. 그들은 나를 놀라게 하려고 겉으로는 잔뜩 기대하고 있는 척하면서 완구 상자의 맨 아랫부분을 집어 올린다. 하지만 거기에는 톱밥만 들어 있을 뿐이다. 그래도 당황한 그들의 기분을 풀어 주어야 한다. 혹은 그들이 주는 선물이 무슨 기계 같은 것이면, 처음 태엽을 감을 때 지나치게 감은 나머지 끊어질 수도 있다. 그러니 태엽을 지나치게 감은 쥐 장난감 같은 것은 눈에 안 띄게 발로 툭 차서 밀어내는 연습을 평소에 해 두면 좋다. 이렇게 하면 상대방을 속여 그 사람이 자기 실수로 인해 당황하지 않도록 도와줄 수 있는 것이다.

결국 이런 일들은 별 재능이 없어도 필요할 때는 처리할 수 있었다. 원래 재능이라는 것은 누군가가 정말 노력하고 다른 사람이 멀리서도 진정한 기쁨이라고 느낄 수 있는 그런 기쁨, 즉 전혀 생소한 기쁨을 진정으로 가져다줄 때만 필요한 것이다. 그리고 그것은 그 기쁨의 대상이 누구인지조차 모를 정도로 아주 생소한 기쁨이어야 한다.

사람들이 이야기하는 것은 사실 내가 태어나기 전부터 있었던 일일 것이다. 나는 누구한테서도 그 이야기를 들은 적이 없다. 그 당시 아벨로네가 내게 어머니의 젊은 시절에 대해 이야기했을 때도 그녀가 이야기를 잘 못한다는 것을 알았다. 늙은 브라에 백작이라면 이야기할 수 있었을 것이다. 나는 그녀가 알고 있던 이야기를 여기에 기록하려 한다.

아벨로네는 아주 어린 소녀였을 때, 분명 그녀만의 독특한 활력으로 가득 찬 시기를 보냈다. 그 당시 브라에 가족은 브레드가데라는 도시에 살면서 사교적인 교류도 활발하게 하며 지냈다. 아벨로네는 늦은 저녁에 자기 방으로 올라왔을 때 다른 사람들처럼 피곤하다는 생각을 했다. 그러나 그녀는 갑자기 창문 앞으로 다가가—그녀가 해 준 말을 내가 제대로 이해했다면—밤의 창가에 몇 시간 동안이나 서서 뭔가가 자기와 깊은 관련이 있다는 생각에 빠졌다.

"나는 포로가 된 사람처럼 계속 그 자리에 서 있었어"라고 그녀는 말했다. "하늘의 별들은 자유롭게 보였어." 그 당시 그녀는 잠자리에 들면 별 어려움 없이 잠들 수 있었다. 당시 이 소녀와 같은 나이에는 '잠에 떨어진다'라는 말은 맞지 않았다. 잠은 오히려 그녀와 함께 떠오르는 무엇이었으며, 자다가 이따금 깨어나면 어떤 새로운 표면에 누워 있는 것 같았다. 그러나 그것은 가장 위에 있는 표면에서는 한참 멀었다. 그리고 날이 밝기도 전에 잠자리에서 일어났다. 다른 사람들은 졸린 눈으로 늦게 아침 식사 자리에 나온 겨울이었는데도 그랬다. 저녁이 되어 어두워지면 늘 모든 사람을 위해서 켜는 촛불, 즉 공동으로 쓰는 불빛만 있었다. 그러나 그 두 개의 촛불은 모든 것이 다시 시작되는 새로운 어둠 속에서는 오직 그녀만의 것이었다. 그 촛불들은 낮은 촛대 위에 꽂힌 채 장미가 그려진 작은 타원형의 얇은 명주 갓을 통해 차분하게 빛을 냈다. 가끔가다 초가 다 타면 갓을 들어 줘야 했다. 성가신 일은 아니었다. 서둘러서 할 일도 없으니 마음을 가라앉히고, 때때로 편지를 쓰거나 일기를 쓸 때는 이따금 눈을 들어서 생각을 가다듬어야 했다. 일기는 어느 때부터인가 멋진 필체로 수줍게 쓰여지기 시작했다.

브라에 백작은 딸들과는 완전히 떨어져 살았다. 그는 누군가가 다른 사람과 생활을 공유한다고 주장하는 것은 상상일 뿐이라고 여겼다. ("그래, 공유 말이야—"라고 그는 말했었다.) 그러나 사람들이 자기 딸들에 대해 이야기하는 것을 싫어하지는 않았다. 그는 마치 다른 도시에 사는 사람들의 이야기를 듣는 것처럼 주의 깊게 딸들 이야기에 귀를 기울였다.

그렇기 때문에 어느 날 아침 식사 후에 백작이 아벨로네를 불러서 "우리는 같은 습관이 있군. 나도 아침 일찍 글을 쓸 일이 있는데 어때, 네가 좀 도와줄 수 있겠지"라고 말한 것은 매우 이례적인 일이었다. 아벨로네는 그것을 마치 어제 있었던 일처럼 기억했다.

바로 다음 날 아침, 그녀는 자기 아버지의 서재로 불려 갔다. 그 서재는 다른 사람의 출입이 금지되어 있다는 말이 있었다. 그녀는 그 서재를 둘러볼 시간도 없이 곧 책상 앞에 앉아 백작과 마주 보게 되었다. 그녀의 눈에 책상은 책과 종이 더미가 쌓인 평원처럼 보였다.

백작은 자신의 글을 받아쓰게 했다. 브라에 백작이 회고록을 썼다는 주장은 아주 틀린 말은 아니었다. 그러나 사람들이 긴장하며 기대했던 바와 달리 그것은 정치나 군사에 관한 회고록은 아니었다.

누군가 그 일에 대해 백작에게 물으면 "그런 건 잊었습니다"라고 노인은 짧게 말하는 것으로 이야기를 끝냈다. 하지만 정작 그가 잊고 싶지 않았던 것은 그의 어린 시절이었다. 그는 그것을 기억에 간직해 둔 것이었다. 그는 아주 먼 옛날의 시간이 지금 그에게 더 소중하다고 생각하고 있었고, 그가 시선을 내면으로 돌렸을 때 그 어린 시절은 마치 북방의 밝은 여름밤처럼 고조되어 그를 잠 못 이루게 했던 것이었다. 가끔 그는 자리에서 벌떡 일어나 촛불에 대고 큰 소리로 말을 하는 바람에 촛불이 깜빡거리곤 했다. 간혹 받아 적은 문장 전체를 다 지워야 할 때도 있었다. 그럴 때면 그는 격렬하게 방안을 터벅터벅 걸어 다녀서 그가 입은 남녹색 실크 가운 자락이 펄럭거렸다. 이 모든 일이 벌어지고 있는 곳에는 옆에 스텐이라는 사람도 있었다. 그는 위틀란드 출신으로 백작의 늙은 집사였다. 주인이 자리에서 벌떡 일어날 때마다 책상 위에 널려 있는 메모 종이들이 날아가지 않도록 그 위에 재빨리 손을 얹는 것이 그의 임무였다. 백작은 '요즘의 신문은 쓸모가 없다, 종이가 너무 가벼워서 조금만 스쳐도 날아가 버릴 거다'라고 생각했다. 앉아 있어서 긴 상반신만 보이는 스텐 역시 이런 의심을 하고 있어서, 그는 손을 책상 위에 얹은 채, 마치 밝은 빛에 눈이 휘둥그레진 올빼미처럼 진지하게 앉아 있었다.

집사 스텐은 일요일 오후를 스웨덴보르*가 쓴 책을 읽으며 보냈다. 다른 하인들은 그가 무슨 주문을 외운다면서 그의 방에

* 옮긴이 — Emanuel Swedenborg(1688~1772). 스웨덴의 과학자이자 신비주의자이며 기독교 신학자였다.

들어가기를 꺼려했다. 스텐 집안은 늘 정령들과 교류를 해 왔는데, 특히 스텐은 이러한 교류에 이미 운명적으로 연관되어 있는 것 같았다. 그의 어머니가 그를 낳던 날 밤에 그녀 앞에 뭔가 나타났다고 한다. 그 정령은 커다란 둥근 눈이 드르륵거렸고 그의 시선 반대쪽 끝은 그 눈으로 바라보는 사람의 뒤쪽에까지 미치고 있었다. 아벨로네의 아버지인 백작은 가끔 스텐에게 마치 그의 식솔에 대해 묻는 것처럼 유령에 대해 물어보았다.

"그들이 나타나고 있나, 스텐?" 백작은 친절하게 물었다. "그들이 나타나면 좋겠군."

받아쓰는 일은 이후로도 며칠 동안 계속되었다. 그러나 아벨로네는 '에케른푀르데'라는 말을 받아쓸 쓸 수 없었다. 그것은 고유명사였는데 전에 들어 본 적이 없는 말이었다. 그러자 벌써부터 자기 생각에 너무 느리게 진행되는 이 구술을 중지시킬 명분을 찾고 있던 백작은 일부러 성난 척했다.

"그깟 것 하나 쓰지 못하다니." 그는 날카롭게 말했다. "그러면 다른 사람들은 그걸 읽을 수 없게 될 거야. 그들은 내가 말하는 것을 도대체 볼 수나 있을까?"

그는 아벨로네에게서 눈을 떼지 않고 계속 화가 난 표정으로 말했다.

"사람들이 그 생제르맹을 보겠느냐?" 그는 그녀에게 호통쳤다. "내가 생제르맹이라고 했던가? 지워라. 벨마레 후작이라고 써라."

아벨로네는 썼던 것을 지우고 다시 썼다. 그러나 백작의 말이 너무 빨라서 따라갈 수 없었다.

"이 훌륭한 벨마레 후작은 아이들을 좋아하지 않았지만 나는 자기 무릎 위에 앉혔었지. 나는 키가 작았지만 그의 옷에 붙은 다이아몬드 단추를 물어뜯으려고 생각했다. 그 모양이 오히려 그를 즐겁게 했지. 그는 웃으며 내 머리를 들어 올려 우리가 서로의 눈을 들여다보게 했다.

'너는 훌륭한 이빨을 가지고 있구나.' 그가 말했다, '이 이빨로 뭔가 해 내겠지….'

나는 그의 눈을 기억해 두었다. 훗날 여기저기를 다니면서 온갖 종류의 눈을 보았다. 그러나 믿을지 몰라도 나는 다시는 그런 눈을 본 적이 없다. 그 눈은 보기 위해 외부에 뭔가 있을 필요가 전혀 없었다. 그 눈 속에 이미 모든 것이 끌려들어 와 있었으니까. 베네치아에 대해 들어 본 적이 있지? 좋아. 내가 말하는데, 그의 눈은 이 방안에 베네치아를 끌어다 놓았을 것이다. 책상처럼 말이다. 한 번은 방구석에 앉아서 그가 아버지에게 페르시아에 대해 말하는 것을 들은 적이 있는데, 지금도 간혹 내 손에서 그 페르시아 냄새가 난다는 생각이 든다. 아버지는 그 후작을 존중했고, 방백 전하는 그의 제자와 같은 존재였다. 그러나 그는 과거가 자기 내면에 생생하게 존재할 때만 그것을 믿는다면서 그를 불쾌하게 여기는 사람들도 있었다. 하지만 그들은 아무리 하찮은 것이라도 태어날 때부터 그것의 특성을 갖고 있어야만 의미가 있다는 것을 이해하지 못했다."

"책이란 공허한 거다." 백작은 벽을 향해 화난 몸짓으로 소리쳤다. "피다. 중요한 것은 그것이다. 피를 읽지 않으면 안 된다. 그는 자기 핏속에 이상한 이야기들과 기이한 그림들을 가지고 있었다. 이 벨마레 후작 말이다. 그가 원하는 곳을 펼치면 거기에는 항상 뭔가 쓰여 있었다. 그의 핏속에는 그냥 넘겨 버릴 수 있는 페이지는 하나도 없었다. 그가 이따금 스스로 거기에 침잠해 한 장 한 장 페이지를 넘기면 연금술과 진기한 돌들, 그리고 색채에 관해 쓰인 곳에 도달하는 것이었다. 왜, 그런 것들이 거기에 쓰여 있지 말라는 법이 있는가? 그런 것들은 분명 어딘가에 있을 것이다."

"만약 그가 혼자였다면 진실과 함께 잘 살 수 있었을 것이다. 그러나 그런 진실과 더불어 혼자 사는 것은 용이한 일이 아니었다. 더구나 그는 사람들을 초대해 자신의 진실을 보여 줄 만큼 무취미한 사람이 아니었다. 그런 사람들에 대한 이야기는 꺼내면 안 됐다. 그러기에는 그는 너무 동양적이었다. '그럼 잘 있어요'라고 그는 자신의 진실에게 진정으로 말했다. '다음 만날 때까지. 아마 천 년 후쯤이면 좀 더 강해지고 덜 방해받겠지요. 당신의 아름다움은 아직은 '만들어져 가는 단계입니다'라고 그는 말했다. 그냥 의례적으로 한 말이 아니었다. 그 말을 하고 나서 그는 떠나갔다. 그리고 세상 사람들을 위해 동물원을 세웠다. 우리 나라에서는 본 적 없는 커다란 인공 풍토순화원과 과장해서 치장한 열대식물원, 그리고 거짓 신비를 간직한 잘 가꿔진 작은 무화과 온실을 만들었지. 그러자 사방에서 사람들이 그것을 보려고 몰려왔고, 그는 다이아몬드 버클을 단 구두를 신고 돌아다니면서 손님맞이에 여념이 없었다."

"이것을 과연 그냥 허식적인 삶이었다고 말할 수 있을까? 기본적으로 그것은 그의 여인이라 할 수 있는 '진실'을 대하는 기사도적 행동이었다고 말할 수 있다. 그렇게 하면서 그는 자신을 꽤 잘 지켰던 거다."

이미 한참 전부터 백작 노인은 더 이상 아벨로네를 상대로 말하고 있지 않았다. 그는 아벨로네를 잊은 채 미친 듯이 방안을 왔다 갔다 하면서 스텐을 도전적인 시선으로 쏘아보았다. 마치 스텐이 조만간 자신이 생각하는 사람으로 변하기라도 해야 한다는 듯한 눈빛이었지만, 스텐은 아직 변신하지 않고 있었다.

"그를 만나 봐야 했다." 브라에 백작은 간절하게 말을 이었다. "벨마레 후작이 꽤 눈에 잘 뜨인 때가 있었지. 비록 여러 도시에서 그가 받은 편지들에는 수신인이 누구인지 전혀 쓰여 있지 않았지만. 편지에는 장소만 적혀 있었고 다른 것은 적혀 있지 않았다. 하지만 나는 그를 봤다."

"그는 호남형은 아니었다"라고 말하면서 백작은 서둘러 독특한 웃음을 지었다. "중요하거나 뛰어난 사람이라는 평판이 있었던 것도 아니지. 그의 주변에는 항상 더 품위 있는 사람들이 있었으니까. 그는 부자였지만, 그에게 그것은 그냥 우연히 주어진 행운이었을 뿐 그다지 중요하지 않았다. 그것에 의지할 수는 없었다. 그는 체격이 좋았다. 하지만 자신들이 그보다 더 체격이 좋다고 생각한 사람들이 있기는 했지. 그 당시 나는 그가 재능이 있는지 아니면 다른 중요한 특징을 갖고 있는지 판단할 수 없었다. 하지만, 그는…."

백작은 몸을 떨면서 일어나더니, 방 안에 무언가를 놓는 것 같은 동작을 보였다. 거기에 놓은 것이 계속 그 자리에 있는 듯한 느낌이었다.

그 순간 그는 아벨로네가 거기 있는 것을 알아챘다.

"그가 보이지?" 그는 그녀에게 소리쳤다. 그러고는 갑자기 은촛대를 하나 움켜쥐고 그녀의 얼굴에다가 눈부시게 비췄다.

어찌 된 일인지 아벨로네는 그 당시 그 벨마레 후작을 본 것 같다고 기억했다.

그 후 며칠 동안 아벨로네는 정기적으로 불려 갔고, 그런 사건이 있은 이후로 구술은 훨씬 차분하게 계속되었다. 백작은 여러 가지 구술이 끝나자, 자신의 부친이 특정한 역할을 맡았던 베른스토르프 서클에 대한 아주 오래된 기억을 정리해 나갔다. 아벨로네는 이제 자신이 하고 있는 필기 작업의 특성에 아주 익숙해져서, 누가 그 두 사람을 보면 그들이 함께 열심히 글 쓰는 일을 추진하고 있는 것을 친밀하게 받아들일 수 있을 정도였다.

어느 날 아벨로네가 작업을 끝내고 가려고 하자, 백작 노인이 그녀에게 다가와 마치 무슨 놀라운 것을 감춘 듯 손으로 뒷짐을 지고 말했다.

"내일은 줄리에 레벤트로우에 대해 쓸 거다." 그는 자신의 말을 음미하면서 말했다. "그분은 성녀였다."

그때 아벨로네는 믿을 수 없다는 표정으로 그를 바라보았다.

"정말이다, 정말이야. 아직도 모두 그대로 있어." 그는 명령조로 주장했다. "모두 그대로 있다. 아벨로네 백작 영애님."

그는 아벨로네의 손을 붙잡아 책처럼 펼쳤다.

그는 "그 여자에게는 여기와 여기에 성흔이 있었다"라고 말하고는 차가운 손가락으로 그녀의 두 손바닥을 짧게 힘껏 두드렸다.

아벨로네는 '성흔'이라는 말이 무슨 뜻인지 몰랐다. '알게 되겠지'라고 그녀는 생각했다. 그녀는 아버지가 보았다는 '성녀'에 대한 이야기를 듣고 싶어서 몹시 초조해졌다. 하지만 그녀는 백작의 방으로 불려 가지 않았다. 이튿날 아침에도, 그 이후에도.

내가 아벨로네에게 그 이야기를 더 자세히 해 달라고 부탁하자, 그녀는 "그 후 레벤트로우 백작 부인에 대해서는 너희 집에서도 자주 이야기했었지"라면서 말을 끊었다. 그녀는 피곤해 보였다. 그녀는 그 이야기는 대부분 잊었다고 했다.

"하지만 아직도 가끔은 그 부위가 느껴지기는 해." 그녀는 미소 지으면서 빈 손바닥을 호기심 어린 눈으로 들여다보았다.

아버지가 돌아가시기 전부터 이미 모든 것이 바뀌어 있었다. 울스가르는 더 이상 우리 소유가 아니었다. 아버지는 도시의 연립주택으로 옮긴 후에 돌아가셨는데, 그곳은 내게 적대적이고 낯설어 보였다. 그 당시 해외에 나가 있던 나는 너무 늦게 도착했다.

그는 정원에 면해 있는 방 안의 불 밝힌 긴 촛대들이 두 줄로 세워진 관대에 누워 있었다. 그 안에서 풍기는 꽃향기는 동시에 들리는 수많은 목소리처럼 무엇인지 파악할 수 없었다. 눈을 감고 있는 아버지의 수려한 얼굴에는 정중한 추억의 표정이 깃들어 있었다. 그는 수렵관 제복을 입고 있었지만, 무슨 이유에서인지 평소의 파란색 리본 대신 흰색 리본을 달고 있었다. 두 손은 포개어 있지 않고 서로 대각선으로 비스듬히 놓인 것이 무슨 조작 같아 무의미해 보였다. 그가 엄청난 고통을 받았다는 말을 얼핏 들었지만, 그런 흔적은 전혀 보이지 않았다. 그의 얼굴은 사람들이 떠나간 손님방에 놓인 가구처럼 말끔히 정돈되어 있었다. 나는 그의 죽은 모습을 이미 여러 번 본 듯한 느낌이 들었다. 나는 이미 그 모든 것을 잘 알고 있었다.

유일하게 새로운 것은 불쾌한 느낌이 드는 주변 환경이었다. 내 마음을 억누르는 이 방도 새롭게 보였다. 맞은편에 창문들이 있는데, 남들이 사는 방의 창문이었을 것이다. 새로운 점은 가끔 가정부 시베르센이 들어왔는데, 와서 아무것도 하지 않고 있었다. 시베르센은 늙어 있었다. 나보고 아침 식사를 하라고 했다. 그 말이 여러 번 전해졌다. 하지만 나는 그날 아침 식사에는 전혀 관심이 없었다. 사실은 내가 방에서 나가기를 그들이 원한다는 걸 깨닫지 못했다. 내가 가지 않자 마침내 시베르센이 와서 곧 의사들이 올 거라고 말했다. 나는 왜 그러는 건지 이해가 되지 않았다. "아직 또 처리할 일이 있어요." 시베르센은 충혈된 눈으로 나를 뚫어지게 바라보며 말했다. 그때 두 명의 신사가 다소 급한 걸음으로 들어왔다. 의사들이었다. 앞서 오던 의사는 마치 머리에 뿔이라도 달려서 우리에게 부딪히고 싶어 하는 듯 갑자기 고개를 푹 숙이고는 안경 너머로 우리를 주시했다. 먼저 시베르센을 보았고, 그다음은 나였다.

그는 마치 학생처럼 정중하게 몸을 굽혀 인사했다. 그러고는 처음 들어왔을 때처럼 돌진하는 걸음으로 안으로 들어가면서 말했다.

"수렵관께서는 원하시는 게 있습니다." 나는 그가 어떻게든 똑바로 그의 안경을 통해 나를 보게 하려고 했다. 함께 온 동료는 통통하고 피부가 얇은 금발의 남자였다. 그는 얼굴이 쉽게 붉어지는 사람 같았다. 잠시 침묵이 흘렀다. 돌아가신 아버지에게 아직도 소원이 있다는 게 이상했다.

나는 무심코 그의 수려하고 고요한 얼굴을 다시 바라보았다. 그러자 나는 그가 안정을 원한다는 것을 알았다. 그것은 그가 늘 원하던 것이었다. 이제 그는 안정을 취해야 했다.

"심장관통조치*를 하러 오신 거로군요."

나는 인사를 하고 뒤로 조금 물러섰다. 두 의사는 동시에 절을 하고 곧바로 자신들이 취할 조치에 대해 상의하기 시작했다. 누군가가 벌써 촛불을 옆으로 옮겨 놓았다. 그런데 나이 든 의사가 내 쪽으로 몇 걸음 더 다가왔다. 조금 거리를 두고 마지막

---

* 옮긴이 — 예로부터 유럽 지역에서는 죽은 사람이 혹여 가사 상태에서 매장되는 것을 막기 위해서 의사가 그 사람의 심장에 관통조치를 취해 확실하게 사망을 확인했다.

걸음을 아끼려는 듯 몸을 앞으로 뻗더니 곤란한 듯한 눈빛으로 나를 바라보았다.

"안 계셔도 됩니다." 그가 말했다. "제 말은, 그러니까…."

그는 겸손하면서도 성급한 태도 때문에 좀 무시당하는 진부한 사람 같아 보였다. 나는 고개를 숙였다. 결국 나는 다시 고개를 숙이고 말았다.

"아, 괜찮아요." 나는 짧게 말했다. "방해는 하지 않겠습니다."

나는 이 조치하는 장면을 보며 견딜 수 있고 이것을 피할 이유도 없다고 생각했다. 이 일은 해야 하는 것이고 결국 모든 것의 핵심이었다. 나는 심장을 찌르는 조치를 본 적이 없었다. 그런 이상한 경험은 일부러 원해서가 아니라 자연스럽게 주어지는 것이므로 이번 기회에 그것을 체험하는 것이 옳다고 생각했다. 당시 실망 따위는 내게 의미가 없었으므로 두려워할 것은 전혀 없었다.

아니, 아니다, 이 세상에서 상상할 수 있는 것은 아무것도 없다. 조금도. 이 세상 모든 일은 예측할 수 없는 수많은 세세한 것들로 구성되어 있기 때문이다. 상상을 하다 보면 그런 세세한 것들을 지나쳐 버리고, 그렇게 지나가 버린 것들을 알아차리지 못하게 된다. 그러나 현실은 느리게 흘러가고 형언할 수 없을 정도로 세밀하다.

이를테면 이런 저항을 볼 거라고 누가 생각했겠는가? 아버지의 넓고 두드러진 가슴이 드러나자 성급한 그 왜소한 의사는 곧 어느 지점을 찔러야 할지 알아냈다. 그런데 재빨리 메스를 찔렀지만 그것은 들어가지 않았다. 이 방안에서 모든 시간이 갑자기 사라진 듯한 느낌이 들었다. 우리는 마치 어느 그림 속에 들어 있는 것 같았다. 그러다가 또 일시에 시간이 미끄러져 가는 듯했다. 거기에 소모된 것보다 더 많은 시간이 있는 것 같았다. 갑자기 어디서 툭툭 두드리는 소리가 들렸다. 나는 전에 그런 두드림 소리를 들어 본 적이 없었다. 온화하고 불분명하게 두 번 두드리는 소리였다. 나는 그 소리에 귀를 기울였고 동시에 의사가 심장 바닥까지 메스를 찌르는 것을 보았다. 하지만 조금 전의 두 가지 인상이 내 안에서 융합되는 데는 조금 시간이 걸렸다. '그래, 이렇게 끝났구나'라고 나는 생각했다. 조금 전 두드린 소리는 심술궂을 정도로 빨랐다.

나는 오래전부터 알고 지내 온 그 의사를 바라보았다. 아니, 그는 완벽하게 자제력을 갖고 있었다. 그는 빠르게 실무적으로 일을 끝내고 곧바로 다른 일을 착수해야 하는 사람이었다. 즐겁다거나 만족해하는 기미는 없었다. 그의 왼쪽 관자놀이에는 예전부터 그랬듯이 머리카락이 몇 가닥 늘어져 있었다. 그는 조심스럽게 메스를 빼냈다. 메스 끝은 마치 사람의 입처럼 벌어져, 뭐라고 두 음절로 말하려는 것처럼 거기에서 피가 두 번 연속으로 흘러나왔다. 젊은 금발의 의사는 우아한 동작으로 그것을 재빨리 솜으로 문질러 댔다. 그리고 이제 상처는 감긴 눈처럼 그대로 남아 있었다.

나는 또 한 번 절을 했다. 이번에는 꼭 할 필요는 없는데도 그렇게 했다. 나는 방안에 혼자 서 있다는 사실에 놀랐다. 누군가 아버지의 제복을 다시 정돈해 놓았고, 흰색 리본이 예전처럼 그 위에 달려 있었다. 그러나 이제 수렵관은 돌아가셨다. 수렵관은 혼자만 죽은 게 아니다. 그의 심장이 찔렸다. 우리의 심장, 우리 가문의 심장이 찔렸다. 이제는 끝났다. 우리 가문의 투구도 깨진 것이다.

'이제 수렵관 브리게는 죽었다. 다시는 돌아오지 않을 것이다.' 나는 마음속으로 그렇게 말했다.

내 심장에 대해서는 생각하지 않았다. 나중에 가서 내 심장에 대한 생각이 떠올랐을 때 나는 처음으로 확실히 알았다. 내 심장은 여기에는 걸맞지 않다는 것을. 내 심장은 나 개인의 심장이었다. 그것은 이미 처음부터 새로 시작을 하고 있었다.

지금도 알고 있지만, 나는 당장은 떠날 수 없을 거라고 생각했었다. 무엇보다도 모든 것이 제대로 정리되어야 한다고 나는 스스로에게 되뇌었다. 무엇을 정리해야 하는지는 분명하지 않았다. 할 일이 거의 없는 거나 마찬가지였다. 나는 시내를 돌아다니다가 도시가 변한 것을 알게 되었다. 체류하고 있던 호텔에서 바깥으로 나와 보니, 그곳이 이제는 어른들을 위한 도시

---

* 옮긴이 — Langelinie. '긴 도로'라는 뜻의 이 거리는 덴마크 코펜하겐 중심부에 있는 부두이자 산책로이다. 여기에는 동화 작가 안데르센의 유명한 동화 「인어공주」에 나오는 주인공 인어공주의 동상이 있다.

가 되어 있고 마치 이방인 같은 나를 위해 정비되어 있는 것 같아 기분이 좋았다. 모든 것이 조금 작아진 것 같았다. 나는 랑에리니 거리*를 따라 등대가 있는 곳까지 산책을 갔다가 되돌아왔다. 아말리엔가데 거리 근처의 구역에 오니, 수년 동안 알고 있었던 뭔가가 어딘가에서 나타나 다시 한번 예전의 힘이 되살아나는 것 같았다. 나에 대해 많은 것을 알고 있는 길 어느 모퉁이의 창문이나 아치형 입구, 혹은 가로등이 나를 위협하는 것 같았다. 그것들을 정면으로 들여다보면서, 나는 내가 퇴닉스 호텔에 머물고 있으며, 언제든지 다시 여행을 떠날 수 있다는 것을 느끼게 되었다. 그러나 내 양심은 괴로웠다. 나는 그런 것들이 주는 영향과 관련성 중 어느 것도 아직까지 완전히 극복하지 못했다는 의심을 품었다. 어느 날 나는 그 과거의 것들에 대한 미련을 남긴 채로 그냥 몰래 떠났다. 사실 어린 시절도, 만약 그것을 영원히 포기하고 싶지 않다면 어느 정도까지는 재현시킬 수 있을지 모른다. 그리고 내가 그 시절을 어떻게 잃었는지 깨닫는 동안, 나는 내가 의지할 다른 것은 아무것도 없다고 느꼈다.

나는 드로닝엔스 트베르가데로 가서 그곳의 좁은 방에서 하루에 몇 시간씩 보냈다. 그 방은 살던 사람이 죽어 나간 모든 임대 아파트가 그렇듯이 불유쾌한 분위기를 띠고 있었다. 나는 책상과 커다란 흰색 타일 난로 사이를 오가면서 수렵관이었던 돌아가신 아버지가 남긴 서류들을 태웠다. 나는 먼저 한 묶음의 편지 다발을 불 속에 던졌다. 그러나 작은 꾸러미들은 너무 단단히 묶여 있어서 가장자리만 타 버렸다. 그것들을 풀기 위해 애를 먹었다. 대부분의 서류 뭉치는 내 추억을 불러오려는 듯 강하고 아련한 냄새를 풍기며 타들어 갔다. 그러나 나는 추억이라고 할 만한 것이 없었다. 그때, 불붙은 서류 뭉치들 속에서 다른 것보다 무거운 사진들이 미끄러져 나왔다. 그 사진들은 믿기지 않을 만큼 천천히 타들어 갔다. 왠지 모르지만, 돌연 그 속에 죽은 잉게보르그의 사진이 있을지 모른다는 생각이 들었다. 그러나 타고 있는 사진들은 들여다보는 것마다 성숙하고 당당하고 아름다운 여성들의 사진이어서 내 생각을 딴 데로 돌렸다. 그래서 결국 나는 내게도 추억이 아주 없지는 않다는 것을 알았다. 그 여성들의 눈은 내가 어렸을 때 아버지와 함께 길을 가다가 종종 바라보았던, 그 안에서 내 모습이 보였던 바로 그런 눈이었다. 그때 그들이 마차 안에서 던지는 시선은 나를 에워쌌고 나는 그것을 거의 벗어날 수 없었다. 지금 와 생각해 보면, 그 사람들은 당시 나를 아버지와 비교하고 있었고 그 비교는 내게 유리하지 않았음을 알 수 있다. 물론 당시 수렵관은 누구와 비교해도 전혀 뒤지지 않는 멋진 분이었다.

그러나 나는 그가 두려워한 것이 무엇이었는지 지금 와서는 알게 된 것 같다. 어떻게 해서 이런 추측을 하게 되었는지 말하고 싶다. 아버지의 지갑에는 오랫동안 접혀 있어서 금방이라도 부스러질 것 같은 종이 한 장이 들어 있었다. 불태우기 전 나는 그것을 읽어 보았다. 몹시 정성을 들인 필체로 분명하고 고르게 쓴 글이었지만 나는 그것이 단지 필사본인 것을 즉시 알아챘다.

"그가 세상을 뜨기 세 시간 전에"라고 시작되는 그 글은 크리스티안 4세에 관한 내용이었다. 물론, 그 내용을 일일이 되짚을 수는 없다. 왕은 죽기 세 시간 전에 자리에서 일어나고 싶어 했다. 시의와 시종 보르미우스가 그를 부축했다. 약간 불안정하게였지만 그는 곧 일어섰고, 그들은 그에게 누비 잠옷을 입혀 주었다. 그러자 왕은 갑자기 침대 끝에 앉아서 뭐라고 말했다. 그 말은 알아들을 수 없었다. 시의는 왕의 몸이 침대에 쓰러지지 않도록 계속 왼손을 잡고 있었다. 그런 자세로 그들은 앉아 있었는데 이따금 왕은 이해하기 어려운 말을 기운 없이 중얼거렸다. 마침내 시의가 그에게 말을 걸었다. 그는 왕의 말이 무슨 뜻인지 조금씩 추측해 내려고 했다. 얼마 후, 왕은 시의의 말을 막으며 돌연 아주 뚜렷하게 말했다. "아, 이보게, 시의, 그의 이름이 뭐였지?" 시의는 기억해 내려고 애썼다.

"슈페를링이라고 합니다, 폐하."

그러나 사실 그게 중요한 게 아니었다. 왕은 자신의 말을 상대방이 이해했다는 것을 듣자마자, 남아 있는 오른쪽 눈을 크게 뜨고 얼굴 전체에 힘을 주며 몇 시간 동안 혀 속에서 말하려고 했던 유일한 한마디를 했다. 그는 '되덴'*이라고 말했다. '되덴'.

종잇조각에는 더 이상 아무것도 쓰여 있지 않았다. 나는 그것을 태우기 전에 여러 번 읽었다. 그리고 나는 아버지가 임종 시에 많은 고통을 겪었다는 것을 깨달았다. 내가 사람들에게서 들

---

* 옮긴이 — Döden은 덴마크어로 '죽음'이라는 뜻이다.

은 것은 그 말이었다.

그 이후로 나는 죽음의 공포에 대해 많은 생각을 해 왔다. 그리고 나 자신이 겪은 몇몇 경험도 함께 생각해 보았다. 나는 확실히 죽음의 공포를 느꼈다고 말할 수 있다. 그것은 혼잡한 도시의 군중 속에서 종종 까닭 없이 나를 공격했다. 그러나 가끔 그렇게 되는 원인들이 축적되어 그런 현상이 나타난다. 이를테면, 어떤 사내가 벤치 위에 의식을 잃은 채 누워 있고 모든 사람이 그를 둘러싸고 지켜본다. 그때 그 사내는 이미 죽음의 공포 같은 것은 넘어선 것 같았지만, 정작 나는 그 공포를 느끼고 있었다. 아니면 또 다른 예로, 당시 나폴리에서 있었던 일이다. 전차 안에서 내 맞은편에 앉아 있던 젊은 처녀가 갑자기 죽었다. 처음에는 기절하는 것 같아 보였고 우리가 탄 차는 얼마 동안 계속 달렸다. 그러나 곧 전차가 멈춰야 한다는 데 의심의 여지가 없었다. 그러자 우리 뒤에 오던 다른 차들이 정체되었다. 이제 그 방향으로는 더 이상 교통이 이어질 수 없었다. 창백해진 그 뚱뚱한 처녀는 옆에 앉은 여자에게 기대어 있었는데 그대로 평화롭게 죽을 수도 있었을 것이다. 하지만 처녀의 어머니는 그것을 믿으려 하지 않았고 처녀를 살리려고 온갖 방법을 다 썼다. 처녀의 옷을 더럽히면서까지 뭔가를 입에 부어 넣어 의식을 돌이키려 했지만, 입안으로 더 이상 아무것도 들어가지 않았다. 처녀의 어머니는 누군가 가져다준 액체를 처녀의 이마에 부어 문질렀다. 처녀의 눈이 살짝 움직이자 시선을 앞으로 돌리려고 그녀의 몸을 마구 흔들어 댔다. 처녀의 어머니는 듣지 못하는 그 눈을 향해 비명을 지르고, 마치 인형처럼 몸을 앞뒤로 잡아당기기도 하고, 나중에는 처녀를 죽지 않게 하려고 손을 뻗어 그녀의 살찐 얼굴을 온 힘을 다해 때렸다. 그때 나는 그것을 보면서 공포를 느꼈다.

그러나 나는 이미 그전에도 공포를 느낀 적이 있다. 내가 키우던 개가 죽었을 때였다. 그 개는 제 죽음이 나 때문이라고 원망할 것이다. 개는 중병을 앓고 있었다. 내가 온종일 그 옆에서 무릎을 꿇고 보고 있었는데 갑자기 개가 짧게 짖기 시작했다. 낯선 사람이 방에 들어왔을 때 늘 하던 대로 그렇게 짖는 것이었다. 그런 경우 개는 언제나 이런 식으로 내게 알리곤 했다. 나는 무심코 문 쪽을 바라보았지만 '죽음'은 이미 개의 몸속에 들어와 있었다. 나는 깜짝 놀라 개의 눈을 살펴보았고, 개도 내 눈을 바라보았다. 하지만 개는 작별 인사를 하려는 것 같지 않았고 나를 무정하고 낯선 눈빛으로 바라보았다. 내가 그 '죽음'을 막을 수 있을 거라고 확신했는데도 그것을 받아들였다고 비난하는 것 같았다. 나는 개가 늘 나를 과신하고 있었다는 것을 그제야 분명히 알았다. 개에게 사정을 이야기해 줄 시간도 없었다. 개는 낯설고 쓸쓸한 표정으로 나를 바라보다 죽어 갔다.

아니면, 가을에 첫서리가 내린 후 파리들이 방 안으로 들어와 온기에 몸을 녹여 다시 생기가 도는 것을 볼 때도 두려웠다. 파리들은 몸이 이상하게 바싹 말라붙어서 자신들의 날개가 윙윙거리는 소리에 자신들도 놀랐다. 파리들은 자신들이 무엇을 하고 있는지도 모르는 것 같았다. 몇 시간이고 그 자리에 앉아서 자기들이 아직 살아 있다는 사실을 떠올릴 때까지 그냥 마음 놓고 있었다. 그러다가 그들은 무작정 어딘가로 몸을 던졌다. 자신들이 거기서 무엇을 하고 있는지도 모른 채 말이다. 그것들이 여기저기서 밑으로 떨어지는 소리가 들렸다. 그리고 마침내 그것들은 방 전체를 기어다니다가 천천히 죽어 갔다.

그러나 혼자 있으면서 공포를 느낄 때도 있었다. 부끄럽지만 죽음의 공포에 떨며 침대에서 일어나 앉아서, 앉아 있는 것만 해도 최소한 살아 있는 것이라고, 죽은 사람은 앉아 있지 않기 때문이라고 생각하던 밤들이 있었다. 그런 일은 항상 내가 우연히 거처하는 방들에서 일어났다. 그런 방들은 내가 몸이 아플 때마다 마치 심문받고 있는 내 나쁜 일에 연루되는 것을 두려워하듯 즉시 나를 고독 속에 버려두었다. 내가 혼자 앉아 있으면 아마 내 모습이 너무 끔찍해서 방 안에 있는 어떤 것도 나를 아는 체할 용기가 없었을 것이다. 내가 방금 밝힌 촛불조차도 나에 대해 알고 싶어 하지 않았다. 그것은 마치 텅 빈 방 안에 있는 듯이 타 버렸다. 그럴 때마다 내 마지막 희망은 언제나 창문이었다. 나는 가난 속에서 갑작스레 죽어 가는 지금도 저 바깥 어딘가에 무언가 내 것이 남아 있을지 모른다는 생각을 했다. 그러나 창문을 보는 순간 그것이 벽처럼 막혀 있었으면 하고 바랐다. 지금 저 창문 밖에는 무심한 일들이 계속 벌어지고 있어서 밖에 나가도 내 고독만 있으리라는 것을 알았기 때문이다. 내 스스로에게 불러온 고독은 너무 커져서 내 마음은 그것을 감당할 수 없었다. 나는 한때 내가 작별하고 떠난 사람들을 기억했지만, 어떻게 그 사람들을 버리고 떠날 수 있었는지는 이해가 되지 않았다.

신이여, 신이시여, 앞으로 이런 밤이 더 많이 찾아온다면, 제가 가끔 했던 생각 중 하나라도 떠올리게 해 주소서. 저는 무리한 요구를 하는 것이 아닙니다. 제 두려움이 너무 크기 때문에 그런 생각들도 떠올리는 것입니다.

내가 소년이었을 때 다른 녀석들이 내 얼굴을 때리면서 나를 겁쟁이라고 불렀다. 그때 내가 느낀 공포는 아직 제대로 된 공포가 아니었다. 하지만 그 후로 나는 진짜 공포를 느끼는 법을 배웠고, 그것을 만들어 내는 힘이 커질수록 공포도 더 커졌다. 우리는 공포를 느낄 때만 그 힘에 대해 알게 된다. 그것은 전혀 이해할 수 없는 것이고 우리에게 완전히 적대적이기 때문에, 우리가 그것에 대해 생각하려고 애쓰는 순간 우리의 뇌는 터져 버린다. 그럼에도 불구하고 얼마 전부터 나는 그게 다 우리의 힘이라고 믿는다. 비록 우리가 감당하기에는 너무 센 힘이지만. 물론 우리는 그 힘에 대해서 모른다. 그러나 우리가 가장 모르는 것이 바로 우리 자신의 본성이 아닐까? 가끔 나는 천국과 죽음은 어떻게 해서 생겨났을까 하고 생각해 본다. 그것은 우리에게 가장 소중한 것을 우리가 치워 버렸기 때문이다. 예전에는 해야 할 일이 너무 많아서 바쁜 우리에게 그것이 있는 것은 안전하지 못하다고 여겼기 때문이다. 이제는 시대가 흘러서 우리는 하찮은 것에 익숙해졌다. 그래서 우리는 우리 자신의 것을 못 알아보고, 우리가 가진 것의 엄청난 크기에 놀란다. 그렇지 않은가?

아무튼 나는 이제 몸속 깊은 곳 지갑 속에 죽음의 순간에 대해 쓴 것을 오랜 세월 동안 간직하고 있던 사람의 마음을 이해할 수 있다. 별로 특별한 임종이 아니어도 좋다. 그런 묘사들은 모두 독특한 뭔가를 포함하고 있다. 예컨대 누가 시인 펠릭스 아르베르*가 어떻게 죽었는지 적어 놓은 것을 상상해 볼 수 있지 않을까. 그것은 병원에서의 일이다. 그는 온화하고 고요한 분위기 속에서 죽었는데, 그래서인지 그를 보살피던 수녀는 사실은 아직 죽지 않았는데도 그가 세상을 떠났다고 생각했던 모양이다. 그녀는 사람들에게 이런저런 물건을 어디 어디서 찾을 수 있다고 큰소리로 외치며 지시를 내렸다. 그녀는 교양이 낮은 수녀였다. 그녀는 '코리도르'(복도)라고 말했는데 그 단어가 글로 쓰인 것은 본 적이 없었다. 그래서 그녀는 그 단어를 '콜리도르'로 알아듣고 그렇게 발음했다. 그러자 죽어 가던 알베르스는 죽음을 잠깐 미루고, 먼저 이것을 분명히 할 필요가 있다고 생각했다. 그는 그 단어가 '코리도르'로 불린다고 분명하게 설명하고 나서 숨이 끊어졌다. 그는 모호함을 싫어하는 시인이었던 것이다. 아니면 그는 진실이 왜곡되는 것을 염려했는지 모른다.

---

* 옮긴이 — Félix Arvers(1806~1850)는 프랑스의 시인이자 극작가였다.

혹은 세상이 너무 안일하게 돌아가는 것을 최후의 인상으로 마음에 받아들이기를 꺼렸을지 모른다. 이유를 따지는 것은 중요하지 않다. 다만 그것을 고지식한 생각으로 보면 안 된다. 그러지 않으면 우리는 죽음의 단말마 속에서도 정원에서 교수형에 처해진 사람이 있다는 말을 듣고 뛰쳐나가 그자의 목을 옭아맨 밧줄을 끊어 버린 성 요한에게도 같은 비난을 해야 할 것이다. 그에게도 역시 할 일을 해야 하는 진실이 중요했던 것이다.

어떤 존재는 눈으로 보기에는 전혀 해롭지 않아 거의 눈치채지 못하고 곧바로 잊힌다. 그러나 그것은 몰래 귓속으로 파고들어 와 거기에서 부화하고 기어 나온다. 결국은 그것이 개의 폐렴균처럼 뇌 속까지 침투하여 거기에서 번성해 뇌를 파괴하는 경우를 볼 수 있다.

이러한 존재는 다름 아닌 이웃이다.

나는 혼자서 여행을 다니면서 셀 수 없이 많은 이웃을 만나곤 했다. 이를테면 내가 묵었던 방의 위층과 아래층, 오른쪽 또는 왼쪽에 있는 방들에 누군가 살고 있었고, 때로는 네 가지 유형의 사람들을 동시에 모두 만나는 경우도 있었다. 이런 이웃들의 이야기만 써 나가도 아마 평생의 일이 될 것이다. 오히려 그런 이야기를 쓰다 보면 주로 내 안에 나타난 질병의 증상에 관한 이야기가 될 것이다. 그러나 병이든 이웃이든, 이런 모든 것은 특정한 조직체에서 일어나는 장애를 통해서만 그 실체를 알 수 있다.

예측할 수 없는 이웃도 있었고, 매우 정연한 이웃도 있었다. 나는 방 안에 앉아서 여러 이웃이 지니고 있는 '법칙'을 알아내려고 노력했다. 그들에게도 그런 것이 있는 것이 분명했기 때문이다. 그래서 평소 시간을 잘 지키던 사람들이 어느 날 저녁에 나타나지 않으면, 나는 그들에게 무슨 일이 일어났을까 상상하면서 방에 불을 켜 둔 채 잠을 안 자고 젊은 여자처럼 공포에 떨었다. 물론 매사에 뭔가 증오만 하는 이웃도 있었고, 난폭한 사랑에 빠진 이웃도 있었다. 혹은 한밤중에 이랬다저랬다 뭔가 확 바뀌는 상황도 경험했다. 그런 때에는 당연히 잠드는 것은 불가능했다. 그것을 보면, 사실 사람들은 생각하는 것만큼 자주 잠을 자지는 않는다는 것이 관찰되었다. 예를 들면, 상트페테르부르크*에 살 때 내 이웃이던 두 사람은 잠에 대해 별로 신경 쓰지 않았다. 그중 한 명은 밤에 일어나 바이올린을 연주하곤 했다. 분명 그는 보기 드문 팔월의 밤에도 계속 불빛을 환히 밝혀 놓은 집들을 바라보면서 바이올린을 켜고 있었을 것이다. 하지만 오른쪽 방에 살던 다른 한 명은 늘 침대 위에 누워 있었다. 내가 깨어 있는 동안 그가 일어나는 것을 본 적이 한 번도 없었다. 그는 심지어 눈을 감고 있었지만 잠을 자고 있다고는 말할 수 없었다. 그는 거기 누워서 푸쉬킨과 네크라소프의 긴 시를 낭송했는데, 마치 아이들에게 하라고 시키면 시를 낭송하는 그런 투

* 옮긴이 — Saint Petersburg는 러시아 제2의 도시이다.

로 읊었다. 그러나 왼쪽 방에 사는 이웃의 연주 음악에도 불구하고 내 머릿속에 각인되는 것은 시를 낭송하는 이웃과 그의 시들이었다. 그 이웃을 가끔 찾아오던 한 대학생이 어느 날 실수로 내 방의 문을 열고 들어오지 않았다면 나는 그 방에 무슨 일이 있는지 전혀 몰랐을 것이다. 그 대학생은 자기 지인의 이야기를 들려주었는데, 그것은 어느 정도 안심할 수 있는 내용이었다. 꾸밈없고 분명한 그의 이야기를 듣자 그동안 내가 제멋대로 했던 수많은 추측의 벌레들은 사라져 버렸다.

어느 일요일이었던가, 옆방에 사는 하급 관리는 기묘한 과제를 하나 해결해 볼 생각을 했다. 그는 자신이 앞으로 꽤 오래 살 거라고, 이를테면 오십 년 정도 더 살 거라고 생각했다. 자신의 수명을 이처럼 길게 잡자 그는 기분이 매우 좋아졌다. 하지만 그는 더 오래 살고 싶어졌다. 그는 남은 수명 기간을 며칠, 몇 시간, 몇 분으로, 심지어 가능하면 몇 초 단위로까지 환산할 수 있다고 생각했다. 그는 계산을 거듭한 끝에 이제껏 한 번도 본 적이 없는 수치에 도달했다. 그는 현기증을 느꼈다. 휴양이 조금 필요하다는 생각이 들었다. 시간은 귀중하다는 말을 그는 항상 들어 왔기에, 그렇게 많은 시간을 가진 자기 같은 사람을 보호해 줘야 하지 않을까 생각했다. 잘못하면 그 시간을 쉽게 도둑맞을 수도 있을 것 같았다. 그러나 곧 다시 그의 기분은 좋아졌고 거의 흥분에 가까울 지경에 이르렀다. 그는 좀 더 풍채를 크고 위엄 있게 보이려고 모피 코트를 입고 그 엄청난 재산을 자신에게 선물로 주었다. 그때 그는 다소 거만하게 자신의 이름을 부르면서 말했다.

"니콜라이 쿠즈미취." 그는 친절하게 말하면서, 모피 코트도 입지 않은 깡마르고 연약한 또 하나의 자기가 마모로 만든 소파에 앉아 있는 모습을 상상했다.

"니콜라이 쿠즈미취." 그는 말했다. "당신은 당신이 가진 부를 자랑스러워하지 않기를 바라오. 중요한 것은 그것이 아니라는 것을 항상 기억하시오. 가난하지만 꽤 존경받는 사람들도 있소. 심지어 가난한 귀족과 장군의 딸들조차 거리를 돌아다니며 뭔가를 팔고 있단 말이오."

그러면서 그 자선가는 도시 전체에 잘 알려진 갖가지 사례들을 들어 보였다.

마모 소파에 앉아 있던 또 다른 니콜라이 쿠즈미취, 즉 재산을 받는 사람은 전혀 교만해 보이지 않아서 비록 재산가가 되더라도 현명하게 살 거라고 추측할 수 있었다. 실제로 그는 검소하고 규칙적인 생활 방식을 바꾸지 않았고, 일요일마다 자신의 수지 계산을 분명하게 맞추는 데 시간을 보냈다. 그러나 몇 주 지나지 않아 그는 자신이 믿기지 않을 만큼 많은 액수를 지출하고 있다는 것을 깨달았다. 그는 여기서 좀 더 절제해야겠다고 생각했다. 그래서 아침 일찍 일어났고 꼼꼼하게 씻는 것도 좀 줄였다. 그리고 차도에 선 채로 빨리 마신 다음에 부지런히 사무실로 달려가 일찍 도착했다. 그는 어디서나 시간을 조금씩 절약했다. 하지만 일요일이 되어서 계산해 보면 저축된 시간이 전혀 없었다. 그러자 그는 자신이 속았음을 깨달았다. 그는 스스로에게 '돈하고 바꾸지 말았어야 했어'라고 말했다. 일 년이면 도대체 얼마나 긴 시간인가. 그런데 빌어먹을 푼돈은 사라져 가고 있었다. 어떻게 사라지는지는 알 수 없었다. 결국 그는 어느 우중충한 오후에 소파 한쪽에 앉아서 모피 코트를 입은 신사가 나타나기를 기다렸다. 그가 오면 자신의 시간을 돌려 달라고 요구할 셈이었다. 그는 방문을 걸어 잠그고 그 신사가 요구한 것을 되돌려 줄 때까지 떠나지 못하게 막으려고 했다. 그가 오면 "수표로 합시다"라고 말하려 했다. "십 년 단위로 수표 한 장씩"이라고 말하고 십 년짜리 수표가 넉 장, 오 년짜리 수표가 한 장, 그리고, 제기랄, 문제가 생기지 않게 나머지는 그냥 그 신사에게 양보할 생각이었다. 그는 흥분한 채로 종일 마모 소파에 앉아 기다렸다. 그러나 그 신사는 오지 않았다. 그리고 몇 주 전까지만 해도 그곳에 앉아 있던 자신의 모습을 쉽게 상상했던 니콜라이 쿠즈미취는, 지금 실제로 그곳에 앉아 있어 보니 다른 니콜라이 쿠즈미취, 즉 모피 코트를 입은 그 너그러운 신사가 상상이 되지 않았다. 그 신사에게 대체 무슨 일이 일어났는지 알 수 없었다. 혹시 그 신사는 속임수가 발각되어서 지금 어딘가에 갇혀 있을지도 몰랐다. 속은 사람이 분명 자기 혼자만은 아닐 것이다. 이런 지능적인 사기꾼들은 언제나 대규모 조직으로 일할 테니까.

그는 어느 정부 기관이나 일종의 시간은행이 있어서, 자신에게 남은 넉넉한 초 단위의 시간을 갖고 가면 일부나마 교환할 수 있으리라는 생각이 들었다. 그런 것들은 실제로 있었다. 비록 그런 기관에 대해 들어 본 적이 없었지만 주소록을 찾아보면 될 것이다. Z 항목 아래에 분명 비슷한 기관*을 찾을 수 있을 것이다. 아니면, B 항목에서 쉽게 찾을지도 모른다. 아마 K†라는 문자에서 찾아봐야 할 수도 있다. 그 기관의 중요성으로 볼 때 제국의 기관일 것이기 때문이었다.

나중에 니콜라이 쿠즈미취는 예의 그 일요일 저녁에 상당히 기분이 우울했던 건 사실이지만 술 같은 것은 전혀 마시지 않았다고 누구에게나 장담했다. 따라서 다음과 같은 일이 일어났을 때 그는 맑은 정신이었다고 할 수 있다. 무슨 일이 일어났다고는 하지만 별로 대단한 일은 아니었다. 어쩌면 그는 소파 한 구석에서 잠깐 졸았을지도 모른다. 그런 생각은 해 볼 수 있다. 이 짧은 잠으로 그는 기분이 나아졌다. 나는 숫자놀이에 빠졌었어, 하고 그는 혼자 중얼거렸다. 하지만 나는 숫자에 대해서는 아무것도 몰라. 하지만 숫자를 너무 중요하게 생각해서는 안 되는 것은 분명해. 그것은 다만 공공질서를 지키려고 국가에서 만든 장치일 뿐이야. 숫자는 종이 위에서만 보았을 뿐 다른 곳에서 본 적은 없어. 예컨대, 어디 사교 모임에서 7이라든가 25라는 숫자를 만나는 일은 불가능하지. 그런 것들은 존재하지 않는

---

* 옮긴이 — Z로 시작되는 독일어 Zeitbank는 '시간은행'이라는 뜻이다. B는 Bank, 즉 '은행'을 뜻한다.

† 옮긴이 — K로 시작되는 독일어 Kaiserlich는 '제국의'라는 뜻이다.

거야. 그러니 내가 순전히 부주의해서 '시간은 돈'이라면서 이 둘을 분리할 수 없다고 착각한 거야. 이런 생각을 하자 니콜라이 쿠즈미취는 웃음이 나왔다. 그 사실을 제때 알게 되어서 그는 기분이 좋았다. 제때 알게 되었다는 것, 그것이 중요했다. 이제는 상황이 바뀌어야 해. 시간이라는 것은 정말 곤혹스러운 거야. 하지만 이것이 나만 겪은 문제였을까? 그가 초 단위로 계산해 냈던 것처럼 다른 사람들도 그런 일을 겪지 않았을까, 비록 의식하지는 못했더라도?

다른 사람들도 그런 일을 겪을 거라고 생각하니 니콜라이 쿠즈미취는 은근히 기뻤다. '시간이야 그냥 두자…'라고 그가 생각하는 순간 이상한 일이 일어났다. 갑자기 그의 얼굴로 바람이 휙 가로지르더니 그의 귀를 스쳐 가 손에서 느껴졌다. 눈을 크게 뜨고 보니 창문은 닫혀 있었다. 어두운 방 안에서 눈을 크게 뜨고 앉아 있던 그는 지금 느끼는 것이 실제로 흘러가는 시간이라는 것을 이해하기 시작했다. 그는 짧은 순간들이 흘러가는 것을 제대로 알아보았다. 일 초, 이 초의 순간들은 가만히, 그러나 똑같이 빠르게 흘러갔다. 그 시간들이 또 무슨 계획을 갖고 있는지는 하늘만이 알 것이다. 어떤 종류의 바람도 얼굴을 스쳐 가면 모욕으로 여기는 자기 같은 사람에게 이런 일이 일어난 것이다. 이제 그는 여기 앉아 있고 이런 일은 평생 반복될 것이다. 그 때문에 생길 온갖 신경통을 예상하자 그는 화가 치밀어 정신이 나갈 지경이었다. 그가 벌떡 뛰어 일어났지만 놀라움은 아직 끝나지 않았다. 그의 발밑에서 뭔가 움직이는 것이 있었다. 하나가 아니라 여러 개가 기이하게 뒤섞여 움직이고 있었다. 그는 공포에 질려 얼어붙었다. 지구가 움직이는 걸까? 분명 그것은 지구였다. 결국 그것이 움직이고 있는 것이다. 학교에서 그것을 배운 적은 있어도 그는 얼마 안 가 그 사실을 무시했고, 나중에는 그저 되는 대로 덮어 두었다. 그런 이야기를 하는 것은 부적절하다고 여겼던 것이다. 하지만 이제 그는 예민해져서 그것도 느끼기 시작했다. 다른 사람들도 느낄까? 그럴 수도 있지만 그들은 그것을 드러내지 않았다. 아마도 배를 타는 선원들은 아무렇지 않았을 것이다.

그러나 니콜라이 쿠즈미취는 이런 면에서 민감해져서 전차를 타는 것도 피했다. 그는 마치 배의 갑판에 있는 것처럼 방 안을 비틀거리며 돌아다니다 좌우로 몸을 지탱해야 했다. 불행히도 그는 지구 축의 기울기에 관한 사실이 머리에 떠올랐다. 아니, 그는 이 모든 움직임을 감당할 수 없자 비참한 생각이 들었다. 그럴 때는 누워서 움직이지 말라는 것을 그는 어디선가 읽은 적이 있었다. 그래서 그 이후로 니콜라이 쿠즈미취는 침대에 누워 지내고 있는 것이었다.

그는 눈을 감고 누워 있었다. 움직임이 별로 많지 않은 날은 제법 견딜 만했다. 그러다가 시를 읊을 생각이 떠오른 것이다. 이것이 그에게 얼마나 큰 도움이 되었는지 상상이 안 갈 것이다. 천천히 끝의 운율에 중점을 두면서 시를 낭송하다 보면 마음도 얼마간 안정되었다. 다행히 그는 그 시들을 모두 알고 있었다. 특히 문학에 늘 특별한 관심이 있었다. 오랫동안 그를 알고 지내 왔다는 그 대학생의 말을 들으면, 그 이웃은 자신의 상태에 대해 불평하지 않았다고 했다. 다만 시간이 지나면서, 니콜라이 쿠즈미취는 그 대학생처럼 걸어 돌아다니며 지구의 움직임을 견디는 사람들에 대해 과장된 존경심을 갖게 되었다.

나는 이 이야기를 아주 생생하게 기억하고 있다. 왜냐하면 그 이야기가 내 고독한 마음을 아주 편안하게 해 주었기 때문이다. 나는 니콜라이 쿠즈미취만큼 편안한 이웃을 만난 적이 없다. 아마 그도 나를 존중하는 마음을 가졌을 것이다.

이런 일을 겪은 후로 나는 비슷한 경우에는 항상 곧바로 사실을 확인해 보기로 결심했다. 그렇게 하는 것이 무엇을 추측하는 것보다 훨씬 간단하고 안도감을 준다는 것을 알았다. 우리의 통찰력이라는 것은 그저 뒤늦게 생겨나 결론을 내리는 것 외에 아무것도 아니라는 것을 내가 몰랐던 것이다. 바로 그 뒤에 이어지는 것은 앞의 페이지와는 전혀 다른 새로운 페이지인 것이다.

이번에 하려는 이야기의 경우, 쉽게 확인할 수 있던 몇 가지 사실이 과연 내게 얼마나 도움이 되었던가? 그 사실들이 뭔지 밝히기 전에 현재 내 생각을 말하겠다. 말하자면 그 사실들은 오히려 내가 처한 상황을 (지금 와서 인정하건대) 더 어렵고 힘들게 만들었다는 것이다,

나는 최근 며칠 동안 글을 꽤 많이 썼다. 나는 필사적으로 글을 썼다. 하지만 일단 한번 외출하면 집에 돌아오고 싶은 생각이 없어졌다. 나는 심지어 길을 조금 우회해서 걷기도 했는데, 그 때문에 글 쓸 시간을 삼십 분 정도 허비했다. 이것이 내 약점인

것을 인정한다. 그러나 일단 내 방으로 돌아오면 나는 스스로를 비난하는 일 없이 글 쓰는 데 열중했다. 내게는 내 생활이 있고, 바로 옆방에는 나와 아무 공통점이 없는 다른 생활이 있었다. 시험 준비를 하는 한 의대생의 생활이었다. 나는 시험을 볼 일이 전혀 없다는 것이 그와의 결정적인 차이였다. 그리고 우리의 상황 자체가 서로 달랐다. 이 모든 것이 내게는 분명해 보였다. 그 일이 일어날 것을 알기 전까지는 그랬다. 사실 그때, 나는 우리 사이에 공통점이 하나도 없다는 것을 잊고 있었다. 나는 귀를 곤두세웠다. 너무 열중해서 듣다 보니 심장이 두근거릴 정도였다. 나는 하던 일을 모두 멈추고 귀를 기울였다. 그러자 그 일이 일어났다. 내가 틀린 게 아니었다.

깡통 뚜껑 같은 둥근 물건이 손에서 미끄러져 떨어질 때 나는 소리는 누구나 알고 있다. 보통 땅에 닿을 때 큰 소리가 나지 않고 잠깐 뒤집어졌다가 바닥의 가장자리를 따라 굴러간다. 그러다 추진력이 다하면 땅에 닿아 사방으로 굴러가다가 마침내 멈추는 소리가 나는데 그때는 정말 불쾌해진다. 그게 전부였다. 옆방에서 깡통이 떨어져 굴러가다가 그 자리에 멈춰 섰고, 그사이에 일정한 간격으로 퉁퉁 소리가 났다. 반복되는 소리가 다 그렇듯 이 소리도 무슨 내적인 체계가 있었다. 그 소리는 변하면서 정확하게 똑같지는 않았다. 하지만 바로 그것이 그 소리의 규칙성을 보여 주고 있었다. 그 소리는 격하거나 부드럽거나 우울할 수도 있고, 급히 굴러갈 수도 있고, 오랫동안 미끄러지듯이 굴러간 후에야 멈출 수도 있었다. 그리고 마지막에 흔들리면서 나는 소리는 놀라웠다. 그 반대로, 이어서 발을 마구 구르는 소리에는 거의 기계적인 뭔가가 있었다. 하지만 그때는 언제나 소음이 다르게 분배되었다. 마치 그렇게 하는 것이 그 동작의 역할인 듯했다. 지금 나는 이런 세부 사항들을 훨씬 더 잘 파악할 수 있다. 내 옆방은 비어 있다. 그 방의 의대생은 지방에 있는 집으로 돌아갔다. 휴양을 하고 돌아올 것이다. 나는 꼭대기 층에 살고 있다. 오른쪽에는 또 다른 집이 있다. 내 방의 아래층에는 아직 아무도 세 들어오지 않았다. 내게 이웃이 없는 셈이다.

이런 마음 상태에 빠지다 보니 내가 이 문제를 더 가볍게 보지는 않은 게 놀랍기도 하다. 물론 나는 매번 직감적으로 미리 무슨 경고를 받는 것 같았다. 그 직감을 잘 이용했더라면 좋았을 것을. 놀라지 마라, 이제 곧 일이 벌어질 거다, 라고 스스로에게 말했어야 했다. 하지만 그런 생각을 한 것은 내가 들은 사실 때문이었다. 그 사실을 알게 된 후로 나는 더욱 공포에 사로잡혔다. 그 소리의 원인은 그 의대생이 책을 읽는 동안 눈꺼풀이 오른쪽 눈 위에서 저절로 내려와 닫히는 작은 움직임 때문이라는 사실을 알자 나는 섬뜩함을 느꼈다. 사실은 이 사소한 일이 그에 관한 이야기의 요점이다. 그 의대생은 이미 몇 번이나 시험을 미루어서 자존심이 상했는데, 아마 집에서는 그에게 편지를 보낼 때마다 시험에 합격해야 한다고 압력을 가했을 것이다. 그럴 때는 자신을 추스르는 것 외에 할 수 있는 게 없다. 하지만 결정을 내리기 몇 달 전에 바로 이런 약점이 나타났다. 이 사소한 신경쇠약증 같은 것은 창문 커튼을 아무리 위로 올려도 힘없이 다시 내려오곤 하는 것처럼 우스꽝스러운 증세였다. 아마 그는 몇 주 동안은 이것을 분명 극복할 수 있을 거라고 생각했던 것 같다. 그렇지 않으면 나도 내 의지를 그를 위해 제공할 생각을 못 했을 거다. 어느 날 나는 그의 의지가 완전히 약해진 것을 알았다. 그래서 그런 일이 있을 때마다 나는 그의 방과 맞닿은 벽 옆에 서서 그에게 개의치 말고 내 의지를 사용해 달라고 말했다. 시간이 지나면서 그가 내 제안에 반응하고 있는 것이 분명해졌다. 그러나 만약 그가 모처럼 내 호의를 받아도 별 도움이 안 된다는 점을 고려했다면 그렇게 하지 말았어야 했다. 설령 우리가 힘을 합해 그의 병을 조금 늦출 수 있었더라도 과연 그가 실제로 그렇게 얻은 시간을 제대로 이용할 수 있었을지는 의문이다. 그리고 내 정신적인 부담도 나는 느끼기 시작했다. 더구나 누군가 우리 층에 도착한 날 오후에 나는 이런 일이 계속되도록 그냥 두어야 할지 의문이 들었다. 내가 묵고 있던 그 작은 호텔은 입구가 좁아서 누가 올라올 때면 늘 소란스러웠다. 잠시 후에 누군가 내 이웃의 방으로 들어가는 것 같은 느낌이 들었다. 우리의 방문들은 복도 맨 끝 쪽에 있었고, 그 의대생의 방문은 내 방문을 가로질러 가까이 있었다. 그러나 나는 가끔 그의 방에 친구들이 드나드는 것을 알고 있었고 이미 말했듯이 그의 상황에 대해 전혀 관심이 없었다. 그의 방문이 여러 번 열리고 사람들이 드나들었을 수도 있다. 그리고 사실 나는 그 일과는 무관했다.

그러나 바로 그날 저녁은 여느 때보다 상황이 안 좋았다. 그다지 늦은 시각은 아니었지만 나는 피곤해서 일찍 잠자리에 들었다. 아마 잠이 들었다고 생각될 무렵, 누군가가 내 몸을 건드린 것 같아 벌떡 일어났다. 사건은 그 직후에 일어났다. 뭔가 뛰다 구르고, 부딪히고, 흔들리고 덜걱거리는 소리가 났다. 쿵쿵 밟는 듯한 소리가 끔찍했다. 그사이에 바로 아래층에서 천장을 두드리는 소리가 분명하게 들렸다. 새로 들어온 세입자도 물론 불안을 느꼈을 것이다. 이제 보니 그의 방문에서 나는 소리가 틀림없었다. 나는 정신이 번쩍 났고 그의 방문 소리를 들은 것 같았다. 놀랄 만치 조심스럽게 문을 다루는 소리가 났고, 그 소리는 점점 이쪽으로 다가오는 듯했다. 두드리는 사람은 아마 어느 방인지 알아보려는 것 같았다. 그 사람이 배려해서인지 너무 조심스럽게 발소리를 내는 것이 이상했다. 이 집에서는 조용한 것을 별로 중시하지 않는다는 것을 방금 깨달았을 텐데, 그 사람은 왜 저렇게 발소리를 죽이는 걸까? 잠시 동안 그가 내 방문 앞에 와 서 있다는 생각이 들었다. 그러나 곧 그가 옆방으로 들어간 게 틀림없었다. 그는 더 지체하지 않고 옆방으로 들어갔다.

그런 다음 이제 (이 느낌을 어찌 설명해야 될지 모르지만) 마치 고통이 멈추듯 조용해졌다. 그리고 상처가 아물 듯 묘한 정적이 흘렀다. 나는 이제 곧 잠들어도 되었다. 안도의 숨을 쉬고 잠들 수 있었다. 조금 놀랐던 것 때문에 계속 깨어 있을 수는 없었다. 옆방에서 누군가 이야기를 하고 있었지만 그 말소리도 정적의 일부였다. 이런 정적이 어떤 것인지는 직접 경험해 보지 않으면 알 수 없다. 이 정적은 말로는 재현할 수 없는 것이었다. 방문 밖도 모두 다 고요해진 것 같았다.

나는 자리에서 일어나 귀를 기울였다. 마치 어느 시골에 와 있는 듯한 느낌이었다. 그렇다, 그 의대생의 어머니가 여기 와 있다는 생각이 들었다. 그녀는 등불 곁에 앉아서 그 의대생에게 말을 걸었을 것이다. 아마 그는 모친의 어깨에 머리를 살짝 기대고 있을지도 모른다. 그녀는 곧 그를 잠자리에 눕힐 것이다. 그제야 나는 복도에서 조용히 걸어오던 발소리를 이해했다. 아, 그런 발소리도 있었다. 그런 고요한 존재 앞에서 방문은 우리 같은 사람 앞에서 열릴 때와는 전혀 다른 방식으로 열린 것이다. 그렇다. 이제 우리는 잠을 잘 잘 수 있었다.

어느새 나는 내 이웃을 거의 잊고 있었다. 가만히 보면, 나는 그에게 진정한 마음에서 우러나오는 관심을 둔 것이 아니었던 것 같다. 가끔 아래층을 지나는 길에 혹시 그에게 무슨 소식이 있는지, 있다면 뭔지 묻곤 한다. 그리고 괜찮은 소식을 들으면 나도 기쁘다. 하지만 주제넘은 일이다. 사실 그런 것을 알 필요는 없다. 내가 가끔 그 옆방에 가 보고 싶은 충동을 느끼는 것도 그와는 무관한 일이다. 내 방에서 그의 방까지는 단 한 걸음 밖에 떨어져 있지 않고 더구나 잠겨 있지 않다. 이 방이 실제로 어떻게 생겼는지 알아보고 싶은 마음이 생긴다. 어떤 방이든 그 모양은 쉽게 상상할 수 있고 그것이 대략 맞는 경우가 많다. 그러나 오직 자기 방의 바로 옆 방만이 상상과 항상 완전히 다른 것이다.

나는 이런 상황이 내게 매력적이라고 스스로 말하지만, 사실

내가 기대하는 것은 양철로 된 물건이라는 것을 잘 안다. 나는 그것이 분명 깡통 뚜껑일 것이라고 생각했다. 물론 내가 틀릴 수도 있다. 그래도 불안하지는 않았다. 깡통 뚜껑이라고 단정하는 것이 내 기질에 맞았기 때문이다. 그 대학생이 그 뚜껑을 두고 나간 것일 수 있다. 누군가 그 방을 청소하면서 뚜껑을 원래 자리인 깡통 위에 올려놓았을 수 있다. 그리고 이제 이 두 가지가 합쳐져 '깡통'이라는 간단하고 잘 알려진 개념을 이룬다. 정확히 말하면 둥그런 깡통, 누구나 아는 그냥 평범한 깡통이다. 나는 그 두 개의 물건이 벽난로 위에 놓여 있을 거라고 생각한다. 그리고 그것이 거울 앞에 놓이자 거울 속에 또 다른 깡통이 비치는데 실제의 것과 똑같아 보이는 영상이다. 우리에게는 아무런 가치 없는 깡통이지만, 예를 들어 원숭이라면 거울 속의 깡통을 붙잡으려 할 것이다. 정확하게 말하면 두 마리의 원숭이가 그 깡통을 잡으려 할 것이다. 원숭이가 벽난로 위의 거울 앞으로 다가오면 바로 두 마리가 되기 때문이다. 아무튼 이제 나를 노리고 있는 것은 이 깡통 뚜껑이다.

다음과 같은 점에 대해 우리는 의견을 같이해 보자. 보통 깡통의 뚜껑은, 말하자면 테두리가 원래 모습대로 온전하게 둥그런 깡통의 뚜껑은 통 위에 얹혀 있는 일 말고 다른 것은 바라지 않을 것이다. 이것이 뚜껑이 생각할 수 있는 최상의 바람이고, 그 바람이 실현되면 그보다 더한 만족은 없다.

깡통의 약간 튀어나온 테두리 위에 뚜껑이 참을성 있고 부드럽게 균형을 맞춰 끼워져 있는 것이 바로 이상적인 상태일 것이다. 그럴 때면 뚜껑은 혼자 놓여 있을 때 스스로의 테두리를 느끼듯이, 탄력 있고 날카롭게 제 몸속으로 파고드는 깡통의 테두리를 느낄 것이다. 아, 그러나 이러한 것을 제대로 평가할 줄 아는 뚜껑은 얼마나 적은가. 이것만 보더라도 사물이 인간과 교류하면서 얼마나 혼란스러운 영향을 받는지 잘 알 수 있다. 예컨대 인간을 이런 깡통 덮개에 잠깐 비유하면, 그들은 마지못해 불편하게 자신들의 직업 위에 버티고 앉아 있다. 그 이유는, 일부는 서두르느라 정확한 깡통을 찾을 생각을 못 해서이고, 일부는 화가 난 채 깡통 위에 비뚤게 앉아 있기 때문이다. 아니면, 서로 꼭 들어맞아야 할 두 개의 테두리가 서로 어긋나게 구부러져 있기 때문이다. 솔직히 말하면, 인간들은 기본적으로 기회만 되면 자기가 하고 있는 일에서 뛰어내리고, 구르면서 소리를 낼 궁리만 하고 있다. 안 그러면 사람들이 말하는 기분 풀이라든가, 그것이 불러일으키는 소음이 대체 어디에서 오겠는가?

사물들은 이런 일을 이미 수 세기 전부터 봐 왔다. 그러므로 어느 결에 사물들이 타락했고 자연스럽고 조용한 목적을 더 이상 좋아하지 않으며, 주위에서 착취당하는 것을 본받아 자신들을 착취하려 한다고 해서 놀랄 일은 아니다. 사물들은 자신의 원래 용도에서 벗어나려 하고, 무기력해져서 자신들이 할 일에도 무관심해졌다. 그리고 사람들은 사물의 이러한 탈선을 발견해도 놀라지 않는다. 사람들은 자신들의 경험에 비추어 말하지 않아도 이런 것을 잘 안다. 그들은 자신들이 더 강하고 즐길 권한도 더 있는데 자신들을 멋대로 따라 하고 있다고 느껴서 화를 낸다. 하지만 사람들은 자신들이 행동을 아무렇게나 하듯이 사물들이 아무렇게나 하는 것도 대충 넘겨 버렸다.

그러나 정신을 차리는 사람이 있는 곳, 밤낮으로 자신에게 의지하려는 고독한 사람이 있는 곳에서는 그런 사람은 타락한 사물들의 반대와 조소와 미움을 받게 된다. 못된 양심을 지닌 사물들은 누군가가 정신을 차리고 자신의 의미를 찾으려고 애쓰는 것을 용납하지 않는다. 그래서 사물들은 그 사람을 방해하고, 겁주고 혼란스럽게 하려고 서로 결탁한다. 그리고 그것이 가능하다는 것을 안다. 그래서 사물들은 서로 눈짓을 하고 유혹을 시작하며, 그 유혹은 상상할 수 없을 정도로 커진다. 결국 어디까지나 그런 유혹을 견뎌 낼 수 있는 단 한 사람, 즉 성자를 제압하기 위해서 모든 존재와 신까지도 동원한다.

이제 나는 그 놀라운 그림들을 어떻게 이해해야 할까? 그 화면에는 사물들이 제한된 일상의 용도에서 벗어나 음탕하고 호기심에 차서 서로를 유혹하고, 기분 풀이대로 난잡하게 꿈틀거리고 있다. 내동댕이쳐진 채 펄펄 끓고 있는 솥들, 뭔가 상심하는 피스톤들, 쾌락을 누리려고 구멍 속으로 몰려드는 한가한 깔때기들. 그리고 그 사물들 사이에는 허무에서 튀어나온 질투심에 찬 팔다리와 손발들이 있다. 그것들 사이에 구역질을 하는 얼굴들이 있고, 즐기라고 덤벼대며 방귀를 뀌는 엉덩이도 있다. 그리고 성자는 몸을 굽히고 잔뜩 오그린 채 앉아 있다. 하지만 그의 눈빛에는 이런 일들이 있을 수 있다고 생각하는 것이 엿보인다. 성자는 그것을 봐 버린 것이다. 그의 감각은 이미 영혼의 맑은 용액으로부터 떨어져 나오고 있고, 그의 기도는 가을 낙엽처럼 입에서 떨어지고 메마른 관목처럼 그의 입가에 붙어 있다. 그의 심장은 이미 죽어서 주위의 혼탁함 속으로 흩어져 버렸다. 그가 들고 있는 고행의 채찍은 파리를 쫓는 꼬리처럼 미약하게 그를 건드리고 있을 뿐이다. 작게 오므라져 있는 그의 성기는 풍만한 가슴을 내놓은 여성이 군중 속에서 꼿꼿하게 다가오면 마치 손가락처럼 그 여자를 가리킨다.

나는 이런 그림들이 시대에 뒤떨어졌다고 생각한 적이 있었다. 그 내용을 의심해서는 아니다. 나는 이런 일이 당시 어떤 대가를 치르든 곧바로 신과 함께 시작하고 싶어 하던 열성적이고 성급한 성자들에게는 일어날 수 있으리라고 생각했다. 그러나 우리는 더 이상 이런 일을 믿을 수 없다. 그러한 성자의 길은 우리에게는 너무 힘겹게 느껴진다. 나는 그런 길을 피하고 우리를 그 성자와 구별하는 긴 작업을 서서히 해 나가야 한다고 생각한다. 하지만 이제 마음을 편하게 하는 이런 일이 과거에 성자가 걸어온 길만큼이나 논란의 여지가 있음을 안다. 이런 유혹은 과거에 동굴이나 텅 빈 암자에서 외롭게 신을 섬기던 사람들 주위에서 있었던 것처럼, 스스로를 위해 홀로 지내고 있는 모든 사람 주위에서 생겨나기 때문이다.

고독한 사람에 대해 이야기할 때 사람들은 항상 미리 너무 많은 가정을 한다. 사람들은 고독한 사람이라는 것이 어떤 건지 잘 알고 있다고 생각하지만 아니, 그들은 모른다. 그들은 진정으로 고독한 사람을 본 적이 없고 알지도 못하며 그저 미워할 뿐이다. 고독한 자를 몰아붙이며 괴롭히던 사람들은 이웃들이었고, 그를 유혹했던 것은 옆방의 목소리들이었다. 그들은 사물들의 시끄러운 소리가 그와 맞서고 그를 압사하도록 선동했다. 고독한 자가 연약한 아이였을 때는 아이들이 뭉쳐서 그를 못살게 굴었다. 그가 성장하면서 어른들에 맞서 강해지자, 사람들은 마치 짐승을 쫓듯이 그의 은신처를 찾아내려고 추적했다. 그의 긴 청춘 시절에는 사냥 금지 기간조차 없이 늘 쫓겼다. 고독한 이가 지쳐 떨어지지 않고 벗어나면, 사람들은 그에게서 나온 것에 대해 소리 지르고, 추하다고 부르고, 의심을 했다. 그래도 고독한 이가 순순히 말을 안 들으면, 사람들은 더 노골적으로 나와 그의 음식을 빼앗아 먹고, 그가 마실 공기를 다 들이마시고, 그의 가난에 침을 뱉어서 가난이 그에게 혐오스러운 것이 되게 만들려고 했다. 사람들은 그가 전염병 환자인 것처럼 그를 비난했고 그를 쫓아내려고 돌을 던졌다. 사실 사람들의 오래된 본능은 옳았다. 고독한 이는 진정으로 그들의 적이었던 것이다.

그러나 그런 괴롭힘을 당하면서도 고독한 이가 고개를 뻣뻣이 들어 맞서지 않자 사람들은 곰곰 생각했다. 그들은 자기들이 저지르는 이런 모든 일이 결국 그의 뜻대로 행해지고 있다는 예감이 들었다. 결국 그들은 홀로 고립된 상태의 그에게 힘을 실어주고 그가 그들로부터 영원히 결별하게 도와준 것이다. 그러자 사람들은 방법을 바꿔 마지막으로 극단적인 묘책을 썼다. 그것은 '명성'이라는 또 다른 저항 수단을 이용하는 것이었다. 명성이라는 소음이 발생하자 고독한 자들은 거의 모두 고개를 들어 바라보았고, 결국 주의가 산만해지고 말았다.

지난밤에는 어릴 때 갖고 있던 작은 녹색 표지의 책이 머리에 떠올랐다. 그 책을 마틸데 브라에한테서 받았다는 생각이 들었는데 왜 그런지 모르겠다. 나는 그 책을 받은 당시에는 별로 관심이 없다가, 몇 년 후 울스가르드에서 휴가를 보내던 중에 읽었다. 그러나 처음 책장을 펼칠 때부터 내게 소중한 것이 되었다. 아주 훌륭한 장정이었다. 겉으로 봐도 그랬다. 표지의 녹색은 무슨 의미가 있는 듯했고, 책 속을 펴 봐도 그런 것을 한눈에 알 수 있었다. 처음에는 마치 약속이라도 한 듯 매끈하고 흰색으로 표백한 간지가 나왔고, 다음에는 비밀스러운 분위기를 풍기는 제목이 쓰인 속표지가 나왔다. 그 안에 삽화도 들어 있을 것 같았지만 없었다. 조금 미련은 남았지만 그런대로 좋은 거라고 인정하지 않을 수 없었다.

페이지들을 넘기다가 어느 부분에서 가는 책갈피 끈을 발견하자 일종의 보상을 받은 느낌이었다. 그것은 낡았고 비스듬히 끼어 있었는데, 아직도 분홍빛을 띠고 있었다. 언제부터 그 두 페이지 사이에 끼워져 있었는지는 모르지만, 아마 사용한 적이 없을 수도 있고 제본공이 자세히 보지도 않고 그냥 재빠르게 사이에 끼워 넣었을 수도 있었다. 그러나 우연히 거기에 끼워 넣은 것이 아닐 수도 있었다. 누군가가 거기까지 읽다가 독서를 멈추고 다시는 읽지 않았을지도 모른다. 운명이 그 순간 그 사람을 바쁘게 만들려고 그의 방문을 두드렸고, 그 때문에 그는 모든 책에서 멀어지게 되었으리라. 결국 책은 삶이 아니기 때문이다. 혹은 그 책을 계속해서 읽었는지는 확인할 수 없다. 이 페이지를 계속 펼쳐 보았을 수도 있고, 아마 이따금 늦은 밤에만 그렇게 했을 거라고 상상할 수 있다. 나는 그 두 페이지를 펼쳐 놓고 있으면 마치 거울 앞에 서 있는 듯, 마치 누군가의 앞에 서 있는 듯 두려웠다. 나는 그 두 페이지를 읽어 본 적이 없다. 과연 그 책 전체를 다 읽었는지도 전혀 기억나지 않는다. 그 책은 두껍지는 않았지만 여러 가지 이야기가 쓰여 있었다. 특히 오후에 읽곤 했는데, 내가 아직 모르는 이야기도 들어 있었다.

지금도 기억나는 이야기는 두 가지이다. 하나는 가짜 황제 그리샤 오트레피예프*의 종말과 용맹한 샤를 대공†의 몰락에 관한

---

* 옮긴이 ― 그리샤 오트레피예프는 러시아의 차르를 참칭해 '가짜 드미트리 1세'(재위 1605~1606)로 재임했던 인물이다. 본명은 그리고리 오트레피예프. 러시아 황제 이반 4세(이반 뇌제라고도 불렸다)의 사후, 그의 아들 표도르 1세가 1598년까지 통치하고 후사를 남기지 않은 채 사망하자 러시아는 혼란에 빠졌다. 이때 어려서 죽은 이반 4세의 막내아들인 드미트리 2세가 어딘가에 살아 있으리라는 소문이 퍼졌고, 이때 나타난 인물이 그리고리 오트레피예프이다. 자신을 드미트리 2세로 속인 그는 황제가 되어 통치했으나, 결국 가짜임이 밝혀져 살해당했다.

† 옮긴이 ― 샤를 대공, 즉 샤를 1세(Charles I., 1433~1477)는 프랑스 동부의 부르고뉴 공국(880~1790)을 통치한 마지막 공작(재위: 1467~1477)으로, 용맹했다 하여 '용담공'이라는 별칭으로 불리기도 한다. 그의 치세에 부르고뉴 공국은 크게 번성하자, 공작은 자신의 공국을 독립 왕국으로 만들려고 노력했지만 성공하지 못했다. 그의 야망이 몇몇 유럽 강대국들의 적개심을 불러와 수차례 전쟁을 치러야 했기 때문

이야기이다.

그 이야기들을 처음 읽었을 당시에 내가 받은 인상이 어땠는지는 모르겠다. 그러나 오랜 세월이 흐른 지금, 차르를 참칭했던 오트레피예프의 시신이 군중 속에 던져져 갈가리 찢긴 후에 얼굴에 가면을 쓴 채 삼 일 동안 방치되어 있었다는 설명이 생각났다. 물론, 그 작은 책이 언젠가 다시 내 손에 들어올 가능성은 없다. 하지만 그 대목은 분명히 깊은 인상을 주었다. 또한 그의 어머니와의 만남이 어떻게 진행되었는지도 읽어 보고 싶다. 그는 자신이 안전하다고 느꼈기 때문에 그녀가 모스크바에 오도록 허락했으리라고 나는 확신한다. 그리고 시골의 초라한 수도원에서 며칠간 여행해 도착한 마리 나고이*도 묵묵히 그를 진짜 황제라고 긍정하기만 하면 모든 것을 얻을 수 있었다. 하지만 그녀가 그를 아들이라고 인정한 순간부터 그의 불안이 시작된 것이 아닐까? 그의 변신의 힘은 바로 그가 더 이상 누구의 아들도 아니라는 데 있었다고 나는 믿는다.

이다. 1476년 샤를 1세는 로렌 공작 르네 2세의 군대로부터 로렌 공국의 수도 낭시를 탈환하려고 이곳을 포위해 공성전을 벌였다. 그러나 전투가 혼전으로 계속되어 결국 패배하여 전사했다.

* 옮긴이 — 마리 나고이(1612년 사망)는 이반 4세의 왕비로 어려서 죽은 드미트리 2세의 친모였다. 참칭 황제 오트레피예프를 자신의 친아들인 것처럼 속여 그가 황제가 된 후 자신의 영화를 꾀했으나 그리 오래 지속되지는 못했다. 결국 그녀는 그가 자신의 친아들이 아니라고 밝혔고, 그 때문에 참칭 황제는 살해당했다.

(그것은 또한 집을 떠난 모든 젊은이의 힘이기도 하다.)

아무것도 모르고 그를 원했던 민중은 그를 더욱 자유롭고 무한한 가능성을 지닌 인물로 만들었다. 황제의 어머니가 그를 아들로 인정한 것은 그가 의도적으로 꾸민 기만이었지만, 결국은 그를 약화시키는 힘이 되었다. 어머니는 그를 충만한 상상의 세계에서 끌어내 자신이 아닌 다른 사람을 모방하는 자로 전락시키고 사기꾼으로 만든 것이다. 거기에다 이제 마리나 므니체크* 라는 여성이 나타나 그를 서서히 무너뜨렸다. 그녀도 사기에 가담했지만 자신의 방식대로 그를 부인했다. 나중에 밝혀진 것처럼, 그녀는 그를 믿은 것이 아니라 아무나 믿었던 것이니, 결국 자신의 방식으로 그를 부인한 것이다. 물론, 그 책에서 이런 모든 이야기가 어느 정도 다루어졌는지는 확실히 말할 수 없다. 아무튼 이런 이야기들이 포함되었을 것이라고 본다.

하지만 이런 내용을 제외하더라도, 이 사건은 전혀 진부하지 않다. 이제 많은 주의를 기울여 그 가짜 황제의 마지막 순간을 서술하는 작가를 상상해 보는 것도 가능하다. 그런 구상은 틀리지 않을 것이다. 마지막 순간에 많은 일이 벌어진다. 가짜 황제가 깊은 잠에서 깨어나 위급한 상황을 피하느라 창문을 넘어 궁

* 옮긴이 ― 그녀는 폴란드 귀족 출신으로 참칭 황제인 오트레피예프와 결혼해 왕비가 되었다. 그러나 그가 살해당하자 또다시 드미트리 2세가 된 다른 참칭자와 결혼했다.

정 마당의 근위병들 사이로 뛰어내린다.

그는 혼자서 일어날 수 없다. 근위병들이 그를 도와줘야 했다. 아마 다리가 부러졌으리라. 그는 두 명의 근위병의 부축을 받으면서 그들이 자신을 믿고 있다고 느꼈다. 그는 주위를 둘러보았다. 다른 사람들도 그를 믿고 있는 것 같았다. 이 거대한 체격의 근위병들은 그를 불쌍히 여겼다. 이제 먼 길을 걸어 온 것 같았다. 그들은 과거 이반 뇌제의 모든 실상을 알고 있었기에, 그의 아들로 참칭한 지금의 황제를 믿고 있었던 것이다. 황제는 근위병들에게 사실을 설명해 주고 싶었지만, 입을 열면 나오는 것은 비명뿐이었다. 부상당한 발에 극심한 통증이 왔다. 이 순간 그는 자신이 처한 위험에 대해서는 거의 생각하지 않았으며 통증 말고는 아무것도 느끼지 못했다. 그러나 더는 시간이 없다. 그들은 점점 더 가까이 다가오고 있다. 선두에 슈이스키가 보이고 그의 뒤를 따르는 다른 사람들이 보인다. 이제는 끝났다고 생각하는 순간, 곧 그의 근위병들이 다가왔다. 그들은 그를 포기하려 하지 않는다. 그러자 기적이 일어난다. 그를 지키던 나이 든 병사들의 믿음이 급속히 퍼져 나가자, 돌연 아무도 더 이상 앞으로 나서려고 하지 않는다. 바로 눈앞까지 쫓아왔던 슈이스키가 멈추더니 어느 창문을 향해 힘껏 소리친다. 달리 주변을 돌아보지 않는다. 그는 창가에 서 있는 사람이 누구인지 알고 있다. 주위가 갑자기 조용해진 것을 깨닫는다. 아무 변화도 없이 쥐 죽은 듯이 조용해진다. 이제 그가 첫 만남 이후로 알고 있는 목소리, 과도하게 힘을 준 높고 가식적인 목소리가 울려 나올 것이다. 이윽고 그는 어머니인 황태후가 자신을 부인하는 소리를 듣는다.

여기까지는 사건의 흐름이 저절로 진행되지만, 이제는 서술자가 나와야 한다. 뒤에 남은 몇 줄의 문장에서는 어떤 저항도 막아 내는 힘이 솟구쳐 나와야 하기 때문이다. 황태후의 목소리와 권총이 발사되는 소리 사이에는 표현 여부와는 상관없이 무한히 압축된 그 무엇, 즉 그에게 다시 한번 황제가 되려는 의지와 힘이 번뜩 솟아올랐던 것이 분명하다. 그렇지 않다면 그가 총에 맞은 후에도 사람들이 마치 한 인간의 강인함을 확인하려는 듯이, 그의 잠옷을 칼로 꿰뚫고 여기저기 쑤셔 댄 것이 지극히 당연해 보인 것을 어찌 이해할 수 있을까. 더구나 그가 거의 포기하려고 했던 황제의 가면을 죽은 후에도 삼 일 동안 계속 쓰고 있었던 사실도 이해할 수 없을 것이다.

지금 생각해 보면, 일생 동안 단단한 돌처럼 강인하며 변하지 않고 한결같은 사람으로 머물렀으며 그를 섬기던 사람들에게 점점 더 압박감을 주었던 샤를 대공의 최후의 이야기가 같은 책에 쓰여 있다는 게 기이하게 느껴진다. 디종에 그의 초상화가 있다. 그 초상화를 보면 그가 성격 급하고, 완고하고, 반항적이며, 필사적이었음을 알 수 있다. 그러나 아마도 그의 손은 유심히 보지 않았을 것이다. 그의 손은 식혀 주지 않으면 안 될 것처럼 몹시 뜨거웠다. 저도 모르는 사이에 차가운 것 위에 올려놓아야 했으며, 손가락을 펴서 그 사이로 찬 공기를 쏘여야 했다.

보통 사람들의 경우 피가 머리로 솟구친다면, 그는 아마도 피가 손으로 모여드는 듯이, 그 손을 꽉 쥐면 정말 미친 사람의 머리처럼 불룩해지면서 격노한 모습이었다.

이런 피를 몸에 지니고 살려면 엄청나게 조심해야 했다. 그래서 대공은 늘 자기 자신 안에 틀어박혀 있었고, 때때로 그 피가 억눌린 채 암담하게 그의 체내에서 돌면 그는 두려움을 느꼈다. 이 민첩하고, 자신도 잘 모르는 포르투갈 혈통이 반쯤 섞인 피가 그에게는 끔찍하고 낯설게 느껴졌을지도 모른다. 이따금 그는 꿈속에서 그 피가 자신을 공격해 완전히 파괴해 버리지 않을까 두려웠다. 그는 그것을 통제하려 했지만 늘 두려움에서 벗어날 수 없었다. 그는 결코 여자를 사랑하지 않았다. 여자가 질투할까 봐 두려웠기 때문이다. 피의 격렬한 요동이 너무나 고통스러워서 그는 포도주를 입에 댄 적도 없었다. 그는 술을 마시는 대신 장미 잼으로 피를 달랬다. 그러나 단 한 번 술을 마신 적이 있는데, 그랑송이 함락되었을 때 로잔느의 진영에서였다. 당시 그는 병이 든 데다 고립되어 있었으므로 이를 견디지 못하고 독한 술을 마구 들이켰다. 하지만 그 당시에 그의 피는 아직 잠들어 있었다. 무의미하게 흘러간 그의 생애 마지막 몇 년 동안, 그의 피는 때때로 동물적인 깊은 잠에 빠지곤 했다. 그럴 때는 그가 그 피에 완전히 제압당하고 있는 것이 분명했다. 피가 잠들어 있을 때의 그는 아무것도 아니었다. 그럴 때 그의 주변 사람들은 아무도 그의 방에 들어올 수 없었다. 그들의 말이 그에게는 통하지 않았다. 그는 혼자 들어박힌 채 외국의 사신들에게도 자신을 보여 주지 않았다. 그리고 앉아서 자신의 피가 깨어나기만을 기다렸다. 대개의 경우 그것은 갑자기 솟구쳐 심장에서 터져 나오면서 포효했다.

이 피를 위해서 샤를 대공은 자신에게는 쓸모없는 많은 것들을 끌고 다녀야만 했다. 세 개의 커다란 다이아몬드와 온갖 보석들, 플랑드르산 레이스와 마라스의 양탄자 등이 산더미처럼 쌓여 있었다. 금사로 짠 끈으로 장식된 비단 천막과 그의 추종자들을 위한 사백 개의 천막도 있었고, 나무판에 그린 형상과 견고한 은으로 제작한 십이사도의 상도 있었다. 그리고 타렌트 왕자, 클레베 공작, 바덴의 필립공, 샤토 기용의 영주를 자신의 사람들로 데리고 다녔다.

그렇게 해서 자신의 피에게 자기가 황제이며 자기 위에는 아무도 없다고 설득해, 피가 자기를 두려워하도록 만들고 싶었다. 그러나 이러한 증거들이 있음에도 그의 피는 그를 불신했다. 그는 한동안은 그의 피를 반신반의하게 만들 수 있었지만, 스위스군의 승리를 알리는 팡파르 소리가 들려오자 모든 것이 망쳐졌다. 그 후로 그의 피는 자신이 패배자의 몸속에 있는 것을 알고 거기에서 밖으로 빠져나오려 했다.

지금 나는 그의 이야기를 이렇게 알고 있다. 그러나 당시 그 대공에 대해 읽었을 때는, 사람들이 그를 찾고 있던 주현절*에

---

* 옮긴이 — 주현절(Epiphany)은 '주님이 나타난 날'이라는 뜻으로, 기독교에서 그리

대한 묘사가 가장 인상적이었다.

그 이야기를 보면, 주현절 하루 전날 어처구니없게 전투가 끝난 바로 직후, 폐허가 된 자신의 도시 낭시로 입성한 로트링겐의 영주인 젊은 후작은 다음 날 아침 일찍 일행을 깨워 카를 대공을 수소문했다. 그를 찾기 위해 전령이 잇따라 파견되었고, 후작 자신도 가끔씩 창가에 나타나 불안과 걱정 어린 눈으로 바깥을 바라보았다. 부하들이 찾아서 마차와 들것에 실어 온 사람들이 누구인지는 잘 알 수 없었고, 다만 그중에 대공이 없다는 것은 알 수 있었다. 그는 부상자 중에도 없었다. 끊임없이 끌려오는 포로 중에도 대공을 보았다는 사람은 없었다. 그러나 피난민들은 사방으로 흩어지면서 종잡을 수 없는 소문을 퍼뜨렸다. 그들은 대공과 마주칠까 봐 두려워하고 있는 듯 당황하고 공포에 떨고 있었다. 이미 날이 어두워졌지만 아무도 그의 소식을 듣지 못했다. 그가 실종되었다는 소문이 긴 겨울밤 동안 퍼져 나갔다. 그리고 소문이 어디로 전해지든, 그것은 모든 사람에게 카를 대공이 아직 살아 있으리라는 확신을 강하게 심어 주었다. 아마 이날만큼 대공이 모든 사람의 상상 속에 실제 살아 있는 것처럼 느껴진 적은 없었을 것이다. 잠도 안 자고 기다리면서 대공이 찾아와 문을 두드리지 않을까 상상하지 않는 집이

스도가 신의 아들로서 세상 사람들 앞에 나타났다고 하는 날로 1월 6일에 지키는 축일이다.

없었다. 그리고 그가 오지 않으면 이미 이곳을 지나갔기 때문일 거라고 생각했다.

그날 밤은 얼음장같이 추운 날씨였다. 대공이 살아 있다는 생각조차 사람들 마음속에 단단한 얼음처럼 박혀 있는 것 같았다. 그런 생각은 그 후로 몇십 년이나 지날 때까지 조금도 사라지지 않았다. 이 모든 사람은 까닭도 모른 채 여전히 대공을 그리워했다. 대공이 그들에게 가져다준 운명은 대공의 모습이 나타나야만 견딜 수 있었던 것이다. 그들은 대공이 살아 있다는 것에 익숙해지는 일은 힘들었지만 이제는 해냈으므로, 대공은 사람들에게 기억하기 쉽고 잊을 수 없는 존재가 되었다.

그러나 이튿날 아침, 1월 7일 화요일에 수색이 다시 시작되었다. 이번에는 안내할 사람이 있었다. 그는 대공의 시동이었던 소년인데, 멀리서 그의 주인이 고꾸라지는 것을 보았다고 진술했다. 그래서 그는 그 장소가 어디인지 가서 보여 줄 예정이었다. 소년은 아무 말도 하지 않았고, 캄포바소 백작이 그를 데려와서 대신 설명해 주었다. 이윽고 소년이 앞서 걸어갔고 다른 사람들은 바로 그 뒤를 따라갔다. 변장을 한 데다 몹시 불안해하는 그 소년의 모습을 본 사람이면 그가 실제로 소녀처럼 아름답고 몸이 호리호리한 장바티스타 콜로나인지 믿기 어려워했다. 그는 추위에 떨고 있었다. 밤사이에 내린 서리 때문에 대기는 뻣뻣해져 있었다. 걸음을 옮길 때마다 발밑에서 뽀드득 소리가 났다. 모두 몹시 추워하면서 제대로 걷지 못하고 있었고, 오직 대공의 어릿광대인 루이 옹스만이 앞으로 걸음을 계속 재촉

했다. 그는 개의 흉내를 내면서 나아가다가 다시 뒤돌아오더니, 얼마 동안 소년의 옆에서 허리를 잔뜩 굽히고 기듯이 걸어갔다. 그러다가 멀리서 시체가 보이자 그 광대는 달려가 정중히 인사를 하고, 시체를 향해 정신을 차리고 일행이 찾는 시체인지 아닌지 대답해 달라고 말을 걸었다. 그는 그 시체에게 생각할 시간을 주려는 듯, 잠시 그 자리에 서 있다가 실망한 표정으로 일행이 있는 곳으로 돌아왔다. 그러고는 그 죽은 사람은 고집쟁이이고 게을러서 말을 안 한다고 화를 내고 불평했다. 일행은 계속 앞으로 나아갔지만 길은 끝이 없었다. 낭시 시가지는 이제 거의 보이지 않았다. 날은 계속 추운 데다가 점점 어두워져 잿빛으로 바뀌어 앞이 잘 보이지 않았다. 들판은 무심하게 넓게 펼쳐져 있었다. 밀집된 형태로 움직이는 이 작은 무리는 나아갈수록 점점 더 길을 잃는 것처럼 보였다. 말을 꺼내는 사람은 아무도 없었다. 함께 따라간 한 노파만이 속으로 뭐라고 중얼거리면서 고개를 저었다. 아마도 기도를 하고 있는 것 같았다.

맨 앞에 서서 가던 소년이 갑자기 걸음을 멈추고 주위를 둘러보았다. 그러더니 잠깐 대공의 포르투갈 출신 시의인 루피에게 돌아서서 앞을 가리켰다. 몇 걸음 더 걸어가자 얼음판이 나타났는데 무슨 웅덩이나 연못 같았다. 거기에는 열두어 구의 시체가 반쯤 웅덩이에 잠긴 채 널브러져 있었다. 그 시체들은 거의 완전히 벌거벗은 상태였는데 아마 강도를 당한 것 같았다. 시의 루피는 몸을 굽히고 주의 깊게 시신들을 일일이 살펴보았다. 그러다가 올리비에 드 라 마르셰와 목사의 시신을 알아보았다. 그때 노파는 이미 눈 속에 무릎을 꿇고 훌쩍거리면서 손가락을 쭉 뻗은 큰 손 위로 몸을 숙이고 있었다. 모두가 그쪽으로 달려왔다. 루피와 몇몇 시종은 얼굴을 아래로 하고 누워 있는 그 시체를 바로 돌려놓으려고 했다. 하지만 얼굴이 이미 얼어붙어 있었다. 얼음에서 겨우 떼어 내 꺼내 보니 한쪽 뺨의 피부가 엷게 떨어졌고, 다른 쪽 뺨에는 개나 늑대에게 물려 찢긴 흔적이 있었다. 그리고 귀에서 시작된 큰 상처로 얼굴 전체가 망가져서 사람의 얼굴이라고 할 수가 없었다.

그들은 한 사람씩 뒤를 돌아다보았다. 마치 대공이 그들 뒤에 있는 것만 같은 느낌이 들었기 때문이었다. 그러나 어릿광대 루이 옹스가 화가 난 듯 얼굴이 잔뜩 붉어져서 그들을 향해 달려오는 모습만이 보였다. 그는 망토를 하나 몸 앞에 들고 마치 뭔가를 떨어뜨리려는 것처럼 마구 흔들었다. 하지만 망토 안에서는 아무것도 떨어지지 않았다. 그러자 일행은 그 시체의 몸에 있는 특징을 조사했고 두서너 개를 발견했다. 그들은 불을 피운 뒤 데운 따뜻한 물과 포도주로 시신을 씻었다. 그러자 목에 난 흉터가 눈에 띄었고 두 개의 큰 농양 흔적도 드러났다. 의사는 그 시신이 누구의 것인지 더 이상 의심하지 않았다. 그러나 다른 특징들도 살펴보고 비교해 보았다. 루이 옹스가 몇 걸음 떨어진 장소에서 대공이 낭시 전투에 출전할 때 탔던 큰 검정말 모로의 시체를 발견했다. 대공은 이 말 위에 타고 앉아 짧은 다리를 내려뜨렸었다. 말의 코에서 피가 여전히 흘러나와 입으로 들어가고 있었는데, 마치 그 피를 마시고 있는 것처럼 보였다. 조금 떨어져서 보고 있던 시종 중 한 명이 공작의 왼쪽 발의 발톱 하나가 살 속으로 파고들어 가 자란 것을 기억해 냈다. 그러자 모두가 그 발톱의 흔적을 찾기 시작했다. 그러나 그 어릿광대는 누가 간질이기라도 하는 듯이 몸을 꿈틀거리며 소리쳤다.

"아, 전하, 전하의 결점을 찾으려는 저 어리석은 자들을 용서해 주십시오. 그리고 전하의 은덕이 서린 소인의 슬픈 얼굴을 보고도 전하를 알아보지 못한 저들을 용서해 주십시오."

대공의 시신이 안치되었을 때 그 방에 가장 먼저 들어간 사람도 이 어릿광대였다. 안치된 장소는, 무슨 이유에서 몰라도 게오르그 후작이라는 사람의 저택이었다. 시신 위에 아직 장례용 덮개가 씌워지지 않아서 시신의 모습 전체를 볼 수 있었다. 거기에 입혀진 겉저고리와 망토의 진홍색은 제단의 천개(天蓋)와 시신이 누워 있는 침상의 검은색과 두드러지게 대조되었다. 시신의 앞쪽에는 큰 금도금 박차가 달린 진홍색 부츠가 놓여 있었다. 그리고 그 맞은편에 놓인 왕관을 보자 그것이 대공의 머리라는 사실에는 이의가 없었다. 그것은 보석들이 박힌 대공의 큰 왕관이었다. 루이 옹스는 그곳을 오가면서 모든 것을 주의 깊게 살펴보았다. 그는 심지어 거기에 놓인 공단도 손으로 만져 보았다. 하지만 그것에 대해서는 별로 아는 것이 없었다. 그것은 값나가는 좋은 직물일지도 모르지만, 아마도 대공의 부르고뉴 왕가에게는 조금 싸구려일 수도 있었다. 그는 다시 한번 뒤로 물러나 전체를 살펴보았다. 문밖의 하얀 눈이 반사되어서 모든 색이 서로 잘 연결되지 않고 독립되어 있었다. 그는 거기에 있는 것들을 하나하나 가슴에 새겼다. "훌륭하게 잘 갖춰 입으셨습니다"라고 그는 말했다. 그러고는 인정하듯이 속삭였다. "아마도 한 가지 흔적만은 너무나 분명한 것 같습니다." 그의 눈에 죽음은 마치 대공을 급하게 필요로 하는 인형 조종자처럼 보였다.

어떤 일을 더 이상 변화시킬 수 없다면, 그것에 대해서는 후회하거나 사실을 판단하지 않고 그냥 인정하는 것이 좋다. 그런 면에서 보면 나는 자신이 진정한 독서가가 아니라는 걸 깨달았다. 어린 시절에 나는 독서란 훗날 여러 가지 소명이 주어질 때, 그때 떠맡아야 할 미래의 일들 중의 하나라고 생각했다. 솔직히 말해서 그게 언제일지는 확실하게 알지 못했다.

다만 나는 삶이 어떤 식으로 변하면 예전에는 그 변화가 내부에서 일어났듯이, 이제는 외부에서 일어난다면 그것을 알아차릴 수 있으리라는 사실을 믿었다. 그러면 그 변화는 모호하지 않고 분명해서 오해의 소지가 전혀 없을 거라고 생각했다. 물론 모든 것이 다 간단하지는 않고, 반대로 매우 까다롭고 복잡해 내게는 힘들겠지만 적어도 눈에는 보일 것이다. 그러면 어린 시절의 이상한 막막함과 균형이 안 맞고 예측할 수 없는 것 같은 느낌을 극복할 수 있으리라고 생각했다. 어떻게 그것이 가능할지는 물론 예측할 수 없었다. 근본적으로 그런 느낌들은 점점 커지면서 사방에서 다가오고 있었고, 바깥을 바라보려고 하면 할수록 내면에서 더 많이 흔들렸다. 어떻게 해서 그런 일이 생기는지는 알 수 없지만, 아마도 내면의 것이 극단적으로 커지다가 바깥으로 향하려 할 때 일시에 확 꺾여 버리는 것 같았다. 어른들을 관찰해 보면 이런 일에 별로 신경을 쓰지 않는다는 것을 쉽게 알 수 있었다. 그들은 돌아다니면서 판단을 하고 행동을 취하곤 했다. 어른들이 어려움에 빠지는 경우가 있다면 그것은 외부의 상황에 기인하는 것이었다.

나는 삶의 변화가 오면 맨 먼저 독서를 시작하기로 마음먹고 있었다. 그러면 마치 아는 사람과 교제하듯이 책과 마주할 수 있을 것이다. 책을 읽을 시간이 생길 것이고, 나 자신에게 맞는 시간을 고르다 보면 그 시간은 즐겁게 흘러갈 것이다. 물론, 내게 더 친밀감을 주는 책이 있어서 그것을 읽는 데 정신이 팔리다 삼십 분 정도 시간을 허비할 수도 있을 것이다. 그 때문에 가끔 산책 시간에 늦기도 하고, 약속을 제대로 지키지 못하기도 하고, 극장에 가서 연극의 시작 부분을 보는 것을 놓치기도 하고, 급한 편지를 쓰는 일을 미룰 수도 있다. 그러나 자다가 막 일어난 사람처럼 머리카락이 제멋대로 뒤엉키고, 귀가 불덩이처럼 달아오르고, 손은 쇳덩이처럼 차가워지고, 옆에 있는 긴 촛불이 촛대 속으로 빠지직 타들어 가는 일들을 겪으면서 독서하는 일은 없을 것이다.

이런 현상들을 언급하는 이유는 그 당시 울스가르에서 휴가를 보내던 중에 갑자기 독서를 하기 시작하면서 이를 매우 뚜렷이 경험했기 때문이다. 그때 나는 제대로 독서를 할 능력이 없을 것 같다는 점을 분명히 깨달았다. 물론, 그 당시 나는 예상했던 시기보다 좀 빠르게 독서를 시작했다. 하지만 소뢰에 있던 그해에 내 나이 또래의 소년들과 섞여 지내면서 나는 그런 내 계획에 불안해졌고 의심을 품었다. 거기서 나는 예상치 못한 짧은 경험을 했는데, 그것은 그 아이들이 나를 어른처럼 대한 것이었다. 그 경험은 실제 생활에서 겪는 것처럼 내게는 감당하기 힘들었다. 하지만 내가 그 경험의 실재를 느끼는 만큼 내 어린 시절의 영원함에도 눈을 뜨게 되었다. 내게 어른의 세계는 아직 시작되지 않았었다. 누구나 자신의 삶의 시기를 구분하는 것은 자유다, 라고 나는 스스로에게 말했다. 그러나 그것은 일부러 만들어 내는 것이었다. 그리고 나는 그런 것을 생각해 내기에는 너무 서툴렀다. 그것을 시도할 때마다 삶은 내가 그러한 시기를 구분하는 것에 대해 아무것도 모른다는 것을 분명히 알려 주었다. 그러나 내가 내 어린 시절이 이미 끝났다고 고집할 때마다, 앞으로 다가올 예정인 것들은 모두 흔적도 없이 사라지고, 내게는 납으로 만든 장난감 병정이 쓰러지지 않게 발밑에 딛고 있는 공간 정도밖에 남지 않았다.

이런 발견은 당연히 나를 다른 아이들로부터 더욱 고립시켰다. 그것은 내 마음을 사로잡았고, 일종의 궁극적인 기쁨으로 나를 채워 주었다. 그 기쁨이 내 나이에는 너무나 벅찬 것이어서 나는 오히려 그것을 슬픔으로 여겼다. 나는 당분간 정확한 기간을 두고 무슨 계획을 세울 수 없었기 때문에 많은 것을 놓칠 것만 같아서 불안해했다.

그러다가 울스가르로 돌아와 옛집에 있는 책들을 보자 그것들을 모두 읽기 시작한 것이다. 나는 양심의 가책을 받은 것처럼 몹시 서둘러서 그것들을 읽었다. 당시 나는, 나중에 자주 느끼곤 한 일이지만, 모든 책을 다 읽겠다고 결심하지 않는 한 어떤 책도 펴 볼 권리가 없다는 것을 예감했다. 한 줄 한 줄 읽어 나갈 때마다 세계가 무너졌다. 원래 책으로부터 벗어나 있던 그 세계는 아마도 책을 다 읽은 다음에야 다시 온전한 모습이 될 것 같았다.

그러나 제대로 독서할 줄 모르던 내가 어떻게 이 모든 책을 감당할 수 있을까? 그 소박한 서재 안에도 책은 셀 수 없이 많이, 그것도 촘촘히 꽂혀 있었다. 나는 도전하듯 필사적으로 이 책 저 책으로 달려들어, 마치 엄청난 일을 해내야 하는 사람처럼 책 페이지들을 부지런히 읽어 나갔다. 당시 나는 실러와 바게센, 욀렌슐레거와 샤크-슈타펠트의 작품을 읽었고, 월터 스콧과 칼데론의 작품도 읽었다. 내 손에 들어온 어떤 책 중에 어떤 것들은 이미 읽었어야 했던 것이고, 또 어떤 책들은 아직 읽기에는 너무 이른 것들이었다. 그 당시 내 현실에 맞게 읽을 수 있는 책은 거의 없었다. 그럼에도 불구하고 나는 책을 계속 읽었다.

그로부터 몇 년 뒤, 밤에 자다가 깨어나면 이따금 창밖의 별이 너무나 생생하고 뚜렷하게 보였다. 그때 나는 이처럼 풍요로운 세계를 왜 사람들이 무심히 지나쳐 가고 있는지 이해할 수 없었다. 책을 읽다가 눈을 들어 여름이 한창 피어나 있는 곳, 아벨로네가 나를 부르고 있는 곳을 바라볼 때에도 비슷한 느낌을 받았던 것 같다. 예상치 않았는데 그녀가 나를 부르는 일이 있었고, 그럴 때 내가 대답하지 않는 경우도 있었다. 그런 일은 우리가 가장 행복하던 시절에 일어났다. 그러나 나는 독서에 사로잡힌 이후로 필사적으로 독서에만 열중했고, 우리들이 매일매일 보내는 휴일을 완강하게 피했다. 자연스러운 행복을 위한 많은, 가끔은 눈에 띄지 않는 기회를 이용하기에는 나는 너무 철부지였고 서툴렀다. 하지만 그 때문에 점점 커져 가는 생활과 독서 간의 불화 속에서도 나는 미래의 가능한 정신적인 융화를 그려 보고 있었다. 그러한 융화는 다가오는 것이 멀고 아득해 보일수록 더욱 매력적으로 느껴졌다.

그러던 어느 날, 독서에 취해 있던 내 버릇은 시작했을 때와 같이 갑자기 끝나버렸다. 우리는 서로에게 매우 화가 나 있었다. 이제 아벨로네가 나를 조롱하면서 우월감을 보였기 때문이다. 정원의 정자에 그녀가 있는 것을 보고 다가갔더니 그녀는 독서를 하고 있다고 말했다. 어느 일요일 아침이었다. 책은 그녀 옆에 접힌 채로 놓여 있었지만, 그녀는 사실 건포도를 따는 데 여념이 없어 보였다. 포크로 작은 송이에서 건포도 알들을 조심스럽게 따 내고 있었다.

그때가 칠월의 어느 이른 아침이었을 것이다. 그처럼 새로이 산뜻하게 찾아온 조용한 시간에는 어디서나 예기치 않았던 즐거운 일이 생길 수 있다. 막을 수 없는 수백만 개의 작은 움직임들이 모여 아주 분명한 생명의 모자이크를 구성한다. 사물들은 대기 속에서 이리저리 흔들린다. 그 차가움으로 인해 그림자가 맑아지고, 태양은 가볍고 투명한 빛을 발한다. 정원에는 이렇다 할 특별한 것이 없었다. 모든 것이 어디에나 편재해 있었다. 우리는 그것들 중 아무것도 놓치지 않으려면 그 모든 것 안에 자연스럽게 머물러야 했다.

아벨로네의 작은 손 움직임 속에서 그런 모든 기운이 살아 움직이고 있었다. 그녀가 손을 이리저리 움직이면서 하고 있는 이런 일은 참으로 행복하게 계획된 일이었다. 그늘 속에서 움직이는 그녀의 하얀 두 손은 아주 가볍게 서로 맞춰가며 일했고, 그럴 때마다 둥근 열매는 포크 앞에서 장난스럽게 툭 튀어나와 이슬이 맺힌 포도 잎으로 덮은 그릇 속으로 떨어졌다. 거기에는 이미 붉은 열매들과 금빛으로 반짝거리는 다른 열매들이 수북이 쌓여 있었다. 시큼한 맛 속에 건강한 씨앗이 들어 있는 열매들이었다. 그 모습을 마냥 지켜보고 싶었다. 하지만 그러지 말라는 책망을 들을 것 같아서, 나는 일부러 별 관심이 없는 것처럼 보이려고 책을 집어 들고 테이블 반대쪽에 가서 앉아서 그 책의 페이지를 잠시 넘기다가 그냥 아무 데나 펼치고 읽었다.

"기왕이면 소리 내어 읽어 주지 그러니, 책벌레 도련님." 잠시 후 아벨로네가 말했다. 그 말투에는 더 이상 싸움을 거는 기미는 보이지 않았다. 내 생각에도 이제는 그녀와 화해할 때인 것 같았다. 그래서 나는 한 단락이 끝나는 부분까지 큰 소리로 읽었다. 그다음 단락으로 넘어가자 '베티네에게'라는 부제가 나왔다.

"아니, 답장 부분은 읽지 마." 아벨로네는 내가 읽는 것을 막더니 갑자기 피로한 듯이 포크를 내려놓았다. 그러고는 내가 그녀를 바라보는 표정을 보더니 웃었다.

"세상에, 책을 왜 그런 식으로 읽는 거니, 말테."

그 말에 나는 잠시 집중해서 읽지 않았던 것을 인정해야 했다.

“일부러 그만 읽으라고 말하게 하려고 그랬어요.” 나는 고백하면서 얼굴이 빨개졌고 눈을 다시 책 제목 쪽으로 돌렸다. 그리고 그제야 그 책 제목이 무엇인지 알게 되었다.

“왜 답장은 읽지 말라는 거죠?” 나는 호기심에 물었다.

아벨로네는 마치 내 말을 듣지 못한 듯했다. 그녀는 밝은 드레스를 입고 앉아 있었지만, 그녀의 내면은 마치 그녀의 눈처럼 어두워지고 있는 것 같았다.

“이리 줘.” 그녀는 돌연 화가 난 듯 말하면서 내 손에서 책을 받아 들고 자신이 원하는 대목을 정확히 펼쳤다. 그러고는 베티네가 보낸 편지* 중 하나를 읽어 갔다.

내가 그 편지의 의미를 어느 정도 이해했는지는 모르지만, 언젠가는 이 모든 것을 제대로 이해하게 될 거라고 엄숙하게 약속받은 것 같은 기분이 들었다. 그리고 그녀의 읽는 목소리가 점점 커져서 평소 노래 부를 때의 소리와 거의 비슷해지자, 나는 앞서 우리 사이에 화해가 잘되지 않을 거라고 생각했던 것이 부

---

* 옮긴이 — 이것은 독일의 여류작가 베티네 폰 아르님(Bettina von Arnim, 1785~1859)이 쓴 서간체 작품을 말한다. 그녀는 독일 낭만주의 시인 클레멘스 브렌타노의 여동생이자, 역시 시인인 루트비히 아힘 폰 아르님의 아내였다. 젊은 시절 독일의 문호 괴테(Johann W. von Goethe)를 만났고, 훗날 그와의 서신 교류를 다룬 『괴테가 한 아이와 나눈 편지들』(*Goethes Briefwechsel mit einem Kinde*, 1835)을 출간했다. 여기에서는 이 서간집을 가리키고 있다.

끄러웠다. 나는 이것이야말로 진정한 화해라는 생각이 들었다. 하지만 그것은 지금 내가 닿을 수 없는 훨씬 커다란 세계에서 이루어지고 있었다.

약속은 언젠가는 이루어진다. 언젠가부터 그 책은 내가 소장한 몇 권의 책 중 하나가 되었고, 내가 늘 지니는 책이 되었다. 이제 나 역시 그 책을 펼칠 때 내가 생각하는 대목을 펼친다. 그 대목을 읽을 때면 내 마음속으로 생각하는 것이 베티네인지 아벨로네인지 여전히 분명하지 않다. 아니, 베티네는 내게 좀 더 현실적으로 다가왔다. 반면에 내가 알던 아벨로네는 베티네가 다가오기 이전의 준비 단계와 같았고 이제는 베티네 속으로 들어가 합쳐진 것 같았다. 마치 그녀 자신의 무의식적인 존재 속으로 사라진 것처럼. 왜냐하면 이 경이로운 베티네라는 인물은 그녀가 쓴 모든 편지로 공간을, 거대한 세계를 만들어 냈기 때문이다. 베티네는 처음부터 마치 사후의 모습처럼 모든 것 속에 널리 퍼져 들어갔다. 그녀는 존재의 내면으로 아주 깊숙이 들어가 그것의 일부가 되었다. 그래서 그녀에게 일어난 일은 자연 속의 영원한 일부가 되었다. 거기서 그녀는 자신을 인식하고 거의 고통스럽게 자신을 놓아주었다. 마치 전설 속에서 찾아내듯 힘들게 자신을 되찾아 내고, 주문으로 유령을 불러내듯 자신을 불러내어 버티고 있었다.

조금 전까지도 그대는 여기에 있었지요, 베티네. 나는 그대를 봅니다. 그대로 인해 대지는 여전히 온기가 돌고, 새들도 여전히 그대의 목소리를 듣기 위해 공간을 남겨 두지 않습니까? 이슬은 다른 이슬이어도, 별들은 여전히 그대를 비추던 밤의 별들입니다. 사실 이 세계는 그대의 것이 아니었던가요? 그대는 수시로 이 세계를 그대의 사랑으로 불태웠고, 그 세계가 이글거리며 타오르는 것을 보았지요. 그대는 모든 사람이 잠들었을 때 그 세계를 다른 것으로 몰래 바꿔치기하지 않았던가요. 그대는 매일 아침 신에게 그분이 만드신 모든 사람이 차례로 가서 머물 수 있도록 새로운 대지를 달라고 기도할 때, 그대는 신과 거의 마음이 맞음을 느꼈던 것입니다. 낡은 세계를 아끼고 고치는 것은 그대에게는 궁색한 일로 보여서, 그대는 차라리 그 세계를 아낌없이 써 버리고 새로운 세계를 달라고 손을 내밀었습니다. 왜냐하면 그대의 사랑은 모든 것을 감당할 만큼 커졌기 때문입니다.

그러나 아직도 그대의 사랑에 대해 이야기하지 않는 사람들이 있다니, 무엇 때문일까요? 그 후로 그대의 사랑보다 더 특별한 일이 일어났었나요? 대체 그들은 무슨 일에 매달리고 있는 걸까요? 그대는 자신의 사랑의 가치를 알았습니다. 그래서 그것을 인간적인 사랑으로 바꿔주기를 바라는 마음에서 가장 위대한 시인에게 큰 소리로 알렸습니다. 그 사랑은 여전히 자연의 원소였기 때문입니다. 하지만 그 시인은 그대에게 답장을 보내면서 그대의 사랑을 사람들에게 말해 버리고 말았습니다. 모든 사람이 그의 답장을 읽었고, 괴테 같은 시인은 자연보다 더 분명하게 그들에게 다가오기 때문에 그 답장의 내용을 더 믿게 되었습니다. 그러나 이것이 그 시인의 위대함의 한계라는 것이 언젠가는 분명해질 것입니다. 베티네 같은 여성의 사랑이 그에게 과제로 주어졌으나 그는 그것의 전달에 실패했습니다. 그 시인이 이 일에 대응할 수 없었다는 것은 무슨 뜻일까요? 그러한 사랑에는 새삼 응답이 필요 없습니다. 그러한 사랑은 자체 안에 구애의 소리와 그에 대한 응답이 동시에 있습니다. 그것은 스스로의 말에 귀를 기울입니다. 그러나 시인은 자신의 모든 것을 그녀 앞에서 낮추고 그녀가 구술한 것을, 파트모스섬의 요한*처럼 무릎을 꿇고 두 손으로 받아 적어야 했을 것입니다. "천사의 직무를 다하기 위해" 다가와 그를 감싸고 영원한 세계로 데려가려는 이 목소리에는 다른 선택의 여지가 없었습니다. 거기에는 시인의 승천을 위해 대기하는 불수레†가 있었습니다. 거기에는 그의 죽음을 위한 어두운 신화가 준비되어 있었습니다. 그러나 시인은 그것을 헛되게 만들었습니다.

운명은 수많은 문양과 형태를 만들어 내기 좋아한다. 운명이 힘든 것은 그 복잡함 때문이다. 그러나 삶 자체는 단순하기 때

---

* 옮긴이 — 『신약성서』의 「요한계시록」을 쓴 요한을 가리킨다. 그는 에게해의 파트모스섬에서 그것을 집필한 것으로 기록되었으나 확실하지는 않다.

† 옮긴이 — 『구약성서』의 「열왕기하」 2장 11절에 예언자 엘리야가 불수레를 타고 승천하는 장면이 묘사되어 있다. 여기서 릴케는 시인이 예언자의 능력까지 갖춰야 하는 것으로 보고 있다.

문에 힘들다. 삶 속에서 우리가 적응하기에 맞지 않은 크기를 가진 것은 얼마 안 된다. 성자는 일부러 운명을 거부하고 신을 마주 대하는 단순함을 선택했다. 그러나 여인은 천성적으로 남자와 관계할 때 성자와 같은 선택을 해야 한다는 사실이 모든 사랑에 있어서 숙명적으로 작용한다. 계속해서 변하는 남자 옆에서 여자는 마치 영원한 존재처럼 운명에 흔들리지 않고 굳건히 서 있어야 한다. 사랑하는 여인은 사랑받는 남성보다 더 우월하니, 이는 삶이 운명보다 더 위대하기 때문이다. 여인이 베푸는 사랑의 헌신은 무한을 지향한다. 이것이 여인의 행복이다. 그러기에 사랑의 헌신을 제한하라는 요구는 여인들의 사랑에 말할 수 없는 고통을 주었다.

여인들의 한탄은 오로지 이러한 사랑의 고통에서 나온 것이었다. 엘로이즈*가 쓴 처음 두 통의 편지에만 이러한 탄식이 들어 있으며, 오백 년 후에 포르투갈의 한 여성이 쓴 편지†에도 이런 탄식이 나타나 있다. 그 탄식은 마치 새 울음소리 소리처럼

---

* 옮긴이 — 엘로이즈(Héloïse, ?~1164)는 프랑스의 수녀로서, 소녀 시절 귀족 출신이던 피에르 아벨라르라는 자신의 스승과 사랑을 나누었다. 그러나 삼촌의 방해로 사랑을 이루지 못하고 수녀원에서 일생을 마쳤다. 헤어진 후에도 서로 잊지 못했던 그녀와 아벨라르는 사후에 합장되었다. 그녀가 쓴 서간들이 남아 있다.

† 옮긴이 — 앞선 주석에서도 언급한 마리안나 알코포라다(Mariana Alcoforada)라는 포르투갈 수녀를 가리키는 것으로 보인다. 그녀가 사랑한 프랑스 장교가 자신을 버리고 떠나자, 그녀는 그에게 자신의 절망스러운 고통을 표현한 편지를 보냈는데, 이는 1669년에 『포르투갈 수녀의 편지』라는 제목으로 출간되었다.

들리는 것을 알 수 있다. 그리고 이러한 통찰에 의해 환해진 공간 사이로 우리에게 먼 옛 시대의 인물인 사포*가 지나간다. 사람들이 수천 년 동안 운명 속에서 찾았기 때문에 발견하지 못한 여성의 모습이다.

나는 그 남자에게서 신문을 살 용기를 내지 못했다. 그는 저녁 내내 뤽상부르 공원 바깥에서 천천히 걸으며 오가는데, 그가 늘 몇 부의 신문을 갖고 다니는지는 잘 알 수 없었다. 그는 공원 담벼락의 쇠창살에 등을 돌리고 쇠창살이 박혀 있는 돌담의 가장자리를 손으로 쓰다듬으면서 걸어갔다. 그 남자는 몸을 너무 낮게 굽히고 있어서 매일 그의 얼굴을 한 번도 제대로 보지 못하는 많은 사람이 그의 곁을 지나쳐 갔다. 그는 쉰 목소리를 내어 뭐라고 말한다. 하지만 이것은 램프나 난로에서 찌익 하고 나는 소리와 같고, 동굴에서 이상한 간격으로 떨어지는 물방울 소리와도 다를 바 없다. 그리고 세상에는 움직이는 그 어떤 것보다 더 조용히 있는 시곗바늘처럼, 시곗바늘의 그림자처럼, 아니 시간처럼 정지해 있는 것을 평생 동안 그냥 지나쳐 가는 사

* 옮긴이 — 사포(Sappho, 기원전 630년경~기원전 570년경)는 고대 그리스의 여류 시인으로 다작을 했는데, 특히 사랑을 주제로 한 비가(悲歌)적인 작품을 많이 썼다. 전설에 의하면 그녀는 파온이라는 선원을 짝사랑하다가 절벽에서 떨어져 자살했다고 한다.

람들이 있다.

내가 그 남자를 제대로 쳐다보기를 꺼린 것은 얼마나 부당한 일이었던가. 그가 나의 가까이 있을 때도 나는 종종 부끄럽게도 그를 모르는 체하고, 다른 사람이 걸어가면 그 뒤를 따라가곤 했다. 그런데 그때 그 남자의 입에서 "신문이요"라는 말이 재빨리 나오는 것이 들리더니, 또 한 번 그리고 세 번째로 들려왔다. 그러자 내 옆으로 지나가던 사람들은 그 목소리를 찾아 주변을 둘러보았다. 나는 다른 사람들보다 더 빨리 행동을 취해 마치 아무것도 눈치채지 못한 듯, 마치 무슨 생각에 잠긴 것처럼 걸음을 빨리했을 뿐이다.

사실 나는 그랬다. 나는 그 남자를 머릿속에서 떠올리느라 바빴다. 그를 상상하는 일에 몰두하고 너무 골몰하느라 땀까지 흘렸다. 나는 마치 아무런 증거도, 신체 부위도 남아 있지 않은 죽은 사람을 전적으로 마음속에서 만들어 내는 것처럼 상상해야 했다. 지금 돌이켜 보면, 골동품 상점들 주위에 쌓여 있는 줄무늬 상아로 만든, 죽은 그리스도상을 연상하는 것이 약간은 도움이 되었다. 그러나 이 모든 것은 약간 숙이고 있는 그의 길고 갸름한 얼굴, 그의 홀쭉한 뺨에 난 덥수룩한 수염, 그리고 비스듬히 위쪽으로 들어 올린, 닫힌 얼굴 표정에 나타난 마지막 고통의 흔적인 장님의 모습에 대한 연민을 불러일으켰을 뿐이다. 하지만 그 남자에게는 여러 가지 특징이 더 있었다. 그때 나는 그에게서 보이는 특징 중 사소한 것은 아무것도 없다는 것을 이미 알고 있었다. 예컨대 저고리인지 외투인지를 등 뒤로 제치고 칼라를 잘 보이게 드러낸 방식이 그랬다. 그 낮은 칼라는 늘어진 목에 닿지 않고 그 주위를 크게 아치 모양으로 둘러싸고 있었다. 옷 전체를 넓게 둘러싼 녹색 빛이 도는 검은색 넥타이도 그랬다. 특히 모자가 독특했다. 그 남자는 모든 시각 장애인이 쓰는 것 같은 낡고 높은 원통 모양의 딱딱한 모피 모자를 쓰고 있었다. 그 모자는 그의 얼굴과 전혀 조화를 이루지 못했고, 그의 외모와도 맞아떨어지지 않았다. 그저 관습대로 머리에 얹은 낯선 물건처럼 보일 뿐이었다. 나는 비겁하게도 그 남자를 바라보지 않으려고 애썼는데, 그래도 그의 이미지는 종종 아무 이유 없이 내 안에서 강하고 고통스럽게 수축되어 비참한 모습으로 나타났다. 그 때문에 가슴이 답답해진 나는 내 상상력이 점점 더 커지는 것을 그의 실제 모습을 봄으로써 극복하기로 결심했다. 그때는 저녁 무렵이었다. 나는 그 남자에게 주의를 기울이면서 지나가야겠다고 마음먹었다.

이제 봄이 다가오고 있었다. 바람이 잦아든 날이었고, 거리는 길게 뻗어 있어 평화로웠다. 길 어귀에는 새로 생긴 집들이 갓 자른 흰색 금속의 단면처럼 어슴푸레 빛나고 있었다. 놀랄 만큼 가벼운 금속으로 지은 것 같은 집들이었다. 넓고 계속 이어진 큰 거리에는 많은 사람이 이따금 오는 마차들을 겁내지 않고 거침없이 지나다녔다. 그날은 분명 일요일이었을 것이다. 생 쉴피스 성당의 탑이 바람 멎은 고요함 속에서 상쾌하게, 그리고 예상치 못하게 높이 솟아 있었다. 로마풍의 좁은 거리들을 바라보니 봄의 계절이 들여다보였다. 정원과 그 앞에는 사람들이 너무 많이 붐비고 있어서 나는 그 남자를 제대로 볼 수 없었다. 아니면 사람들 틈에 있는 그를 처음에 알아보지 못한 것일까?

그 순간 나는 내 상상력이 쓸모없다는 것을 알았다. 특별히 조심하거나 꾸미는 것 없이 자신의 비참함에 온몸을 내맡긴 모습은 내 상상력을 넘어섰다. 나는 그가 취하고 있던 굽은 자세도 이해하지 못했고, 그의 눈꺼풀 안쪽부터 계속해서 그의 영혼을 좀먹는 듯한 공포도 이해하지 못했다. 나는 배수구의 주둥이처럼 그의 입이 뒤로 쑥 젖힌 것에 대해서도 별로 생각해 보지 않았다. 아마도 그는 어떤 추억들을 갖고 있었을지 모른다. 하지만 지금 그의 영혼에 더해지는 것은 매일같이 등 뒤로 그의 손이 더듬는 돌담의 모호한 느낌 말고는 없었다.

나는 가다가 멈춰 서서 이 모든 것을 거의 동시에 바라보고 있었다. 그때 나는 그가 다른 모자를 쓰고 있고, 일요일의 나들이용임이 분명한 넥타이를 매고 있다는 것을 알았다. 그것은 노란색과 보라색 사각형이 대각선으로 무늬를 이루고 있었다. 모자는 녹색 띠가 달린 싸구려 새 밀짚모자였다. 물론 이런 색깔 자체가 문제는 아니었다. 내가 그런 것을 기억하고 있는 것도 좀스러운 일이었다. 다만 말하고 싶은 것은, 그의 모습에서 색깔들은 마치 새의 앞가슴에 난 가장 부드러운 털 같아 보였다는 것이다. 그 남자도 색깔에 대해서는 아무 관심도 없었다. 그리고 여기 사람 중에 누가 (내가 주변을 둘러보았을 때) 이런 차림이 그 남자 자신을 위한 것이라고 생각할 수 있었겠는가?

그때 나는 불현듯 깨달았다. 아, 신이시여, 당신이시군요. 당신이 존재함을 보여 주는 증거들이 있습니다. 저는 그것들을 모두 잊고 있었고 보여 달라고 요구한 적도 없습니다. 당신이 존재한다는 확신에는 아주 커다란 의무가 따르니까요. 그런데 이제 내 눈앞에 그것이 보입니다. 이것이 당신의 취향이군요. 그 남자의 모습에서 당신은 흐뭇함을 느낍니다. 우리는 참고 견디되 이렇다 저렇다 판단하지 않는 법을 배워야 합니다. 무엇이 힘든 일인가요? 또 무엇이 은혜로운 일인가요? 그것은 오직 당신만이 아십니다.

겨울이 다시 찾아와 저에게 새 외투가 필요해지면, 새것일 동안 입을 수 있는 외투를 한 벌 저에게 주십시오.

내가 처음부터 내 소유였던 좋은 옷을 입고 다니며 어딘가에 살아야겠다고 고집하는 것은 그들과 달라지고 싶어서가 아니다. 아직 그렇게까지는 아니다. 나는 그들의 삶에 특별히 마음을 쓰지 않는다. 만약 내가 팔을 못 쓰게 되면 나는 그것을 감출 것이다. 그런데, 그 여자(그 여자가 누구인지 나는 모른다)는 매일 카페의 테라스 앞에 나타났고, 외투를 벗어 옷에서 몸을 빼는 게 무척 힘들어 보였지만 남루한 옷을 속옷까지 천천히 벗었다. 그 동작은 보고 있기가 지루할 정도로 느렸다. 그런 다음에 그 여자는 우리 앞에 조심스럽게 섰다. 그 깡마르고 왜소한 몸매를 보면 그야말로 진기했다.

아니, 나는 그들과 다르기를 바라는 것이 아니다. 하지만 나도 그들처럼 되고 싶어 한다면 불손한 일이다. 그러나 나는 그렇지 못하다. 나는 그들과 같은 강인함도 자제력도 없다. 나는 식사 때마다 거르지 않고 먹으며, 따라서 그것은 대수로운 일도 아니다. 하지만 그들은 마치 영원한 존재처럼 견뎌 나간다. 그들은 십일월에도 매일 그 자리에 나와 서 있고, 겨울이 다가와도 무서워서 소리 지르지 않는다. 안개가 껴서 그들의 모습이 희미하고 불확실해져도, 그들은 계속 그 자리에 있다. 나는 여행을 떠나기도 했고 병도 앓았다. 많은 일이 내게 일어났다. 그러나 그들은 죽지 않고 그대로 살아남아 있었다.

(칙칙한 냄새가 나는 차가운 방에서 어린 학생들이 어쩌면 그렇게 아침 일찍 일어날 수 있는지 모르겠다. 누가 그들을, 파리한 해골 같은 이 가난한 학생들을 어른들의 도시로, 어두운 밤이 끝나는 곳으로, 수업이 영원히 지속될 것 같은 학교로 달려가도록 재촉하는 것일까? 아직 어린 그 학생들은 기대에 차서 달려가지만 항상 수업에 늦는다. 거기에는 사람들의 지속적인 지원이 있을지 모르지만 그것이 어느 정도인지는 전혀 짐작이 안 간다.)

이 도시는 서서히 그들과 같은 처지로 미끄러져 떨어지는 사람들로 가득 차 있다. 대다수 사람은 처음에는 저항한다. 그러나 아무런 저항도 하지 못하고 계속해서 그런 처지로 넘어가는, 사랑받지 못하고 나이 들어가는 처녀들도 있다. 그러나 그들의 마음속은 강하고 순결하다.

신이시여, 당신은 제가 모든 것을 포기하고 그들을 사랑해야 한다는 말씀이겠지요. 아니면, 그들이 나를 스쳐 지나갈 때, 그들 뒤를 따라가 붙잡지 않는 것이 왜 이리 부담이 될까? 왜 나는 갑자기 밤에 건네기 좋은 아주 달콤한 말이 생각나고, 내 목소리는 목과 심장 사이까지 올라와 걸려 있는가?

왜 나는 삶에 희롱당한 그들에게 아주 조심스럽게 내 입김을 불어넣어 줄 생각을 하는 것일까? 봄이 오고 또 와도 그저 팔을 벌려 아무렇게나 희롱당하다가 어깨가 축 늘어져 버린 이 인형 같은 여인들에게? 그들은 희망을 갖고 높은 데서 크게 추락한 적이 없기 때문에 부서진 적도 없다. 하지만 그들은 이미 지쳐 있고 살아가기에는 너무 힘겨워한다. 오직 길 잃은 고양이들만이 저녁에 그들의 방에 찾아와서 은밀하게 발톱으로 긁어 대고, 그들의 몸 위에 올라와서 잠을 잔다. 이따금 나는 두 블록 떨어진 거리까지 그들의 뒤를 따라가 보기도 한다. 그들은 집 앞을 지나가며 사람들이 가려서 안 보일 때가 있다. 그러다가 마치 연기처럼 그 사람들 속으로 사라져 버린다.

그러나 누군가가 그런 여자들을 진정 사랑하려 하면, 그들은 마치 너무 먼 길을 걸어와 지쳐 걸음을 멈추고 기대어 오는 사람처럼 그에게는 무거운 짐이 될 것이다. 온몸에 부활의 기운을 여전히 간직하고 있는 그리스도만이 이런 여인들을 지탱하고 견뎌 낼 수 있을 거라고 믿는다. 하지만 그리스도는 그런 여인들에게는 관심이 없다. 불 꺼진 등불을 들고 애인에 대한 작은 사랑의 재능만 갖고 기다리는 여인들이 아니라, 오직 사랑하는 여인들만이 그리스도를 유혹할 수 있다.

만약 내가 최악의 상황에 처할 운명이라면 아무리 좋은 옷을 입고 변장을 해도 소용이 없다는 것을 안다. 그 왕의 경우를 보면, 그는 자신의 왕국에 있으면서도 가장 비참한 이들 속으로 미끄러져 들어가지 않았던가? 그는 위로 올라가기는커녕 맨 밑바닥으로 가라앉고 말았다. 화려한 왕궁의 정원이 더 이상 아무런 증명도 해 주지 못하지만, 나는 이따금 다른 왕들을 믿었던 것도 사실이다. 하지만 지금은 밤이고 겨울이다. 나는 추위에 떨며 그를 믿고 있다. 영광은 잠깐일 뿐이고 비참함보다 더 오래가는 것은 본 적이 없기 때문이다. 그러나 그 왕*은 영원할 것이다.

유리병 속에서 자라는 밀랍 꽃처럼 광기 속에서 유일하게 살아남은 사람은 이 왕이 아닐까? 다른 왕들을 위해서는 교회에 모인 사람들이 기도하며 만수무강을 빌었지만, 그 왕의 만수무강을 빌어 준 사람은 장 샤를리에 제르송† 재상이었다. 그것도 그 왕이 왕관을 썼음에도 불구하고 가장 비참한 곤경에 빠져 있을 때였다.

그 무렵, 얼굴에 검은 칠을 한 낯선 사람들이 침대에 누워 있는 그에게 들이닥쳐 종기에 눌어붙은 왕의 속옷을 벗겨 내려 했

* 옮긴이 — 프랑스의 왕 샤를 6세(1368~1422)로 '광인왕'으로 불리기도 한다. 재위 기간 중 정신병을 앓아 국정에 많은 어려움과 혼란을 겪었다.

† 옮긴이 — Jean C. de Gerson은 프랑스의 학자이자 개혁가, 시인으로 파리 대학교 총장을 지냈다. 그는 1405년 11월 7일 프랑스 샤를 6세 국왕 앞에서 "국왕 만세"라는 제목의 연설을 했다.

다. 그는 오랫동안 종기에 눌어붙은 속옷을 자신의 몸 일부라고 믿고 있었다. 어두운 실내에서 그들은 그의 뻣뻣한 팔 밑에서 찢어지기 쉬운 누더기 속옷을 잡아당겨 떼었다. 그때 그들 중 한 사람이 들고 있던 등불을 비췄고, 그제야 그들은 왕의 가슴에 나 있는 끔찍한 상처를 발견했다. 거기에는 쇠로 된 부적이 박혀 있었다. 그가 매일 밤 그 부적을 몸에 꽉 대고 온 힘을 다해 눌렀던 것이다. 그것은 상처 깊숙이, 마치 유물함의 움푹 들어간 곳에 귀중하게 보관된 진기한 유물처럼 검푸른 고름 속에 파묻혀 있었다. 그들은 담력이 큰 하인들을 불러서 그것을 제거하게 했다. 그러나 상처를 건드리자 그 안에 숨어 있던 구더기들이 플란넬 헝겊 속에서 기어 나와 옷 주름에서 떨어져 그들의 소매 어딘가에 붙어 버렸다. 모두가 역겨움을 느꼈다. 왕의 건강은 파르바 레기나와 함께 있던 시절 이래로 더욱 나빠진 것은 의심의 여지가 없었다. 젊고 순결한 얼굴을 지녔던 그녀는 병든 왕의 옆에 자신의 몸을 기꺼이 함께 눕혔었다. 하지만 그녀는 세상을 떠났고, 이제는 누구도 감히 이 시체 같은 왕 옆에 여자를 눕히려 하지 않았다. 이 소녀 왕비는 죽으면서 왕의 마음을 누그러뜨리는 데 도움이 될 말과 부드러운 애무를 남기지 않았다. 그래서 더 이상 이 정신병자의 난폭함을 막을 사람이 없었다. 아무도 그가 빠져 있는 영혼의 깊은 심연으로부터 그를 벗어나게 도울 수 없었다. 왕이 갑자기 목초지로 향하는 짐승처럼 눈을 둥그렇게 뜨고 침상에서 걸어 나와도 그의 마음을 이해하는 사람은 아무도 없었다. 하지만 그때 주베날*의 바삐 움직이는 얼굴을 알아본 왕은, 최근 자신의 왕국의 국정이 어떻게 유지되고 있을까 하는 생각이 문득 떠올랐다. 그러자 그는 요즘 태만했던 자신의 책무를 다시 만회하고 싶은 생각이 들었다.

하지만 그 시대에 일어난 사건들은 조심스럽게 전달할 수 있는 것들이 아니었다. 어디서 무슨 일이 일어나더라도 그것은 모두 엄청난 일이었다. 그래서 그 사건을 말하려면 전모를 밝혀야 했다. 그런 일들이 일어났을 때, 마치 그 모든 것이 한꺼번에 닥친 것처럼 느껴졌다. 왕의 동생 오를레앙 공작†이 살해당했다. 어제는 왕이 늘 '사랑하는 자매'라고 불렀던 제수인 발렌티나 비스콘티‡가 그 앞에 무릎을 꿇고, 슬픔과 비난으로 일그러진 얼굴에 씌웠던 검은 베일을 들어 얼굴을 내밀었다. 그리고 오늘은 집요하고 웅변에 능한 어느 변호사가 나타나 몇 시간 동안이나 서서 왕의 동생을 살해한 살인자 부르군트 공작이 정당하다고 변호했다. 그러나 마침내 그의 범죄가 투명해져 밝게 빛나는 빛

---

* 옮긴이 — Juvénal des Ursins(1360~1431)는 프랑스의 정치가로, 1420년 이래 푸아티에 의회의 의장을 역임했다.

† 옮긴이 — 오를레앙 공작은 샤를 6세의 아우였다. 왕이 정신병을 앓으면서 제대로 정치를 하지 못하자 그로 인해 외척과 친족 간에 권력 다툼이 일어났고, 그 와중에 1407년 아우인 오를레앙 공작이 살해당했다.

‡ 옮긴이 — 오를레앙 공작의 아내. 샤를 6세가 제수인 그녀에게 호의적이었으나, 왕비인 이사보와 불화를 겪어 그녀는 파리를 떠나야 했다, 결국 정치적 분쟁으로 남편이 살해되자 상심한 그녀도 이듬해에 사망했다.

이 하늘로 상승하는 듯했다. 공평하다는 것은 모든 사람에게 정당한 권리를 주는 것을 의미한다. 그러나 오를레앙 공작의 미망인인 발렌티나는 복수의 약속을 받아 냈지만 슬픔에 잠겨 죽고 말았다. 그러니 뒤늦게 부르군트 공작을 용서하고 또 용서한들 무슨 소용이 있겠는가? 공작은 미칠 듯한 절망에 사로잡혀, 몇 주 전부터 아질리 숲속 깊은 곳에 천막을 치고 지내면서 밤에 사슴이 우는 소리를 위안으로 삼고 있다고 했다.

이 사건들의 전말을 몇 번이고 생각해 본 연후에 백성들은 왕을 보기를 갈망했고 마침내 그를 보았다. 그들 앞에 나타난 왕은 속수무책으로 당황한 모습이었다. 그러나 백성들은 그가 모습을 드러낸 것을 보고 기뻐했다. 그들은 이 사람이야말로 자신들의 진정한 왕임을 알아보았다. 신이 더 이상 참지 못하고 손수 나서도록 하기 위해 존재하는 듯한 이 조용하고 인내심 많은 사람이 왕이었다.

생 폴 궁전의 발코니에 나가 백성들 앞에 모습을 드러냈을 때, 왕은 의식이 돌아왔고 자신이 비밀스러운 진전을 이루고 있다고 느꼈을 것이다. 그는 로스베케 전투* 때의 일이 기억났다. 백부인 장 드 베리 공이 그의 손을 이끌고 첫 번째 완전한 승리를 거둔 날이었다. 그 당시 웬일인지 해가 길어 아직도 날이 밝았던 십일월의 낮에 왕은 강트인의 시체 더미를 내려다보고 있

* 옮긴이 — 1382년에 샤를 6세는 로스베케에서 반란군을 격파했다.

었다. 그들은 사방에서 공격을 받자 궁지에 몰린 나머지 스스로 목을 졸랐다. 그들은 거대한 뇌수처럼 서로 몸이 꼬인 채, 한 곳으로 모여 단단히 포개진 더미 속에 누워 있었다. 목이 조여 죽은 얼굴들이 여기저기 보여 주위의 공기가 탁해진 느낌이 들었다. 절망한 많은 영혼이 갑자기 빠져나가자, 공기가 옴짝달싹 못 하게 되어 선 채로 죽어 쌓인 시체들보다 훨씬 높은 곳으로 밀려 올라간 거라고 할 수밖에 없었다.

이 광경은 왕의 마음속에 그의 명성의 시작점으로 깊이 새겨졌다. 그리고 그는 그 광경을 오랫동안 머릿속에서 잊을 수 없었다. 하지만 당시의 사건을 죽음의 승리라고 한다면, 지금 그가 쇠약한 무릎을 끌고서 대중의 눈앞에 똑바로 서 있는 것은 바로 사랑의 신비라고 할 수 있었다. 그는 그 전장의 참혹함을 보았지만, 환호하는 백성들의 눈을 통해서 그것을 이해할 수 있음을 알았다. 그러나 오늘의 이 사건은 이해가 되지 않았다. 그것은 언젠가 샹리스 숲에 황금 목줄을 한 사슴이 나타났을 때만큼이나 경이로웠다. 지금은 왕 자신이 사슴처럼 나타난 기적이었고, 다른 사람들은 도취된 채 그를 바라보고 있었다. 그리고 지금 백성들도 언젠가 어린 시절 그가 사냥을 나갔던 날, 조용한 사슴의 얼굴이 나뭇가지 사이로 나타나 응시하는 것 보고 느꼈던 것 같은 큰 기대감에 사로잡혀 있으리라는 것은 의심할 여지가 없었다. 왕의 온화한 모습 위로 그를 감싸는 신비로움이 퍼져 나갔다. 그는 움직이지 않았다. 조금이라도 움직이면 현기증이 나서 쓰러질까 봐 두려워서였다. 그의 넓고 소박한 얼굴에 떠오른 엷은 미소는 돌로 된 성인의 미소처럼 자연스러웠다. 그는 몸의 고통을 느끼지 않았으므로 그 자리에 그대로 머물러 있었다. 그 순간은 말하자면 영원과 같은 시간이었다. 백성들은 그냥 참고 있을 수 없었다. 위안에 고무된 그들은 점점 더 힘이 솟아나자 기쁨의 환호성으로 발코니 위의 침묵을 깨뜨렸다. 그러나 발코니 위에는 이제 주베날 드 우르쟁만이 서 있었다. 그는 백성들이 조용해지기를 기다렸다가, 왕께서 생드니 거리의 수난형제극단*으로 가서 신비극을 보실 것이라고 소리쳐 알려주었다.

이런 날에는 왕의 마음은 온화함으로 가득 차 있었다. 만약 당시의 화가가 천국에서의 삶을 묘사하고자 했다면, 루브르궁의 높은 창문에 어깨를 웅크리고 서 있는 왕의 모습보다 더 완벽한 모델을 찾을 수 없었을 것이다. 왕은 크리스티네 드 피상이 쓴 『긴 배움의 길』이라는 작은 책자를 훑어보았는데 그 책은 왕 자신에게 헌정된 것이었다. 그는 그 책에서 세상을 통치할 자격이 있는 군주를 찾기 위해 우화적인 의회가 벌이는 현학적인 논쟁은 읽지 않았다. 오히려 그는 늘 가장 단순한 구절만 펼쳤다. 그 구절은 십삼 년 동안 마치 고통의 불길 위에 놓인 증류

* 옮긴이 — 수난형제극단(Confrérie de la Passion)은 1398년에 파리 시민들이 결성한 협회로, 그리스도의 수난극을 주로 공연했으며 1402년에 샤를 6세에 의해 헌장을 받았다.

기처럼 고뇌의 눈물을 맑게 증류하는 데 헌신했던 어떤 사람의 마음에 대한 이야기였다.

왕은 행복이 사라지고 영원히 돌아오지 않을 때만 진정한 위안이 시작된다는 것을 깨달았다. 그에게 이 위안보다 더 마음에 가까이 다가오는 것은 없었다. 그리고 그의 시선이 겉으로는 저 너머 다리로 향하고 있었지만, 그는 강인한 쿠마이의 무녀에게 인도되어 먼 여로를 떠났던 크리스네의 마음을 통해 세상을 보는 것을 좋아했다. 모험으로 가득 찬 바다, 광대하다고 표현할 수 있는 이국적인 탑이 서 있는 도시들, 첩첩산중에 스며 있는 황홀한 고독, 그리고 두려움에 찬 의심 끝에 찾아낸, 갓난아기의 두개골처럼 이제 막 봉합된 하늘이 그것이었다.

그러나 누군가 방 안으로 들어올 때마다 그는 몹시 놀랐고 그의 정신은 점점 흐려져 갔다. 그는 사람들이 이끄는 대로 방 안 창가에서 끌려 나오고 계속 하라는 대로 했다. 그들은 왕에게 몇 시간 동안이고 책 속의 삽화들을 들여다보는 습관을 가지도록 했다. 그는 그것에 만족했다. 하지만 책장을 넘길 때 여러 장의 삽화를 한꺼번에 늘어놓을 수 없고 그 삽화들이 커다란 책 속에 박혀 있어서 서로 뒤섞을 수도 없는 것이 그를 짜증 나게 했다.

그러자 누군가가 완전히 잊고 있던 카드놀이를 기억해 내서 왕에게 권했다. 왕은 그 카드를 가져다준 사람을 총애했다. 이 두꺼운 카드들은 그림이 다채롭고 하나씩 따로 움직일 수 있으며 여러 인물이 그려져 있어서 왕의 마음에 들었다. 당시 카드놀이가 궁정 사람들 사이에서 유행했지만, 왕은 서재에 앉아 혼자서 카드놀이를 했다. 지금 그는 두 장의 킹 카드를 나란히 늘어놓았다. 그러고는 이 카드들처럼 신이 최근에 그와 독일 국왕 벤첼*을 만나게 해 주었다는 생각을 했다.

카드놀이에서 가끔 퀸이 죽으면 그는 그 위에 하트 에이스를 놓아주곤 했다. 그렇게 하면 그것은 마치 묘비처럼 보였다. 그는 이 게임에서 교황이 여러 명 등장하는 것에 놀라지 않았다. 그는 카드들이 펼쳐져 있는 테이블 한쪽 끝을 로마로 정했고, 그 오른쪽은 아비뇽으로 정했다. 그는 로마에는 관심이 가지 않았다. 어떤 이유에서인지 그는 로마가 둥글다고 생각했으며 그 생각을 고집하지는 않았다. 하지만 그는 아비뇽은 잘 알고 있었다. 그 도시를 생각하자 높고 밀폐된 궁전이 떠오르면서 몹시 긴장되었다. 그는 눈을 감고 심호흡을 했다. 그날 밤에 나쁜 꿈을 꾸게 될까 봐 두려웠다.

그러나 전체적으로 보면 이러한 놀이는 정말로 위안이 되는 활동이었고, 그들이 그에게 계속 그 카드놀이를 하도록 권유한 것은 옳았다. 그러한 시간은 그가 왕, 즉 프랑스 왕 샤를 6세라는 믿음을 확신시켜 주었다. 그렇다고 해서 그가 자신을 과대평가했다는 의미는 아니다. 그는 자신이 그런 '카드'보다 더 나은

* 옮긴이 — 벤첼(Wenzel, 1361~1419)은 독일 국왕으로, 프랑스의 샤를 6세와 만나 당시 크게 문제 되었던 교회와 교황의 문제를 해결하기 위해 논의했다.

존재라는 생각은 하지 않았다. 오히려 자신이 '특정한 카드'라는 생각, 그것도 좋지 않은 카드, 항상 지기만 해서 분노에 찬 카드일 것이라는 확신이 더욱 강했다. 그럼에도 불구하고 그는 그냥 별 볼 일 없는 어떤 카드가 아니라, 항상 그 자신인 카드였다. 그런데 이렇게 끊임없이 자신을 긍정하는 데 몰두한 지 일주일이 지나자, 그는 점점 스스로 답답함을 느끼기 시작했다. 갑자기 자기 존재의 뚜렷한 윤곽을 느끼자 그의 이마와 목 주위의 피부가 팽팽해졌다. 그러고 나서 왕은 신비극에 대해 측근에게 물었고 그것이 시작되기를 손꼽아 기다렸다. 그때 그가 어떤 정신적인 유혹에 끌렸는지는 알 수 없었다. 그리고 극이 시작되자, 그는 자신의 생 폴 궁전보다 생드니 가에 가서 더 오래 머물렀다.

이러한 신비극의 치명적인 결함은 그 내용이 끊임없이 보충되고 늘어나 수만 개의 구절로 방대해져서, 극 중의 시간도 결국 실제 현실의 시간처럼 길어졌다는 점이다. 마치 지구와 크기가 같은 지구본을 만들어야 하는 것과 같았다. 신비극 연단의 아래는 지옥이고, 연단 위의 기둥에 붙어 있는 난간 없는 발코니 틀은 천국을 상징했다. 이런 무대 방식은 오히려 연극의 환상을 깨는 역할만 할 뿐이었다. 왜냐하면 그가 살던 시대에는 사실 천국과 지옥을 다 지상으로 가져왔기 때문이었다. 그 시대는 명맥을 유지하기 위해서 그 두 세계의 힘에 의지해야 했던 것이다.

그것은 한 세대 전에 당시의 교황 요한 22세* 중심으로 결성되었던 아비뇽 기독교의 시대였다. 뜻하지 않게 그곳으로 피신한 교황이 사망하자 얼마 안 되어 바로 그가 교황직을 수행하던 장소에 아비뇽 교황청 궁전이 건축되었다. 그곳은 마치 집 없는 모든 영혼이 최후에 찾아오는 비상 대피소처럼 육중하고 굳게 닫혀 있었다. 키가 작고 몸이 가볍고 지적인 노인이던 교황 자신은 개방적으로 지냈다. 그는 이곳에 도착하자마자 지체 없이 사방으로 발 빠르게 움직이면서 활동하기 시작했다. 그러자 그의 식탁에 독이 든 요리가 오르곤 했다. 그 때문에 그가 마시는 포도주의 첫 번째 잔은 반드시 버려야 했다. 시종이 잔에 독이 있는지 미리 알아보기 위해 잔 속에 일각수의 뿔 조각을 넣었다 꺼내면 조각이 변색되곤 했던 것이다. 당황한 일흔 살의 노 교황은 누군가가 그를 타락시키기 위해 만든 밀랍 인형을 늘 가지고 다니며 그것을 어디다 감출지 몰라 전전긍긍했다. 그리고 그 인형에 찔러 두었던 긴 바늘에 자신의 살이 여기저기 상처 입기도 했다. 밀랍 인형을 녹여 없앨 수도 있었다. 그러나 그는 의지가 강했음에도 이 비밀스러운 모조품에 너무나 큰 공포를 느

* 옮긴이 — 교황청이 1309~1378년까지 로마가 아닌 프랑스의 아비뇽으로 옮겨 교황이 그곳에 유폐되었던 소위 '아비뇽의 유수' 사건이 있었다. 그 후 1417년까지 가톨릭교회는 분열되어 로마와 아비뇽에서 각각 다른 교황이 다스렸다. 교황 요한 22세(재위: 1316~1334)는 가장 오랫동안 재위한 아비뇽 교황이었다. 프랑스의 샤를 6세는 재위 동안 이 교회의 분열을 해결하려고 고심했다.

꼈고, 만약 그 인형을 녹여 버리면 자신도 불 위에 녹는 밀랍처럼 죽어 사라질지도 모른다는 생각에 사로잡혔다. 그의 쇠약해진 몸은 공포로 인해 더 메말라 갔으나 오히려 더 오래 살 수 있을 것처럼 보였다. 하지만 이제 그의 기독교 왕국에 대한 공격이 다가오고 있었다. 스페인의 그라나다에서 유대인들이 모든 기독교인을 말살하라는 선동을 받았다는 것과, 이번에는 더욱 끔찍한 사형 집행자들을 매수했다는 소문이었다. 처음에는 그 공격이 나병 환자들의 소행이라는 소문이 퍼졌는데 그것을 의심하는 사람은 아무도 없었다. 어떤 사람들은 그 환자들이 이미 끔찍한 병독이 묻은 물건들을 우물 속에 던지는 모습을 목격했다고 했다. 그런 일이 가능할 거라고 사람들이 생각한 것은 그들의 신앙이 가벼워서가 아니었다. 오히려 너무 무거워 공포에 떠는 사람들에게서 떨어져 나와 우물 바닥으로 빠져 버린 것이었다. 그리고 열성적인 노 교황은 독이 다시 자신의 피에 닿지 않도록 조심해야 했다. 당시 미신적인 생각에 사로잡혀 있던 그는, 황혼 무렵의 악마를 물리친다는 명분으로 자신과 주위 사람들을 위해 소위 천사의 기도를 올렸다. 그러자 불안에 빠진 세계 도처에서 매일 저녁 마음을 진정시키려는 기도의 종소리가 울려 퍼졌다. 그 밖에 교황의 손에서 나간 모든 교서와 서한들은 영혼을 치유하는 탕약이라기보다는 향신료가 들어간 포도주에 더 가까웠다. 당시 황제의 제국은 교황의 치료에 응하지 않았다. 그러나 교황은 황제의 제국이 병들었다는 증거들을 계속 들이댔다. 그러자 이제 먼 동방으로부터도 이 고압적인 영혼의 의사에게 의지하려고 찾아오는 사람들이 있었다.

그러나 그때 믿기지 않는 일이 일어났다. 만성절 날, 교황은 평소보다 더 오랫동안 더 열정적으로 설교를 했다. 그때 그는 갑자기 자기 자신을 다시 확인해 보고 싶어서인지 자신의 신앙을 사람들에게 꺼내 보였다. 그는 팔십오 년 동안 간직해 온 자신의 영혼의 성합 속에서 온 힘을 다해 자신의 신앙을 천천히 꺼내 설교단 위에 펼쳐 보였다. 그러자 사람들은 그에게 고함을 질렀다. 전 유럽이 그의 신앙을 이단이라고 외쳤다.

그러자 교황은 자취를 감추었다. 며칠 동안 숨어서 아무런 행동도 취하지 않았다. 그는 기도실에 무릎을 꿇고 앉아서 자기의 영혼에 해를 끼치는 행동을 하는 사람들에 대해 곰곰이 생각했다. 결국, 무거운 명상에 지친 모습으로 나타난 그는 자신의 신앙을 철회했다. 몇 번이고 반복해서 철회했다. 철회하는 데서 그의 늙은 정신의 열정이 보였다. 그는 밤에 추기경들을 잠에서 깨워 자신의 회개에 대해 이야기하기도 했다. 그리고 그가 그토록 장수할 수 있었던 것은, 아마도 그를 미워하고 찾아오기를 원하지 않았던 추기경 나폴레옹 오르시니* 앞에서 자신을 굽히

* 옮긴이 — Napoleone Orsini(1263~1342)는 로마의 추기경으로 가톨릭교회에서 상당한 권력을 지녔었다. 교황 요한 22세와 대적했으며, 그가 사망한 후 1335년에 오르시니 추기경은 아비뇽의 도미니코 교회에서 새로운 교황 베네딕토 12세의 대

고 참회할 날이 오기를 바랐기 때문이었을 것이다.

야콥 폰 카오르*는 이렇게 자신의 신앙을 철회했다. 그리고 이 사건 뒤에, 신은 리뉘 백작의 아들†을 하늘로 불러들이는 것으로 교황의 잘못을 증명하려 했던 것은 아닐까. 그 소년은 천국에 들어가 영혼의 기쁨을 누리려고 지상에서 성년이 될 때까지 기다렸던 것 같다. 이 명석한 소년이 막 성년의 나이에 들어 추기경으로 임명되고, 겨우 열여덟 살에 완성의 황홀감을 느끼며 세상을 떠난 것을 기억하는 사람들이 많았다. 사람들은 죽은 이들을 만날 수 있었다. 자유롭고 순수한 생명이 깃든 그의 무덤 근처의 공기가 오랫동안 시체들에게 영향을 미쳤기 때문이다. 하지만 이처럼 일찍 성자가 된 데에 오히려 그 시대의 절망이 들어 있는 것이 아닐까? 단지 그 시대의 진홍색 물감통 속에서 환하게 채색하려고 소년의 순수한 영혼의 천을 잠시 넣었다 뺀 것이라면, 이는 다른 모든 사람에게 너무 불공평한 일이 아니었을까? 이 젊은 왕자가 땅에서 하늘로 열정적으로 승천하

관식을 주도했다.

* 옮긴이 — 원래 제화공의 아들로 태어났던 교황 요한 22세의 독일식 이름이다.

† 옮긴이 — 피에르 드 뤽상부르-리뉘(Pierre de Luxembourg-Ligny, 1369~1387)는 프랑스의 가톨릭 성직자로 1386년에 17세의 나이로 대립교황 클레멘스 7세에 의해 추기경으로 임명되었다. 그는 아비뇽의 호화로운 궁정에서 생활했지만, 엄격한 금식과 고행을 지켰으며 가난한 사람들에게 널리 자선을 베풀었다. 그러나 1387년 18세의 나이로 요절했으며 빈민 묘지에 안장되었다. 그는 고행 중 그리스도가 그에게 나타난 황홀경을 체험했다고 전해진다.

는 모습을 보면서 사람들은 한 대 얻어맞은 느낌을 받지 않았을까? 이런 빛나는 자들은 왜 수고스럽게 양초를 제조하는 사람들 사이에 머물지 않는 걸까? 교황 요한 22세가 최후의 심판 전에는 어디에도, 심지어 축복받은 자들 사이에서도 완전한 구원은 없을 것이라고 주장하게 만든 것이 바로 이 지상의 어둠이 아니었을까? 그리고 사실 이 지상에는 짙은 혼란이 일어나고 있는데, 저 위 어딘가 신의 광휘 속에서 천사에게 몸을 기대어 지치지 않고 신을 바라보며 마음을 달래는 사람들의 얼굴을 상상하는 것은 얼마나 독선적이고 고집스러운 일인가.

추운 밤에 앉아서 나는 글을 쓰고 있으며 그 모든 것을 알고 있다. 내가 알게 된 것은 아마도 어렸을 때에 그 남자를 만났기 때문인 것 같다. 그 남자는 키가 매우 컸다. 그는 큰 키 때문에 사람들 눈에 띌 수밖에 없었을 것이다.

어쩌다가 그렇게 된 것인지는 모르지만, 저녁 무렵에 혼자서 집을 빠져나올 수 있었다. 뛰어가다가 모퉁이를 돌아서는 바로 그 순간 그와 부딪혔다. 방금 벌어진 일이 어떻게 해서 기껏해야 오 초 동안에 일어날 수 있었는지 이해가 안 된다. 아무리 줄여서 이야기하더라도 훨씬 더 오래 걸릴 것이다. 그 남자와 세게 부딪힌 바람에 몹시 아팠다. 그 당시 나는 어렸기 때문에 울음을 터뜨리지 않은 것만도 대단했다. 나도 모르게 그에게서 위로의 말이 나오기를 기대했다.

하지만 그 남자가 아무 말도 하지 않자 나는 그가 당황한 거라고 생각했다. 이 상황을 모면할 적당한 농담이 떠오르지 않는가 보다고 추측했다. 그런 일이라면 나는 그를 기꺼이 도와줄 수 있었다. 그러려면 그 남자의 얼굴을 봐야 했다. 방금 말했듯이 그는 키가 컸다. 하지만 그는 당연히 그래야 했는데도 내게 몸을 숙이지 않았다. 그래서 그의 얼굴은 내가 상대할 수 없는 높이에 있었다. 여전히 내 앞에 어른거리는 것은 조금 전에 그의 옷에서 느낀 냄새와 독특한 단단한 감촉뿐이었다. 그러다가 갑자기 그의 얼굴이 보였다.

어떻게 생긴 얼굴이었던가? 생각이 나지 않는다. 알고 싶지도 않다. 그것은 적의에 찬 얼굴이었다. 그리고 이 얼굴 옆에, 그 바짝 옆에 그 무시무시한 눈빛의 높이쯤에 마치 또 다른 머리처럼 그의 주먹이 올라와 있었다. 나는 얼굴을 다시 돌릴 틈도 없이 내달렸다. 그 남자의 왼쪽으로 스쳐 빠져나가 곧장 무섭고 텅 빈 골목길을 달려 내려갔다. 용서라는 것을 모르는 그 낯선 도시의 골목길을.

지금 내가 이해하고 있는 것, 즉 저 무겁고 육중하던 절망의 시대를 나는 그 당시에 이미 경험했다. 그것은 두 사람이 나누는 화해의 입맞춤이 바로 주변에 서 있던 자객들에게 보내는 신호였던 시대였다. 그들은 같은 잔으로 술을 마시고, 모든 사람의 눈앞에서 같은 말을 탔다. 그리고 밤이면 한 침대에서 잔다는 소문까지 나 있었다. 그러나 이런 모든 친밀함에도 서로에 대한 반감은 어쩔 수 없어서, 상대방의 핏줄이 뛰는 것을 볼 때면 마치 두꺼비를 본 것처럼 병적인 구역질이 치밀었다.

아우가 더 많은 유산을 받았다고 해서 형이 그를 불시에 습격해 감금하던 시대였다. 왕은 학대받은 아우의 편을 들어 그에게 자유와 재산을 돌려주었다. 먼 고장에서 다른 운명을 겪고 있던 형은 아우에게 이제는 괴롭히지 않겠다고 고백하고 편지로 자신의 잘못을 뉘우쳤다. 그러나 아우는 억압에서 풀려났음에도 불구하고 마음의 평정을 찾지 못했다. 그 세기는 순례자의 복장을 하고 이 교회에서 저 교회로 떠돌며 갈수록 더 놀라운 서약을 하는 아우의 모습을 보여 주고 있다.

그는 부적을 몸에 지닌 채, 생드니 수도원에 가서 수도사들에게 자신이 두려워하는 것이 무엇인지 나지막하게 말했다. 그 수도원의 재산목록에는 오래전부터 백 파운드짜리 양초가 기록되어 있었는데, 그는 그것을 성 루이에게 바치고 싶어 했다. 그는 결국 본래의 자신의 삶으로 돌아가지는 못했다. 자신의 삶이 끝날 때까지 그는 형의 질시와 분노가 일그러진 형태로 자신의 마음을 누르는 것을 느꼈다. 또한 저 포아 백작 가스통 푀부스는 모든 사람의 찬탄을 받았지만, 영국 왕이 루르드에 임명한 대장이자 자신의 사촌 에르노를 공개적으로 살해하지 않았던가?

그러나 이 명백한 살인도, 백작이 들고 있던 작고 날카로운 손톱용 칼을 치우는 것을 잊은 채 버럭 화를 내며, 아름답기로 유명한 자기 손으로 누워 있던 아들의 목을 찔러 죽인 그 끔찍한 우연에 비하면 뭐란 말인가? 그 당시 방은 어두워서, 피를 보기 위해서는 불을 켜야 했다. 먼 곳으로부터 흘러왔던 피는 이 탈진한 소년의 작은 상처에서 은밀하게 흘러나와 이 명망 있는 가문에서 영원히 떠나갔다.

살인을 자제할 수 있을 만큼 강한 힘을 가진 사람이 누가 있었겠는가? 이 시대에 극단적인 방식이 불가피하다는 것을 모르는 사람이 있었을까? 대낮에 여기저기서 자신을 노리는 듯한 암살자의 시선과 마주치면 이상한 예감이 든다. 그러면 그는 집으로 돌아와 방에 틀어박혀 유언장을 썼다. 그리고 유언장 끝에는 사망 후에 버드나무로 엮은 들것을 사용하고, 셀레스틴파의 수도복을 입혀 주고, 매장할 때는 재를 뿌려 달라고 썼다.

낯선 음유시인들이 성 앞에 나타났고, 그들이 자신의 막연한 예감과 일치하는 노래를 부르면 그는 영주답게 그들에게 후한 상을 내렸다. 주인을 바라보는 개들의 눈빛도 의심스러웠고, 주인의 부름에 응답하는 태도도 전보다 불안했다. 평생 가치 있다고 여겼던 글귀에서도 새롭고 분명한 다른 의미가 고개를 들었다. 오랫동안 유지해 온 습관들이 이제는 낡아 보였지만, 그렇다고 그것들을 대신할 다른 습관도 없었다. 무슨 계획을 세워도 실제로는 믿지 않은 채 대충 하고 넘기는 데 지나지 않았다. 그와 반대로 어떤 추억들은 예기치 않게 의미심장해 보였다. 저녁이 되면 불 가에 앉아 그런 추억들에 몸을 맡기고 싶었으나 이제는 낯설어진 바깥의 밤이 갑자기 몹시 소란스러워졌다. 자유롭거나 위험하기 짝이 없는 수많은 밤을 겪어 온 그의 귀는 여러 종류의 적막을 낱낱이 구분할 수 있었다.

그러나 이번에는 달랐다. 어제와 오늘 사이에 오는 그런 밤이 아니라, 바로 그 밤이었다. 아, 신이여, 이 밤이 지나면 부활이었다. 그런 시간에 사랑하는 여인에 대한 찬사를 읊자마자, 그것들은 모두 이별의 노래나 헌시로 바뀌었고, 치렁치렁 길고 화려한 이름들은 이해할 수 없게 되어 버렸다. 기껏해야 어둠 속에서 자신의 사생아가 빤히 쳐다보는 그윽한 눈길 속에서 사랑했던 여인의 모습을 알아볼 수 있었다.

그러고 나서 늦은 밤참을 먹기 전, 그는 은 대야에 두 손을 담그고 생각에 잠겼다. 자신의 두 손에 대한 생각이었다. 이것들은 서로 무슨 연관이 있는가? 쥐었다 폈다 하는 동작에 무슨 순서나 연속성이 있는가? 아니다. 두 손은 하나가 이것을 하면 다른 하나는 반대되는 일을 하려고 했다. 두 손이 서로 상쇄되어 결국 행위라는 것은 존재하지 않았다.

행위는 오직 수난극을 하는 선교단에게만 있었다. 왕은 그들의 연기 행위를 보고 나서 그들에게 친히 헌장을 만들어 주었다. 왕은 그들을 '사랑하는 형제들'이라고 불렀다. 그들처럼 왕 자신에게 가깝게 느껴진 사람은 그전에는 한 번도 없었다. 그들은 자신들의 소명을 갖고 세상을 돌아다녀도 된다고, 왕에게 말로 허락도 받았다. 왕에게는 그들이 많은 사람을 감화시켜서 힘차고 질서 있는 그들의 행위 속으로 끌어들이는 것 외에 다른 바람이 없었다. 왕 스스로도 그들에게서 뭔가 배울 수 있기를 열망했다.

왕도 그들과 마찬가지로 상징적 의미가 있는 의복과 표식을 달지 있지 않았던가? 그들을 바라보고 있으면 이런 것을 배울 수 있으리라고 왕은 믿었다. 어떻게 무대로 나오거나 무대에서 나가고, 어떻게 대사를 하고, 어떻게 시선을 돌리는지를 배울 수 있다는 것은 의심의 여지가 없었다. 엄청난 희망이 왕의 마음속에 넘쳐흘렀다. 왕은 매일 삼위일체 요양원에 나타나, 조명도 불안정하고 이상하게 어설퍼 보이는 커다란 홀의 특별석에 앉아서 극을 보다가 흥분해서 일어서기도 하고 학생처럼 긴장하기도 했다.

극을 보면서 다른 사람들은 울었다. 그러나 왕은 마음속에는 찬란한 눈물이 가득 차 있었지만 그는 그것을 참기 위해 차가운 양손을 꼭 마주 잡고 있었다. 이따금 결정적인 순간에 대사를 마친 배우가 갑자기 왕의 시야에서 사라지면 그는 얼굴을 들고 깜짝 놀라곤 했다. 언제부터 그가 저 무대 위에 나와 있었던 거지, 저 위, 무대 가장자리에 거울처럼 번쩍이는 은빛 투구와 갑옷 차림으로 등장한 성 미카엘이 말이야.

그런 순간마다 왕은 몸을 벌떡 일으켰다. 그러곤 무슨 결단을 앞둔 것처럼 주위를 둘러보았다. 그는 무대 위에서 벌어지는 행위와 대비되는 또 다른 수난극, 즉 자신이 연기하는 위대하고 불안한 세속의 수난극을 생각하고 있었던 것이다. 그러나 갑자기 모든 것이 사라져 버렸다. 모든 사람이 아무런 의미도 없이 움직이기 시작했다. 넘실거리는 횃불들이 그를 향해 다가왔고, 둥근 천장에는 일그러진 그림자들이 어른거렸다. 모르는 사람들이 왕을 잡아끌었다.

왕은 연기를 하고 싶었지만, 그의 입에서는 한마디도 나오지 않았고, 그의 몸짓은 아무런 의미 있는 동작이 되지 못했다. 사람들이 왕의 주위로 이상하게 몰려왔다. 그 순간, 왕은 이제 자신이 십자가를 져야 할 것 같은 생각이 들었다. 그래서 왕은 그들이 십자가를 가져오는 것을 기다리려고 했다. 하지만 그들은 왕보다 더 힘이 셌다. 그들은 왕을 서서히 밖으로 밀어냈다.

바깥세상은 많은 것이 변했습니다. 어떻게 변했는지는 모르겠습니다. 그러나 안에서는, 그리고 신이시여, 당신 앞에서는 어떤가요, 관객인 당신 앞에서 우리는 아무 행위도 하지 않고 있는 게 아닐까요? 우리는 우리가 맡은 역할이 무엇인지 모르고 있음을 깨닫고 있습니다. 거울을 찾아 분장을 지워 버리고 싶고, 잘못된 것을 지우고 진실해지고 싶습니다. 그러나 아직도 어딘가에 지우지 못한 분장의 흔적이 남아 있습니다.

눈썹에는 과장의 흔적이 남아 있으며, 입언저리가 일그러진 것도 알아채지 못합니다. 이런 상태로 우리는 돌아다니고 있습니다. 조롱거리이자 반쪽인 물건으로, 진정한 존재도 아니고, 그렇다고 배우도 못된 채 말입니다.

오랑주*에 있는 원형극장에서였다. 나는 고개를 들어 제대로

---

* 옮긴이 — 오랑주(Orange)는 프랑스의 남동부에 위치한 도시이며, 아비뇽에서 북쪽으로 약 21킬로미터 정도 떨어져 있다. 이곳에는 고대 로마 시대에 지어진 원형극장이 있다.

쳐다보지도 않고 다만 극장 앞면이 거칠게 무너져 있는 것만 의식하면서, 매표구 옆 작은 유리문을 통해 안으로 들어갔다. 쓰러져 있는 원기둥들과 작달막한 당아욱 관목들 사이에 가서 섰다. 그 때문에 조개껍질 모양으로 탁 펼쳐져 있는 관람석이 잠시 가려졌다. 관람석은 오후의 그늘로 나뉘어져 있는 것이 마치 오목하게 생긴 거대한 해시계 같았다.

나는 서둘러 그쪽으로 다가갔다. 늘어선 좌석들 사이의 계단을 올라가면서 나는 이런 주위의 분위기에 압도되어 왜소해지는 것을 느꼈다. 위쪽 좀 높은 곳에 몇 명의 외국인이 군데군데 흩어져서 한가로운 호기심을 보이며 주위를 둘러보고 있었다. 그들이 입고 있는 옷은 불편할 정도로 눈에 띄었지만, 그 맞춤새는 언급할 가치가 없었다. 그들은 한동안 나를 바라보더니 내 작은 체구에 놀라는 것 같았다. 그래서 나는 몸을 돌렸다.

아, 나는 전혀 준비가 안 되어 있는데 연극이 공연되고 있었다. 엄청나고 초인적인 드라마가 진행되고 있었다. 그것은 바로 노천극장의 무대 뒤에 서 있는 압도적인 벽이 연출하는 연극이었다. 그 벽은 수직으로 세 부분으로 나뉘어 있는데 그 크기 때문에 진동하는 듯했고, 그 엄청난 진동은 거의 파괴적이다가 갑자기 가라앉았다.

나는 행복한 놀라움에 빠져 주저앉았다. 우뚝 솟은 저 무대 벽은 그늘이 져서 얼굴 같은 모습을 하고 있었고, 가운데에는 짙게 어둠이 져 있어서 입처럼 보였다. 위쪽에는 처마의 테두리가 곱슬머리처럼 균일하게 드리워져 있었다. 마치 모든 것을 변장시켜, 그 뒤에서 세계가 얼굴과 합쳐지는 강력한 고대의 가면 같았다. 여기, 이 거대한 원형의 관람석에는 뭔가를 기다리는 텅 빈 존재가 빨아들이듯이 지배하고 있었다. 모든 사건은 저 위에서 벌어졌다. 신들과 운명이. 그리고 거기서부터 (눈을 들어 바라보면) 가볍게, 무대 벽의 꼭대기 위로 영원한 하늘이 등장하고 있었다.

이 순간이 나를 우리 시대의 극장에서 영원히 떼어 놓았다는 것을 지금 나는 이해한다. 거기에서 대체 내가 무엇을 할 수 있단 말인가? 벽(러시아 교회의 성상을 그린 벽)이 철거된 무대 앞에서 나는 뭐 하러 앉아 있단 말인가? 벽을 치워 버린 것은, 단단한 벽으로는 무대에서 벌어지는 기체 같은 형태의 행위를 압축하여 묵직한 기름방울로 짜낼 힘이 더 이상 없기 때문이었다. 지금 시대에 연극은, 구멍이 숭숭 뚫린 거친 체와 같은 무대 사이로 덩어리로 떨어져 쌓이고, 양이 많아지면 곧 치워진다. 그것은 길거리나 집에서 볼 수 있는 덜 익은 현실과 마찬가지이다. 다만 연극에서는 현실에서 하룻밤에 일어나는 일보다 좀 더 많은 사건이 벌어진다는 점이 다를 뿐이다.

솔직히 말하자면 우리에게는, 신이 없는 것처럼 극장도 없다. 극장을 가지려면 우리에게 공동의 관심사가 있어야 한다. 우리는 누구나 자신의 특별한 생각과 두려움을 갖고 있지만, 자신에게 도움이 되는 데 적절한 만큼만 그것을 남들에게 보여 준다. 우리는 이해할 수 없는 것이 모여 시간이 감에 따라 긴장이 커지는 공동의 고뇌라는 벽에 대고 울부짖는 대신, 우리의 이해력이 고갈되지 않도록 그것을 끊임없이 묽게 희석시키고 있다.

만약 우리에게 극장이 있다면, 그대 비극의 여인이여,* 그대는 그대가 보여 주는 고통에 허겁지겁 호기심을 채우는 사람들 앞에, 배역의 가면도 쓰지 않고 몇 번이고 계속 그토록 여리고 적나라하게 무대에 서겠습니까? 말할 수 없이 감동을 주는 그대여, 아직 어렸던 그대가 당시 베로나에서 연기를 하면서 장미꽃을 마치 자신을 감추는 가면처럼 서서히 앞으로 들어 올렸을 때, 그대는 이미 그대의 고뇌의 실체를 미리 내다보았습니다.

그대가 배우 집안의 자식인 것은 사실이지요. 그대의 가족들은 연기할 때면 관객에게 보여지기를 원했습니다. 하지만 그대는 그러한 방식을 깼습니다. 스스로 느끼지 못했어도 마리안나 알코푸라두에게 수녀 생활이 변장이었듯이, 그대에게도 배우라는 직업은 변장이었습니다. 그 변장은 아주 치밀하고 지속적이어서, 그 뒤에서 그대는 눈에 보이지 않는 지복한 사람들이 행복하듯이 마음껏 그대의 고뇌에 잠길 수 있었습니다.

그대가 가는 모든 도시에서 사람들은 그대의 연기하는 몸짓

---

* 옮긴이 — 여기서는 이탈리아의 연극배우였던 두제(Duse, Eleonora, 1858~1924)를 가리키고 있다. 그녀는 매우 유명했으며 여러 나라를 돌아다니며 연극 무대에 섰다. 그녀는 주로 고난을 겪는 여주인공 역할을 맡았었고, 릴케와도 교류가 있었던 것으로 알려져 있다.

을 보도했습니다. 그러나 그들은, 그대가 나날이 희망을 잃어 가면서도 혹시 자신을 감출 수 있을까 해서 꾸며 낸 것을 그대 앞에 내세우고 있다는 것을 이해하지 못했습니다.

그대는 몸에서 드러나는 곳을 자신의 머리카락이나 손, 또는 뭔가 촘촘한 것으로 가렸습니다. 비치는 곳이 있으면 입김을 불어 가렸지요. 그대는 몸을 조그맣게 만들어 아이들이 숨바꼭질하듯 몸을 숨기고는, 저 행복한 외마디 소리를 냈습니다. 그럴 때는 천사나 내려와야 그대를 찾을 수 있었지요. 하지만 그런 다음에 그대가 조심스럽게 눈을 들어 보면, 모든 사람이 내내 의심할 여지 없이 그대를 바라보고 있었습니다. 그 흉하고 휑한 관람석에서 모두가 그대를, 다름 아닌 그대만을 바라보고 있었던 것입니다.

그대는 그들의 심술궂은 시선을 향해 손가락으로 십자 표시를 하며 팔을 조금 내밀었습니다. 그들이 빨아들이듯 응시하는 그대의 얼굴을 그들에게서 다시 빼내어 그대 자신이 되었습니다. 그대의 동료 배우들은 용기를 잃었지요. 암표범과 한 우리에 함께 갇히기라도 한 듯이 그들은 그대를 자극하지 않으려고 무대의 가장자리를 슬금슬금 기어다니다가 자신의 차례가 되면 대사를 했습니다.

그러나 그대는 그들을 끌어내 앞에 세우고, 마치 현실 속 사람을 대하듯 그들을 대했습니다. 무대 위의 헐렁거리는 문들, 눈속임으로 그려 놓은 커튼, 뒷면이 없는 무대 도구들은 그대 눈에는 모순처럼 보였지요. 그대는 자신의 마음이 끊임없이 거대한 현실을 상대할 수 있을 만큼 커지는 것을 느끼고는 소스라치게 놀라서, 늦여름의 긴 거미줄을 걷어 내듯 당신의 얼굴을 응시하는 관객들의 시선을 다시 한번 떨쳐내려고 시도했습니다. 하지만 그때, 극단적인 것을 볼까 봐 두려워진 관객은 서둘러 박수갈채를 퍼부었습니다. 마지막 순간에 가서 그들의 삶을 바꾸라고 강요해 올 그 뭔가를 피하기 위해서 말입니다.

사랑받는 여인들은 잘 지내지 못하고 위험 속에 산다. 아, 그들이 스스로를 극복해서 사랑을 베푸는 여인들이 되었으면. 사랑을 베푸는 이들은 아주 안전하다. 사랑하는 이들을 의심하는 사람은 아무도 없으며, 그들 자신도 스스로를 배신할 수 없다. 그들의 마음속에서 비밀은 온전한 것이 되어서, 그들은 마치 꾀꼬리가 노래하듯 그 비밀을 통째로 외친다. 일부분만이란 것은 없다. 그들은 한 남자를 사랑하며 탄식하지만 온 자연이 그들에게 맞춰 함께한다. 그것은 영원한 이에 대한 탄식이다.

사랑하는 여인들은 떠나 버린 남자의 뒤를 급히 쫓는다. 그러나 첫걸음에서 그를 추월한다. 그리하여 그 여인들 앞에는 이제 신만이 있을 뿐이다. 그들의 전설은 리키아까지 카우노스를 쫓아간 비블리스의 전설*이다. 밀려오는 사랑의 마음이 카우노스

* 옮긴이 — Byblis. 그리스 신화에 나오는 밀레토스의 딸이다. 그녀는 쌍둥이 오빠인 카우노스를 이성으로서 사랑했다. 그러나 이를 알고 놀란 카우노스는 비블리스를

의 자취를 찾아 여러 나라로 전전하도록 비블리스를 내몰았다. 마침내 그녀의 힘이 쇠진한다. 그러나 그녀가 가진 사랑의 움직임이 너무 강했기에, 그녀는 쓰러졌지만 죽음을 넘어서 샘물로 다시 태어났다. 서둘러 흘러가는 샘물처럼.

포르투갈 여인 마리안나 알코포라두에게 일어난 일도 그와 다를 바 없지 않은가? 다만 그녀는 마음속에서 샘물이 된 것이 다를 뿐이다. 그리고 그대 엘로이즈는 어떤가? 비탄의 소리가 우리에게까지 전해진 그대 사랑하는 여인들이여, 가스파라 스탐파, 디에 백작 부인, 클라라 댕뒤즈, 루이제 라베, 마르셀린 데보르드, 엘리자 메르쾨르, 그대들은 어떤가? 그러나 그대 가련하고 덧없는 아이세, 그대는 망설이다가 굴복하고 말았다. 지쳐버린 줄리 레피나스도 있었고, 행복한 정원의 쓸쓸한 전설이 된 마리안느 드 클레르몽*도 있었다.

지금도 분명하게 생각나는데, 예전 언젠가 집에서 보석함을 하나 발견했다. 두 뼘 정도 크기의 부채 모양 상자였는데, 진녹색의 모로코가죽 가장자리에는 꽃무늬가 찍혀 있었다. 나는 그것을 열어 보았는데, 비어 있었다. 아주 오랜 시간이 지난 지금은 그렇게 말할 수 있다. 그러나 당시 내가 보석함을 열었을 때는, 이 텅 빈 것을 이루고 있는 것들만 보았다. 그것은 바닥 위

피하기 위해 고향을 떠나 남쪽으로 멀리 떨어진 카리아라는 곳으로 갔다.

* 옮긴이 — 여기에 열거한 여성들은 거의가 시인이다.

로 조금 돌출한, 새것으로 보이지 않지만 밝은 색깔의 벨벳과, 보석함 안쪽에 비애의 흔적이 휑하니 남아 있는 밝은 홈이었다. 한순간은 그 쓸쓸함을 참을 수 있었다. 그러나 사랑받다가 뒤에 남겨진 여인들을 눈앞에 대하면 아마도 늘 쓸쓸할 것이다.

너희들의 일기장을 뒤로 넘겨 보라. 해마다 봄이 되면 싹트는 새해가 마치 너희들을 비난하는 듯이 보이던 때가 있지 않은가? 너희들 마음속에 즐거운 기분이 들어서 넓은 공간으로 나가 보면, 바깥의 공기 속에서 뭔가 낯섦이 생겨나 있어서 너희들의 걸음은 갑판 위를 걸어가듯 불안해졌다. 정원은 기지개를 켜기 시작했다. 그런데 너희들은 (바로 그것이다.) 겨울과 묵은 해를 그 속으로 끌고 들어왔다. 너희에게 봄은 기껏해야 지난해의 연속이었다.

너희들의 영혼이 새봄과 함께하기를 기다리는 동안 너희는 갑자기 사지가 무거워져서 병이 날 것 같은 느낌이 엄습했다. 너희들은 그것이 옷차림을 지나치게 가볍게 했기 때문이라 여기고, 어깨에 목도리를 질끈 조여 매고 가로수 길을 끝까지 내달렸다. 그런 다음 뛰는 가슴을 안고 널따란 둥근 꽃밭에 서서 이 모든 것과 하나가 되리라 다짐했다. 그러나 어디선가 새가 울었다. 그 새는 혼자였고 너희들의 존재를 무시하고 있었다. 아, 그렇다면 너희들은 진작 죽었어야 했단 말인가?

어쩌면 그럴지도 모른다. 새해와 사랑을 극복한다는 것은, 우리에게는 어쩌면 새로운 일일지도 모른다. 꽃과 열매는 무르익으면 땅에 떨어진다. 짐승들은 서로를 느끼고 정을 나누며 그것으로 만족한다. 그러나 우리는, 신을 앞에 둔 우리에게는 끝이라는 것이 없다. 우리는 우리의 자연을 자꾸만 유예시킨다. 우리에게는 여전히 시간이 필요하다. 우리에게 일 년이란 무엇인가? 그 모든 세월이란 무엇인가? 우리는, 신에 대해 제대로 알고 시작하기도 전에, 벌써 밤을 극복하게 해 달라고 신에게 기도한다. 그러고 나서는 병을, 그다음에는 사랑을 극복하게 해 달라고 기도한다.

클레망스 드 부르주*는 막 피어나려 할 때 죽지 않을 수 없었다. 그녀는 누구와도 견줄 수 없는 여성이었다. 이 세상의 악기 중 그녀가 누구보다 잘 다룰 수 있었던 가장 아름다운 악기는 아주 작은 울림으로도 잊을 수 없는 연주를 하던 그녀의 목소리였다. 그녀의 고귀하고 결연한 처녀다운 모습에 반해 사랑이 넘쳐 나던 여인 루이즈 라베는 이 피어나는 처녀의 가슴에 소네트 시집을 바쳤으니, 거기에는 매 시행마다 달랠 수 없는 사랑이 담겨 있었다.

루이즈 라베는 이 긴 사랑의 고뇌가 이 처녀를 놀라게 하리라

---

* 옮긴이 — Clémence de Bourges(1530경~1563경)는 프랑스의 귀족 여성이자 시인이었다. 그녀는 리옹의 귀족인 장 뒤 페라와 결혼할 예정이었으나, 그가 1562년 개신교 세력과의 전투에서 사망하자 그 후 그녀 역시 충격과 슬픔으로 사망했다고 한다. 한편 그 시대의 또 다른 여성 시인인 루이즈 라베(1522경~1566)는 1555년에 그녀의 작품집을 클레망스에게 바쳤고 이후 그녀의 사망을 애도했다고 한다.

는 것에 아랑곳하지 않았다. 라베는 밤이면 고조되는 사랑의 갈망을 처녀에게 보여 주었다. 그리고 더 광대한 우주와 같은 고통을 그녀에게 보여 주겠다고 약속했다. 그리고 경험으로 아는 자신의 고통은 막연히 기대하는 고통에 못 미친다는 것을 예감했다. 막연히 기대하는 사랑의 고통 때문에 그 처녀는 아름다웠던 것이다.

내 고향의 소녀들아. 너희들 중 가장 아름다운 소녀가 어느 여름날 오후에 어둑해진 도서관에서 1556년에 장 드 투르네가 출간한 루이즈 라베의 그 작은 책자를 찾을 수 있다면 좋겠다. 그 서늘한 느낌의 반질반질한 책을 들고 바깥 벌들이 윙윙대는 과수원이나 그 너머 코를 찌르는 달콤한 향기 속에 순수한 단맛의 침전물이 들어 있는 협죽도 꽃 사이로 가도 좋으리라.

소녀들이 그 책을 되도록 어린 나이에 찾으면 좋을 것이다. 비록 소녀들이 자신을 눈여겨보기 시작은 했지만, 아직 어린 입으로는 사과를 한 입 커다랗게 베어 물면 입안이 가득해질 수 있는 그런 시절에 발견한다면 말이다.

그러고 나서 더욱 열정적인 우정의 시기가 오면, 소녀들이여, 서로를 디카, 아나크토리아, 기리노, 아티스*라고 부르는 것이 너희들의 비밀이 될 것이다. 누군가, 아마도 너희 이웃 사람

* 옮긴이 — 고대 그리스의 여성 시인 사포의 시에 등장하는 인물들이다.

으로, 젊었을 때 여행을 많이 하고 오래전부터 괴짜라 불리던 나이 든 남자가 너희들에게 그 이름들을 알려줄 것이다. 아마도 그는 자신의 집에 너희들을 초대하며 소문난 복숭아를 먹으러 오라거나, 혹은 집 위층의 흰 복도에 걸려 있는, 사람들이 꼭 한 번은 봐야 한다고 이야기하는 승마를 주제로 한 리딩어*의 동판화를 보러 오라고 할 것이다.

아마도 너희들은 그를 설득해 이야기를 해 달라고 할 것이다. 어쩌면 너희들 중에 누가 나서서 그에게 옛 여행 일기장을 가져와 보여 달라고 부탁할지도 모른다. 누가 알겠는가? 어느 날인가 또 누군가 그를 졸라 사포의 몇몇 시가 우리에게까지 전해 오고 있다는 사실을 말하게 하고, 또 세상을 등지고 사는 그 남자가 한가할 때 종종 사포의 시를 번역하기 좋아한다는, 거의 비밀에 가까운 사실을 알 때까지 계속 조를 것이다. 그는 이 일에 벌써 오랫동안 손 놓고 있었다고 고백하고, 번역해 놓은 것도 변변하지 않다고 털어놓을 것이다.

그러나 이 이 악의 없는 소녀들이 자꾸만 졸라 대면 그는 한 구절을 읽어 주면서 매우 즐거워하리라. 심지어 그의 기억 속에 있는 그리스어 원문까지도 끄집어내서 낭독해 줄 것이다. 왜냐하면 그의 생각에 번역은 아무것도 제대로 전달해 주지 못하므

* 옮긴이 — Johann E. Ridinger(1698~1767)는 독일의 화가이자 동판화가로 동물이나 사냥 장면들을 작품 소재로 많이 다루었다.

로, 이 소녀들에게 아주 강렬한 불꽃 속에서 단련된 견고한 보석 같은 언어의 순수하고 참된 조각을 보여 주고 싶어서이다.

이 모든 일을 하다 보니 그는 다시 자신의 일에 대한 관심이 뜨거워진다. 그에게 아름답고 거의 청춘 시절 같은 저녁들이 찾아온다. 이를테면 수많은 고요한 밤을 앞둔 가을 저녁들이 찾아온다. 그러면 그의 서재에는 오랫동안 불이 켜진다. 그는 늘 종이 위에 몸을 숙이고 있지만은 않고, 가끔 몸을 뒤로 젖히고 다시 읽은 시 구절을 생각하며 눈을 감는다. 그러면 시의 의미가 그의 피를 타고 몸속으로 스며든다. 고대 그리스 세계에 대해 이토록 확실히 이해한 적이 없었다. 자신들이 출연하고 싶었는데 이제는 사라져 버린 연극을 애도하듯 사라진 고대 그리스를 애도하는 사람들을 그는 거의 비웃어 주고 싶어진다.

뭔가 인간이 이룬 모든 일을 동시에 새롭게 수용한 것 같았던 저 고대 세계의 통일성이 역동적인 의미를 갖고 있었다는 것을 그는 지금 이해한다. 확실히 총체적으로 표출되었던 저 고대의 일관된 문화가 많은 후세 사람의 눈에는 완벽한 세계를 이룬 것처럼 보였는데, 그 전체가 사라져 버린 과거가 된 사실이 그를 혼란스럽게 만들지는 않는다.

두 개의 반구가 모여 하나의 온전한 황금 공이 되듯이, 고대 그리스 세계에서는 사실 천상의 반쪽 삶이 지상의 삶의 반구에 밀착되어 있었다. 하지만 이러한 일이 일어나자마자, 그 속에 갇히게 된 정신들은 이러한 완벽한 실현도 단지 하나의 비유에 불과하다고 느꼈다. 그러자 육중한 천체는 무게를 잃고 공간 속으로 떠올랐고, 그 황금 공의 표면에는 아직 이루지 못한 것의 슬픔이 살며시 비쳤다.

그가, 그 고독한 이가 밤에 이런 생각을 하면서 깨달아 가고 있을 때 창문턱에 놓인 과일 접시가 눈에 띈다. 그는 무심코 사과를 하나 집어내어 책상 위에 놓는다. 내 삶은 이 과일 주위에서 어떻게 이루어지고 있을까, 라고 그는 생각해 본다. 삶 속에서 모든 완성된 것 주위에는 아직 이루지 못한 것이 있고 이것은 계속해서 자라난다.

그러자 그 이루지 못한 것 위쪽으로 조그맣고 무한에까지 뻗어 있는 형상이 순식간에 그에게 나타난다. 그것은 (갈레노스*의 증언에 따르면) 당시 여류 시인이라고 말하면 모두가 떠올렸던 사포이다. 헤라클레스의 위업 이후에 세계의 파괴와 개조를 열망하며 일어났듯이 기쁨과 절망은 삶에 대한 열망으로 존재의 저장고에서 나와 사포의 사랑 행위 속으로 몰려갔으니, 후세는 이를 자양분으로 삼아야 하는 것이다.

돌연 그는 끝까지 온전한 사랑을 성취하려 했던 사포의 이 결연한 마음을 깨닫는다. 사람들이 이를 오해한 것도 놀랍지 않다. 사람들은 전적으로 미래의 사랑의 여인상에게서 과도한 감정을 보았을 뿐, 사랑과 고뇌의 새로운 척도는 보지 못한 것이다. 그 당시 사람들이 그녀의 삶에 대한 기록을 자기들이 믿는

---

* 옮긴이 — Galenos는 고대 그리스의 의사이자 철학자이다.

대로 해석한 것도 놀랍지 않고, 응답 없는 사랑을 하다 신의 부름에 따라 죽은 여인의 죽음을 사포의 탓으로 돌린 것도 놀랍지 않다. 아마 그녀에게 사랑을 배운 절친한 여인 중에도 그것을 제대로 이해하지 못한 이들도 있었을 것이다. 사랑의 행위가 최고조에 이르렀을 때 사포가 토로한 탄식은 자신의 포옹을 받아 주지 않는 남자에 대한 것이 아니라, 더 이상 그녀의 사랑을 받아 줄 능력이 없는 남자에 대한 탄식이었다는 것을.

이제 생각에 잠긴 그는 일어나 창가로 간다. 천장이 높은 방이 그에게는 너무 낮아 보인다. 가능하면 하늘의 별을 보고 싶다. 그는 자신의 마음을 속일 수 없다. 그가 이런 감동에 휩싸인 이유는 이웃의 소녀 중에 그가 마음에 둔 소녀가 있기 때문임을 안다. 그에게는 소망이 있다. (자신을 위해서가 아니다. 아니, 그 소녀를 위한 것이다.) 그는 스쳐 가는 밤의 시간에 그녀에 대한 감정, 즉 사랑의 감정이 일어난 것을 생각한다. 그러나 그녀에게는 그것을 전혀 말하지 않기로 다짐한다.

그는 그 소녀를 위해 홀로 깨어 있으면서 사랑을 주는 여인이었던 사포가 얼마나 옳았던가를 생각하는 것이 최상의 일처럼 보인다. 그녀는 사랑하는 두 사람의 결합이란 결국 고독을 더욱 깊어지게 할 뿐이라는 것을 알고 있었다. 그녀는 성의 무한한 의도로 성이 갖고 있는 일시적인 목적을 깨 버렸다. 그녀는 포옹의 어둠 속에서 만족을 찾으려 하지 않고 그리움을 갈망했다.

두 사람 중 하나는 사랑하는 여인이고, 다른 하나는 사랑받는 남자가 되는 것을 그녀는 경멸했다. 그래서 사랑을 받는 연약한 여인들을 자신의 잠자리로 데려와 사랑하는 이로 달구어져 자신을 떠나게 했다. 이러한 고귀한 이별을 통해서 그녀의 마음은 자연 그 자체가 되었다. 운명을 넘어서서 그녀는 오랫동안 사랑했던 여인들을 위해 축혼가를 불러 주었다. 그녀들의 결혼을 숭고하게 드높여 주고, 가까이 있는 그녀들의 신랑을 축하해 주었다. 신부들이 마치 신을 대하듯 남편을 받아들이고 마침내 남편의 위용을 넘어서기를 바라면서.

아벨로네, 오랫동안 당신 생각을 하지 않았는데, 최근 몇 년 만에 한 번 당신을 느끼고 이해하게 되었습니다.

베네치아에서의 일이었다. 가을이었고 어느 살롱에서였다. 그곳은 외국인들이 지나가다가 여주인 역시 외국인이어서 모여드는 그런 살롱 중의 하나였다. 이 사람들은 찻잔을 손에 들고 빙 둘러서 있었고, 현지 사정을 잘 아는 옆 손님이 그들의 시선을 슬쩍 문 쪽으로 돌려 베네치아식으로 울리는 이름을 속삭여 줄 때마다 아주 기뻐했다.

그들은 아주 극단적인 이름까지도 염두에 두고 있었으므로 어떤 이름을 알려 줘도 놀라지 않았다. 평소에는 경험의 양이 그리 많지 않은 그들이지만, 이 도시에 와서는 풍부한 경험을 하려고 스스럼없이 자신을 맡기고 있었기 때문이다. 평소 생활에서 그들은 특이한 것과 금지된 것을 늘 혼동해 왔기에, 여기서는 놀라운 일이 생기지 않을까 하는 기대가 그들의 얼굴에 거칠고 무절제한 표정으로 나타나 있다. 그들은 고향에서 음악회에 가 있을 때나 소설을 읽으며 혼자서 있을 때 잠깐 드는 그런 느낌을 이런 야릇한 상황에서 당연한 권리처럼 표정으로 보여주고 있었던 것이다.

그들은 전혀 준비도 없고 어떤 위험도 감지하지 못한 채 음악의 뇌쇄적인 고백이나 육체적 방종에 몸을 맡기듯, 베네치아의 실체를 조금도 모른 채 무력하게 움직이는 듯한 곤돌라의 재미에 몸을 맡긴다. 이제 더는 신혼이 아니고 여행 내내 서로의 물음에 악의에 찬 대답만 일삼던 부부도 여기서는 말 없는 타협을 한다.

자신의 이상만 찾던 남편은 적당히 지쳐서 느긋해져 있고, 아내는 젊음을 느끼면서 이곳의 굼뜬 토박이들에게 격려하듯 고개를 끄떡이고 미소를 짓는다. 그럴 때 그녀는 마치 계속 녹아흐르는 설탕으로 만들어지기라도 한 것 같은 이를 드러내 보인다. 그녀의 말에 귀를 기울여 보면, 그들은 내일이나 모레쯤 혹은 주말에 이곳을 떠난다고 한다.

이때 나는 그들 틈에 서 있었는데 이 도시를 떠나지 않아도 되어서 기뻤다. 얼마 안 있으면 날씨가 추워질 것이다. 몽롱한 상태에 빠져 있던 이런 외국인들이 떠나면 그들의 선입견과 요구에 따라 변화했던, 마취제처럼 흐물흐물하던 이 베네치아도 함께 사라질 것이다. 그리고 어느 날 아침에 돌연 다른 베네치아가, 현실적이고 깨어 있으며 깨질 정도로 거칠고 전혀 몽상적이지 않은 베네치아가 다가와 있을 것이다.

물에 가라앉은 숲 위에 세우기를 원해서 강제로 공사를 해 결국 완전히 모습을 드러낸 베네치아 말이다. 탄탄하게 세워지고 꼭 필요한 것만을 갖춰가는 베네치아의 몸속으로 병기창은 밤새워 작업하는 자신의 피를 돌게 했다. 그리고 이 몸속에 깃들어 부단히 확장되는 정신은 다른 어느 나라의 향기보다 더 강했다. 가난한 자기들이 소유하고 있던 소금과 유리를 다른 민족들의 보물과 교환했던 수완 좋은 국가. 세계의 아름다운 균형추이며, 장식품에 이르기까지 점점 섬세하게 만들어 가는 잠재적 에너지로 가득 찬 곳이 바로 이 베네치아이다.

이런 사실을 제대로 모르는 채 여기 서 있는 사람들 사이에서 나는 이 도시를 알고 있다는 의식이 강한 반감으로 밀려왔다. 그래서 어떻게 그 사실을 알려줄 수는 없을까 하고 고개를 들어 쳐다보았다. 여기 살롱 안에는 이 도시의 참모습에 대한 설명을 듣고 싶어서 자기도 모르게 기다리는 사람이 한 명쯤은 있지 않을까?

이 도시에서는 향락이 펼쳐지는 것이 아니라, 다른 어디서도 찾을 수 없을 정도로 까다롭고 엄격한 의지가 구현되고 있음을 곧바로 이해한 젊은이가 있지 않을까? 나는 이리저리 서성거렸고 내가 찾은 진실이 나를 불안하게 만들었다. 그 진실이 여기 있는 수많은 사람 중에서 하필이면 나를 붙들고는 내가 그 진실을 말하고, 방어하고, 증명해 달라고 요구하는 것 같았기 때문이다. 사람들이 제멋대로 오해해 지껄여 대는 것을 증오해서 혹시 내가 당장이라도 손뼉을 쳐서 소리를 내면 어떻게 될까 하는 기이한 상상도 해 보았다.

이러한 우스꽝스러운 기분에 젖어 있던 중에 나는 그녀를 알아차렸다. 그녀는 햇살이 비치는 창가에 혼자 서서 나를 관찰하고 있었다. 진지하고 뭔가 곰곰이 생각하는 눈이 아니라 입으로 관찰하고 있었다. 그 입은 내 얼굴에 나타나 있는 게 분명한 화난 표정을 빈정대듯 흉내 내고 있었다. 내 표정에 초조해하는 긴장이 서려 있음을 느낀 나는 즉시 침착한 얼굴로 바꿨다. 그러자 그녀의 입도 자연스러워지고 거만한 표정으로 돌아갔다. 그러고는 잠시 생각한 다음 우리는 동시에 서로에게 미소를 지어 보였다.

그 여자는 꼭 집어서 말하면, 시인 바게센의 삶에서 중요한 역할을 했던 아름다운 베네딕테 폰 크발렌의 처녀 시절 초상화를 떠올리게 했다. 그녀의 눈에 깃든 짙은 고요함을 보니 목소리도 맑고 어두울 거라는 짐작이 들었다. 그 밖에 머리를 땋은 모양새와 밝은색 드레스의 목선이 코펜하겐식이어서 나는 그녀에게 덴마크어로 말을 걸기로 마음먹었다.

그러나 내가 그녀 가까이로 다가가기도 전에, 다른 쪽에서 그녀에게로 한 무리의 사람들이 몰려갔다. 손님을 좋아하며 따뜻하고 열광적인 기분파인 살롱의 여주인인 백작 부인도 직접 많은 지원군을 데리고 그녀에게 달려갔다. 노래 부르는 자리로 그녀를 데려가기 위해서였다. 나는 그 젊은 여자가 여기 모인 사람 중 누구도 덴마크어로 노래하는 것을 듣고 싶어 하지 않을 거라는 말로 양해를 구하리라고 확신했다.

그녀는 말할 기회가 오자 역시 그런 식으로 말을 했다. 그러나

환하게 빛나는 그 여자를 둘러싼 사람들은 더욱 재촉을 했다. 누군가가 그녀는 독일어로도 노래할 수 있다고 했다. "그리고 이탈리아어로도요"라고 그는 자신에 차서 웃는 목소리로 짓궂게 덧붙였다. 나는 그녀가 이번에는 무슨 핑계를 댈지 알 수 없었지만, 아무튼 그녀가 버티리라는 것을 의심치 않았다.

설득하느라 오랫동안 웃음기를 띠고 있다가 지쳐 버린 사람들의 얼굴 위에 이내 재미없다는 듯 냉랭한 기색이 퍼졌다. 마음씨 좋은 백작 부인도 체면을 잃지 않으려고 알겠다는 표정을 지으며 품위 있게 한 걸음 뒤로 물러섰다. 그래서 이제 전혀 그럴 필요가 없는 상황이었는데도 바로 그때 그녀는 승낙해 버렸다.

나는 실망한 나머지 얼굴에 핏기가 가시는 것을 느꼈다. 내 눈빛은 비난으로 가득 찼다. 나는 시선을 돌렸다. 그런 내 눈빛을 그녀에게 보여 봤자 소용없는 일이었다. 그런데 그녀는 다른 사람들에게서 빠져나오더니 갑자기 내 옆에 와서 섰다. 그녀의 드레스가 나를 비추었고, 그녀의 온기에서 나오는 꽃향기가 내 몸을 감쌌다.

"정말로 노래해 보고 싶어요." 그녀는 내 뺨에 바짝 대고 덴마크어로 말했다. "사람들이 원해서도 아니고 보여 주고 싶어서도 아니에요. 지금 노래해야 할 것 같아서 그래요."

그녀의 말에서는 화난 듯 초조한 기미가 새어 나왔다. 방금 전에 나도 그런 초조감이 들었지만 그것은 사라졌다. 나는 그녀가 사람들과 함께 그 자리를 떠나자 천천히 그 뒤를 따라갔다.

그러다가 커다란 문 옆에서 뒤로 물러나 서서, 사람들이 서로 밀치며 자리를 정리하는 것을 바라보았다. 나는 검게 반질거리는 문 안쪽에 몸을 기대고 기다렸다. 누군가가 무슨 준비를 하는 거냐, 노래라도 부르는 거냐고 내게 물었다. 나는 모르는 척했다. 내가 거짓말을 하는 동안에 그녀가 벌써 노래를 부르기 시작했다.

내가 있는 곳에서는 그녀의 모습을 볼 수 없었다. 외국인들이 진짜 이탈리아 노래라고 여기는 그런 노래가 서서히 공간에 울려 퍼졌다. 노래를 부르고 있는 그녀는 그렇게 믿지 않는 것 같았다. 그녀는 힘껏 소리 높여 몹시 힘들게 노래를 부르고 있었다. 앞쪽에서 박수 소리가 나는 것으로 봐서 노래가 끝난 것 같았다. 나는 슬퍼졌고 수치심도 들었다. 사람들이 움직이기 시작하자 나는 누군가가 나가면 따라 나가려고 생각했다.

그런데 갑자기 조용해졌다. 조금 전까지만 해도 불가능할 것으로 여겨졌던 적막이 감돌았다. 적막이 지속되고 긴장감이 커졌다. 그리고 이제 그 적막 속에서 그녀의 목소리가 솟아났다. (아벨로네, 아벨로네다, 라고 나는 생각했다.) 이번에는 목소리가 힘차고 풍부했으며 무겁지 않았다. 중단된 곳이나 이음새 없이 한 덩어리로 흘러나오는 목소리였다. 그것은 잘 알려지지 않은 독일 노래였다. 그녀는 꼭 그래야 하는 것처럼 그 노래를 특이할 정도로 단순하게 불렀다. 그 노래는 이랬다.

그대여, 이런 말은 하지 않겠어요,
나, 밤에 누워 눈물을 흘린다고.

그대의 존재가 요람처럼 나를 흔들어
나를 지치게 한다고.
그대여, 그대 역시 내게 말하지 않는군요,
나 때문에 잠 못 이루고 깨어 있어도.
이 찬란한 심정을
우리 달래지 말고,
마음속에 간직한 채
견뎌 내는 게 어떨까요?
(잠시 쉬었다가 머뭇거리며)
저 연인들을 보세요.
사랑의 고백을 시작하더니
어느새 거짓말을 하고 있잖아요.

다시 적막이 흘렀다. 누가 이 적막을 만들어 냈는지 알 수 없었다. 이어서 사람들은 움직이기 시작하다가 서로 부딪히면 사과하고 기침을 했다. 사람들이 희미하게 웅성대는 소음으로 넘어가려는 순간, 갑자기 목소리가 터져 나왔다. 결연하고 폭이 넓고 강하게 밀려오는 듯한 소리였다.

그대는 나를 홀로 있게 하지요.
오직 나는 그대를 무엇으로든 바꿀 수 있어요.
그대는 잠시 그대의 모습이다가
다시 살랑거리는 소리가 되거나

마르지 않는 향기가 되지요.
아, 내 품 안에 있던 모든 것을 잃었지만
그대만은, 그대만은 언제나 다시 태어나지요.
나는 한 번도 그대를 붙잡지 않았기에
그대를 고이 간직하고 있습니다.

아무도 예상하지 않았던 노래였다. 모두들 곧 그녀의 목소리에 허리를 굽힌 듯 서 있었다. 그리고 노래가 끝나갈 무렵, 그 목소리는 마치 그녀가 이 순간에 등장하리라는 것을 이미 몇 년 전부터 알고 있었던 것처럼 확신에 차 있었다.

예전에 나는 가끔 왜 아벨로네가 그녀의 숭고한 감정의 힘을 신에게 돌리지 않았을까 하고 자신에게 묻곤 했다. 나는 그녀가 자신의 사랑에서 모든 타동적인 면을 덜어 내려고 갈망하고 있었음을 알고 있다. 하지만 그녀의 진실한 마음이, 신은 사랑의 대상이 아니라 사랑의 방향일 뿐이라는 것을 착각할 수가 있었을까? 신에게서 사랑을 되돌려받는 것을 두려워할 필요가 없다는 것을 그녀는 몰랐을까?

그녀는 사랑의 대상인 이 우월한 신이, 우리처럼 더딘 이들이 온 마음을 다 바치도록 하려고 사랑하는 즐거움을 가만히 밀쳐 놓고 자제하신다는 것을 몰랐을까? 아니면 그녀는 그리스도를 피하려 한 것이었을까? 그녀는 신을 향해 가는 도중에 그리스도에게 붙잡혀서 그에게서 사랑을 받게 될까 봐 두려웠던 것일까? 그래서 아벨로네는 줄리에 레벤트로우*를 생각하기를 꺼렸던 것일까?

나는 거의 그랬을 것이라 믿는다. 메히틸트처럼 아주 순진하게 사랑한 여인, 테레제 폰 아빌라처럼 열광적으로 사랑한 여인, 리마의 성스러운 로자처럼 사랑의 상처를 받은 여인들이 신의 대리인인 그리스도에게 굴복하고 그의 사랑을 받은 것을 보면 그렇다. 아, 약한 사람들에게는 구원자였던 그분이 강한 여인들에게는 부당한 존재였다니. 그들이 영원한 길만이 펼쳐져 있으리라는 것 외에 아무것도 기대하지 않았던 곳, 긴장되어 도달한 천국의 입구에, 인간의 모습을 한 그리스도가 나타나 그들에게 안식처를 제공하고 남성의 매력으로 그들을 현혹한다.

너무도 굴절력이 강한 그리스도의 마음이 이미 평행으로 나아가던 그녀들의 마음 광선을 다시 한번 한 점으로 모으면, 천사들이 오직 신을 위해 보존하고자 바랐던 이 여인들은 이제 그리움으로 바짝 말라 활활 타 버린다.

'사랑받는 것'은 불타 버리는 것이다. 그러나 '사랑하는 것'은 마르지 않는 기름으로 타면서 밝게 빛나는 것이다. 사랑받는 것은 사라지는 것이지만, 사랑하는 것은 지속되는 것이다.

그렇기는 해도, 아벨로네는 만년에 가서는 눈에 안 띄게 신과

---

* 옮긴이 — Julie Reventlow(1763~1816). 덴마크의 백작 부인으로, 문학을 사랑해서 문학 살롱을 운영했으며, 신비주의에 가까운 엄격한 기독교 신앙을 유지했다.

직접적으로 교류하기 위해 가슴으로 생각하려고 노력했을 수도 있다. 아벨로네도 아말리에 갈리친 후작 부인*의 특이한 내적 성찰을 연상하게 하는 그런 편지들을 썼지 않았을까 상상해 볼 수 있다. 하지만 만약 이런 편지들이 몇 년 전부터 가까이 지내던 누군가에게 보내졌다면, 그 사람은 그녀의 변한 모습에 얼마나 괴로워했을까. 그리고 내 추측으로는 아벨로네 자신도 유령처럼 다른 모습으로 변하는 것보다 두려워한 것은 없을 것이다. 사실 사람들은 자신의 변한 모습을 알아차리지 못하는데, 이유는 모든 변화의 증거를 마치 아주 낯선 것이라도 되는 듯 계속해서 손에서 털어 버리기 때문이다.

만약 성서에 있는 '돌아온 탕아의 이야기'†가 사랑받기를 원하지 않았던 자에 관한 설화가 아니라고 말한다면, 누구도 나를

---

* 옮긴이 — Amalie von Gallitzin(1748~1806). 독일 귀족 출신인 그녀는 파리 주재 러시아 대사인 갈리친과 결혼했다. 남편을 통해 당시 계몽주의 성향을 지닌 많은 문인이나 철학자들과 교류했으며, 이들과 서신도 주고받았다.

† 옮긴이 — '돌아온 탕아의 이야기'는 『신약성서』의 「누가복음」 15장 11~25절에 쓰인 설화로, 예수가 비유로 인용한 인물이다. 부유한 집안의 차남이 아버지의 뜻을 어기고 집을 나가 허랑방탕한 생활을 하다가 궁핍해지자 나중에 집에 되돌아온다. 이때 잃었던 아들을 다시 찾은 아버지는 그를 껴안으며 기뻐하고 용서해 준다. 이 일화는 아버지인 신에게 죄를 지은 인간이 신에게 되돌아오면 신이 기뻐한다는 것을 비유적으로 설명한 것이다. 그러나 릴케는 여기서 자신이 보는 '탕아'에 대한 다른 관점의 내용을 묘사하고 있다.

설득시키기 어려울 것이다. 그가 어렸을 때 집안의 모든 사람이 그를 사랑했다. 그는 그렇게 사랑받으며 자랐고, 아직 어렸기 때문에 다른 것은 모르고 가족들의 다정한 마음에 길들여졌다.

하지만 그는 소년이 되자 자신의 이런 습관을 버리고 싶었다. 그 이유를 말할 수는 없었다. 온종일 바깥을 헤매며 돌아다닐 때 한 번도 개를 데려가지 않은 것은 개들까지도 그를 사랑했기 때문이다. 개들의 시선에도 관찰과 관심, 기대와 걱정이 들어 있어서, 개들 앞에서도 그것들을 기쁘게 해 주거나 마음 상하게 하지 않고는 아무것도 할 수 없었기 때문이다.

그 당시 그가 원했던 것은 마음속의 깊은 무관심이었다. 이따금 이른 아침에 들판에 나가면 그는 그 무관심에 너무나 순수하게 사로잡혀, 아침이 되어 의식이 찾아오는 가벼운 순간의 이상을 느낄 시간이 없을 정도로 숨 가쁘게 달리기 시작했다.

지금껏 살아 보지 않은 자신 삶의 비밀이 그의 앞에 펼쳐졌다. 무심결에 그는 인도를 벗어나 팔을 쭉 펴고 온 세상을 한꺼번에 안으려는 듯 넓은 들판으로 달려갔다. 그러고는 어느 마을 뒤편으로 가서 몸을 던졌다. 아무도 그를 거들떠보지 않았다. 그는 나뭇가지를 벗겨 풀피리를 만들기도 하고, 작은 짐승에게 돌멩이를 던지기도 하고, 기어가는 딱정벌레에게 몸을 굽혀 길을 막고 되돌아가게 하기도 했다.

이 모든 것은 운명이 되지는 않았다. 하늘은 자연 위를 흐르듯 그냥 지나갔다. 마침내 오후가 되자 많은 상상이 떠올랐다. 그는 토르투가섬의 해적 부타니에가 되기도 했지만 거기에는 어떤 의무도 없었다. 캄페슈를 포위하고 베라크루즈를 점령했다. 그는 해적의 무리 전체가 될 수도 있었고, 말을 탄 두목이 되거나 바다 위를 항해하는 배가 될 수도 있었다.

마음 내키는 대로 무엇이든 될 수 있었다. 무릎을 꿇어야 한다는 생각이 들면, 곧바로 데다트 드 고종이 되어 용을 죽였다. 그리고 아직도 그 열기가 뜨거운데, 이 영웅적 행위가 불손하고 복종할 줄 모르는 짓이라고 말하는 소리를 들었다. 그는 상상과 관련된 것이라면 무엇 하나 빠뜨리지 않았다. 그러나 수많은 공상이 떠올랐지만 이따금 한 마리 새, 어떤 것인지는 확실하지 않아도 그냥 한 마리 새가 될 시간은 있었다. 그러고 나면 집으로 돌아가야 했다.

아, 그럴 때면 모든 것을 벗어던지고 잊어야 했다. 제대로 잊어버리는 것, 그것이 중요했기 때문이다. 안 그러면 사람들이 추궁할 경우 비밀을 털어놓을지도 몰랐다. 아무리 주저하고 여기저기 빈둥거리면서 걸었어도 결국은 눈앞에 그의 집 합각머리 지붕이 나타났다. 집 위쪽의 첫 번째 창문이 눈에 들어왔다. 거기에 누군가가 서 있을지 모른다.

온종일 기다리고 있던 개들이 덤불을 헤치고 달려 나와 한데 뭉쳐서, 그를 자기들이 아는 원래의 소년으로 되돌아가도록 몰아쳤다. 그리고 나머지는 집이 알아서 했다. 냄새 가득한 집 안으로 들어가자마자 이미 대세는 결정되었다. 아직 바꿀 수 있는 것은 사소한 것들뿐이었다. 전체적으로 그는 이미 식구들이 생각하는 그가 되어 있었다.

오래전부터 식구들이 그의 짧은 과거에다 자신들의 소망을 덧붙여 하나의 삶을 정해 준 그런 사람으로 그는 돌아와 있었다. 밤낮으로 늘 식구들의 사랑에 영향을 받는, 그들의 희망과 의심의 틈에 끼어 있는, 그들의 꾸중이나 칭찬 앞에 서 있는, 모두의 공유물 같은 존재가 되어 있었다.

아무리 조심해서 계단을 올라가 봤자 소용없다. 모두 거실에 모여 있다가 문이 열리면 그를 쳐다볼 것이다. 그는 어둠 속에 서서 그들이 물어볼 것이 있는지 기다려 본다. 그러나 이어서 최악의 일이 벌어진다.

식구들은 그의 손을 잡아 식탁으로 끌고 간다. 그리고 거기 있는 이들은 누구나 할 것 없이 궁금한 눈빛으로 등불 앞에 앉는다. 그들은 어둠 속에 자리 잡고 있어서 괜찮다. 단지 소년에게만 불빛이 비친다. 얼굴을 갖고 있다는 것이 치욕이다.

그는 집에 남아서 이들이 그에게 정해 준 대로 대충 거짓으로 삶을 살고, 얼굴 전체는 그들 모두를 닮아 갈 것인가? 아니면 자신의 의지에 깃든 부드러운 진실과 그것을 망치는 조잡한 기만 사이에서 분열될 것인가? 가족 중 마음이 약한 사람에게 상처를 주는 존재가 되는 것을 포기할 것인가?

아니다. 그는 떠날 것이다. 이를테면, 식구들이 다시 모든 것을 무마해 줄 거라고 잘못 넘겨짚어서 고른 물건들을 가지고 그의 생일상을 차리느라 바쁜 틈에 떠날 것이다. 영원히 떠나는 것이다. 그는 누구도 사랑받는 끔찍한 상태에 빠뜨리지 않기 위해서 자신은 결코 사랑하지 않겠다고 그 당시 얼마나 굳게 결심했는지를 훨씬 후에 가서야 비로소 깨달을 것이다.

몇 년이 지난 후에 그에게는 다른 계획들처럼 이 결심도 다시 떠오를 것이다. 그리고 그는 이 결심이 수포로 돌아갔음을 알 것이다. 왜냐하면 그는 고독해서 사랑을 하고 또 사랑했기 때문이다. 사랑할 때마다 그는 자신의 온 힘을 다 소모했고, 상대방의 자유를 제약할까 봐 불안해했다.

그는 사랑하는 대상을 자신의 감정의 빛으로 태우는 대신, 그 빛으로 속속들이 비춰 주는 법을 서서히 배워 나갔다.

그리하여 점점 더 투명해지는 연인의 모습을 통해서, 그녀 덕분에 자신의 끝없는 소유욕에 넓은 시야가 열린 것을 보며 그는 기쁨에 젖었다.

그 자신도 그처럼 속속들이 비치고 싶은 마음에 얼마나 많은 밤을 눈물로 지새웠던가. 그러나 사랑에 굴복하는 여인은 아직은 사랑하는 여인이 아니다. 아, 그에게 넘쳐흐르던 사랑의 선물들을 조각조각 되돌려받던 허무한 밤들이여. 그래서 그는 그 어떤 것보다도 자신들의 청이 받아들여지는 것을 가장 두려워했던 중세의 음유시인들을 얼마나 생각했던가. 그는 이런 일을 겪을까 봐 벌어들여 모은 돈을 마구 낭비했다.

그는 여인들이 그의 사랑에 응할까 봐 매일 불안해져서 거칠게 돈을 뿌리면서 그들의 마음에 상처를 주었다. 자신을 속속들이 비춰 줄 사랑하는 여인을 만나게 되리라는 희망을 이제는 더 이상 갖고 있지 않았기 때문이다.

심지어 날이 갈수록 가난이 더욱 혹독해져서 그를 놀라게 하던 시기에도, 그의 머리가 재난의 장난감이 되어 완전히 망가뜨려졌을 때에도, 그의 몸 여기저기에 재난의 어두움을 경계하는 곤궁한 눈동자처럼 종기가 번졌을 때에도, 그리고 사람들에게 오물 취급을 당해 오물더미에 버려져서는 그 오물을 두려워하던 때에도, 가만히 생각해 보면 그가 가장 끔찍하게 여긴 것은 바로 사랑의 응답을 받는 일이었다.

모든 것을 다 잃게 되는 포옹의 짙은 슬픔에 비하면 그가 겪은 숱한 어둠은 아무것도 아니었다. 아무런 미래도 없다는 느낌으로 그런 포옹에서 깨어나곤 하지 않았던가? 갖은 위험을 감수해 보겠다는 기력도 없이 무의미하게 헤매며 돌아다니지 않았던가? 죽지 않겠다고 수백 번도 더 약속해야 하지 않았던가? 쓰레기 더미들 속에서도 그의 삶을 지켜 준 것은, 아마도 끊임없이 되돌아와 자리를 잡으려 했던 이런 쓰라린 기억의 고집이었을 것이다. 마침내 사람들은 그를 다시 찾아냈다. 그리고 그제야, 그가 목동 시절을 보내면서 겪었던 수많은 과거가 비로소 진정되었다.

그 당시 그에게 일어난 일을 누가 서술할 수 있겠는가? 어떤 작가가 그 시절 그가 보낸 긴 나날들과 짧은 인생을 조화시켜 설득력 있게 묘사할 수 있는가? 어떤 예술이 외투를 걸친 그의 깡마른 모습을 보여 주는 동시에 그가 보낸 거대한 밤들 위로 펼쳐졌던 공활한 공간을 함께 그릴 수 있는가?

당시는 그가 더디게 회복되어 가는 환자처럼 자신을 이름 없는 평범한 존재로 느끼기 시작한 시기였다. 그는 사랑을 하지 않았다. 자신이 살아 있음을 사랑하는 것 외에는. 그가 돌보는 양들에 대한 낮은 사랑은 그에게 문제가 되지 않았다. 그런 사랑은 구름 사이로 내리비치는 빛처럼 그의 주위에서 흩어져 초원 위에 은은하게 빛날 뿐이었다.

배고픈 양들이 몰려간 무구한 자취를 따라가며 그는 말없이 세계의 목초지를 누볐다. 그를 그리스의 아크로폴리스에서 본 이방인들도 있었다. 어쩌면 그는 오랫동안 프랑스 보 지방의 목동이 되어 지내면서, 화석화된 시간이 그 명문 가문을 뛰어넘어 존속하고 있음을 보았을지도 모른다. 그 가문은 행운의 숫자인 7과 3을 얻고서도, 그들의 문장에 새겨진 별의 광선 수가 불길한 숫자인 16이어서 결국 멸망해 버렸다.

아니면 오랑주에 있는 시골풍의 개선문에 기대어 있는 그의 모습을 상상해 봐야 할까? 혹은 영혼들이 쉬고 있는 알리스캉 공동묘지의 그늘에서, 부활한 자들의 무덤처럼 열려 있는 무덤들 사이로 날아가는 잠자리 한 마리를 눈으로 뒤좇고 있는 그의 모습을 그려 봐야 할까?

어쨌든 상관없다. 나는 그 모습 외에도 그 이상을 볼 수 있다. 나는 그 당시 신을 향한 기나긴 사랑을, 그 조용하고 목적 없는 일을 시작한 그의 존재가 보인다. 이유는 영원히 자신을 억누르며 살려고 했던 그에게, 달리 어쩔 수 없다는 마음의 충동이 점점 커져 갔기 때문이었다. 그는 이번에는 자신의 소망이 받아들여지기를 바랐다. 오랫동안 홀로 지내면서 예지와 흔들림 없는 마음을 지닌 그의 온 존재는, 자신이 지금 염두에 두고 있는 그분이 환하게 그를 꿰뚫으면서 빛나는 사랑을 그에게 베풀 거라고 확신했다.

그러나 그가 궁극적으로 그런 찬란한 사랑을 받기를 열망하는 동안, 먼 것에 익숙해 있던 그의 감정은 신이 아득히 멀리 떨어져 있다는 것을 깨달았다. 어떤 밤에는 신을 향해 그 무한한 공간에 몸을 내던진 듯한 느낌이 들었다. 어떤 때는 모든 것을 깨달아서, 지상으로 가라앉아 그 지상을 자신의 마음의 해일 위로 낚아 올릴 수 있을 만큼 자신이 강해진 느낌이 들기도 했다. 그는 장엄한 언어를 듣고 그 언어로 시를 지으려고 들뜬 사람과 같았다.

그러나 이 언어가 얼마나 어려운지를 경험해야 하는 혼란스러운 순간이 아직 그에게 남아 있었다. 아무 의미도 없는 짧은 첫 문장을 쓰는 데만도 긴 인생이 다 지나갈 수 있다는 것을 그는 처음에는 믿지 않으려 했다. 그는 시합에 뛰어든 달리기 선수처럼 배움을 향해 몸을 던졌다. 그러나 극복하고 넘어가야 할 것들이 너무 많아 그의 속도를 더디게 했다. 이러한 서투른 초심자보다 더 굴욕적인 것은 없을 것 같았다.

그는 현자의 돌을 발견했다. 그러나 이제 사람들은 재빠르게 만들어진 그의 행운의 황금을 인내라는 납덩이로 변화시키라고 쉴 틈 없이 강요했다. 드넓은 공간에 익숙해 있던 그는 출구도 방향도 없는 구불구불한 길을 벌레처럼 꾸물꾸물 기어갔다. 그는 이처럼 힘들고 괴롭게 사랑하는 법을 배웠다. 그러자 이제, 그가 지금까지 그가 해 왔다고 믿은 모든 사랑이 얼마나 나태하고 보잘것없는 것이었는지 분명해졌다. 그런 사랑에서 이루어질 수 있는 것은 전혀 없을 것 같았다. 사랑을 위해 노력하고 그것을 실현시키는 일을 그는 시작도 하지 않았기 때문이었다.

최근 몇 년 동안 그의 내면에는 큰 변화가 일어났다. 그는 신에게 다가가려는 힘든 작업을 하느라 신을 거의 잊고 있었다. 그리고 시간이 흘러 아마도 그가 신의 곁에 다가가게 되면, 바라는 것은 '하나의 영혼을 지탱해 주는 신의 인내심'이 전부일 것이다. 인간들이 중요하게 여기는 운명의 우연이라는 것은 그에게서 떨어져 나간 지 이미 오래였다. 그리고 이제 기쁨과 고통을 느낄 때 필수적으로 따라오는 것조차도 그 강렬한 뒷맛을 잃고 순수해져서 그를 위한 자양분이 되었다.

그의 존재의 뿌리에서는 시련의 계절을 넘기고 견고해진, 풍성한 기쁨의 식물이 자라났다. 그는 자신 내면의 삶을 이루는 데 몰두했다. 그는 어느 것 하나 소홀히 넘기고 싶지 않았다. 왜냐하면 그 모든 것들 안에 자신의 사랑이 깃들어 있어 점점 자라고 있음을 의심하지 않았기 때문이다. 그랬다. 그의 내면 상태는 그가 예전에 해낼 수 없어서 그냥 치워 둔 일 중 가장 중요한 일을 만회하겠다고 결심하는 데까지 진전했다.

그는 무엇보다도 어린 시절에 대해 생각했다. 차분히 생각해볼수록 그는 어린 시절을 제대로 살아 보지 않은 것처럼 보였다. 어린 시절에 관한 모든 추억은 그 자체로 마치 모호한 예감들 같은 것이었고, 그 추억들이 지나가 버린 과거로 여겨진다는 사실이 오히려 그것들을 미래의 것으로 만들어 주었다. 그 모든 것들을 다시 한번, 그리고 이제는 진실로 받아들이기 위한 것이 낯설게 타향을 떠돌던 그가 집으로 다시 돌아온 이유였다. 그가 집에 머물렀는지 우리는 알지 못한다. 단지 그가 다시 돌아왔다는 것만 알고 있을 뿐이다.

이 이야기를 하는 사람들은 이 대목에 이르러, 당시 그의 집이 어떠했는지를 상기시켜 주려고 한다. 그곳에서는 시간이 별로 흐르지 않았기 때문이다. 그 집안에 사는 모두가 얼마의 시간이 흘렀는지 헤아릴 수 있을 만큼 짧은 시간이었다. 개들은 늙었지만 아직도 살아 있었다. 그중 한 마리가 그를 보고 짖었다는 이야기도 있다. 집 안에서 하던 모든 일이 멈춰졌다. 창가에 얼굴들이 나타났다. 더 늙었지만 더 성숙해졌고 감동적일 정도로 옛 모습과 비슷한 얼굴들이었다.

그중에서 아주 나이 든 어떤 얼굴이 돌연 그를 알아보는 기색을 띠면서 창백해졌다. 알아본 것일까? 정말로 알아보기만 한 것이었을까? — 그것은 용서의 표정이었다. 무엇을 용서한 것일까? — 그것은 사랑이었다. 아, 사랑이었다.

노인이 알아본 그는, 그동안 너무도 자신의 일에만 몰두했었기에, 아직도 사랑이 남아 있으리라는 생각을 하지 못했었다. 이 당시 일어난 모든 일 중에서 단지 그의 몸짓만이 아직까지 전해져 오고 있다는 사실도 이해할 만하다. 그것은 전에 한 번도 본 적이 없던 몸짓, 애원의 몸짓이었다. 그는 집안 식구들의 발아래 몸을 던지고 제발 자신을 사랑해 주지 말라고 애원했다. 깜짝 놀란 그들은 몸을 휘청거리면서 그를 일으켜 세웠다. 그들은 그를 용서하면서, 그가 보인 격정적인 태도를 자기들 나름대로 해석했다.

그가 분명히 절망적인 태도를 보였음에도 불구하고 식구들이 모두 그를 오해했다는 사실은 그에게 이루 말할 수 없는 해방감을 주었음에 틀림없다. 아마 그는 집에 머물 수 있었을 것이다. 왜냐하면 날이 갈수록 그는 더 많이 깨달았을 것이기 때문이다. 그들이 그토록 우쭐대고 몰래 서로 격려해 가면서 베푸는 사랑이 자신과는 아무 관계가 없다는 것을.

그들이 사랑하려고 애쓰는 모습을 보자 그는 미소를 짓지 않을 수 없었다. 그리고 사실은 그들이 그를 거의 마음에 품을 수 없다는 것이 분명해졌다.

그가 어떤 사람인지 그들이 알 수 있었겠는가. 그는 이제는 사랑하기에 너무나 어려운 대상이었다. 그는 오직 한 분만이 그를 사랑할 수 있다는 것을 느꼈다. 그러나 그분은 아직은 그를 사랑하려 하지 않았다.

도슨트 변지영과 함께 읽는
『말테의 수기』

그린비 도스트 세계문학 09

말테의 수기

초판1쇄 펴냄 2026년 4월 15일

지은이 라이너 마리아 릴케
옮긴이 두행숙
해설 변지영
책임편집 이진희 | **디자인** 심민경

펴낸이 유재건
편집주간 이진희
편집장 문혜림
편집부 조성규, 전혜빈
디자인팀 심민경, 조예빈
독자사업 류경희
경영관리 장혜숙
펴낸곳 (주)그린비출판사
주소 서울시 서대문구 이화여대2길 10, 1층
대표전화 02-702-2717 | **팩스** 02-703-0272
홈페이지 www.greenbee.co.kr
원고투고 및 문의 editor@greenbee.co.kr

저작권법에 의하여 한국 내에서 보호를 받는 저작물이므로 무단전재와 무단복제를 금합니다.
책값은 뒤표지에 있습니다. 잘못 만들어진 책은 구입처에서 바꿔 드립니다.
ISBN 979-11-94513-51-3 03850

독자의 학문사변행學問思辨行을 돕는 든든한 가이드 _(주)그린비출판사

그린비 도슨트 세계문학 09

도슨트 변지영과 함께 읽는 『말테의 수기』

보는 법을 배우기 위해

그린비

차례

도슨트 변지영과 함께 읽는 『말테의 수기』

‘얼굴’이란 무엇일까요? “내 얼굴 봐서 한번 해 줘”라는 표현에는 ‘체면’의 의미가 담겨 있습니다. 뻔뻔하거나 염치가 없는 사람을 두고는 “얼굴이 두껍다”라고 하지요. 얼굴은 세상에 드러나는 가장 쉬운 평가 대상이기에, 나 자신보다 타인에게 더 자주 노출됩니다. 우리는 타인의 얼굴을 주로 보고 살지만, 정작 내 얼굴은 잘 보지 못합니다. 타인의 반응에 따라 민감하게 변화하는 얼굴은, 세상에 잘 보이기 위해 때로는 나 자신을 속이기도 합니다. 너무 많이 속이다 보면, 어느 순간 내 얼굴이 나를 속인다는 사실조차 알아차리지 못하게 되지요. 그래서 릴케는 우리가 장갑을 끼듯 “얼굴을 쓰는” 것에 너무 익숙해 있다고 말합니다.

보는 법을 배우기 위해

릴케는 20세기 시인 중에서 여전히 세계적으로 광범위한 독자층을 거느리고 있는 시인입니다. 그런 시인은 몇 명 되지 않지요. 방대한 저술과 깊은 사유로 독일 실존철학을 빛낸 철학자 마르틴 하이데거는 언젠가 자신의 철학이 '릴케가 시로 표현한 것을 사유로 전개한 것에 불과하다'라고 말한 적 있습니다.[*] 릴케는 수많은 예술가와 철학자에게 깊은 울림을 주었는데요. 토머스 핀천, 밀란 쿤데라, W. H. 오든, 아미타브 고시 같은 작가들은 물론이고, 드미트리 쇼스타코비치, 올리버 크누센, 아르네 노르헤임 등의 작곡가들도 그에게 영감을 받았다고 하지요.[†]

---

* 박유정(2012), 「존재의 소리와 고독: 하이데거와 릴케」, 『철학논집』 28, 197~221.

† Kathleen L. Komar, "The Duino Elegies" in *The Cambridge Companion to Rilke*, ed. Karen Leeder and Rebert Vilain(Cambridge University Press, 2010), 80.

1875년 12월 4일 프라하에서 태어난 라이너 마리아 릴케는 1926년 12월 29일, 51세의 나이로 스위스의 발몽 요양소에서 백혈병으로 사망할 때까지 그야말로 고통 가득한 삶을 살았습니다. 그에게 고통과 고난은 줄이거나 피해야 하는 것이 아니라 더 정확히 느끼고 깊게 받아들여 창작의 동력으로 삼아야 하는 '진실'이었죠.

첫 시집 『인생과 노래』(*Leben und Lieder*, 1894)를 시작으로 평생 2천 편이 넘는 시를 남길 정도로 릴케는 다작을 했는데요. 특히 1907년과 1908년에 각각 출간된 『신시집』(*Die neuen Gedichte*)과 『신시집 별권』(*Neue Gedichte, Anhang*)에 수록된 시들은 독일 시사에서 가장 수준 높은 작품으로 평가받아 왔고, 그의 유일한 장편소설이라 할 수 있는 『말테의 수기』는 독일 모더니즘 문학의 정수로 꼽힙니다. 1910년에 출간된 이 책은, 그의 나이 29세였던 1904년에 집필을 시작하여 35세 때 완성하기까지 작품을 써내는 데 꼬박 6년이 걸렸습니다.

이 작품은 20세기 초반의 시대적 분위기를 잘 담아내고 있습니다. 당시 아인슈타인의 상대성이론, 프로이트의 무의식 이론, 비유클리드 기하학이 발전했고, 미술에서는 대상을 해체하고 재구성하는 큐비즘이 등장했습니다. 즉 전통적인 방식과는 전혀 다른 새로운 시각이 요구되던 시기였지요. 이전에는 상상조차 할 수 없었던 방식으로 "보는 법을 배워야" 했습니다.

릴케는 이 작품을 소설이라고 부르지 않았고, '책' 또는 '작품'

이라는 용어를 선호했다고 알려져 있습니다. 제목에 사용된 독일어 Aufzeichnungen은 메모, 기록, 기록물 혹은 스케치를 뜻하는데, 단절과 미완성의 의미를 내포하는 이 단어 자체가 당시 시대상을 잘 반영하고 있습니다. 1900년대 초반 유럽의 급속한 산업화와 도시화는 사회 구조의 변화, 가족 구조의 해체, 개인의 정체성 위기 등을 초래했는데요. 릴케는 대도시의 익명성에서 경험했던 소외, 고독, 파편화를 그대로 포착하기 위해 매끄럽게 연결된 이야기 구조가 아닌, 여러 개의 파편과도 같은 글들을 이어 붙입니다. 지극히 개인적인 공포와 열망을 바닥에 깔고 그 위에 한 겹 한 겹 보편적이고 사회적인 공포들, 열망들을 붙여 나가지요. 이 조각들은 저마다 특성도, 길이와 구조도, 문체도 다릅니다. 하지만 이 단편적인 조각들을 다 읽고 나면 놀랍게도 하나의 완성된 모자이크 작품으로 느껴지지요. 한 조각 한 조각이 맞물려 서로를 완성시키는 듯한 인상을 받게 됩니다.

이 소설은 세 가지 차원에서 전개됩니다. 첫 번째 차원은 말테가 파리에서 겪는 현재의 경험으로, 두 번째 차원은 덴마크에서 보낸 어린 시절의 기억들로 구성됩니다. 그리고 세 번째 차원은 역사적 사건과 예술가들에 대한 말테의 사유와 상상으로 이루어집니다. 이 세 차원은 독립적이면서도 긴밀하게 연결되어 있지만, 그 관계와 의미는 쉽게 드러나지 않습니다.

시간과 공간을 넘나들며 계속 변화하는 어조는 서사적 안정감을 의도적으로 흔들어 놓습니다. 독자는 읽는 내내 미묘한 불안감과 긴장감을 경험하게 됩니다. 게다가 이 소설에서는 '갑자

기', '돌연히', '뜻밖에' 같은 표현이 자주 사용됩니다. 독일어로는 auf einmal(한꺼번에) 35회, plötzlich(갑자기) 53회, unerwartet(예기치 않게)를 12회 사용하면서 말테가 사건과 분위기 속에서 계속해서 놀라며, 끊임없는 긴장 속에서 살아가고 있음을 보여 주는데, 이는 근대 도시에서의 감각적 과부하와 충격을 실감 나게 드러내는 장치로 해석됩니다.

> 삶의 요소들이 전적으로 이해 불가능하다면 어떻게 살아갈 수 있을까? 사랑은 늘 불충분하고 결단은 항상 불확실하며 죽음 앞에서 무력하다면, 존재하는 것은 어떻게 가능할까?*

이러한 질문을 품고 소설에 착수한 릴케는 작품을 완성하기까지 오랜 시간이 걸릴 것임을 처음부터 예감했습니다. 게다가 파리에서 겪은 혼란과 충격은 어린 시절의 트라우마를 자연스럽게 떠올리게 했고, 그는 어쩔 수 없이 과거를 다시 불러내어 재경험하는 과정을 거쳐야 했습니다. 릴케는 이 책이 일종의 "자기 치료" 과정이었음을 고백하며,† 말테가 자신으로부터 분리되

---

* Thomas Martinec, "The Sonnets to Orpheus" in *The Cambridge Companion to Rilke*, ed. Karen Leeder and Robert Vilain(Cambridge University Press, 2010), 96.

† Rainer Maria Rilke, *Letters of Rainer Maria Rilke*, vol. 2(1910~1926), trans. Jane Bannard Greene and M. D. Herter Norton(New York: Norton, Norton Library, 1969), 42.

어 독립적인 존재가 될 때 비로소 그 치유가 완성될 것이라고 믿었습니다. 하지만 그 여정은 너무나도 힘겨웠습니다. 그는 이 작업을 "어려운, 정말로 어려운 책. 끝으로 갈수록 내게 너무나도 고되고 결정적인 짐처럼 느껴진다"*라고 털어놓는 한편, "나는 말테를 통해서만 나아갈 수 있다. 그가 내 앞길을 막고 서 있으니까"†라고도 표현했습니다. 그는 자신의 뜻을 결국 이루었을까요?

얼굴과 얼굴 없음

> 이 세상에 사람의 수는 많지만 누구나 여러 개의 얼굴을 가지고 있기 때문에 실제로 얼굴의 숫자는 더 많은 것이다. (12쪽)

경험과 상상, 실제와 허구가 기묘하게 섞여 있는 이 소설에는 '얼굴'이라는 단어가 144번이나 등장합니다. 작가에게 '얼굴'은 어떤 의미였을까요? 그 깊은 의미를 들여다보면 릴케가 왜 이 소설을 쓸 수밖에 없었는지, 그 간절함을 이해할 수 있습니다.

---

* Rilke, *Letters of Rainer Maria Rilke*, 2:25.

† Rainer Maria Rilke, *Letters of Rainer Maria Rilke*, vol. 1(1892~1910), trans. Jane Bannard Greene and M. D. Herter Norton(New York: Norton, Norton Library, 1969), 336.

먼저 우리 자신에게 물어봅시다. ‘얼굴’이란 무엇일까요? “내 얼굴 봐서 한번 해 줘”라는 표현에는 ‘체면’의 의미가 담겨 있습니다. 뻔뻔하거나 염치가 없는 사람을 두고는 “얼굴이 두껍다”라고 하지요. 얼굴은 세상에 드러나는 가장 쉬운 평가 대상이기에, 나 자신보다 타인에게 더 자주 노출됩니다. 우리는 타인의 얼굴을 주로 보고 살지요. 정작 내 얼굴은 잘 보지 못합니다. 타인의 반응에 따라 민감하게 변화하는 얼굴은, 세상에 잘 보이기 위해 때로는 나 자신을 속이기도 합니다. 너무 많이 속이다 보면, 어느 순간 내 얼굴이 나를 속인다는 사실조차 알아차리지 못하게 되지요. 그래서 릴케는 우리가 장갑을 끼듯 “얼굴을 쓰는” 것에 너무 익숙해 있다고 말합니다.

숲과 산, 하늘과 바다에는 얼굴이 없습니다. 보여 줄 것이 따로 없는 자연은 언제나 자기 자신과 분리되지 않은 채 존재합니다. 반면, 세상을 향해 얼굴을 내미는 존재들은 타인의 시선과 기대 속에서 끊임없이 해석되고 규정되며, 그 과정에서 갈등과 분열을 피할 수 없습니다. 소설 속에서 얼굴은 종종 정체성 상실과 동일시의 문제를 드러내는 장치로 등장합니다. 이를테면 아이들이 부모의 얼굴을 하고 다니거나, 키우는 개들이 그들의 얼굴을 하고 길거리를 돌아다니는 장면처럼 말이지요. 이렇게 얼굴은 타인을 의식하고 세상에 맞추는 과정에서 변형되고 분열되기 쉽습니다.

“하나됨”에 대한 열망이 남달랐던 릴케의 사유에서 “얼굴 없

음"(Nichtgesicht)은 매우 중요한 상징적 개념입니다. 서로 연결된 세 가지의 의미를 갖는다고 볼 수 있는데요. 첫째, 얼굴은 사회적 자아를 상징하기에, 얼굴 없음은 타인의 기대와 사회적 규범에서 벗어나 자유로워지는 상태를 의미합니다. 둘째, 이는 더 깊이 들어가 개인적 자아의 경계가 사라지는 순간을 가리킵니다. 바람에 흔들리는 나뭇잎, 새소리, 숲의 향기 속에서 '나'라는 구별이 희미해지며, 존재 자체가 자연 속에 스며드는 경험을 떠올려 보세요. 셋째, 궁극적으로 얼굴 없음은 정체성의 해체를 의미합니다. 정체성은 나를 설명하는 일관된 틀이자 나와 타인을 구분하는 경계인데, 그것이 사라질 때 자아는 완전히 해체됩니다.

릴케는 자기와 타인, 내면과 세계 사이의 경계가 사라지면서 자아가 해체되는 상태를 여러 차례 경험했는데요, 이 상태는 두 가지 방식으로 해석될 수 있습니다. 정신의학적으로 보면 분열형 인격 장애나 조현병의 증상으로 해석될 수 있으며, 이는 치료가 필요한 불안정한 상태입니다. 그러나 릴케는 이를 단순한 병리적 현상이 아니라 '보는 법을 배우기' 위한 자기 변혁의 과정으로 받아들였습니다. 릴케는 왜 얼굴 없음에 이토록 집착했을까요? 무엇을 보기 위해 얼굴을 버려야 했던 것일까요?

소멸의 공포

말테가 자신을 표현하는 문장들을 보면, 자아 인식에 어려움이 있음을 발견할 수 있습니다.

"내게는 내가 모르고 있던 내면이 있다. 이제는 모든 것이 그

내면으로 깊숙이 향해 가고 있다. 거기에서 무슨 일이 일어나고 있는지 나는 알지 못한다"라고 쓰는가 하면, "퇴락한 벽을 보자마자 거기에서 달려 도망치기 시작했다. 그것을 알아보자마자 공포를 느꼈던 것이다. 나는 여기에서 이 모든 것을 알아본다. 그것들이 당장 내 안으로 들어오는 이유이다. 그것들은 내 안으로 들어와 자리를 잡는다"라고 고백하기도 합니다.

그에게 내면은 스스로도 알 수 없는 낯선 세계로 남아 있으며, 외부의 것들이 거침없이 침투해 와 흔들리는 공간입니다. 자기와 타인의 경계, 바깥세상과의 구분이 종종 희미해지는 이러한 경험은 말테의 불안과 혼란을 더욱 심화시키지요.

이러한 표현들은 단순히 상상력이 뛰어나거나 예민해서 나온 것이 아닙니다. 말테에게는 자신을 통제할 수 없게 될 것이라는 미묘한 불안이 늘 마음 깊은 곳에 깔려 있었습니다. 자기 내부가 흐려지고 무너지는 듯한 감각에 휩싸이곤 했지요.

> 이 모든 것에 대해 쓰고 이야기할 수 있는 것은 잠시 동안이다. 어느 때 가서는 내 손이 내게서 멀어져서, 무엇을 쓰라고 명령하면 내가 생각지도 않았던 것을 쓰는 날이 올지도 모른다. (…) 나는 땅 밑으로 떨어져서 더 이상 일어날 수가 없다. 산산이 부스러져 버렸기 때문이다. (67~68쪽)

열병에 시달리며 침대에 누워 있던 말테는, 기괴할 정도로 극심한 불안에 사로잡히게 됩니다.

이불깃에서 삐져나온 작은 실밥이 강철 바늘처럼 단단하고 뾰족한 것은 아닐까 하는 불안. 잠옷 단추가 혹시 내 머리보다 큰 것은 아닐까, 크고도 무거운 것은 아닐까 하는 불안. 침대에서 떨어진 빵 조각이 바닥에서 유리처럼 산산조각 나는 것은 아닐까 하는 불안.

그렇게 되면 무엇이든지 산산이, 영원히 깨어져 버리지 않을까 하는, 가슴을 짓누르는 불안. 열어 본 편지에 쓰인 한 줄도 누구에게 보여서는 안 되는 금기여서, 그것을 방 안 어디에다 감추어도 안심이 안 되는, 말할 수 없이 소중한 것에 대한 불안. 잠들었는데도 난로 앞에 널려 있는 석탄 덩어리를 나도 모르게 삼켜 버리지 않을까 하는 불안. 내 머릿속에서 어떤 숫자가 점점 커지기 시작해서 더 이상 내 안에 그것이 있을 공간이 없게 되지 않을까 하는 불안.

내가 지금 누워 있는 침대가 화강암, 잿빛 화강암 덩어리일 거라는 불안. 내가 큰 소리로 부르짖으면 이것을 들은 사람들이 문 앞으로 달려와 문을 부수고 밀려들어 오지 않을까 하는 불안. 나도 모르게 나 자신을 털어놓아서, 폭로될까 두려워하던 것을 모두 다 말해 버리지 않을까 하는 불안. 또 아무리 말을 하려고 해도 모든 게 말로는 할 수 없는 것들이라서 한마디도 입을 떼지 못하게 되지 않을까 하는 불안 — 그 밖의 또 다른 불안… 여러 가지 불안…. (80~81쪽)

어느 날 병원 대기실에 앉아 있던 말테는, 어린 시절 고열로

누워 있을 때 보았던 “처음으로 깊은 공포감을 심어 준 것”, “뭔지 알 수 없는, 굉장히 큰 어떤 물체”를 다시 보게 됩니다. “새삼스럽게 그 ‘커다란 물체’가 다시 내 앞에 나타난 것”이죠. 그런데 “그것은 종기처럼 혹은 내 또 다른 머리통같이 무럭무럭 솟아올라, 너무나 커서 원래 내 것이 전혀 아닌데도 내 몸뚱이의 일부가 되었다”라고 표현합니다. 그 “커다란 것” 안으로 피를 보내기 위해 심장은 몹시 긴장했지만 피는 모자랄 것 같았고, 그마저도 제대로 흘러들어 가지 못하고 돌아 나올 때는 병에 걸린 것처럼 악화되어 있었습니다.

이 장면은 말테가 ‘나’와 ‘내가 아닌 것’ 사이의 경계를 끊임없이 혼란스러워하며 공포를 느끼는 순간을 보여 줍니다. 특히 이 혼란과 공포를 가장 충격적으로 표현한 장면은 ‘손’에 대한 어린 시절의 일화입니다.

말테가 의자에 앉아 그림을 그리고 있던 중, 빨간색 색연필을 집으려 손을 뻗는 순간, 색연필이 또르르 바닥으로 떨어져 보이지 않게 됩니다. 빨간색이 꼭 필요한 순간 그것이 사라져 버리자 말테는 화가 나서 의자에서 일어납니다. 무릎을 꿇은 자세로 너무 오래 앉아 있었기 때문일까요. 그는 “사지가 마비돼서 어떤 게 내 다리이고 어떤 게 의자인지조차 알 수 없”는 상태로 간신히 바닥으로 내려갑니다. 그런데 책상 밑이 너무 깜깜해 아무것도 보이지 않자, 그 어둠에 놀라 겁을 먹습니다. 하지만 색연필이 꼭 필요했기에, 보이지 않는 카펫 위로 손을 뻗어 필사적으로

더듬던 순간, 문득 손이 자신의 의지와 무관하게 "독자적으로 바닥을 훑어 내려가면서 전에는 내가 본 적 없는 움직임을" 취하는 것을 보게 됩니다. 마치 손이 자신과 분리되어 자유롭게 돌아다니는 것처럼 느껴졌던 것이죠.

잠시 호기심을 느끼며 바라보던 찰나, 갑자기 "벽에서 갑자기 다른 손이 나타나자" 말테는 소스라치게 놀라게 됩니다. 그 손은 "이전에 본 적 없는, 내 손보다 크고 유난히 얇은 손"이었습니다. 급기야 자신의 손과 그 낯선 손이 "서로를 향해 무작정 움직"이는 것을 보자, 그는 공포감에 사로잡혀 황급히 책상 밖으로 몸을 일으킵니다.

이처럼 말테는 심리적 혼란을 느끼는 것을 넘어, 신체가 해체되고 분리되는 느낌에 압도되는 경험을 합니다. 정신분석학자 해럴드 설스에 따르면, "자신의 몸을 자기 것이 아니라고 느끼는 것"은 조현병 환자의 대표적 증상 중 하나입니다.* 이들은 신체 일부가 스스로 떨어져 나가 자율적으로 행동한다고 느끼거나, 외부의 낯선 사람이나 사물이 자신 안으로 침입해 "내 안의 외부 물체"가 된다고 인식하지요.† 이러한 경험은 자신을 삼키거나

* Harold F. Searles, *The Nonhuman Environment in Normal Development and in Schizophrenia*(New York: International Universities Press, 1960), 30.

† Harold F. Searles, *Collected Papers on Schizophrenia and Related Subjects*(New York: International Universities Press, 1965), 467.

소멸시킬 위협으로 다가오며, 외부 환경이나 타인의 의지에 의해 자신의 자아가 빨려 들어가거나 소멸될 것 같은 공포를 일으킵니다.

말테는 어린 시절, 방에서 몰래 다양한 의상을 입고 가면을 써 보며 변장하던 중, 거울을 보고 오히려 그 의상과 가면에 갇힌 듯한 느낌을 받았습니다. 그것들을 얼른 벗어 던지려 했지만, 아무리 해도 떼어 낼 수 없어 공포에 사로잡힌 그는 비명을 지르며 사람들에게 도와 달라고 외쳤지요.

타인과 관계를 맺을 때, 말테는 자신이 그들이 원하는 모습으로 반응하게 되고, 결국 그들의 얼굴과 닮아 가며 자아를 잃어버릴 것 같은 위협을 느낍니다. 이러한 경험 속에서 얼굴은 자아를 상징하며, 얼굴이 덮이거나 대체되는 것은 자아의 소멸을 의미하지요.

그렇다면 말테는 어떻게 해서 이런 상태에 처하게 된 것일까요? 말테의 신체적 분열과 자아 소멸의 공포는 단순한 개인적 불안이나 심리적 문제를 넘어서, 더 깊은 존재적 위기와 연결되어 있습니다. 이는 그가 자아와 세계, 내면과 외부 사이의 경계를 끊임없이 의심하고 무너뜨리며, 스스로를 고립된 존재로 인식하는 그의 존재론적 불안에서 비롯된 것일 수 있습니다.

텅 빈 종잇장처럼

말테는 도서관으로 가던 중 우연히 한 남자를 보게 됩니다. 그 남자는 무도병에 걸려 자신의 몸을 제어하지 못하고 있었습니

다. 말테는 알 수 없는 힘에 이끌려 그 남자의 뒤를 따라가게 됩니다. 남자는 껑충껑충 이상한 자세로 뛰며 걷고 있었고, 말테는 불안한 마음으로 그를 뒤따릅니다. 그러나 잠시 후 남자의 동작이 진정되자, 말테는 마치 자신의 문제가 해결된 것처럼 안심하게 됩니다.

> 그러나 내가 눈을 들자, 그의 표정에 뭔가 다른 불쾌함이 나타나 있는 것이 보였다. 그의 외투 깃이 삐죽 솟아 있었다. 그는 한 손으로 그것을 다시 처음의 모양으로 되돌리려다가 이어 두 손을 다 쓰면서 몹시 애를 썼는데 제대로 되지 않았다.
>
> 그 광경을 보고 있어도 나는 불안하지는 않았다. 그러나 바로 그 직후, 이 남자의 그 분주한 손놀림이 실제로는 두 가지 동작을 하고 있는 것을 보고 너무나 놀랐다. 하나는 눈에 띄지 않게 옷깃을 위로 젖히려는 동작이었고, 다른 하나는 옷깃을 전처럼 다시 접으려고 계속해서 몹시 힘들이는 동작이었다.
>
> 그 광경을 유심히 바라보던 내 머릿속이 혼란해졌다. 그 때문에 이 분쯤 지난 후에야 나는 목까지 추켜올려진 남자의 외투 깃과 신경질적으로 움직이는 손동작 뒤의 목에 조금 전 두 다리로 껑충껑충 뛸 때와 비슷한 경련이 나타나고 있는 것을 알아차렸다. 이 순간부터 나는 그에게서 눈을 뗄 수 없었다. 나는 이 경련이 남자의 몸 안을 빙빙 돌아다니다가 여기저기서 몸 밖으로 튀어나오려 한다는 것을 알았다. 그제야 나는 남자가 사람들이 볼까 봐 피하는 심정을 이해할 수 있었고, 나 자신도 지나가는 사람들

이 그것을 눈치채지나 않을까 조심하며 살폈다. 갑자기 그의 다리가 움찔하면서 살짝 뛰어오르는 동작을 보였을 때 나는 등골이 오싹해지는 것을 느꼈다. 하지만 그것을 본 사람은 없었다. 그러나 만약 누가 눈치를 채는 경우에는 나 역시 다리를 약간 절룩거리는 시늉을 해 보일 생각을 했다. 그러면 호기심을 가진 사람들은 길에 보이지 않는 무슨 작은 장애물이 있어서 우연히 우리 두 사람이 그것을 밟은 거라고 생각하게 될 것이다. (85~86쪽)

길을 걷고 있는데 자신의 팔다리가 마음대로 움직인다면 어떨까요? 아마도 사람들의 시선을 피하려고 재빨리 사라지고 싶어질 것입니다. 말테는 그 남자의 당혹감과 두려움을 마치 자기 일처럼 온몸으로 받아들입니다. 남자가 겪는 혼란스러운 상황을 이해하고, 그가 느낄 수치심과 무력감에 공감한 것이죠. 얼마나 절박했으면 말테는 그 남자가 이상한 게 아니라는 걸 입증하려고, “누가 눈치를 채는 경우에는 나 역시 다리를 약간 절룩거리는 시늉을 해 보일” 생각까지 했을까요? 이것은 단순한 연민을 넘어, 자기 경계를 허무는 수준의 감정이입입니다.

이와 같은 말테의 동일시는 사실 릴케 자신이 앓고 있었던 정신적 고통을 반영합니다. 릴케는 타인의 감정, 감각, 생각이 자기 안으로 쉽게 스며들어 자아와 타인의 경계가 흐려지는 경험을 자주 했습니다. 그는 이 경계의 모호함에 종종 혼란을 느꼈고, 때로는 타인에게 완전히 잠식당할 것 같은 두려움에 사로잡히기도 했습니다.

결국, 무도병에 걸린 남자는 더 이상 자신의 몸을 버티지 못하고 사람들 앞에서 무너지고 맙니다. 팔다리를 허우적대며 온몸을 마구잡이로 흔들며 통제 불가능한 춤을 추기 시작하지요. 이 기이한 광경을 구경하려고 군중이 몰려들어 남자를 에워싸며 원을 만들어 내자 말테는 자연스럽게 그 원 밖으로 밀려나게 됩니다. 말테는 이 순간을 이렇게 묘사합니다.

> 이제 또 어디로 간들 무슨 의미가 있겠는가. 내 머릿속은 텅 빈 것 같았다. 아무것도 쓰여 있지 않는 종잇장처럼, 나는 거리의 집들을 스쳐 지나 다시 큰길로 따라서 나아갔다. (88쪽)

1903년 여름, 릴케가 남긴 편지들에는 그가 실제로 겪은 시련과 혼란이 생생하게 담겨 있습니다. 대도시 파리에서 홀로 살아가며 적응하지 못했던 릴케는, 지나가는 사람이 흘낏 자신을 쳐다보기만 해도 마치 먼지처럼 부서질 것 같은 기분이 들었습니다. 산업화와 획일화의 물결 속에서 도시는 점점 더 소음으로 가득 차 갔고, 그 소음은 그의 목소리를 묻어 버리며 존재 자체를 집어삼킬 듯 위협적으로 다가왔습니다. 소설 속 말테와 마찬가지로, 릴케 역시 자신을 다른 사람들과 구분하는 능력이 제대로 작동되지 않는 순간들이 있었습니다. 신체적으로, 정신적으로 점점 피폐해지면서 자신이 과연 글을 계속 쓸 수 있을지 의문을 갖기 시작했습니다.

무도병에 걸린 남자와 동일시하며 에너지를 완전히 소진한 릴케는 절박한 마음으로 그의 오랜 친구이자 연인, 그리고 어머니 같은 존재였던 루 안드레아스-살로메에게 도움을 청하는 편지를 썼습니다. 살로메는 릴케를 깊이 이해하는 유일한 사람으로, 그에게 무엇을 두려워하고 무엇을 두려워하지 않아도 될지 분명하게 알려 줄 수 있는 존재였으니까요.

> 루, 나는 매일 극심한 고통 속에 있었습니다. (…) 무릎이 떨렸고, 모든 것이 내게서 빠져나간 듯했습니다. 난 한동안 다리 난간에 기대 서 있다가 마침내 방으로 돌아왔습니다. 이제 도서관에 가는 것도 무의미해졌습니다. 내 안의 문제를 해결해 줄 만큼 강력한 책이 어디에 있겠습니까? 나는 완전히 소진된 것 같았습니다. 마치 타인의 두려움이 내 안에서 자라나 나를 지치게 하는 듯했습니다.
>
> 그 뒤로 많은 아침과 저녁이 그와 같았습니다. 내가 이렇게 경험한 두려움을 실제로 형상화할 수 있었다면, 그리고 그것들이 존재함으로써 위안이 흘러나왔다면, 나는 무사했을지도 모릅니다. 하지만 매일 닥치는 두려움들은 수백 가지 다른 두려움을 불러일으켰고, 그들은 내 안에서 일어나 서로 뜻을 맞추었으며, 나는 그것들을 넘어서지 못했습니다.
>
> 나는 그것들을 내 의지로 길들이는 대신, 오히려 생명을 불어넣고 말았습니다. 그리고 그들은 나를 거슬러 밤늦도록 따라다녔습니다. 만약 내 상황이 더 나았더라면, 더 조용하고 친절했더라면,

내 방이 나를 품어 주었더라면, 그리고 내가 건강을 유지할 수 있었다면, 나는 그럼에도 불구하고 두려움에서 무언가를 만들어 낼 수 있었을 것입니다.*

2년 만에 받은 릴케의 편지를 읽으며, 살로메는 그가 예전과 달라졌음을 느낍니다. 작가이자 정신분석가였던 그녀는 릴케가 과거처럼 '증상' 안에 갇혀 있지 않고, 그 밖에서 자신의 상태를 바라보고 있다는 사실을 알아차립니다. 릴케는 자신의 공포와 혼란을 묘사하는 과정에서 한층 성숙한 문학적 재능을 드러냈고, 살로메는 그의 깊어진 통찰력과 정교한 표현에 감탄합니다. 그는 자신의 정신이 무너져 완전히 파멸할 것을 두려워했지만, 살로메는 그에게 그것이 단순한 두려움에 불과하다고 단언합니다. 그녀는 그의 편지에서 드러난 깊은 통찰과 예술적 표현이 단순한 심리적 증상을 넘어선 것임을 확신합니다. 릴케는 그저 병에 갇힌 환자가 아니라, 고통 속에서도 창작의 길을 걷는 예술가였습니다.

살로메의 구체적인 설명과 격려를 받은 릴케는, 다시금 자신감을 얻고 본격적으로 소설을 쓰기 시작합니다. 그는 자신이 겪었던 생생한 경험을 바탕으로 이 소설을 집필하게 됩니다.† 말테

* Rilke, *Letters of Rainer Maria Rilke*, 1:115.

† David Kleinbard, *The beginning of terror: a psychological study of Rainer Maria Ril-*

는 릴케의 혼란과 공포의 심연으로 들어가 그 안에서 살아남아 스스로 도약해야 하는 운명이었죠. 릴케는 왜 말테를 필요로 했을까요? 그의 삶은 어떠했을까요?

물려받은 얼굴들

1903년 4월 3일, 릴케는 스웨덴의 여성학자 엘렌 케이에게 보내는 편지*에서 가족에 대한 얘기를 털어놓는데요, 그의 집안은 한때 번영했으나 점차 쇠퇴하고 몰락한 귀족 가문이었습니다.

> 할아버지는 카메니츠에서 어린 시절을 보냈으나, 이후 타인의 영지에서 관리인으로 일하셨습니다. 아버지는 가문의 전통에 따라 군인이 되었으나, 이후 공무원으로 전직하셨습니다. 그는 철도 공무원으로, 사철에서 상당히 높은 직책을 맡았으며, 끝없는 성실함으로 그 자리에 올랐습니다. 아버지는 프라하에 살고 계셨고, 저는 그곳에서 태어났습니다. 27년 전의 일입니다. (가톨릭 세례를 받을 때, '르네 마리아'라는 이름을 받았습니다.) 제 어머니 쪽 가문에 대해서는 아는 것이 거의 없습니다. 어머니의 아버지는 부유한 상인이었으나, 그 재산은 낭비벽이 있는 아들로 인해 모두 사라졌다고 합니다.

---

ke's life and work(NYU Press, 1993), 1~2.

* Rilke, *Letters of Rainer Maria Rilke*, 1:96~103.

제가 어린 시절을 보낸 집은 프라하의 좁은 셋집이었고, 몹시 쓸쓸한 곳이었습니다. 부모님의 결혼 생활은 제가 태어나기 전부터 이미 불화로 가득했습니다. 제가 아홉 살 때, 갈등이 결국 겉으로 드러났고 부모님은 이혼하셨습니다. 어머니는 아버지를 떠났습니다. 어머니는 예민하고 마른 데다 얼굴에는 늘 어두운 그림자가 드리워져 있었습니다. 삶에서 늘 알 수 없는 무언가를 갈망하셨고, 평생 그렇게 사셨습니다. 사실, 두 분은 서로를 더 잘 이해했어야 했습니다. 두 분 모두 외면에만 치중하는 공통점을 갖고 계셨으니까요. 겉으로는 풍족해 보이길 원했고, 옷 또한 남을 속일 만큼 근사해야 했습니다. 어떤 거짓말들은 당연한 것으로 여겨졌죠. 제가 어떻게 지냈는지는 잘 모르겠습니다. 저는 늘 화려한 옷을 입어야 했고, 학교에 가기 전까지는 마치 작은 소녀처럼 꾸며졌습니다. 어머니는 저를 큰 인형처럼 가지고 노셨던 것 같아요. 그리고 어머니는 "미스"라고 불릴 때 항상 자부심을 느끼셨습니다. 젊고, 병약하고, 불행해 보이고 싶어 하셨습니다. 그리고 불행하셨을 겁니다. 저희 모두 불행했던 것 같습니다.

어머니가 집을 떠난 직후, 저는 군 장교 양성소 중 하나에 들어가게 되었습니다. 그때가 열 살이었습니다. 형제도, 자매도, 친구도 없이 최악의 과보호를 받은 후, 저는 저를 경멸 어린 적대감으로 맞이하는 50명의 소년들 사이에 던져졌습니다. 하사관들이 우리를 훈련시켰습니다. 그곳에서 5년 동안 겪은 고통은 (병을 앓았음에도, 그곳에 반대가 있었음에도 불구하고 나는 그곳에 계속 머물러야만 했습니다.) 그 자체로 하나의 인생이었죠, 길고도 힘든 인생

이었습니다. 오늘날까지도 부모님은 그런 사실을 전혀 알지 못합니다. 아마 이해하지 못하셨을 겁니다. 그곳을 떠나 제복을 벗었을 때, 부모님과의 거리는 완전히 벌어졌습니다.

릴케의 부모는 외아들 릴케에게 서로 다른 기대를 품었습니다. 아버지 요제프 릴케는 10년간 군복무를 했지만 결국 퇴출되었고, 자신의 좌절된 군사적 야망을 아들이 대신 이루어 주기를 바랐습니다. 훗날 릴케는 군사 학교 시절을 끔찍하게 떠올렸지만, 아버지의 기대와 영향에서 완전히 벗어나지는 못했습니다. 그의 시 속에는 어린 시절 아버지에게서 받은 군사적 이상과 기억, 꿈이 끊임없이 영향을 미쳤던 흔적이 남아 있습니다. 일부 평론가들은 「두이노의 비가」 중 제6 비가의 초고에 들어 있는 영웅 찬미 흔적이 아버지와의 동일시에서 비롯되었다고 해석합니다. 아버지에게서 들은 조상 영웅들의 이야기가 시에 깊은 영향을 미치고 중요한 역할을 했다는 것입니다.*

그러나 제1차 세계대전의 참혹한 현실은 이 같은 영향을 곧 약화시켰습니다. 릴케의 군사적 열망은 전쟁에 대한 혐오감으로 바뀌었으며, 1916년 예비군으로 강제 소집된 경험은 군대에 대한 그의 반감을 더욱 심화시켰습니다. 그럼에도 불구하고, 릴

---

* Wolfgang Leppmann, *Rilke: A Life, trans. Russell M. Stockman*(New York: Fromm International, 1984), 4.

케가 어린 시절 아버지를 통해 형성된 젊은 영웅의 이미지와 완전히 결별했다고 보기는 어렵습니다. 여러 지인의 도움으로 군 복무에서 면제된 이후 릴케는 "어딘가 내 안에 옛 병사의 피가 흐르고 있어, 이렇게 소란을 피우고 반항하는 것이 부끄럽다"*라고 썼지요. 굴욕적인 철도 직장에서 고생하며 좌절하고 실망한 아버지 요제프 릴케의 현실은 아들로 하여금 아버지의 군사적 기억, 환상, 포부와 동일시하게 만들었습니다. 아버지의 해결되지 않은 열망과 못다 이룬 꿈은 릴케에게 스며들게 되었지요.

프로이트의 저서 『자아와 이드』의 설명에 따르면, 잃어버린 대상은 자아 안에 자리 잡게 됩니다. 사랑하는 사람을 잃거나 사랑이 좌절되었을 때, 그 상실을 보상하거나 받아들이기 위해 그 사람의 무언가를 복제해 동일시하게 되죠. 예를 들면 그 사람의 소망이나 생각, 믿음이나 행동을 모방함으로써 결국 자아의 일부로 삼는 시도를 하는 것입니다.

릴케에게 있어서 이러한 동일시는 아버지에게만 해당한 것이 아니었습니다. 릴케에게는 한 살도 채 되지 않아 사망한 누나 소피가 있었는데, 이 누나는 릴케의 어머니 소피와 같은 이름을 가지고 있었습니다. 어머니는 자신과 동일시했던 딸을 일찍 잃은 뒤 그 상실을 극복하지 못한 채 아들을 통해 딸의 부재를 보상하려 했지요. 릴케는 여자 옷을 입고 심부름을 하며 자랐고, 어

* Leppmann, *Rilke*, 30.

머니는 그에게 딸의 역할을 강요했습니다. 이처럼 릴케의 성장 과정은 어머니의 상실을 보상하려는 시도로 인해 복잡한 심리적 영향을 받았으며, 이는 그의 정체성과 작품에 깊은 흔적을 남겼습니다.

> 방해받지 않을 거라는 확신이 들고 밖이 어두워진 때에야 우리는 추억에 잠겨 이야기를 나눌 수 있었다. 우리 두 사람 모두에게는 아주 먼 옛날 일처럼 느껴지는 추억이었으므로 우리는 미소를 지어 가면서 그 이야기를 했다. 그때 이후로 우리 둘 다 자라서 변한 것처럼 느껴졌기 때문이었다. 어머니는 예전에 내가 남자아이가 아닌 어린 소녀였으면 좋겠다고 바랐던 적이 있다는 것을 기억해 냈다. 나는 어쩐지 그럴 거라고 짐작해서 오후가 되면 가끔 어머니 방의 문을 두드리곤 했다. 그녀가 "거기 누구냐?"라고 물으면, 나는 기꺼이 "소피예요"라고 대답했고, 내 작은 목소리는 너무나 부드러워서 목이 간지러워지는 것이었다. 그리고 내가 들어가면 (다른 때도 나는 어린 계집애 옷 같은 것을 입고 있었지만 일부러 소매를 걷어 올린 채였다.) 나는 그냥 소피가 되었다. 계집애가 하는 집안일을 하고 어머니가 머리카락을 땋아 주어야 했던 어머니의 작은 소피였다. 짓궂은 말테가 돌아와 '말테'와 '소피'를 혼동하지 않도록 일부러 그렇게 했다. 어머니와 소피는 둘 다 말테가 그 자리에 없는 것을 기뻐했고, 그들의 대화는 (소피는 여전히 높은 목소리로 말했다.) 주로 말테의 나쁜 습관을 나열하고 그에 대해 불만을 토로하는 것이었다. "아, 그래, 말테

는 정말" 하고 어머니는 한숨을 쉬며 말했다. 그리고 소피는 마치 남자아이들 전체를 알고 있는 것처럼 보통 남자아이들의 난폭한 장난에 대해 많은 것을 알고 있었다.

"소피는 그 후 어찌 되었는지 알고 싶구나" 하고 어머니는 옛 추억들을 떠올리다가 갑자기 말했다. 물론, 말테는 뭐라고 대답해야 할지 몰랐다. 그러나 어머니가 "'소피'는 죽어 버린 것으로 삼자"라고 말하면 말테는 완강히 그 말에 반대했고, 확실히 죽었다고 증명할 수 없는 한은 죽었다는 생각은 하지 말라고 어머니에게 간청했다." (118~119쪽)

이 소설의 에피소드는 릴케의 사위 카를 지버가 쓴 전기*에서 실제 있었던 일로 확인됩니다. 어머니를 위해 여장을 하고, 남성인 자신을 조롱하는 이 기묘한 놀이가 릴케의 정신세계에 미친 영향을 가늠해 볼 수 있습니다. 이는 그의 정체성에 혼란을 불러일으켰을 가능성이 있으며, 특히 성 정체성에 대한 의문, 신체 이미지에 대한 불안, 남성성에 대한 죄책감으로 이어졌을 수도 있습니다. 또한, 여성에 대한 거리감과 관계 유지의 어려움과 같은 요소들로 나타났을 가능성도 제기됩니다.

릴케가 평생 분열과 혼란 속에서 살아가며, 현실에서 온전히 존재한다는 느낌을 가지기 어려웠던 데에는 어머니의 영향도

* Carl Sieber, *René Rilke: Die Jugend Rainer Maria Rilkes*(Leipzig: Insel, 1932), 47.

적지 않았을 것입니다. 그의 어머니는 아들에게 자신의 욕망을 투영하며, 그를 자신의 방식대로 통제하려 했습니다. 감정적으로 불안정하고 우울했던 그녀는 아들의 감정이나 내면에는 무관심했으며, 이러한 관계는 릴케에게 심리적 부담을 안겨 주었지요. 이는 그의 평생에 걸친 내적 갈등과 고립감의 중요한 요인 중 하나가 되었을 가능성이 큽니다. 게다가 어머니는 낭만주의적 환상과 허세, 나르시시즘에 빠져 있었으며, 릴케에게 실러의 발라드를 암송하도록 요구하는 등 그의 문학적 방향에도 깊이 개입했습니다. 아들이 위대한 시인이 되기를 바라며 온갖 노력을 기울였고, 1900년에는 자비로 아포리즘집을 출간해서 이를 아들에게 헌정하기도 했습니다.

훗날 릴케가 시를 통해 명성과 인정을 얻게 되었을 때, 그는 자신이 혐오하던 자기애적인 어머니에게 결국 자랑할 만한 성과를 제공하고 있다는 사실을 깨닫지 않을 수 없었습니다. 어머니에 대한 내적 갈등과 분열은 상당했을 것이며, 이미 내면화된 그녀의 존재는 떼어 내고 싶어도 떼어 낼 수 없는 부담으로 남았을 것입니다.

릴케는 어머니에 대한 복합적인 감정을 극복하기 위해, 한없이 자애롭고 무한한 사랑으로 헌신하는 이상적인 여성에 대한 환상을 품게 됩니다. 이러한 심리적 기제 속에서 살로메는 단순한 연인이 아니라 릴케가 의지할 수 있는 정신적 보호자 역할을 하게 되었습니다. 살로메는 릴케의 비공식적 상담자이자 사실상 그의 정신적 치료자였습니다. 그는 심리적으로 동요할 때마

다 살로메에게 편지를 쓰며 내면의 혼란을 진정시키려 했고, 그녀에게 깊이 의존했습니다. 살로메는 릴케의 불안정한 정신세계에서 중요한 지지자로 자리 잡았으며, 그의 삶과 창작에도 깊은 영향을 미쳤습니다.

환상과 치유

말테는 릴케 자신의 내면이 강하게 투영된 인물입니다. 어머니와 아버지의 죽음, 그리고 돌아갈 집이 없다는 사실은 이 내면적 투영의 핵심 요소들입니다. 융합에 대한 공포로 고통받은 사람들은 종종 고립을 통해 자신의 정체성을 지키려 합니다. 릴케에게도 고독은 이러한 방어 기제로 작용했습니다. 그는 사회적 가면을 쓰지 않기 위해, 그리고 온전한 자기 자신이 되기 위해 철저히 홀로 있어야 한다고 믿었습니다. 또한, 고독이 창작을 위한 필수 조건이라고 확신했지요.

그러나 그는 동시에 극심한 고독 속에서 불안과 환상, 망상에 시달렸고, 때로는 누군가 곁에 있기를 간절히 바라기도 했습니다. 이러한 자기 내부의 모순은 그를 당황스럽게 만들었습니다.* 고독에 대한 강박적 집착과 양가적 감정은, 그의 내면이 외부 세계에 의해 변화되거나 오염되거나 흡수될 것에 대한 불안을 반영합니다. 그리고 이러한 불안의 상당 부분은 유년기 성장 환경

---

* Rilke, *Letters of Rainer Maria Rilke*, 2:34.

에서 비롯되었을 것입니다.

무도증 남자를 본 후 “아무것도 쓰여 있지 않는 종잇장처럼” 떠돌던 말테는 지속적으로 자아의 경계를 상실하고 취약한 상태를 경험합니다. 급기야 이렇게 느낍니다. “네 심장은 너를 네 바깥으로 밀어낸다. 그러곤 네 뒤를 따라 나온다. 그러면 너는 네 안에서 거의 끌려 나와 더 이상 안으로 되돌아갈 수 없다. 마치 발에 밟힌 딱정벌레처럼 네 안에서 네가 빠져나와 버리면, 거기 조금 남은 껍데기나 적응력은 아무런 의미가 없게 된다.”

자아가 흩어지고 쏟아져 내리는 절체절명의 위기가 이어집니다. 말테는 어린 시절 유일하게 자신의 무서움을 달래 주었던 어머니를 떠올립니다. 릴케는 한 번도 경험해 보지 못했던 이상적인 어머니의 환상이 말테의 불안을 잠재웁니다.

> “나란다, 무서워 마라.” 그러면서 당신은 등불을 천천히 내려놓았습니다. 그러면 의심할 여지 없이 바로 어머니 당신이야말로 익숙해진 다정한 물건들 주위를 비춰 주는 불빛이었습니다. 다른 어떤 숨은 뜻이 없이 그냥 선량하고, 단순하고, 단호하게 비춰 주는 불빛이었습니다. (93쪽)

말테가 아무리 아파도 어머니는 밤에 와 주지 않았지만, 딱 한 번 온 적이 있지요. 무도회를 연 왕세자의 저택에 간 부모님이 사람들의 요청을 받아 마차를 타고 돌아온 것입니다. 어머니는 커다란 궁정 야회복을 입고 들어와, “그 옷에 전혀 신경 쓰지 않

고, 입고 있던 하얀 모피 코트를 뒤로 떨어뜨리고 달려오다시피 와서 살이 드러난 팔로 나를" 안아 줍니다. "우리는 그렇게 한참 안은 채 나직이 울면서 서로 키스를" 했고, "옆에서 아버지의 인기척을 느꼈는데, 아버지는 다가와 우리를 떼어" 놓지요. 어머니는 아버지에게 아이의 열이 높다고 걱정되어 말하지만, 제복을 차려입은 아버지는 "우리를 부르러 오다니, 말도 안 되는 짓이야"라고 말하며 아들은 쳐다보지도 않고 나가 버리지요.

소설에서는 냉혹한 아버지와 대비해 어머니의 부드러움을 부각시키고 있지만, 기록에 따르면 릴케는 사실상 따뜻한 모성을 경험해 본 적이 없습니다. 이런 설정은 어떻게 이해해야 할까요? 모더니즘과 포스트모더니즘의 맥락에서 이 책을 연구한 안드레아스 후이센*은 릴케가 평생 어머니에 대해 죄책감을 갖고 있었기 때문에, 부정적 감정을 보상하고 만회하려는 시도로 이상화시켰을 거라고 봅니다. 어린 시절 가장 갈망했던 사람을 미워하게 된 뿌리 깊은 죄책감, 그리고 어머니의 성격과 심리적 성향으로 인해 거리를 두고 멀어질 수밖에 없었던 것에 대한 죄책

* Andreas Huyssen, "Paris/Childhood: The Fragmented Body in Rilke's Notebooks of Make Laurids Brigge" in *Modernity and the Text: Revisions of German Modernism*, ed. Andreas Huyssen and David Bathrick(New York: Columbia University Press, 1989), 113~141.

감을 승화시키기 위한 장치라는 것이죠. 따라서 그는 이 소설을 말테와 엄마의 관계를 중심으로 놓고 읽어야 한다고 주장합니다.* 아들에게 융합하고 공생하려던 엄마의 자기애적 열망은 말테가 하나의 독립된 자아로 성장하기 어렵게 했지요.

말테는 스스로를 늘 분열된 신체 조각들의 모음으로 느꼈습니다. 깨진 조각들을 이어 붙여 만든 거울 앞에 서면 우리 자신도 부서진 조각들의 복잡한 덩어리로 보이듯, '보는 법을 배우려는' 말테의 시도는 자신이 보인다는 사실로 인해 끊임없이 방해받고 무너집니다. 보이는 것 없이는 볼 수도 없는 것이죠. 따라서 말테는 필연적으로 그 파편들을 보며 고통을 느끼면서 완전한 것, 통일된 것을 꿈꿀 수밖에 없었습니다. 조각들을 하나로 통합할 구심점이 너무나 간절했지만 '텅 빈' 자기에게는 아무것도 없었기 때문에, 그 중심으로 이상적인 여성, 어머니, 혹은 집의 이미지를 새겨 넣게 됩니다. 그에게 집이란 자신의 해체를 안전하게 받아 줄 수 있는 자궁과도 같은 것입니다. 따라서 말테가 하는 작업은 왜곡되고 오염된 것들의 해체와 분리, 그로 인한 죽음과 재탄생의 성격을 띠는데요. 이는 릴케의 하나됨과 참됨에 대한 예민한 감수성을 보여 줍니다.

로버트 하스는 릴케가 일상적인 사회생활에서 보여 주는 피

* Huyssen, "Paris/Childhood: The Fragmented Body in Rilke's Notebooks of Make Laurids Brigge" in *Modernity and the Text*, 123.

상성과 거짓됨을 혐오했음을 강조합니다. 그는 작품의 "거대한 폭풍 같은 움직임이 마치 계속 열리고 확장되는 것처럼 보이지만, 실제로는 닫히고 좁아지며 제한하려는 목적을 갖고 있다. 릴케는 결국 우리로 하여금 인간의 갈망이라는 거대한 결핍과 빈곤을 직면하게 한다"라고 분석했습니다.*

누가 봐도 말테의 고독은 극단적입니다. 타인에게 삼켜질 것 같은 환상, 침투, 자아가 소멸될 것 같은 공포는 방어적 고립으로 이어지지요. 말테에게 고립은 마음의 병으로부터 자신을 방어하기 위한 수단이면서 동시에 그 병을 키우는 원인으로 보입니다. 그는 어느 누구와도 관계를 맺고 있지 않죠. 하지만 그러한 상황은 릴케에게는 사실이 아니었습니다. 고독이 창조적 작업의 필수 조건이라며 매우 강조하긴 했지만, 실제로 릴케는 자주 사람들과 함께 있었습니다.

"끝없이 두려운 어린 시절의 고통"으로 시작된 고독이 자신에게 "가장 위대한 것"을 주었다고 하면서도† 고립으로 인한 불안감을 매우 힘들어했죠. 그래서 릴케는 안전한 거리를 유지하면서 사람들과 교류했습니다. 주로 귀족 부인들과 편지를 주고받

* Robert Hass, "Looking for Rilke" in *Twentieth Century Pleasures: Prose on Poetry*(New York: Ecco Press, 1984), 231.

† Rilke, *Letters of Rainer Maria Rilke*, 2:106~107.

으며 정서적 연결 고리를 만들었죠. 감수성과 공감 능력이 매우 뛰어났기에, 한 명 한 명에게 맞추어 문장의 톤을 조율하고 정성을 들여 답장했습니다. 어떤 사람에게는 정중하게 예의를 갖추어서, 어떤 사람에게는 친근하게 열정적으로 편지를 썼죠. 죽음을 삶의 반대가 아니라 삶의 절반이라 보았던 그는, 슬픔에 잠긴 이들에게 시간이 치유해 줄 거라고 말하지 않았습니다. 흔한 위로나 진부한 격려를 하지 않았죠. 그는 우리가 위로받기를 바랄 것이 아니라, 상실과 고난을 내면의 풍경으로 탐구하려는 '호기심'을 가져야 한다고 썼습니다.

릴케가 남긴 편지는 무려 17,000통이나 되는데요.* 그가 살로메와 주고받은 편지와 아내 클라라와의 편지 사이에는 커다란 차이점이 발견됩니다. 열네 살 위의 살로메에게 편지를 쓸 때에는 늘 어린아이처럼 조언을 구했습니다. 글이 써지지 않는다고 하소연을 하거나 마음의 병과 이런저런 고통 등을 호소했죠. 반면 자신보다 세 살 어린 아내에게는 약점을 전혀 보이지 않았습니다. 아이를 혼자 키우고 있는 아내에 대한 미안함을 보상하기 위해, 집을 떠나온 천재 예술가의 이미지를 유지하기 위해 이런

* Ulrich Baer, "The Status of the Correspondence in Rilke's Work." in *The Cambridge Companion to Rilke*, ed. Karen Leeder and Rebert Vilain(Cambridge University Press, 2010), 27.

저런 조언을 하거나 영감을 주려고 애를 썼습니다. 릴케는 아내를 내내 제자처럼 대했지요.

릴케는 평생 끊임없이 연애를 했고 많은 여성을 만났지만 관계는 늘 짧았는데요. 친밀한 관계로 인해 내면에 변화가 일어날까 두려워했기 때문입니다. 상대방으로 인해 에너지가 고갈되거나 상대방에게 삼켜져 소멸될 것 같은 공포에 시달렸지요. 한 편지에서 고백하고 있듯 릴케가 정말로 원했던 것은, 자기에게 아무런 기대나 바람 없이 헌신적으로 돌봐 줄 엄마나 누나 같은 사람이었습니다.

> 그곳에는 긴 고독한 산책을 할 수 있는 가능성과 정확히 그런 사람, 누나 같은 사람!!! 집을 돌봐 주면서도 전혀 사랑을 요구하지 않거나, 혹은 너무나 많은 사랑을 갖고 있어서 그저 곁에 있어 주는 것만으로 충분한 사람, 보이지 않는 경계에서 기능하며 보호해 줄 사람이 있을 것입니다.*

그가 상상한 동반자는 그에게 완벽하게 보완적이어야 하고, 전혀 방해가 되지 않아야 했습니다. 자신에게 아무런 요구도 하지 않고, 아무 기대도 하지 않아야 했고요. 독립적이고 자기주장이 강한 성격이어도 안 되고, 자신의 욕망을 가져서도 안 되

* Rilke, *Letters of Rainer Maria Rilke*, 1:102.

었죠. 물론 이처럼 완벽하게 공감하고, 이타적이며, 아무 요구도 하지 않는 여성에 대한 환상은 불가능한 꿈이었지요.

> 사랑받는 여인들은 잘 지내지 못하고 위험 속에 산다. 아, 그들이 스스로를 극복해서 사랑을 베푸는 여인들이 되었으면. 사랑을 베푸는 이들은 아주 안전하다. 사랑하는 이들을 의심하는 사람은 아무도 없으며, 그들 자신도 스스로를 배신할 수 없다. 그들의 마음속에서 비밀은 온전한 것이 되어서, 그들은 마치 꾀꼬리가 노래하듯 그 비밀을 통째로 외친다. 일부분만이란 것은 없다. 그들은 한 남자를 사랑하며 탄식하지만 온 자연이 그들에게 맞춰 함께한다. 그것은 영원한 이에 대한 탄식이다.
> 사랑하는 여인들은 떠나버린 남자의 뒤를 급히 쫓는다. 그러나 첫걸음에서 그를 추월한다. 그리하여 그 여인들 앞에는 이제 신만이 있을 뿐이다. (269쪽)

일부 평론가들은 이 책의 후반부에서 역사와 문학 속 많은 여성이 보여 준 강인함에 대해 릴케가 표현한 존경과 이해가, 사실상 그의 이상화된 여성상에서 비롯되었음을 발견하고 당혹스러워했습니다. 릴케가 묘사하는 여성들이 모두 무조건적인 헌신과 영원한 사랑의 상징으로 그려진다는 점, 그리고 그가 평생 갈망했던 완벽한 동반자가 늘 이러한 여성의 형태로 나타난다는 점은 역설적으로 그를 부르주아적, 가부장적 사고방식의 틀에서 벗어나지 못한 인물로 보이게 만들었습니다. 이러한 이상화

된 여성상은 해결되지 않은 유아적 나르시시즘에서 비롯된 것으로 해석될 수도 있습니다.

릴케는 자신을 돌봐 줄 여인을 상상하면서도, 그녀가 자신에게 아무 기대도 하지 않기를 바랐습니다. 이는 친밀한 관계가 자신의 내면적 자유를 방해하고, 독립적 자아를 침해할 것에 대한 두려움을 반영합니다. 자신의 뜻대로 아들을 만들려 했던 어머니의 강한 통제와 자기 중심성을 혐오했던 릴케는, 그와 정반대되는 자애롭고 헌신적인 이상적 여성, 즉 완벽한 어머니를 꿈꾸었습니다. 그는 자신을 있는 그대로 받아들이면서도 아무런 기대를 하지 않는 여성을 원했으며, 살로메가 부분적으로 그 역할을 해 주었습니다. 그러나 릴케는 결국 상호적인 애정과 헌신의 성숙한 관계로 나아가지 못했습니다. 많은 여성과 연인 혹은 친구로 지냈지만, 그 누구와도 진정한 상호 관계를 맺지 않았습니다. 일방적으로 헌신하는 여성에 대한 갈망은, 그가 어머니로부터 물려받은 복잡한 심리적 유산과 깊이 연관되어 있었으며, 이 사실을 인식하는 것 자체가 그에게 큰 고통이었습니다.*

살로메, 그리고 클라라

1897년 5월 12일, 릴케는 뮌헨에서 살로메를 처음 만났고, 한 달도 채 되지 않아 둘은 연인이 되었습니다. 릴케가 그녀를 만나기

* Kleinbard, *The beginning of terror*, 65.

15년 전, 20대 초반의 살로메는 프리드리히 니체의 청혼을 받았으나 거절했지요. 니체는 그녀를 "독수리처럼 예리하고 사자처럼 용감하지만, 여전히 매우 소녀 같은 아이"라고 묘사했고, "모든 여성 중 가장 지적인 사람"이라고 불렀습니다.* 릴케의 취약성을 누구보다 잘 이해했던 살로메는, 그가 혼란스러운 과거를 떨쳐내도록 '르네'라는 이름을 '라이너'로 바꾸게 했으며, 그의 자기 탐색과 정체성 확립의 과정에 기꺼이 함께했습니다. 두 사람은 연인이었고, 두 차례나 러시아 여행을 함께할 정도로 가까운 사이였지만, 릴케의 극심한 자기중심성과 유아적 의존성, 끊임없는 변덕과 불안으로 인해 살로메는 점점 지쳐 갔습니다.

1901년, 릴케가 조각가 클라라 베스트호프와 결혼을 결정하자, 살로메는 그와의 모든 연락을 끊기로 했습니다. 그러나 그녀는 릴케가 언젠가 다시 자신을 필요로 할 경우 도와주겠다고 약속했지요. 그리고 2년 후, 파리에서 혼란스러운 시기를 보내던 릴케는 그녀에게 도움을 요청했습니다. 1903년 7월, 릴케가 살로메에게 편지를 보내면서 두 사람의 관계는 새로운 국면을 맞았고, 이후 릴케는 평생 동안 그녀에게 편지를 써 나갔습니다.

릴케와 결혼한 클라라는 1901년 12월 12일에 딸 루스를 낳았습니다. 결혼한 지 1년쯤 되었을 때, 릴케는 집을 나와 아내와

* Kleinbard, *The beginning of terror*, 88.

딸을 떠납니다. 클라라에게는 서로의 예술 활동에 매진하기 위해 각자의 고독을 지켜 주자고 미화해서 말했지만, 살로메에게 쓴 편지에는 이때 살았던 집과 가족이 내내 낯설었으며 자신은 마치 거기에 존재하지 않는 것처럼 느껴졌다고 표현합니다.*

이탈리아, 스칸디나비아, 스페인, 북아프리카, 이집트, 프랑스 등을 떠돌며 살았던 릴케는 이동하며 거처로 삼았던 장소만 100곳이 넘었습니다. 하지만 고독을 사랑하며 방랑했던 릴케가 평생 찾아 헤맨 것은 몸과 마음이 온전히 머물 수 있는 '집'이었습니다.† 살로메의 조언에 따라 채식을 하고 맨발로 걷기를 즐겼던 그가 정작 원했던 것은 단 하나, 조용히 글을 쓸 수 있는 집이었죠. 온전히 자기 자신으로 존재할 수 있게 해 주는 집, 안전하게 보호해 주는 울타리이자 언제든 자유롭게 날아갈 수 있게 허용하는 집을 갈망했습니다. 그에게 진짜 '집'이자 정신적 안식처는 언제나 살로메였습니다.

> 하지만 루, 어쩔 수 없이 잃어버린 당신의 아들인 저는, 오랫동안, 앞으로도 오랫동안 이야기를 전하는 자가 될 수 없고, 내 길을 예언하는 자도 될 수 없으며 과거의 운명을 설명하는 자도 될 수 없습니다. 지금 당신께서 들으시는 것은 단지 제 발걸음 소리

---

* Kleinbard, *The beginning of terror*, 96.

† Rilke, *Letters of Rainer Maria Rilke*, 1:46.

일 뿐입니다. 여전히 나아가고, 여전히 정의되지 않은 길로 후퇴하고 있습니다. 무엇으로부터 물러나는지, 그리고 누구에게 다가가고 있는지 저는 알지 못합니다. 다만, 언젠가 제 입이 큰 강이 되어 당신께 흘러 들어가 당신의 귀와 당신의 고요한 깊이에 닿기를 바라고 있을 뿐입니다. 이것이 내 기도이며, 나는 이 기도를 강력한 매 순간, 그리고 무엇이든 지키고 허락할 수 있는 모든 불안, 갈망, 그리고 기쁨에게 바칩니다. 내 삶이 지금도 여전히 보잘것없고 자주, 너무나 자주 잡초로 가득 찬 경작되지 않은 들판처럼 보이며, 그 위에서 우연의 새들이 아무렇게나 흩어진 씨앗을 까다롭게 찾아다닌다고 느껴진다면, 오직 내가 당신에게 그것을 말할 수 있을 때, 그리고 당신이 그것을 들을 때에만 의미를 갖게 될 것입니다.*

독일 사회학자 클라우스 테벨라이트는 파시즘을 단순한 정치적·사회적 이념이 아니라, 개인의 내면적 갈등과 심리적 요인에서 비롯된 현상으로 분석했습니다.† 그는 파시즘의 심리적 기원을 유년기의 불안, 모성애의 결핍, 초기 발달 단계에서 경험하는 자기 동일성 형성의 문제들과 연결해서 해석했습니다.

---

* Rilke, *Letters of Rainer Maria Rilke*, 1:140.

† Klaus Theweleit, *Male Fantasies: Women, Floods, Bodies, History*(Minneapolis: University of Minnesota Press, 1987).

테벨라이트에 따르면, 파시스트 남성들이 느끼는 불안은 어린 시절 해결되지 않은 공생 욕망 또는 공생에 대한 두려움과 깊이 관련이 있습니다. 충분한 모성적 보호와 애착을 경험하지 못한 이들은 자기 존재를 하나의 통합된 정체성으로 인식하기 어려우며, 대신 자기 내부가 파편화된 듯한 감각을 갖게 됩니다. 이러한 내적 불안에서 벗어나기 위해, 그들은 강력한 외부 권위나 집단과 자신을 동일시하며 안정감을 얻고자 합니다. 또한, 여성성에 대한 깊은 두려움으로 인해 '강한 남성'의 이미지에 집착하고, 내면의 무질서와 경계의 흐릿함, 유동성에 대한 공포로 인해 여성 혐오, 파시즘, 폭력적 집단에 매력을 느끼게 됩니다.

흥미로운 점은 테벨라이트가 파시스트 남성들에게서 발견한 핵심 특성 — 해결되지 않은 공생 욕망, 편집증적 불안, 전지전능함에 대한 환상, 자기애적 혼란, 모성의 이상화, 타자에게 압도되어 무화될 것 같은 공포 — 이 모두 말테에게서도 발견된다는 것입니다. 그러나 결정적 차이가 있습니다. 말테는 이러한 심리적 특성을 여성성에 대한 경외와 동일시로 전환합니다. 그는 여성성을 창조적 에너지의 원천으로 흠모하고, 무조건적인 사랑과 헌신의 상징으로 이상화하며, 이를 통해 자신의 내적 분열을 극복하고 치유해 나갑니다. 즉, 말테가 여성성을 판타지화하고 이상화하는 것은 그가 자신의 정체성을 구축하는 과정에서 불가피한 심리적 전략이었을 가능성이 있습니다. 이는 파시즘으로 이어지는 불안과 분열된 자아가 반드시 폭력적 방식으로 표출되는 것은 아니며, 그것을 초월하는 방식이 존재할 수 있음을

시사합니다.

말테는 융합에 대한 강한 열망과 동시에, 그로 인한 깊은 공포 속에서 혼란과 양가적 감정을 경험합니다. 사랑하는 존재에게 완전히 다가갈 수도 없고, 그렇다고 완전히 떠날 수도 없는 딜레마에 빠져 있지요. 그러나 이러한 내적 갈등 속에서도 그는 여성성에 대한 적대적 반응이나 공격성을 선택하지 않습니다. 대신, 여성성을 자기 내면에 통합하는 방식을 택하며, 이를 통해 새로운 미학과 자기만의 언어를 창조해 냅니다. 후이센의 표현에 따르면, 이 언어는 기존의 언어를 초월하거나, 혹은 그 이전에 존재했던 언어로서, 근대적 감수성을 담고 있는 전례 없는 표현 방식입니다.* 말테는 단순히 전지전능함과 융합에 대한 자기애적 욕망을 충족시키는 데 머무르지 않습니다. 오히려 그는 그 욕망의 경계를 확장하며, 자신의 고유한 세계를 구축해 나가지요. 조각난 내면의 부분들을 모아 통합하고, 궁극적으로 하나가 되고자 하는 열망, 이는 그가 언어의 힘을 통해 도달하고자 했던 중요한 목표였습니다.

* Huyssen, "Paris/Childhood: The Fragmented Body in Rilke's Notebooks of Make Laurids Brigge" in *Modernity and the Text*, 136.

떠나기 위해 돌아온 집

말테의 어린 시절 초기 기억 중 하나는 돌아가신 엄마의 아버지 브라헤 백작의 집인 우르네클로스터의 풍경입니다. 열두 살, 혹은 열세 살이었을 때 말테는 아버지를 따라 외할아버지의 대저택으로 갑니다.

싸늘하고 기괴한 저택에서 말테는 "그 저택의 모습은 마치 한없이 높은 곳에서 곧바로 내 마음속으로 떨어져 그 깊숙한 밑바닥에서 산산이 부서진 것 같은 느낌"을 받지요. "외할아버지는 이 사람들을 모두 가족이라고 불렀다. 딴 사람들도 역시 그 말을 쓰기는 했지만" 말테는 그게 억지스럽다고 생각합니다. 먼 친척들, 그리고 외할아버지와 앉아 있는 식탁은 심한 멀미를 일으킵니다. 심지어 아버지와도 냉담한 사이죠. 말테는 "경련을 일으킬 것처럼 겁을 먹고 참으면서 몇 주일이 지나자, 나는 아이들 특유의 무한한 순응 능력으로 그 불유쾌한 만찬 모임에 적응했다. 그래서 별 노력 없이도 두 시간 넘게 식탁에 앉아 있는 것에" 익숙해지게 됩니다.

이 장면은 실제로 릴케가 가족에 대해 느꼈던 깊은 양가감정을 생생하게 보여 주고 있습니다. 릴케의 아버지는 자신의 가문이 귀족 혈통임을 주장했지만 현실은 우스꽝스러울 정도로 초라했지요. 장교가 되고자 했지만 되지 못했고 철도 공무원이라는 직업 외에 더 나은 것을 찾지 못했습니다. 릴케의 부모는 실제보다 더 잘사는 것처럼 보이기 위해 애를 썼고, 그런 부모의

자기기만적인 삶과 저속한 허영심을 릴케는 너무나 혐오했죠.* 소설에서 묘사한 저택에서의 경험들은 허울만 좋은 가족을 보여 주는 한편, 가족이 개인을 억누르는 억압과 긴장감을 드러냅니다. 가족에 대한 복잡한 심경과 내적 갈등은 소설의 결말에서 최고조에 이르는데요. "돌아온 탕아" 이야기를 재해석함으로써 말테는 자신이 이루고자 하는 바를 매우 독창적인 방식으로 전달합니다.

> 만약 성서에 있는 '돌아온 탕아의 이야기'가 사랑받기를 원하지 않았던 자에 관한 설화가 아니라고 말한다면, 누구도 나를 설득시키기 어려울 것이다. 그가 어렸을 때 집안의 모든 사람이 그를 사랑했다. 그는 그렇게 사랑받으며 자랐고, 아직 어렸기 때문에 다른 것은 모르고 가족들의 다정한 마음에 길들여졌다.
>
> 하지만 그는 소년이 되자 자신의 이런 습관을 버리고 싶었다. 그 이유를 말할 수는 없었다. 온종일 바깥을 헤매며 돌아다닐 때도 한 번도 개를 데려가지 않은 것은 개들까지도 그를 사랑했기 때문이다. 개들의 시선에도 관찰과 관심, 기대와 걱정이 들어 있어서, 개들 앞에서도 그것들을 기쁘게 해 주거나 마음 상하게 하지 않고는 아무것도 할 수 없었기 때문이다.
>
> 그 당시 그가 원했던 것은 마음속의 깊은 무관심이었다. 이따

* Rilke, *Letters of Rainer Maria Rilke*, 1:99.

금 이른 아침에 들판에 나가면 그는 그 무관심에 너무나 순수하게 사로잡혀, 아침이 되어 의식이 찾아오는 가벼운 순간의 이상을 느낄 시간이 없을 정도로 숨 가쁘게 달리기 시작했다.
(287~288쪽)

가족은 물론이고, 심지어 "개"조차도 자신을 사랑하며 그들의 눈빛과 기대에 부응해야 한다는 생각은 지나친 걱정일 수 있습니다. 그러나 여기에는 누군가와의 친밀함이 자칫 자신의 자아를 지워 버리고, 그들이 필요로 하는 사람으로 자신을 변화시켜 버릴지 모른다는 근본적 두려움이 자리하고 있습니다.

말테는 가족의 기대와 희망, 불안에서 비롯된 과보호와 감시 속에서 자라나면서, 그 속에서 만들어진 가짜 자아의 가면이 결국 자신을 삼켜 버릴지도 모른다고 느낍니다. 사랑받는다는 것은 곧 그들의 기대에 맞춰 살아가야 한다는 것이고, 그들에게 상처를 주지 말아야 하며, 그들을 실망시키지 말아야 한다는 무언의 요구와 다름없기 때문입니다. 그는 이러한 굴레에서 벗어나 진정한 자유를 갈망합니다.

그의 예민한 감수성은 정체성에 대한 불안에서 비롯됩니다. 누군가가 자신을 흡수하거나 삼킬 것 같은 공포, 자신의 의지를 장악해 마음대로 주무르며 집착적이고 억압적인 사랑으로 자신을 질식시킬 거라는 두려움이 그를 짓누릅니다. 릴케는 타인과의 동일시와 융합에 대한 공포, 그리고 그것을 둘러싼 환상 사이를 오가며 평생 동안 고통을 겪었지만, 이를 통해 결국 진정한

'얼굴', 혹은 '얼굴 없음'의 철학에 가 닿게 되지요. 이제 그 과정이 상세히 펼쳐집니다.

그러고 나면 집으로 돌아가야 했다.

아, 그럴 때면 모든 것을 벗어던지고 잊어야 했다. 제대로 잊어버리는 것, 그것이 중요했기 때문이다. 안 그러면 사람들이 추궁할 경우 비밀을 털어놓을지도 몰랐다. 아무리 주저하고 여기저기 빈둥거리면서 걸었어도 결국은 눈앞에 그의 집 합각머리 지붕이 나타났다. 집 위쪽의 첫 번째 창문이 눈에 들어왔다. 거기에 누군가가 서 있을지 모른다.

온종일 기다리고 있던 개들이 덤불을 헤치고 달려 나와 한데 뭉쳐서, 그를 자기들이 아는 원래의 소년으로 되돌아가도록 몰아쳤다. 그리고 나머지는 집이 알아서 했다. 냄새 가득한 집 안으로 들어가자마자 이미 대세는 결정되었다. 아직 바꿀 수 있는 것은 사소한 것들뿐이었다. 전체적으로 그는 이미 식구들이 생각하는 그가 되어 있었다.

오래전부터 식구들이 그의 짧은 과거에다 자신들의 소망을 덧붙여 하나의 삶을 정해 준 그런 사람으로 그는 돌아와 있었다. 밤낮으로 늘 식구들의 사랑에 영향을 받는, 그들의 희망과 의심의 틈에 끼어 있는, 그들의 꾸중이나 칭찬 앞에 서 있는, 모두의 공유물 같은 존재가 되어 있었다.

아무리 조심해서 계단을 올라가 봤자 소용없다. 모두 거실에 모여 있다가 문이 열리면 그를 쳐다볼 것이다. 그는 어둠 속에 서서

> 그들이 물어볼 것이 있는지 기다려 본다. 그러나 이어서 최악의 일이 벌어진다.
>
> 식구들은 그의 손을 잡아 식탁으로 끌고 간다. 그리고 거기 있는 이들은 누구나 할 것 없이 궁금한 눈빛으로 등불 앞에 앉는다. 그들은 어둠 속에 자리 잡고 있어서 괜찮다. 단지 소년에게만 불빛이 비친다. 얼굴을 갖고 있다는 것이 치욕이다.
>
> 그는 집에 남아서 이들이 그에게 정해 준 대로 대충 삶을 거짓으로 살고, 얼굴 전체는 그들 모두를 닮아갈 것인가? 아니면 자신의 의지에 깃든 부드러운 진실과 그것을 망치는 조잡한 기만 사이에서 분열될 것인가? 가족 중 마음이 약한 사람에게 상처를 주는 존재가 되는 것을 포기할 것인가?
>
> 아니다. 그는 떠날 것이다. 이를테면, 식구들이 다시 모든 것을 무마해 줄 거라고 잘못 넘겨짚어서 고른 물건들을 가지고 그의 생일상을 차리느라 바쁜 틈에 떠날 것이다. 영원히 떠나는 것이다. (289~290쪽)

그는 자신이 떠났던 이유를 환기하며, 이제 각오했던 것을 실행하려 합니다. 탕아가 돌아온 것은 가족을 회복하기 위함이 아니죠. 이해와 용서를 구하기 위함도 아닙니다. 무엇 때문이었을까요?

> 그중에서 아주 나이 든 어떤 얼굴이 돌연 그를 알아보는 기색을 띠면서 창백해졌다. 알아본 것일까? 정말로 알아보기만 한

> 것이었을까? — 그것은 용서의 표정이었다. 무엇을 용서한 것일까? — 그것은 사랑이었다. 아, 사랑이었다.
>
> 노인이 알아본 그는, 그동안 너무도 자신의 일에만 몰두했었기에 아직도 사랑이 남아 있으리라는 생각을 하지 못했었다. 이 당시 일어난 모든 일 중에서 단지 그의 몸짓만이 아직까지 전해져 오고 있다는 사실도 이해할 만하다. 그것은 전에 한 번도 본 적이 없던 몸짓, 애원의 몸짓이었다. 그는 집안 식구들의 발아래 몸을 던지고 제발 자신을 사랑해 주지 말라고 애원했다. 깜짝 놀란 그들은 몸을 휘청거리면서 그를 일으켜 세웠다. 그들은 그를 용서하면서, 그가 보인 격정적인 태도를 자기들 나름대로 해석했다.
>
> 그가 분명히 절망적인 태도를 보였음에도 불구하고 식구들이 모두 그를 오해했다는 사실은 그에게 이루 말할 수 없는 해방감을 주었음에 틀림없다. 아마 그는 집에 머물 수 있었을 것이다. 왜냐하면 날이 갈수록 그는 더 많이 깨달았을 것이기 때문이다. 그들이 그토록 우쭐대고 몰래 서로 격려해 가면서 베푸는 사랑이 자신과는 아무 관계가 없다는 것을. (296~297쪽)

가족들의 왜곡된 인식과 오해는 아이러니하게도 말테를 보호합니다. 말테는 그 순간 말할 수 없는 해방감과 안도감을 느끼지요. "제발 자신을 사랑해 주지 말라고 애원"하는 몸짓을 이해하는 이는 없었습니다. 그들은 각자 자신들의 방식으로 오해하며 말테를 "용서"해 주지요. '그래, 이제라도 집에 왔으니 괜찮다, 앞으로 잘하면 되지 뭘.' 아마 이런 마음이었겠죠. 하지만 말테는

용서와 사랑을 받으러 온 것이 아니지요. "그들이 그토록 우쭐대고 몰래 서로 격려해 가면서 베푸는 사랑"은 말테와 아무 관계가 없었죠. 그들은 끝까지 자신들이 원하는 것을 보고 자신들이 원하는 것을 말테도 원한다고 생각하는 것입니다. 가족 중 어느 누구도 말테를 이해하지 못했고, 이해하려 들지도 않았습니다.

이제 말테는 더 이상 그들의 기대와 사랑과 희망에 부응하지 않아도 되는 자유를 얻게 됩니다. 가족들이 보는 말테의 얼굴은 그들 각자의 기대를 투영한 것일 뿐이죠. 그들이 보는 말테의 얼굴은, 애초에 말테 자신의 정체성과는 아무런 상관이 없습니다. 말테는 이제 그들에게 가짜 얼굴을 맡긴 채, 얼굴 없음의 심연으로 자유롭게 떨어져도 되는 것입니다.

릴케는 하나의 전체, 즉 전일성에 헌신한 예술가였습니다. 그는 하나의 온전한 존재가 되기 위해 먼저 자신을 여럿으로 나누어 봐야 했고, 전체를 이루기 위해 파편들을 철저히 검토했습니다. 온전히 존재하기 위해 모든 불일치와 거짓을 면밀히 들여다보았던 것이죠. 이 소설을 집필하며 릴케는 평생 동안 자신을 이끌었던 질문, "인간 세계의 유한함을 부정하지 않으면서, 의식은 과연 형이상학적 전일성을 발견할 수 있을까?"*에 대한 답을 어느 정도 마련하게 됩니다. 그리고 이 집요한 탐구는 다음 작품

* Kathleen L. Komar, "The Duino Elegies" in *The Cambridge Companion to Rilke*, 81.

『두이노의 비가』에서 완전히 꽃을 피우게 되지요. 릴케는 소설의 최종 원고를 인젤 출판사의 대표 안톤 키펜베르크에게 전달하며, 다음과 같은 편지를 썼습니다.

> 이제 내 안에서 많은 것들이 만들어질 것 같습니다. 왜냐하면 이 기록들은 일종의 기초와 같아서, 이 새로운 고지에 의지하기만 한다면 모든 것이 더 높이 뻗어 나가고 그 주위로 더 넓은 공간이 생겨나기 때문입니다. 이제 모든 것이 진정으로 시작될 수 있습니다. 가여운 말테는 깊은 비참함 속에서 시작해 엄격한 의미의 영원한 행복에 도달합니다. 그는 옥타브 전체를 울리는 심장이며, 그의 뒤로 거의 모든 노래가 가능합니다.*

말테와 함께한 6년간의 험난한 여정을 마치고 2년 정도 정체기를 거친 후 릴케는, 훗날 전설이 될 『두이노의 비가』를 쓰기 시작합니다. 1912년에 착수해 1922년에 완성하기까지 10년이 걸린 작품이지요. 이 시를 완성하고 나서 단숨에 『오르페우스에게 바치는 소네트』를 썼는데요. 두 작품으로 릴케는 자신의 세계를 완성했고 "유럽의 언어로 쓰인 20세기 최고의 업적"†이라

* Rilke, *Letters of Rainer Maria Rilke*, 1:361.

† Ian Crockatt, *Pure Contradiction: Selected Poems of Rainer Maria Rilke*(Todmorden, UK: Arc Publications, 2012).

는 찬사를 받기에 이릅니다. 말테의 이야기를 쓰는 과정이 너무나 고통스러웠지만 "말테가 내 앞을 막고 서 있어서"* 쓰지 않을 수 없었다고 작가가 고백했듯, 후반기 작품들의 높은 완성도는 이 소설 없이 결코 가능하지 않았을 것입니다. 릴케의 분신 말테는 자신을 비워 온갖 공포와 고통을 그대로 담아냈습니다. 모든 것을 너무 잘 받아들이고 흡수하는 비범한 민감성 때문에 사랑 앞에서 자아가 사라질 위협에 처했던 여린 영혼은, 사랑을 받지 않겠노라고 단호히 선언함으로써 자유를 얻었죠. 릴케는 말테를 통해 비로소 '얼굴 없음'의 세계를 이루어 냅니다. 이로써 정말, "모든 노래가 가능하게" 되었지요.

* Rilke, *Letters of Rainer Maria Rilke*, 1:336.

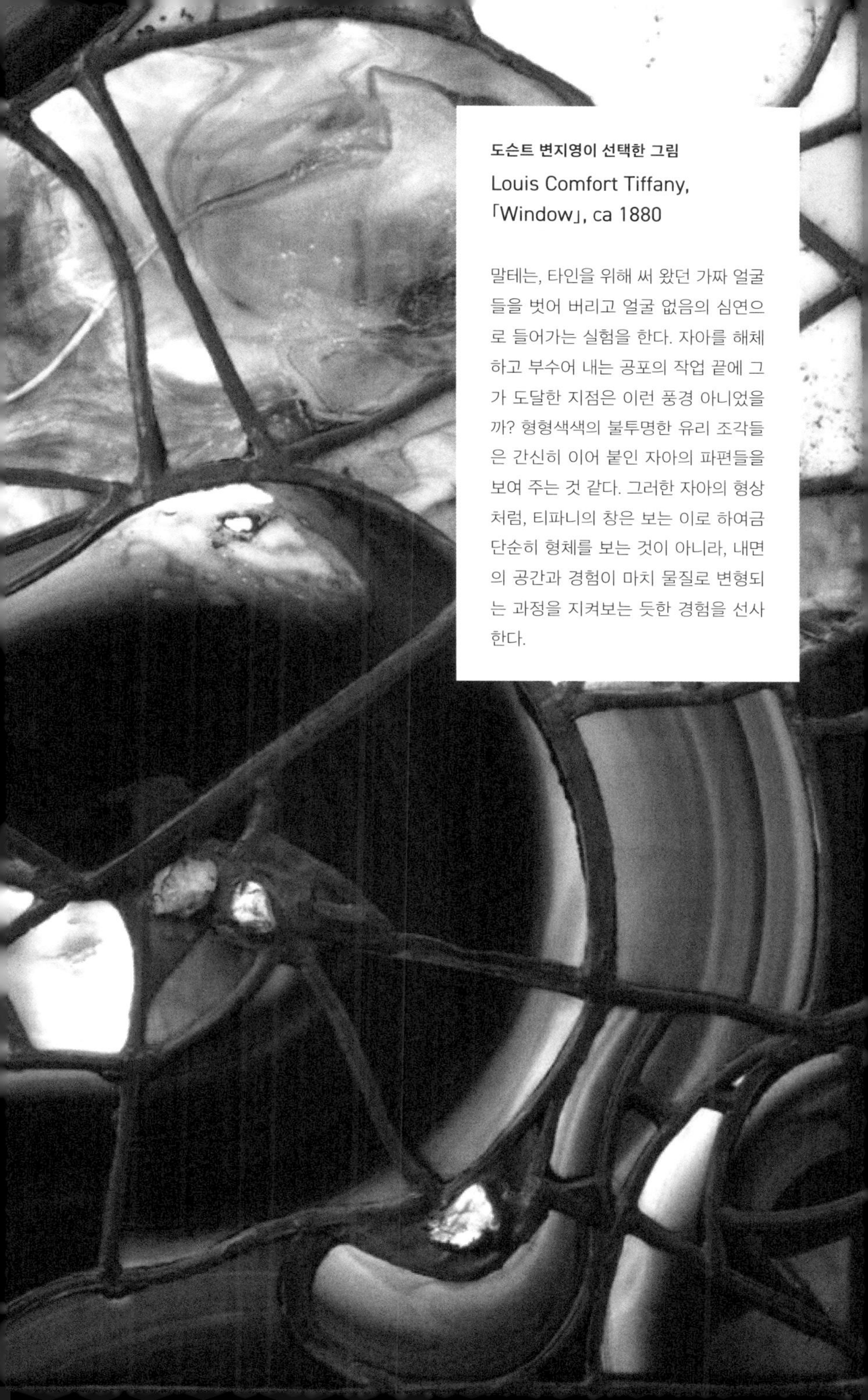

도슨트 변지영이 선택한 그림

Louis Comfort Tiffany,
「Window」, ca 1880

말테는, 타인을 위해 써 왔던 가짜 얼굴들을 벗어 버리고 얼굴 없음의 심연으로 들어가는 실험을 한다. 자아를 해체하고 부수어 내는 공포의 작업 끝에 그가 도달한 지점은 이런 풍경 아니었을까? 형형색색의 불투명한 유리 조각들은 간신히 이어 붙인 자아의 파편들을 보여 주는 것 같다. 그러한 자아의 형상처럼, 티파니의 창은 보는 이로 하여금 단순히 형체를 보는 것이 아니라, 내면의 공간과 경험이 마치 물질로 변형되는 과정을 지켜보는 듯한 경험을 선사한다.